젊은이들의
꿈

젊은이들의 꿈

초판 1쇄 발행 2021년 11월 1일

지은이 이종득
펴낸이 장현수
펴낸곳 메이킹북스
출판등록 제 2019-000010호

디자인 이설, 조인경
편집 이설
교정 강인영
마케팅 김예지

주소 서울특별시 금천구 가산디지털1로 142, 312호
전화 02-2135-5086
팩스 02-2135-5087
이메일 making_books@naver.com
홈페이지 www.makingbooks.co.kr

ISBN 979-11-6791-035-6(03810)
값 14,000원

ⓒ 이종득 2021 Printed in Korea

잘못된 책은 구입하신 곳에서 바꾸어 드립니다.
이 책의 전부 또는 일부 내용을 재사용하려면 사전에 저작권자와 펴낸곳의 동의를 받아야 합니다.

메이킹북스는 저자님의 소중한 투고 원고를 기다립니다.
출간에 대한 관심이 있으신 분은 making_books@naver.com로 보내 주세요.

젊은이들의 꿈

이 종 득

앞으로 아프가니스탄에 어떠한
고난과 역경이 닥치더라도 젊은이들이 힘을 합쳐
반드시 슬기롭게 헤쳐 나갈 것이다.

메이킹북스

이 글을 아프가니스탄의 젊은이들에게 바칩니다.

1

　사이드 알 슈하다 여자 고등학교는 아프가니스탄의 수도인 카불시의 서쪽에 위치한 다쉬티 바르치 구역에 있다. 아프가니스탄의 소수 민족인 하자라가 많이 거주하는 지역이다. 사람들로 붐비는 토요일 오후 1시쯤에 빛바랜 낡은 승용차 한 대가 천천히 학교 정문 앞으로 다가와 멈추었다. 오후 4시가 되었을 때 2부 수업을 마친 앳된 여고생들이 삼삼오오 재잘거리며 한꺼번에 정문 앞으로 쏟아져 나왔다. 정문 앞에 그때까지도 움직이지 않고 세워져 있던 승용차도 여학생들 사이에 파묻혀 보이지 않게 되었다. 그 순간 고막을 찢는 굉음과 함께, 연기와 먼지가 학교 정문 앞을 뒤덮었다. 이어서 폭발이 두 번 더 있었다. 연기와 먼지가 걷히며 아비규환의 현장이 드러나기 시작했다. 여학생들의 책과 노트가 찢어져 바람에 흩날렸고, 여기저기에 나뒹구는 책가방들, 머리와 팔과 다리가 떨어져 나간 여학생들의 사체들이 붉고 선명한 핏자국 속에 널브러져 있었다. 땅바닥에 움직이지 못하고 쓰러져 있는 많은 여학생들의 비명 소리가 현장으로 달려온 사람들을 경악하게 했다.

　카불시에서 북쪽으로 차로 한 시간 걸리는 거리에 있는 차리카의 집에서 함자가 아침 일찍 일어났다. 방문을 열고 나가니 날씨가 화창하다. 주변에서 새들이 지저귀고 들판에는 이름 모를 아름다운 꽃들이 피었다.

들판을 둘러싸고 있는 칙칙하고 검푸른 산들과는 대조적이다.

함자는 오늘따라 어린 시절 단짝이었던 하미드가 그리워진다. 초등학교에 같이 다니던 이웃집 하미드는 어느 날 가족들과 함께 칸다하르로 이사를 갔다. 그때를 생각하면 함자의 가슴이 아려온다. 헤어진 후 연락이 묘연하다. 함자는 카불대학 정치학과를 졸업했고, 지금은 청년 활동을 주도하고 있는데, 아프가니스탄 청년들의 미래를 위해 열정을 기울이고 있다.

함자는 몇 년 전 한국 민간 병원의 통역사로 일할 때 만났던 한국군 장교와의 만남을 되돌아본다. 아프가니스탄 현지인들을 치료하는 바그람의 한국 민간 병원을 현지 여성 환자들이 많이 찾았다. 한국 민간 병원 이전에는 한국군병원이 있었고, 그때는 군의관과 간호장교들이 치료했다면, 민간 병원은 한국에서 파견된 민간 의사와 간호사들로 구성되어 있었고 경비는 네팔 출신 민간인들이 맡았다. 이른 아침부터 진료를 받기 위해 멀리 남쪽 자불에서도 찾아왔다. 병원 입구 공터에 하늘색 부르카를 입은 현지 여성들의 긴 줄이 늘어섰고, 개원 시간이 되어 출입구가 열리면 폭발물 탐지, 휴대품 검사, 몸수색 등 일련의 검색 과정을 거쳐 병원으로 들어간 뒤 의사의 진단을 받고 적절한 처치 및 약을 받아 돌아가게 된다. 함자는 진료 과정의 통역을 담당했다. 한국 의사나 간호사들은 아프가니스탄 환자들에게 매우 친절했고 도움을 주기 위해 애쓰는 것이 느껴졌다. 그러던 어느 날 병원을 찾아온 한국군 장교를 만났고, 아프가니스탄의 현재와 미래에 대한 많은 얘기를 나누게 되었다. 가끔씩은 한국군 장교가 외부 활동 시 동행을 요청하기도 했는데 일을 마치면 적당히 수수료를 챙겨주었다.

한번은 판지시르주정부 방문 간 동행을 요청받았는데, 판지시르 계곡을 따라 좌우로 깎아지른 절벽을 보면서 이제나저제나 목적지에 도착할까 생각하며 하염없이 갔던 기억이 선하다. 한여름, 가던 도중에 차가 방전이 되기도 했고, 좁은 길에 주인 없는 노새가 길을 비켜주지 않아 어쩔 수 없이 한참 동안 노새를 따라갈 수밖에 없었던 기억을 생각해 보면 지금도 웃음이 나온다. 주정부 미팅을 마치고는 멀지 않은 곳에 건립 중이던 아프가니스탄 무자헤딘의 영웅 마수드 장군 기념비 건설 현장도 둘러보았던 기억이 난다. 그러한 만남 과정에서 한국군 장교는 함자에게 많은 얘기를 해주었는데, 함자에게 가장 영향을 주었던 것은 한국이 가난했던 중학교 시절 동네별로 '4-H' 활동을 했다는 내용이었다. '4-H'는 지(Head), 덕(Heart), 노(Hands), 체(Health)를 의미했다. '4-H' 활동을 통해 자기 성장과 농촌, 지역 사회, 국가 발전에 기여하도록 하는 것이다. 한국에 '4-H' 운동이 시작된 것은 해방 후 한국에 근무 중이던 미군 대령으로부터였다. 그가 청소년기에 체험했던 회고담을 듣고 당시 관심을 보였던 젊은이들이 발의하여 행정 구역별로 1~2개 시범 부락에서 시작했고, 이후 여러 지역 사회로 확산되었다고 한다.

1970년대에는 한국도 지금의 아프가니스탄처럼 가난했고 먹을 것이 부족했다. 노동력은 넘쳐났으나 일자리는 부족했던 시절이었다. 젊은이들이 방황하기 쉬운 시절이었고 무엇을 해야 할지 몰랐다. 부락별 '4-H' 활동은 정기적인 모임을 통해 청소년 간 친목을 도모하고 정보를 공유하며 교육과 실천을 했다. 바람직한 청소년상을 정립하고, 마을 청소, 잡초 제거, 흙길 보수, 식목, 가난한 사람 돕기 등 봉사 활동과 모범 사례 발표를 통해 젊은이들의 가치관, 인생관을 정립하는 데 도움이 되었다고 한다.

근 40년 이상 전쟁과 내분으로 큰 상처를 입고 미래에 대한 희망이 보이지 않는 아프가니스탄의 청소년들을 대상으로 이러한 운동을 하는 것이 의미가 있어 보여서 함자는 아프가니스탄식의 청소년 활동을 시작했고, '바함'이라고 불렀다. '바함'은 다리어로 '함께'라는 뜻이다. 지금은 시범 부락을 늘려 나가고 있는 중이다.

오늘은 시범 부락 중에 파이즈가 이끄는 마을에 도착했다. 차리카에서 바미얀 쪽으로 가는 길에 있는 작은 마을이다. 바함 회원은 5명 남짓하지만 매우 열심이다. 농사짓는 방법을 발전시키고 상업성이 있는 농작물을 선정하고 판매망을 확보하는 등 공동 노력을 통해 좋은 실적을 올리고 있다.

함자를 보자 파이즈가 다가와 반갑게 포옹하면서 양쪽 뺨을 맞댄 후 마을 회관으로 쓰이는 회의실에 들어가 마주 앉았다. 파이즈가 바함 활동 및 성과를 설명하고 나서 대화를 나누었다.

"최근에 탈레반의 공세가 시작되면서 마을 사람들이 많이 불안해하는데, 카불은 어때?"

"카불에서도 사람들이 많이 불안해하지. 얼마 전에 카불에 있는 한 여학교 정문에서 폭탄 테러로 수십 명이 죽고 다쳤어. 어린 학생들을 대상으로 그런 짓을 하다니, 신이 무섭지도 않은가 봐."

두 사람은 말을 잇지 못하고 잠시 침묵했다. 파이즈가 함자의 눈치를 보면서 슬며시 화제를 다른 곳으로 돌렸다.

"그리고, 우리 활동을 위한 재정 지원도 좀 필요한데…."

돌아오는 차 안에서 함자는 고민에 빠졌다. 청소년 활동을 위해서는 재정 지원이 필요한데, 중앙 정부나 주정부를 찾아가서 지원을 요청했으나 재정이 부족해서 어렵다는 얘기만 들었다. 지금까지 애쓴 결과 바함의 조직과 활동이 조금 안정적으로 되어 가고 있는데, 탈레반이 아프가니스탄을 장악한다면? 함자도 그 이후는 생각하기조차 어렵게 가슴이 답답해졌다.

평화란 무력 앞에서는 허약하기 짝이 없다는 것을 새삼 느끼게 된다. 미국이 탈레반을 축출한 뒤에 세운 아프가니스탄의 민주 정부는 국민을 보호해야 하는 의무와 능력 면에선 취약하기 그지없다. 그저 '미국이 해결해주겠지.' 하는 식이다. 대다수의 국민들도 불안하지만 '정부가 알아서 하겠지. 나는 우리 가족 생계를 꾸리기도 바쁘고 벅찬데…'라고 생각한다. 탈레반은 게릴라 전술로 마을을 하나씩 점령한 후 젊은이들을 강제로 징집하여 병력을 증강시키면서 계속 세력을 확장해 나가는데, 모병으로 이루어진 경찰과 군으로부터 과거 소련군에 대항하던 무자헤딘의 정신을 기대하기는 어려운 것이다.

바이든 행정부가 들어서서 트럼프가 결정했던 미군 철수를 없애거나 연장해주기를 은근히 바랐는데…. 바이든 행정부도 책임지는 것에서 살짝 비켜서려 한다는 느낌을 지울 수 없다. 그러면 미국은 아프가니스탄이 1970년대의 베트남이 될 것으로 전망하고 있는 것인가? 아프가니스탄 정부와 국민들이 힘을 합쳐서 탈레반에 저항해주면 더 좋지만, 최악의 경우 탈레반이 집권하더라도 경제 때문에 국제 사회와 협력하게 될 것이고 몇십 년 후에는 베트남처럼 미국과의 관계가 회복된다. 20년간 탈레반에게 고통을 주었으니 알카에다 같은 테러 조직과 연계하여 9.11 테러 같은 행위를 하지 못할 것이라는 확신도 있을 것이다. 미국의 입장에서는 20년간 수천억 달러를 투입하고 많은 미군 사상자를 내면서 아프가니스탄의 민주화 정부를 수립하고 훈련된 군 편성을 위해 노력했으니, 이제는 아프가니스탄 정부와 국민이 잘해주기를 바랄 만도 하겠다는 생각도 들었다.

 탈레반이 집권한다면 많은 희생자가 나오게 될 것이고, 그러면 타지크나 하자라, 우즈베크족이 탈레반에 대항하여 또 다른 내전으로 발전할까? 얼마 전, 과거 무자헤딘의 영웅이었던 마수드 장군의 아들이 TV에 나와서 탈레반과 정부 간 협상이 결렬되면 탈레반에 저항하겠다는 내용으로 인터뷰하는 것을 보았다.

 지금 미국의 관심사는 중국과의 패권 다툼이고 이에 집중하기 위해서는 어떻게든 아프가니스탄은 정리할 필요가 있었을지도 모른다.

 탈레반이 정부군을 점점 조여 온다면 또 많은 난민들이 파키스탄과 이란의 국경으로 몰리게 되겠지. 지금이라도 민주화 정부를 지지하는 세력들이 결집하여 탈레반에 죽기 살기로 저항한다면 비록 많은 희생자가 발생할지라도 탈레반과 어느 정도 대치할 수 있지 않을까? 그렇다면 정부는 지금이라도 징집을 강행해야 하는 것이 아닌가?

2

미군이 철수한 공백을 이용하여 탈레반이 힌두쿠시 산맥을 넘어 카불 방향으로 세력을 넓혔다. 탈레반에 위협을 느끼는 정부 인사들의 가족들부터 해외로 빠져나가려는 사람들로 카불 공항은 혼잡하다.

힌두쿠시 산맥을 통과하는 살랑패스 남쪽의 차리카도 곧 전장으로 변할 위기에 처했다. 바그람 미 공군 기지는 현재는 아프가니스탄 공군이 접수하여 몇 안 되는 구형 항공기들을 운용하고 있을 뿐이다.

남쪽 가즈니주의 한 부락에서 바함 회원 몇 명이 탈레반에 납치된 것 같다는 연락이 있은 지 며칠 후부터는 가즈니주 바함 사무소에도 전화가 되지 않고 있다. 함자는 바함 회원들에게 조심하고 안전한 곳으로 대피하라고 하였지만, 아프가니스탄에 안전한 곳이 어디 있으랴. 알아서 안전을 도모하라고 말하기에는 무책임한 것처럼 생각되었다.

함자가 살고 있는 차리카 마을 사람들도 카불이나 파키스탄 국경선 쪽으로 이동했다는 말이 들린다. 함자네 가족들도 예외가 될 수 없다. 나이 드신 함자 어머니가 아들에게 넌지시 물어본다.

"우리도 어디로든 떠나야 하지 않을까?"

"어디로 가시게요?"

"이웃집 무함마드네는 파키스탄으로 떠난다고 하던데…."

함자는 말이 없다. 하루 종일 멍하니 먼 산만 바라보면서 생각에 잠겨 있다. 저녁이 되자 멀찍이서 총소리와 폭발 소리가 들리는 것 같다. '이제 우리는 어떻게 하지?' 어디론가 떠나는 것 말고는 대안이 없다. 그때 어머니가 부르는 소리가 들려왔다.

"함자야, 집 앞에 누가 찾아왔어."

'지금 자신을 찾아올 사람이 없는데 누구일까?' 궁금해졌다.

집 앞의 뽕나무 옆에 어슴푸레 누군가 서 있는 모습이 보였다.

"누구십니까?"

말이 없다.

"누구세요?"

다시 큰 목소리로 물었다.

"하미드."

함자는 화들짝 놀라서 뒤로 자빠질 뻔했다.

"하미드… 어렸을 때 우리 이웃집에 살던…?"

"맞아, 그동안 잘 지냈어?"

그때서야 하미드가 살짝 미소를 띤 얼굴로 불빛 앞에 모습을 드러냈다. 못 본 지 근 20년이 지나서 잘 알아보기는 어려웠지만 그래도 그 얼굴은 여전했다. 함자는 달려가서 하미드를 끌어안고 뺨을 비볐다.

"하미드! 이게 얼마만인가? 보고 싶었어."

함자 어머니의 목소리가 들려왔다.

"그렇게 밖에만 서 있지 말고 안에 들어와서 얘기를 나누지 그래."

집 안으로 들어오면서 하미드가 함자 어머니께 인사했다.

"알리꿈 살람, 그동안 잘 지내셨습니까?"

"옆집에 살던 모범생 하미드로구나. 이렇게 오랜만에 보게 되다니… 정말 반갑다. 부모님들은 다들 잘 계시니?"

함자의 어머니가 눈물을 훔친다. 두 사람은 함자의 방으로 들어가서 하미드 어머니가 내어 준 찻잔을 사이로 마주 앉았다. 하미드의 옷차림은 수수했고 머리에 검정색 터번을 하고 있었다. 함자가 말을 꺼냈다.

"그동안 어떻게 지냈어? 칸다하르로 이사 간 후에 지인들을 통해 자네 소식을 수소문했지만 연락이 닿지 않더군."

하미드는 미소만 띤 채로 말을 아끼는 듯 했다.

"이 사람아, 얘기 좀 해 봐. 그동안 어떻게 지냈어? 가족들은 잘 지내시고 어디에 계시는가?"

"퀘타… 파키스탄."

"그럼, 칸다하르에서 파키스탄으로 갔단 말이야? 언제?"

"처음에 칸다하르로 갔다가 얼마 되지 않아 가족 모두가 파키스탄으로 갔다네."

함자는 갑자기 몸이 오싹해지면서 말문이 막혔다. 그렇게 소식이 없던 하미드가 갑자기 이 시점에 나타나서 자신을 찾아오다니, 왜?

둘은 차를 마시면서 한동안 말이 없었다. 조용한 적막을 깨고 하미드가 말을 꺼냈다.

"청소년 운동을 한다는 얘기를 들었네. 결혼은 했고?"

함자가 멋쩍은 듯 머리를 긁적이며 말했다.

"아직 못했어. 자네는?"

"나도."

두 사람은 마주보며 어색한 웃음을 지었다. 하미드가 갑자기 정색을 하며 말을 꺼냈다.

"나는 탈레반에서 일하고 있어."

"탈레반…."

함자는 자신의 느낌이 정확했음을 확인하면서 입 속으로 되뇌었다.

"며칠 후면 탈레반이 여기에 나타날걸세. 내가 먼저 온 것은 아프가니스탄을 위해 함께 일해 보자는 얘기를 하기 위해서야."

함자는 말문이 막혔다.

"가족들은 지금도 파키스탄에서 살고 계시나?"

"아참, 릴라 얘기를 안 했네…."

"릴라는 잘 지내? 결혼은 했고? 애기도 있겠네?"

하미드의 여동생 릴라 얘기가 나오니 함자의 질문이 많아졌다. 하미드가 한참 후에 입을 열었다.

"릴라는 파키스탄에 간 지 얼마 되지 않아서 죽었네. 내가 묻어 줬지…."

"죽었다고! 그럴 리가, 릴라가 죽었다니…."

함자의 가슴이 충격으로 무너지는 듯했다.

지금도 릴라의 어릴 때 모습이 눈에 선하다. 릴라는 꽃을 좋아했다. 봄에 들판에서 이름 모를 꽃들이 필 때면 릴라가 꽃을 찾아 이리저리 뛰어다니던 모습이 불현듯 떠오른다. 치맛자락이 바람에 하늘거리던 모습도…. 함자는 릴라를 좋아했다. 릴라가 꽃을 잔뜩 뜯어 와서는 함자에게 주면서 '오빠, 나 좋아해?' 하고 애교를 부릴 때면 함자의 가슴도 쿵쾅거렸던 어린 시절이 떠오르면서, 갑자기 눈물이 복받쳐 나오는 것을 어찌할 수 없었다.

하미드가 전해준 사연은 이러했다. 칸다하르로 갔으나 사정이 여의치 않아서 파키스탄으로 갔는데, 얼마 되지 않아서 동네 결혼식에 하미드와 릴라가 함께 가게 되었다. 그런데 하필이면 그날 식장이 폭발하는 바람에 릴라가 심하게 다쳐서 하미드가 업고 근처 작은 병원에 갔으나, 상처가 심해서 다시 차로 먼 거리에 있는 큰 병원에 가서 치료를 받았는데 결국 죽었다는 내용이었다. 알고 보니 그때 폭발은 미군이 무인기를 이용하여 미사일을 발사한 것이었다.

"릴라는 이사를 가서도 자네를 보고 싶어 했어. 언제쯤 차리카로 자기를 데려다 줄 거냐고 나를 다그치기도 했지. 병상에서 죽어가면서… 흑."

하미드도 가슴이 복받쳐 오르는 것을 겨우 참으면서 말을 이어간다.

"자네 이름을 말하면서 보고 싶다며 나보고 소식을 전해 달랬어…"

하미드는 그 일이 있은 직후에 탈레반에 가입했다. 그리고 힘든 훈련 과정을 거친 후 가즈니주의 탈레반에 배치되어 활동했다.

"2007년 여름에는 한국에서 왔다가 탈레반에 붙잡혔던 대학생들을 경찰과 미군의 감시망을 피해 관리하기도 했어. 2명이 죽었지…."

지금은 탈레반 지도자의 정치 담당 보좌관 밑에서 일하고 있다고 설명을 이어갔다.

둘은 함자의 방바닥에 나란히 누웠다. 하미드가 먼저 말문을 열었다.

"탈레반이 이길 거야."

"이겨서 어떻게 할 건데? 옛날처럼 또 많은 사람들에게 복수하고, 공포 정치를 하고, 코란에 맞지 않다며 유적들을 부수고, 여학교를 폐쇄하겠네…."

"그래서 자네를 찾아왔네. 어떻게 하면 제대로 할 수 있을지…."

함자는 아프가니스탄의 역사를 예로 들며 얘기했다.

"영국이 인도를 식민지화하고 듀란드 라인을 통해 파쉬툰족의 거주 지역을 반으로 잘라 버렸지. 3차례 영국과 전쟁도 치렀어. 험악한 지형을 이용해서 영국군을 혼내주기도 했지만 전면전에서는 상대가 되지 못했지. 1919년에 아마눌라가 왕이 되어 근대화를 위해 급진적인 개혁을 하다가 실패하였고, 타지크족 반란군에게 카불을 내주기도 했어. 나디르 샤가 수습했으나 곧 암살을 당했고, 자히르 샤가 왕위를 계승했으나 숙부와 사촌의 섭정을 받다가, 다우드가 무혈 쿠데타를 통해 왕정을 폐지하고 공화정을 설립했고, 소련의 지원을 받은 타라키가 1978년에 공산 혁명을 통해 아프가니스탄민주공화국을 설립했었지. 이 또한 오래 가지 못하고 지도자 간 내분이 발생하였고, 결국 소련군이 진주하여 공산 정부를 유지할 수 있었어. 그러자 파쉬툰, 타지크, 하자라, 우즈베크의 무자혜딘들이 미국으로부터 무기와 탄약을 지원받아 소련군에 대항하여 싸웠고, 소련군은 1989년 철수했지. 모두들 이제는 진정한 평화가 오나 보다 기대했는데…. 무자혜딘 파벌들 간 권력 장악을 위한 내전으로 비화되었어. 결국 신생 조직인 탈레반이 무력으로 타 정파들을 밀어내고 1996년에 정부를 설립하였으나 이슬람 율법을 엄격히 적용하면서 공포 정치가 되었고, 고립된 국제 정치 속에서 알카에다와 연대하다가 결국 2001년 미국의 공격을 받았지. 축출된 탈레반은 근 20년간 미군과 친미 정부에 반대하며 싸웠네. 지나간 역사가 가르쳐주는 것은 아프가니스탄의 모든 세력들을 아우르지 못한 급진적인 개혁은 성공할 수 없다는 교훈이야. 이제 다시 공은 탈레반에게 주어지려고 하고 있네. 탈레반은 어떻게 할 것인가?"

둘은 밤이 새도록 아프가니스탄의 미래에 대해 대화를 나누었다. 어느덧 날이 새는지 밖이 어슴푸레 밝아오자, 하미드는 벌떡 일어나 앉으면서 말을 꺼냈다.

"함자, 좋은 얘기 고맙네. 이제 떠나야 할 시간이 되었어. 어떻게 할 건가? 나를 따라 함께 가서 아프가니스탄의 발전을 위해 일을 하는 것이 좋지 않겠나?"

"지금 떠나야 해?"

"그렇다네. 시간이 없어."

함자는 어머니께 자초지종을 설명하지도 못하고 하직 인사도 못한 채 떠나야 된다는 것을 생각하니 갑자기 말문이 막혔다. 그러나 방법이 없지 않은가?

"그래, 함께 가겠네. 잠깐만 기다려주게. 어머니께 잠시 떠나 있겠다고 편지는 남겨야 되지 않겠나?"

"그럼 빨리 준비해주게. 나는 밖에서 기다리고 있겠네."

하미드가 일어나 조용히 방을 나갔다.

함자는 어머니께 편지를 쓰기 시작했다.

'어머니, 아침에 일어나시면 제가 집에 없을 것입니다. 그러나 놀라지 마십시오. 어제 저녁에 만난 하미드와 함께 칸다하르로 가서 가족들도 만나고 새로운 사업을 모색하고 오겠습니다. 연락을 올리겠습니다. 다만, 최근 전화 연결 상태가 좋지 않으니 연락이 없더라도 걱정하지 마시기 바랍니다. 치안 상황이 좋지 않으니 늘 안전에 유의하시고 급한 일이 있으시면 어머니께서 잘 아시는 제 친구 아반에게 요청해 주십시오. 함자 올림.'

3

구름에 가려져 있던 그믐달이 한 번씩 나타날 때마다 힌두쿠시 산맥 봉우리들의 실루엣을 어슴푸레하게 보여주었다. 검푸르게 깎아지른 절벽으로 형성된 산들은 오랜 세월을 그 자리에 있으면서 아프가니스탄을 거쳐 간 수많은 부침의 순간들을 말없이 지켜봐왔다.

힌두쿠시 산맥을 남북으로 관통하는 살랑 패스는 구 소련군이 건설한 것으로 정상 부근에서 터널로 연결되어 있어서 겨울에도 차량 운행이 가능한데, 카불과 북쪽의 마자리 샤리프, 쿤두즈를 연결하는 젖줄이다. 터널의 남과 북, 양쪽 입구에 경비 초소가 있어서 24시간 지키고 있다. 경비 초소에는 AK소총으로 무장한 병력 2명이 배치되었으나 최근에 4명으로 증강되었고, 기관총 1정도 거치되었다. 2명은 초소에서 좌우를 경비하고, 2명은 밖에서 차량 검색 등 감시를 했다. 1개 소대 병력이 배치되어 교대로 경비 임무를 수행해 왔으나 최근 탈레반의 공격이 거세지고 있어서 병력과 장비가 증강 편성되었다. 경비는 2시간 단위로 교대가 이루어지고, 나머지 병력은 경비 초소에서 50m 떨어진 막사에서 생활하는데 상황실과 내무반으로 나뉘어져 있으며 막사 주위는 울타리가 쳐져 있다. 경비 초소에서 비상벨이 울리면 즉각 출동할 수 있도록 무기가 내무반에 비치되어 있다. 터널 위와 좌우측에는 유사시 병력을 배치하기 위한 참호가 준비되어 있었고, 상황실은 핫라인이 상급 부대와 연결되어 지원 요청 시 화력과 조명 등 포병 지원과 함께 바그람 기지에서 헬기를 이용한 신속 기동 부대와 후방 증원 부대가 투입되도록 계획되어 있었다.

밤이 깊어지면서 이동하는 차량 대수도 감소하고 새벽이 되면 적막감만이 감돈다. 기온도 떨어져서 경비 초소에 근무하는 인원들도 추위와 졸음에 움츠러 든다. 날이 희뿌옇게 밝아오기 시작할 즈음에 차량 한 대가 북쪽에서 이동해 오는 것이 보였다. 감시병이 다가오는 차량을 검색하러 다가갔지만 창문이 내려가더니 총격을 받고 그대로 바닥에 쓰러졌다. 초소의 경비병이 급히 비상벨을 누른 후 사격을 하려고 방아쇠를 당기는 순간, 뒤쪽에서 달려든 두 명의 괴한에 의해 목이 꺾이면서 시퍼런 칼날에 꽂혀 바닥으로 떨어졌다. 막사 상황실에 비상벨이 울리자 잠에서 덜 깬 병사들이 총을 들고 막사 밖으로 우르르 뛰어나왔지만 기다렸다는 듯이 총성이 요란하게 울려 퍼졌고, 그들은 곧 바닥에 나뒹굴었다. 막사 안의 나머지 인원들도 내부로 진입한 무장 괴한들에게 사살되었다. 아무도 없는 상황실에는 인터컴을 통해 상급 부대에서 호출하는 목소리만 공허하게 울리고 있었다.

남쪽 터널 입구도 거의 같은 시각에 무장 괴한들에게 점령되었다. 날이 밝자 군 헬기가 상공을 맴돌다가 무장 괴한으로부터 사격을 받고 사라졌으며, 중대 규모의 증원 병력이 장갑차와 트럭으로 남쪽에서 이동해 왔으나 협곡 지점에서 매복 중이던 무장 괴한들의 로켓탄과 기관총 공격을 받고 전사자와 파괴된 차량을 버리고 퇴각하였다.

살랑 패스를 탈레반에게 빼앗기게 되자 북쪽 지역의 군은 퇴로와 지상 보급로가 차단되어 남과 북으로 분리되는 곤란한 상황에 처하게 되었고, 살랑 패스 남쪽의 바그람 공군 기지도 위협에 노출되었다.

미국의 중재를 받는 정부와 탈레반 간 협상은 여전히 주도권 문제로 난항을 거듭하였고, 살랑 패스 탈취 소식에 곧 탈레반이 카불에 나타날 것처럼 사람들은 패닉에 빠졌다. 카불 시내에는 흉흉한 소문이 꼬리에 꼬리를 물고 파다하게 퍼졌다. 마치 1995년에 탈레반이 카불에 진주하여 공산 정권에서 대통령을 지냈던 나지불라를 붙잡아 처참하게 죽인 후 공개적으로 목매달아 놓았듯이 잔인한 복수극을 실행할 것이라는 것이다. 정부 쪽 인사들의 가족들이나 불안을 느낀 많은 사람들이 외국으로 나가기 위해 카불 공항과 파키스탄으로 가는 도로는 사람과 차량들로 붐비기 시작했다. 정부군이 탈레반과의 전투에서 많은 승리를 거두고 치안이 안정될 것이라 연일 방송하고 있었으나 별반 소용이 없었다.

함자는 하미드를 따라 나섰던 그날 새벽, 덮개가 씌워진 트럭 뒤에 타고 어디론가 하루 종일 이동하였고, 밤이 되자 민가에서 하룻밤을 보낸 뒤 다음 날도 똑같이 차로 이동하였다. 비포장도로를 얼마나 달렸는지 엉덩이가 아프다. 저녁이 되어 어두워질 무렵에 황토로 만들어진 민가 몇 채가 보이는 곳에 도착하였다. 하미드가 트럭 뒤로 와서 고생시켜서 미안하다는 표정으로 말을 건넨다.

"이제 도착했네. 힘들었지?"

함자는 먼지가 뿌옇게 묻은 얼굴을 덮개 밖으로 내밀며 괜찮다고 했다. 트럭에서 내린 함자를 하미드가 아담한 방으로 안내했다.

"여기가 자네 방일세. 화장실과 세면장은 밖에 있어. 오늘은 쉬고 내일 아침에 데리러 오겠네. 참, 식당에 가서 먹을 것도 챙기고 그럼 편히 쉬게."

하미드가 가고 나자 함자는 털썩 방바닥에 주저앉았다. 피곤이 겹쳐서 밖에 나갈 엄두가 나지 않는다. 지난 이틀 동안 몇 달은 지나간 것 같다. 하미드에게 이끌려서 오기는 했으나 마음 한구석에는 제대로 된 결정을

- 새로운 정치 체제
- 법치제도
- 여성의 지위
- 현 정부 인사 및 타 민족과의 연대 가능성
- 외교
- 경제

탈레반도 1996년부터 2001년까지 정치 경험을 되돌아보면서 새로운 방향 설정을 하고 있었다. 곧 회의가 시작되었다. 오늘 회의 주제는 여성의 지위에 관한 것이었다. 함자는 발제자가 발표하는 내용을 듣고 과거와는 많이 달라졌다는 것을 알 수 있었다. 여학교도 부분적으로 운영하고, 부르카 착용도 완화된 내용이 포함되었다. 그러나 여성의 사회적 활동에 대해서는 참석자들 간 견해가 다르고, 열띤 토론이 있었다. 사회자가 잠시 정회를 선언하고 휴식 후에 회의를 재개한다고 말했다. 잠시 후 회의가 재개되자, 아마드가 함자에게 의견을 제시해 줄 것을 요청했다. 함자는 다른 이슬람 국가들이 어떻게 적용하고 있는지를 참고할 필요가 있으며, 이슬람 국가들도 시대의 변화에 맞추어 여성들에 대한 교육과 사회 참여를 확대해 나가고 있다고 말했다.

한 것인지에 대한 의문이 계속 올라온다. 집에 계시는 어머니에
정도 태산 같다. 트럭에 탑승할 때 하미드의 요청으로 휴대폰을
었기 때문에 연락할 수단도 없다. 함자는 방에 누워 이런 저런
잠을 못 이루다가 새벽녘에 잠깐 눈을 붙였다.

밖에서 사람들의 인기척 소리에 잠이 깨서 일어나 보니 다
이었다. 방문을 열고 밖으로 나섰다. 따가운 햇살이 느껴진다
사람들이 "알리꿈 살람" 하고 아침 인사를 건넨다. "살람 오
다소 어색하게 인사를 나눈다. 간단히 얼굴을 씻고 아침을
로 돌아오니, 하미드가 와서 기다리고 있었다.

"오늘 회의에 정치 보좌관이 참석하기로 되어 있네. 회
소개하도록 하겠네. 이쪽으로 따라오게."

하미드를 따라 회의실에 들어가니 대여섯 명의 머리에
사람들이 얘기를 나누다가 함자를 쳐다보았다. 하미드가
다. 그때 연장자로 보이는 사람이 함자에게 다가와서 말

"정치 보좌관 아마드요. 환영하오. 좋은 의견을 기대하

"함자라고 합니다."

회의에 참석한 사람들은 탈레반의 정치 분야를 담당
탈레반 주도로 새로운 정부를 수립할 때 주요 정치 학
어나갈 것인지를 준비하는 역할을 수행하고 있었다.
안들을 알려주었다.

4

 판지시르 계곡에는 높고, 깎아지른 절벽 사이로 흐르는 판지시르강을 따라 군데군데 강 옆으로 농경지와 마을이 산재해 있다. 판지시르 계곡 입구는 소형 트럭 한 대 정도가 겨우 통과할 정도로 협소한데, 거기에 초소가 있어서 검문검색을 하고 있다. 입구를 통과하면 계곡을 따라 폭이 좁은 포장된 도로가 힌두쿠시 산맥 쪽으로 끝없이 이어져 있다. 가끔씩은 도로 폭이 좁아져 1차선이 되기도 한다. 이곳은 1980년대 소련군에 저항하던 마수드 장군이 지휘하던 무자헤딘의 본거지이다. 워낙 험악한 협곡이다 보니 탱크와 헬기로 무장한 소련군도 점령하지 못했던 지역이다. 주민들은 대부분 타지크족으로 그 저항 정신과 결집력은 대단하다. 탈레반이 정권을 장악한 이후에도 저항했으며, 미국이 탈레반을 공격할 때 함께 싸웠다.

 쾌청한 날씨에 뙤약볕이 판지시르 계곡을 내리쬐고 있고, 좁은 들판에는 밀과 채소, 과일들이 풍성하다. 가비는 주민회의에 참석하기 전에 바함 사무실에 잠시 들렀다. 요즘 일들이 손에 잡히지 않고 뉴스에만 귀를 기울이게 된다. 바함 활동을 주도하던 함자와 연락이 두절된 지도 몇 주가 되었다. 함자와 함께 일하던 아반에게 물어보았으나 자신도 연락이 되지 않는다고 했다. 궁금하기 짝이 없다. 마을 회관에 가던 길에 리자를 만났다. 가비의 얼굴에 함박 미소가 떠오른다. 둘은 서로 좋아하는 사이이다. 아직 공식적으로 결혼하기로 한 사이는 아니지만 조그마한 동네이다 보니 주민들 사이에도 이미 파다하게 알려져 있다. 그래도 이슬람 율법을 준수하기 위해 대낮에 남들이 보는 앞에서 대놓고 애정 행각을 할 수는 없다. 서로의 눈빛으로 사랑을 표현할 수밖에.

"마을 회관에 가는 길이야. 주민 회의가 있거든."

"나도 들었어. 좋은 소식이 있으면 좋겠네. 이따 저녁에 시간 있어?"

"8시에 청소년 사무실에서 만날까?"

"좋아."

리자는 자신의 얼굴이 빨개지는 것을 느끼며 누가 볼까 봐 얼른 자리를 피해 종종걸음으로 사라진다. 리자의 뒷모습을 쳐다보던 가비도 자신도 모르게 몸에 힘이 들어가는 것을 느끼고 깜짝 놀라 얼른 돌아서서 마을 회관으로 발걸음을 옮긴다.

주민 회의는 분위기가 심상치 않다. 마을 원로인 하미르가 말문을 연다.

"다들 오셨습니까? 그럼 회의를 시작하겠습니다. 오늘 첫 번째 안건은 최근 치안 상황에 대해 불안해하시는 분들의 의견을 반영하여 마을 순찰대를 편성하는 것입니다. 1개조 2인씩 2개조를 순번대로 편성하여 마을 북쪽과 남쪽에 조당 2시간씩 마을 순찰 활동을 하는 것입니다. 무장은 AK소총과 탄약을 휴대하도록 하겠습니다. 총소리가 나게 되면 즉각 대응조로 편성된 분들은 바로 출동해주시기 바랍니다. 여기에 대해 의견이 있으신 분은 발표해주시기 바랍니다."

마을 주민인 하만이 손을 들었다.

한 것인지에 대한 의문이 계속 올라온다. 집에 계시는 어머니에 대한 걱정도 태산 같다. 트럭에 탑승할 때 하미드의 요청으로 휴대폰을 건네주었기 때문에 연락할 수단도 없다. 함자는 방에 누워 이런 저런 생각으로 잠을 못 이루다가 새벽녘에 잠깐 눈을 붙였다.

밖에서 사람들의 인기척 소리에 잠이 깨서 일어나 보니 다음 날 아침이었다. 방문을 열고 밖으로 나섰다. 따가운 햇살이 느껴진다. 지나가는 사람들이 "알리꿈 살람" 하고 아침 인사를 건넨다. "살람 알리꿈" 하고 다소 어색하게 인사를 나눈다. 간단히 얼굴을 씻고 아침을 먹고서 방으로 돌아오니, 하미드가 와서 기다리고 있었다.

"오늘 회의에 정치 보좌관이 참석하기로 되어 있네. 회의 전에 잠깐 소개하도록 하겠네. 이쪽으로 따라오게."

하미드를 따라 회의실에 들어가니 대여섯 명의 머리에 검은 터번을 쓴 사람들이 얘기를 나누다가 함자를 쳐다보았다. 하미드가 함자를 소개했다. 그때 연장자로 보이는 사람이 함자에게 다가와서 말했다.

"정치 보좌관 아마드요. 환영하오. 좋은 의견을 기대하겠소."

"함자라고 합니다."

회의에 참석한 사람들은 탈레반의 정치 분야를 담당하는 사람들로서 탈레반 주도로 새로운 정부를 수립할 때 주요 정치 현안들을 어떻게 풀어나갈 것인지를 준비하는 역할을 수행하고 있었다. 하미드가 6개의 현안들을 알려주었다.

- 새로운 정치 체제
- 법치제도
- 여성의 지위
- 현 정부 인사 및 타 민족과의 연대 가능성
- 외교
- 경제

탈레반도 1996년부터 2001년까지 정치 경험을 되돌아보면서 새로운 방향 설정을 하고 있었다. 곧 회의가 시작되었다. 오늘 회의 주제는 여성의 지위에 관한 것이었다. 함자는 발제자가 발표하는 내용을 듣고 과거와는 많이 달라졌다는 것을 알 수 있었다. 여학교도 부분적으로 운영하고, 부르카 착용도 완화된 내용이 포함되었다. 그러나 여성의 사회적 활동에 대해서는 참석자들 간 견해가 다르고, 열띤 토론이 있었다. 사회자가 잠시 정회를 선언하고 휴식 후에 회의를 재개한다고 말했다. 잠시 후 회의가 재개되자, 아마드가 함자에게 의견을 제시해 줄 것을 요청했다. 함자는 다른 이슬람 국가들이 어떻게 적용하고 있는지를 참고할 필요가 있으며, 이슬람 국가들도 시대의 변화에 맞추어 여성들에 대한 교육과 사회 참여를 확대해 나가고 있다고 말했다.

이다. 아직 공식적으로 결혼하기로 한 사이는 아니지만 조그마한 동네이다 보니 주민들 사이에도 이미 파다하게 알려져 있다. 그래도 이슬람 율법을 준수하기 위해 대낮에 남들이 보는 앞에서 대놓고 애정 행각을 할 수는 없다. 서로의 눈빛으로 사랑을 표현할 수밖에.

"마을 회관에 가는 길이야. 주민 회의가 있거든."

"나도 들었어. 좋은 소식이 있으면 좋겠네. 이따 저녁에 시간 있어?"

"8시에 청소년 사무실에서 만날까?"

"좋아."

리자는 자신의 얼굴이 빨개지는 것을 느끼며 누가 볼까 봐 얼른 자리를 피해 종종걸음으로 사라진다. 리자의 뒷모습을 쳐다보던 가비도 자신도 모르게 몸에 힘이 들어가는 것을 느끼고 깜짝 놀라 얼른 돌아서서 마을 회관으로 발걸음을 옮긴다.

주민 회의는 분위기가 심상치 않다. 마을 원로인 하미르가 말문을 연다.

"다들 오셨습니까? 그럼 회의를 시작하겠습니다. 오늘 첫 번째 안건은 최근 치안 상황에 대해 불안해하시는 분들의 의견을 반영하여 마을 순찰대를 편성하는 것입니다. 1개조 2인씩 2개조를 순번대로 편성하여 마을 북쪽과 남쪽에 조당 2시간씩 마을 순찰 활동을 하는 것입니다. 무장은 AK소총과 탄약을 휴대하도록 하겠습니다. 총소리가 나게 되면 즉각 대응조로 편성된 분들은 바로 출동해주시기 바랍니다. 여기에 대해 의견이 있으신 분은 발표해주시기 바랍니다."

마을 주민인 하만이 손을 들었다.

4

 판지시르 계곡에는 높고, 깎아지른 절벽 사이로 흐르는 판지시르강을 따라 군데군데 강 옆으로 농경지와 마을이 산재해 있다. 판지시르 계곡 입구는 소형 트럭 한 대 정도가 겨우 통과할 정도로 협소한데, 거기에 초소가 있어서 검문검색을 하고 있다. 입구를 통과하면 계곡을 따라 폭이 좁은 포장된 도로가 힌두쿠시 산맥 쪽으로 끝없이 이어져 있다. 가끔씩은 도로 폭이 좁아져 1차선이 되기도 한다. 이곳은 1980년대 소련군에 저항하던 마수드 장군이 지휘하던 무자헤딘의 본거지이다. 워낙 험악한 협곡이다 보니 탱크와 헬기로 무장한 소련군도 점령하지 못했던 지역이다. 주민들은 대부분 타지크족으로 그 저항 정신과 결집력은 대단하다. 탈레반이 정권을 장악한 이후에도 저항했으며, 미국이 탈레반을 공격할 때 함께 싸웠다.
 쾌청한 날씨에 뙤약볕이 판지시르 계곡을 내리쬐고 있고, 좁은 들판에는 밀과 채소, 과일들이 풍성하다. 가비는 주민회의에 참석하기 전에 바함 사무실에 잠시 들렀다. 요즘 일들이 손에 잡히지 않고 뉴스에만 귀를 기울이게 된다. 바함 활동을 주도하던 함자와 연락이 두절된 지도 몇 주가 되었다. 함자와 함께 일하던 아반에게 물어보았으나 자신도 연락이 되지 않는다고 했다. 궁금하기 짝이 없다. 마을 회관에 가던 길에 리자를 만났다. 가비의 얼굴에 함박 미소가 떠오른다. 둘은 서로 좋아하는 사이

"주정부 쪽에서는 현재 상황에 대해 특별한 지시는 없습니까?"

"아직 없습니다. 다만 마을 단위로 자체 경계를 강화하고 유사시에 대비할 수 있는 태세를 갖추라고는 했습니다."

또 다른 주민이 물었다.

"카불은 어떻습니까? 파키스탄으로 떠나는 사람들도 많다고 하던데요?"

"일부 불안해하는 사람들이 있다고 합니다만 정부에서는 군과 경찰이 탈레반의 공격을 잘 막아내고 있으니 동요하지 말라고 합니다."

주민 회의를 마치고 돌아오면서 가비는 생각에 잠겼다. '아버지가 무자헤딘으로 소련군과 싸웠던 얘기들을 자랑스럽게 들려줄 때 지겹게 생각하곤 했었는데….' 이젠 실제로 전장에 뛰어들게 될 것처럼 긴박감이 느껴진다. 그러면 사랑하는 리자와도 헤어질 수밖에 없다.

저녁에 청소년 사무실에서 가비는 리자가 언제나 올리나 조바심을 친다. 약속한 8시가 지났는데도 리자가 나타나지 않아서 그렇다. 그때 밖에서 인기척이 났다.

"가비 있어?"

리자다. 가비는 얼른 일어서서 문을 열어 리자가 들어오게 한 후 밖에 누가 보고 있는 사람은 없는지 둘러본 다음에 문을 잠갔다. 그리고 이내 불이 꺼졌다. 둘은 누가 먼저랄 것 없이 포옹을 하면서 얼굴을 비볐다. 가비의 입술이 리자의 입술에 깊이 파고들었다. 그의 손길이 리자의 몸 구석구석에 닿을 때마다 리자는 가비의 가슴속으로 더욱 파고들며 가쁜 숨을 몰아쉬었다. 불안한 치안 상황으로 인해 두 사람의 애정이 더욱 거세게 타오르는 것 같았다. 이 순간만큼은 설사 밖에서 전쟁이 일어나더라도 개의치 않을 것 같다.

판지시르 계곡은 강물이 힘차게 굽이쳐 흐르는 소리만 남긴 채 밤이 깊어간다. 이때 강 옆의 수풀을 따라 무엇인가 은밀하게 움직이고 있었다. 강물 소리와 수풀의 컴컴한 음영을 이용하여 이동하는 것은 분명히 사람들이었고, 무장을 하고 있었으며, 야간 투시경도 착용하고 있었다.

그들이 마을 근처로 다가갔을 때 갑자기 개 짖는 소리가 나더니 점점 가까워졌다. 요란하게 짖는 소리에 이 집, 저 집에서 불이 켜지고 사람들이 밖으로 나오기 시작했다. 은밀히 침투하던 인원들 중 지휘자가 현장 이탈을 지시하자 그들은 뒤돌아서 신속히 도주하기 시작했다. 그 뒤를 개 두세 마리가 계속 쫓아가면서 짖었다.

다음 날 아침에 개 짖는 소리를 궁금하게 생각한 주민들은 현장에서 전날의 침입자들이 급히 도주하느라 남겨 놓고 간 후레쉬, 칼, 두건 등 여러 가지 흔적들을 발견했다. 이러한 상황은 곧바로 주정부에 보고되었고, 정부 관계자들이 현장에 출동하여 분석한 결과, 탈레반 추종 세력들이 목적은 불분명하나 침투했던 것으로 판단하였다. 주정부와 치안 관계자들이 장시간의 회의 끝에 내린 결론은 자체 경비 강화와 기동 타격대의 상시 대기 등이었다. 곧바로 마을 단위로 경비를 강화하라는 지시가 떨어졌고, 가비의 마을에도 마을 입구와 계곡 양쪽의 산꼭대기에 경비 인력을 배치하게 되었다.

5

    바미얀은 언제, 어디서 봐도 아름다운 곳이다. 오랜 세월 동안 깎인 붉은 빛을 띠는 절벽과 협곡들에 둘러싸인 들녘은 온갖 곡물과 채소들로 푸름이 가득하다. 한 무더기의 아이들이 재잘거리며 들판에서 뛰어놀고 있다. 평화스러운 모습이다. 이곳의 주민들은 대다수 몽고의 후예들로 일컬어지는 하자라족이다. 전쟁을 통해 점령한 곳에 그 후손들이 살아가는 것은 인류의 역사를 통해 쉽게 확인할 수 있다. 그 옛날 육로로 인도의 관문 역할을 했던 만큼 아프가니스탄에는 많은 세력들이 진주했고, 그들의 후손들이 곳곳에 뿌리를 내리고 있으며 바미얀도 그중의 하나이다.

    미군의 아프가니스탄 진주 후에 이곳에는 뉴질랜드군이 지역 재건단을 운영하였고, 비상 활주로를 통해 공중으로 보급과 교류가 이루어졌다. 바미얀은 북쪽으로는 힌두쿠시 산맥을 넘어 마자리 샤리프와 연결되고, 서쪽으로는 헤라트, 동쪽으로는 차리카와 차량으로 이동할 수 있는 비포장도로로 연결되어 있다. 같은 이슬람이지만 시아파인 하자라와 수니파인 탈레반과는 사이가 좋지 않다. 탈레반이 과거 마자리 샤리프를 점령했다가 하자라족의 공격을 받아 많은 피해를 입기도 했고, 그 이후에 탈레반이 하자라족에 대한 무차별 살상을 저지르기도 했다. 바미얀을 점령할 때도 하자라의 저항이 컸으며, 탈레반이 국제 사회의 주목을 끌기 위해 바미얀의 대불들을 폭파하기도 했다.

바미얀에도 긴장이 감돈다. 북쪽의 마자리 샤리프 주변 지역을 탈레반이 많이 점령했고, 힌두쿠시 산맥의 살랑 패스도 확보했기 때문이다. 과거 뉴질랜드군이 주둔했던 비상 활주로 인근에 정부군 1개 대대 규모가 배치되어 있고, 하자라 주민들의 자발적인 참여로 자경단을 조직하여 자체 방호에 나선 상황이다. 바미얀의 동, 서, 북쪽의 진입로에 경비 초소와 병력이 배치되어 24시간 검문검색이 이루어지고 있다.

주민들도 불안 속에 잠겨있다. 탈레반의 과거 잔인한 공격과 무차별적인 학살을 떠올리게 된다. 다수 종족인 파쉬툰으로 구성된 탈레반을 수적으로 열세인 하자라가 대응하기에는 역부족이다. 같은 시아파인 이란의 후원을 받기는 하나 생존을 보장해 줄 정도는 아니다. 미군과 나토군의 철수로 시시각각 다가오는 압박감과 미래에 대한 불안감이 크다.

하림은 자경단에 지원하였고, 청소년 활동을 이끌었던 경험을 인정받아 팀장으로 임명되었다. 첫 번째 임무는 일주일간 바미얀주로 들어가는 동쪽 입구인 시바르 패스를 경비하는 것이었다. 팀장을 포함해 10명으로 편성되었고, 개인별 AK소총과 탄약 200발, 공용화기는 RPG-7 1정과 로켓탄 5발, 수타식 신호탄 5발과 조명탄 5발이 지급되었다. 내부 통신을 위해 워키토키 3대가 지급되었고, 나머지 식량이나 진지 구축 장비들은 자체적으로 준비하여 임무를 수행하고 다음 팀에 인수인계하라고 지시받았다. 본부와의 연락은 개인 휴대폰이나 근처 마을의 유선 전화를 이용해야 한다. 다행히 팀원 중에 트럭을 가지고 있는 사람이 있었고, 식량은 상황을 보아가며 주변 마을에서 공급받아야 할 형편이었다.

시바르 패스는 바미얀에서 차리카로 연결되는 도로의 요충지이다. 과거에도 바미얀으로 공격해오는 탈레반과 치열한 전투를 치렀던 지역이고 바미얀의 보급로 확보를 위해 중요하다. 하림은 팀원과 함께 트럭을 타고 시바르 패스 정상에 도착하였다. 현지 정찰을 해보니 도로가에 경비 초소와 나무와 철조망을 이용해 만든 도로 차단용 장애물이 있었으나, 사용하려면 보수가 필요했다. 소질이 있는 팀원 3명에게 손질하라고 하고, 나머지 인원들과 함께 주변 지역을 정찰하였다. 고개 좌우측의 절벽 위에 경계 진지를 구축하면 경비 초소에서 교전이 있을 경우 지원 사격을 하기에 적절하게 보였고, 주변에 대한 감시 관측이 용이할 것으로 판단하였다. 탈레반이 이곳을 확보하러 온다면 바미얀강을 거슬러 북에서 남으로 내려와서 시바르 패스 뒤쪽으로 올라오거나 동쪽에 있는 차리카 방향에서 차량으로 이동 후 하차하여 공격할 것이었다. 그래서 하림은 경비 초소에 3명을 배치하고 경비 초소를 내려다보는 좌우측 진지에 3명씩 배치하여 2명 근무, 1명 휴식으로 편성하였다. RPG-7은 사계가 좋은 좌측 진지에 배치하고 신호탄과 조명탄, 워키토키는 경비 초소와 좌우측 진지들에 분배한 후 사용 및 신호 요령을 설명하였다. 하림은 좌측 진지에 위치하였다.

하림의 팀이 시바르 패스에 배치된 지 3일째 되던 새벽녘, 차리카 방향에서 다가오는 차량 불빛이 멀리서 보였다. 하림은 경비 초소와 우측 진지에 그것을 알린 뒤, 전원 사주 경계를 철저히 할 것을 지시했다. 다가오던 차량은 약 3백 미터 전방의 커브 길에서 잠시 멈춘 듯 보이지 않다가 한참 후에 다시 나타났다. 하림은 경비 초소에 지시하여 차가 장애물 앞에 멈출 때 도로로 나가서 검문검색을 하지 말고 초소의 진지에서 지켜보고 대응할 것을 지시하였다. 그리고 좌우측 진지에 배치된 인원들에게 전방과 후방에 대한 감시를 강화하고 적이 은밀히 접근해 오는 것을 사전에 발견할 수 있도록 감시하며 적에게 발각되지 않도록 최대한 정숙을 유지하라고 지시하였다. 워키토키 키를 한 번 누르는 것을 적 발견 신호, 두 번 누르는 것을 사격 개시, 세 번 누르면 사격 중지로 하였다. 차량이 천천히 다가와 장애물 앞에 멈춘 후에 움직이지 않고 가만히 있었다. 그때 경비 초소 전방 오른쪽 숲에서 나뭇가지가 부러지는 소리가 났으나 곧 조용해졌다. 이어서 우측 진지에서 워키토키 키를 한 번 눌렀다. 적을 발견했다는 신호였다. 하림은 RPG-7 사수에게 차량을 조준하라고 지시했다. 이때 차량 유리창이 내려가더니 AK소총 총구가 보였고, 경비 초소를 향해 사격을 하기 시작했다. 총탄이 경비 초소의 토담과 사대에 퍼부어졌고 경비병들은 대응 사격할 엄두를 내지 못한 채 초소 바닥에 납작 엎드렸다. 하림의 지시를 받은 좌측 진지의 로켓탄 한 발이 차량을 향해 발사되었고 차량은 큰 폭발음과 함께 불타기 시작했다. 우측 진지에서 전방 상공으로 조명탄을 쏘아 올렸고 주위가 대낮처럼 환해졌다. 경비 초소 우측 전방의 숲에서 적들이 허둥지둥 도망가는 모습을 보자 일제 사격으로 적들을 사살하였다. 잠시 후 하림은 사격 중지를 지시했다.

날이 밝은 후에 교전 현장을 확인해 본 결과, 차량 내부에 2명의 시신과 AK소총 2정, RPG-7 1정이 있었고, 경비 초소 전방 우측의 수풀 속에는 시신 3구와 AK소총 3정이 발견되었다. 하림은 작전 결과를 자경단 본부로 보고하였다. 이 소식은 곧바로 퍼져나갔고 바미얀 주민들은 지난 20년간의 불안했던 평화가 위협에 처하게 된 것을 확인할 수 있었다.

6

 토르함의 하이버르 패스는 아프가니스탄의 동쪽에 있는 잘랄라바드와 파키스탄의 페샤와르를 연결하는 국경선의 주요 통로이자 아프가니스탄 카불로 들어가는 대부분의 물류가 통과하는 곳이다. 해상으로 운송된 화물을 카라치항구에서 화물차에 실어 아프가니스탄으로 운송한다. 과거 아프가니스탄 주둔 미군의 주요 보급로 역할도 했다.
 국경선의 파키스탄 출입국 사무소 앞에는 파키스탄으로 입국하려는 아프가니스탄 사람들로 늘 붐비지만 미군의 아프가니스탄 철수 후에는 입추의 여지없이 가득 찼다. 여권과 비자를 잘 갖춰서 통과하는 사람들도 있지만, 서류가 미흡하거나 출입국 사무소 직원의 질문에 적절한 답변을 못해서 뒤로 밀려나 어쩔 줄 몰라 하는 사람들도 있었고, 텐트를 쳐놓고 장기전에 대비하는 사람들도 많았다. 이렇다 보니 이런 사람들을 대상으로 하는 장사꾼들과 돈을 받고 출입을 도와주는 사람들도 있다. 그리고 정상적인 방법으로 통과할 수 없거나 급한 사람들을 대상으로 돈을 받고 밀입국을 시켜주는 사람들도 있다. 이들은 하이버르 패스를 우회하여 산을 넘어 국경선을 통과한다. 국경선이 길어서 국경 경비대가 막기에는 역부족이다.

파키스탄 정부도 난민 문제로 골머리를 앓고 있다. 근 30년 동안 아프가니스탄 내전으로 많은 난민들이 유입되었고 이를 관리하느라 예산과 인력을 편성해야 했다. 영국이 듀란드 라인을 설정하여 파쉬툰족을 아프가니스탄과 파키스탄으로 갈라놓은 것은 파키스탄과 아프가니스탄의 외교적인 문제가 되었을 뿐만 아니라 파쉬툰족 공동체 내의 교류가 제한되면서 저항이 거세지는 결과를 낳았다. 그러자 결국 파키스탄도 국경선에 연한 파쉬툰 거주 지역을 자치주로 설정하였다. 파키스탄군과 자치주의 무장 단체 간 충돌도 빈번하게 발생하고 있다.

반면, 파키스탄에게 이득이 되는 것도 있다. 과거 많은 미군의 보급 물자가 카라치로 입항하여 아프가니스탄으로 이동하는 데 따른 관세 징수, 일자리 창출 등 경제적 이익과 사회 불안 요인인 탈레반 자치주 내 무장 및 테러 세력들의 관심을 아프가니스탄으로 돌릴 수 있기 때문이다.

탈레반이 20년 동안 미군의 공격에도 불구하고 생존할 수 있었던 것도 파키스탄의 파쉬툰 자치주의 역할이 컸다. 탈레반의 지도부는 파키스탄에 위치하여 미군의 공격을 피할 수 있었고, 탈레반의 징집이나 훈련을 미군이 직접 공격할 수 없는 안전한 곳에서 할 수 있었기 때문이다.

초등학생인 하디의 가족도 파키스탄 입국 대열에 끼여 있다. 아버지와 어머니, 남동생까지 4인 가족이다. 하디의 아버지인 압둘은 미군의 통역을 담당했다. 탈레반의 보복이 두려워 아프가니스탄에서 멀리 떨어진 파키스탄의 라호르로 가는 길이다. 카불 주재 파키스탄 대사관에서 비자를 발급받았기 때문에 서류상으로 문제는 없다. 하디는 초등학교 4학년이다. 카불에서 같은 반에 다니던 단짝 친구들이 많았다. 앨마와 지라가 떠오른다. 떠나기 전날, 함께 뛰어놀던 동네 어귀에서 만나 눈물을 흘리며 손을 잡고 꼭 연락하자며 잊지 말고 만나기로 약속했다. 그런데 언제, 어디서, 어떻게 만날 것인지 기약조차 없다. 그리움이 복받친다. 외부 세계에서는 카불이 연일 폭탄 테러로 많은 사람들이 죽는 위험한 도시일지 몰라도 하디에게는 그렇게 좋은 곳이 없다.

7

카불은 아름다운 도시이다. 해발 1,791미터에 위치하고 있어 비교적 서늘하고 햇볕이 따스하다. 하얀색 작은 상자들을 나란히 진열해 놓은 듯 하늘에서 바라보는 시가지는 평화롭게 보인다.

이런 평화를 시기라도 하듯이 가끔씩 기습적으로 쇼킹한 사건들이 발생하곤 한다. 호텔에 무장 괴한들이 난입하여 외국인 투숙객을 살해하고 대통령 궁에 박격포를 쏘거나, 주요 시설이나 사람들이 많이 모이는 곳에 차량 폭탄 테러를 한다. 자신들의 존재감을 드러내려는 목적으로 무고한 시민들의 목숨을 앗아 간다.

누가 저지른 테러인지 밝혀지지 않은 경우도 많다. 카불의 서쪽 하자라족 거주 지역에 있는 여자 고등학교를 겨냥한 차량 폭탄 테러로 수십 명의 여학생들이 목숨을 잃었다. 자신들의 소행임을 밝힌 테러 단체가 없다 보니, 당연히 화살은 여학생 교육을 반대하고 하자라족을 싫어하는 탈레반을 향했다. 그런데 탈레반 대변인은 언론에 자신들이 저지른 짓이 아니라고 부인했다.

그럼 누가? 하자라족에 원한이 있는 단순한 보복 행위란 말인가? 다른 목적을 염두에 둔 교묘한 행위일 수도 있다. 탈레반과의 협상을 통해 아프가니스탄이 새롭게 재편성되는 것을 원하지 않는 세력일 수도 있다. 탈레반은 미국과 체결한 협상 내용에 알카에다와 같은 테러 세력과 연계하여 미국에 적대 행위를 하지 않겠다는 것을 포함, 미국이 철수할 수 있는 여건을 마련해주었다.

탈레반과의 협상을 이끌고 있는 아프가니스탄 정부의 화해 위원장인 하밀라는 집무실 책상에 앉아서 창밖으로 보이는 정원을 바라보면서 깊은 생각에 잠겨 있었다.

아프가니스탄의 안보를 보장해 주리라고 믿었던 미군은 철수했고, 탈레반과의 협상은 진전이 없다. 탈레반은 무력과 심리전을 통해 세력을 확대해 나가고 있다. 아프가니스탄 정부를 소외시키고 다양한 종족 및 단체들과 협상을 통해 지지 세력을 늘리면서 새로운 정부를 추진하겠다는 주장을 하고 있다. 직접 선거로 선출된 아프가니스탄 정부는 투표 참여율이 낮고, 선거 부정도 있어 합법적인 정부로 인정할 수 없다는 입장이다. 그러나 낮은 투표 참여율의 원인에는 탈레반이 있다. 총이나 칼을 주민들 목에 대고 투표하지 말라고 위협한다면 100명 중 90명은 투표하지 않을 것은 자명하지 않은가? 탈레반이 정부군과 경찰을 물리치고 세력을 확대해 나가니, 정부에 대한 국민들의 신뢰도는 낮아지고, 동요하는 기색이 역력하다. 이럴 때 정부와 주요 지도자들이 단합을 통해 힘을 결집하면 좋으련만 회의 때마다 정부를 비난하기만 하지 뚜렷한 해결 방안을 제시하지 못하고 있다.

 탈레반은 협상 회의에서 과도 정부는 민주 정치 체제가 아닌 이슬람 율법에 따라야 한다는 입장이고, 정부 대표는 주민 선거를 통해 지도자를 선출해야 한다고 대응한다. 평행선을 달리고 있는 것이다. 탈레반을 정부에 참여시키고 정치 세력으로 포용한다고 하더라도 무장 해제를 통해 정치 민주화가 가능할 것인가? 이슬람 원리주의와 민주화가 양립할 수 있는가? 정부와 탈레반이 이를 해결하는 방안을 제시하지 못한다면 아프가니스탄은 종족별로 아니면 군벌에 의해 다시 30년 전의 내분으로 치달을 수도 있다. 판지시르나 바미얀, 헤라트, 북부 지역의 군벌들이 자체 무장을 강화하고 있다는 정보부의 보고도 있었다. '시간과의 싸움이다.' 하밀라는 입 속으로 되뇌었다.

 정부가 탈레반을 협상 테이블에 진지하게 임하도록 만들어야 하고, 정부군과 경찰을 포함한 모든 세력과 연대하여 탈레반의 세력 확장을 억제해야 하며, 주민들의 신뢰를 회복해야 한다.

8

마나스 공항은 과거 미국의 아프가니스탄 침공 이후 공중 보급 기지 역할을 했던 곳이다. 키르기스스탄의 관문이긴 하지만 항공기의 이동이 많지 않은데, 요즘 들어 코로나로 인해 더욱 적막감이 감돈다. 조용하던 활주로에 소형 항공기 2대가 라이트를 켜고 나타났다. 활주로로 이동하여 잠시 대기 후 이륙한 뒤 남쪽 밤하늘로 사라졌다. 엔진소리가 크지 않은 것으로 보아 일반 항공기가 아닌 대형 무인기로 보였다. 2대의 무인기는 키르기스스탄과 타지키스탄 상공을 거쳐 아프가니스탄 국경을 통과한 후 계속 남쪽으로 비행하였다.

힌두쿠시의 살랑 패스를 탈레반이 장악한 후로 남북 간의 물적, 인적 교류가 제한되어 많은 고통이 따랐다. 정부군이 이를 되찾기 위해 몇 차례 탈환하려고 했으나 무장 세력의 완강한 저항과 험준한 지형으로 인해 실패하였다.

살랑 패스를 장악하고 있는 무장 세력에게도 피곤함이 몰려오는 새벽 시간이다. 주위는 적막감에 둘러싸여 있고 오늘은 정부군의 공격 징후도 없어 긴장이 풀리는 느낌이다. 이때 경비병은 강한 공기의 압박과 함께 기분 나쁜 느낌을 받았다. 순간 막사와 경비 초소를 비롯한 터널 입구에 큰 폭발음과 함께 주변이 먼지로 뒤덮였다. 터널 남쪽 입구에도 비슷한 상황이 발생했다. 곧이어 상공에 헬기들이 나타나더니 정부군의 특수 부대 요원들이 패스트 로프로 지상으로 하강하여 무장 세력 생존자들을 찾아 사살하였다. 특수 부대 요원들은 야간 투시경을 착용하고 있어서 피아 식별이 어려운 야간에도 임무를 수행하는 데 문제가 없었다. 동시에 터널 남쪽 방향에서 대대규모의 정부군이 장갑차를 앞세우고 도로를 따라 공격해 올라왔다. 애로 지점 곳곳에 배치되어 있던 무장 세력들 위로 박격포 탄이 떨어졌다. 무장 세력은 정부군의 기습 공격으로 많은 피해를 입고 뿔뿔이 흩어졌다.

다음 날 아침 카불 방송과 언론은 일제히 살랑 패스의 탈환을 보도했고, 살랑 패스와 인접한 파르완, 판지시르, 바미얀주와 카불 주민들은 환호했다. 그동안 정부군이 계속 수세를 벗어나지 못하고 있어 실망과 동시에 엄습해오는 불안감에 시달리다가 조금 안도하는 모습이었다.

함자가 탈레반의 정치 토론 회의에 참가한 지도 수 주가 지났다. 고향에 계신 어머니 소식은 하미드를 통해 간헐적으로 전해 듣고 있다. 그동안 많은 토의가 이루어졌고, 정치적인 방향도 어느 정도 설정되었다.

쟁점이 되는 분야는 여학교 운영과 탈레반 주도로 구성된 정부에 다른 정체성을 가진 인사들을 어떻게 포함시킬 것인가에 대한 것이었다.

이슬람 원리주의자들의 주장은 코란을 근거로 여성들은 자녀를 낳고, 집안일에 집중해야 한다는 것이다. 함자는 과거와 현재, 미래의 환경이 다르므로 이를 수용하기 위한 변화가 필요하다는 점을 강조했다. 탈레반은 점령하는 곳마다 여학교를 폐쇄하고 있다. 그러나 여성들의 배움에 대한 요구는 점점 증가하고 있고, 학업을 계속하고 싶은 여학생들이 타

지역 여학교로 옮겨가는 사례도 발견되고 있다.

함자는 '아프가니스탄은 파쉬툰, 타지크, 우즈베크, 하자라 등 여러 종족들로 구성되어 있다. 다수 종족인 파쉬툰으로 구성된 탈레반이 집권하더라도 소수 종족들과 함께 살아가야 한다. 강압에 의한 통치를 할 수는 있으나, 그렇게 되면 반정부 세력이 태동할 것은 자명한 일이며, 자칫 내전으로 번질 수 있고, 인권 문제로 주변국들이나 국제 사회의 간섭을 받는 원인 제공을 할 수 있다. 따라서 소수 종족별로 영향력이 높은 인사들을 협력 파트너로 끌어들이는 노력이 필요하다.'는 의견을 피력했다.

탈레반을 오랫동안 지탱하고 결집할 수 있었던 원동력은 종교적인 신념과 외세에 대한 항쟁이었다고 할 수 있다. 하지만 지금, 변화하는 포스트 탈레반 시대에는 무장 인원들을 어떻게 관리해 나갈 것인지, 무기를 모두 반납시키고 일상생활로 복귀하도록 할 것인지 아니면 정규군으로 전환시킬 것인지에 대한 문제도 제기되었다.

경제적인 문제도 있다. 아프가니스탄은 내륙 국가이고, 자원이 부족하며 불모지가 많아 자급자족이 어렵다. 주변 국가들도 경제적으로 어려우니 지원을 받기도 쉽지 않다. 석유 산업이 활황일 때 중앙아시아의 석유 자원을 아프가니스탄을 경유하여 해상으로 연결하는 송유관 건설 프로젝트가 언급된 적도 있었으나 실행되지 못했다. 국제 사회의 지원을 받을 수 있는 안정적인 투자 환경을 구축해야 한다.

열띤 토의는 지속되었으나 의견 합의를 도출하지 못했다.

다음 날 이른 새벽에 하미드가 함자를 깨웠다. 급히 다른 곳으로 이동해야 한다는 것이었다. 이번에는 차를 타지 않고 불빛도 없이 거의 뛰다시피 걸었다. 컴컴한 밤에 흙길을 대여섯 시간은 걸어 날이 환하게 밝아올 때쯤에 조그마한 마을 어귀에 도착했다. 그때서야 하미드가 말했다.

"조금 쉬었다 가세."

함자는 그대로 땅바닥에 주저앉았다. 다리도 아팠지만 긴장이 좀 풀어진 탓이다. 하미드에게 갑자기 이동한 이유와 다른 사람들은 어디에 있는지 물었다.

"위치가 노출된 것 같아. 정부군 특수 부대가 기습할 것 같다는 보고가 들어왔어. 이런 일들이 가끔씩 일어나거든. 우리 내부에도 정부군에 정보를 제공하는 자가 있는가 봐. 상황이 발생하면 한꺼번에 이동하지 않고 분산해서 이탈한 다음 집결지로 모이거나 비밀리에 연락을 주고받지. 다들 안전하게 이탈했나 봐. 우리가 떠난 후 2시간 뒤에 숙소가 폭격을 당했다고 하네."

"정부군이 폭격을 했나?"

"정부군 전투기나 미국 무인기 공격이 많지."

하미드가 말했다.

"잠시 여기 앉아서 쉬고 있게. 앞으로 또 몇 시간을 더 가야 하네. 나는 마을에 가서 먹을 것을 좀 챙겨 오겠네."

말을 마친 하미드는 마을로 사라졌다.

함자는 신발을 벗었다. 해진 양말 사이로 발바닥과 뒤꿈치가 내비친다. 발바닥에 통증이 느껴진다. 손으로 마사지하니 조금 낫다. 다행히 아직 물집은 생기지 않았다. 함자는 뒤로 벌러덩 드러누웠다. 땅의 차가운 기운이 온몸에 느껴진다. '앞으로 어떻게 할 것인가? 탈레반과 함께할 것인가? 또 아프가니스탄은 어떻게 될 것인가?'

9

　1980년대 소련군이 아프가니스탄에 진주하자 미국은 반소련군 무장 단체들을 물밑에서 지원하였다. 그러나 소련군 철수 이후의 아프가니스탄에 대해서는 그림을 충분히 그려보지 못했다. 무자헤딘 간 내분이 이어졌고, 탈레반이라는 파쉬툰 세력이 다른 세력들을 밀어내고 '이슬람 아미르국'을 세웠다. 그러나 정치, 외교에 실패하여 고립되었고, 알카에다와 제휴하여 훈련 기지를 제공했으며, 바미얀 대불을 폭파했다. 알카에다는 케냐와 탄자니아의 미국 대사관에 폭탄 테러를 했다. 미국이 경고성으로 잘랄라바드의 훈련 기지에 미사일 공격을 했지만 알카에다는 이에 굴하지 않고 세계의 주목을 끌기 위해 9.11테러를 감행했다.

　미국은 아프가니스탄에 전쟁을 선포했고, 미군이 투입되어 탈레반 세력을 축출했다. 탈레반은 은밀하게 지하로 숨어들거나 국경선 너머 파키스탄의 파쉬툰족 자치주로 피했다. 그리고 테러 방식의 게릴라전으로 싸웠다. 미국은 제한된 작전 여건 속에서 보급과 징집이 가능한 탈레반을 굴복시킬 수 없었고, 수천억 달러의 엄청난 재원과 장병들의 희생을 쏟

앉다. 20년이 지났고, 미국 국내의 경제적 어려움과 함께 아프가니스탄과의 전쟁은 잊힌 전쟁이 되면서 출구 전략을 찾을 수밖에 없게 되었다. 여학교 폭탄 테러는 수십 명의 꽃다운 소녀들의 목숨을 앗아 갔지만, 국제 사회의 주목을 받기에는 역부족이다.

그러나 아프가니스탄을 방치할 수는 없었다. 국제 사회의 일원으로 참여할 수 있는 제대로 된 정부가 편성되고, 주민들이 생업에 종사할 수 있는 국가가 될 수 있도록 해야 한다. 탈레반은 미국식 민주주의가 아니라 이란식의 이슬람 국가를 지향할 것이다. 미국의 지원을 받는 현 정부와 탈레반의 공생은 어려울 것이고, 그래서 현 정부와 탈레반의 평화 협상은 지지부진하고, 탈레반은 무력으로 아프가니스탄을 점령하여 현 정부를 몰아내고 새로운 나라를 세우는 전략을 추진할 것이다.

미국 정부의 결정에 대해 많은 아쉬움을 나타내는 의견도 있다. 탈레반이 무력으로 아프가니스탄에 새로운 정부를 수립하려고 할 것이라는 전망이다. 탈레반은 자신들이 파쉬툰의 적통이고 자기들이 주도하는 정부가 수립되어야 정통성이 있다고 주장한다.

10

탈레반과 정부군이 일진일퇴를 거듭하고 있다. 탈레반의 세력권이 많이 확대되었으나, 카불을 중심으로 압축되면서 전선이 축소되고, 후퇴할 곳이 없는 정부군의 배수진이 영향을 미쳤다.

하미드가 파키스탄에 갈 일이 있다고 하면서 함자에게 동행할 것인지 물어왔다. 하미드가 무슨 일로 가는지 밝히지는 않았는데, 파키스탄의 퀘타로 간다고 했다. 그동안 하미드와 늘 함께했고, 퀘타에 가보고 싶은 마음도 있어서 가겠다고 했다. 퀘타는 한때 아프가니스탄의 영토였고, 1차 아프가니스탄-영국 전쟁 때 영국에 점령되어 인도에 편입되었으며, 지금은 파키스탄 발루치스탄주의 수도이다. 칸다하르에서 버스를 타고 국경선까지 간 다음에 출입국 사무소를 거쳐 파키스탄으로 들어갔다. 국경선 근처 도시인 차만에서 기차를 타고 가기로 했다. 시간이 있어서 역 옆에 있는 식당에 가서 간단히 요기를 했다. 열차가 지나가는 주변은 황량했다. 황톳빛 불모지와 절벽이 늘어서 있었다. 침묵을 깨고 함자가 물었다.

"부모님들은 퀘타에 살고 계셔?"

"아니, 퀘타에서 시비로 가는 중간 정도에 있어."

함자가 열차에 탄 다른 사람들을 둘러봤다. 가족들로 보이는 사람들, 연인들도 보였다. 문득 자기들을 지켜보는 시선을 느껴서 뒤를 돌아보자 건장한 남자가 얼른 일어서서 객실 밖으로 나가는 것이 눈에 띄었다. 밤 늦게 퀘타에 도착했다. 퀘타 역을 나와서 불빛으로 밝은 퀘타 시내로 걸어갔다. 모스크를 지나서 도로를 건너자 모퉁이에 슈퍼마켓이 보였다. 하미드가 물과 간식거리를 사겠다고 해서 함께 상점 안으로 들어갔다. 크지 않은 상점이었는데도 오랜만에 봐서 그런지 진열된 상품들에 눈이 휘둥그레졌다. 밖으로 나오면서 하미드가 말했다.

"여기서 하룻밤 자고 갈게. 여기 처음이지? 내일 아침에 시내를 잠시 둘러볼 시간은 있네."

슈퍼마켓 옆에는 임다드 종합 병원이 있었고 200미터 정도 떨어진 곳에 숙소로 묵을 무슬림 호텔이 있었다. 밤중이라 잘 보이지는 않았지만 3층으로 되어 있었고, 2층의 205호와 206호 2개 객실을 나란히 잡았다. 하미드가 205호실 키와 생수를 함자에게 건네면서 속삭였다.

"편히 쉬고, 내일 아침에 보세. 조식 식당은 1층에 있네."

하미드는 옆방으로 갔다. 함자는 방문을 열고 들어가 불을 켰다. 조그맣고 아담한 방이었다. 트윈 룸이었다. 문득 한방에서 같이 있을걸 하는 생각이 들었다. 간단히 씻고 침대에 누워 잠을 청했다. 침구는 아늑했다. 얼마 만에 누려보는 호사인가? 아프가니스탄의 각 지역에서 불안해하고 있을 바함 회원들의 얼굴과 어머니의 얼굴이 겹쳐져 떠올랐다. 그러나 피로가 몰려오면서 곧 잠이 들었다. 새벽쯤에 나쁜 꿈을 꾸었는지 잠이 깼다. 하미드 방 쪽에서 알아들을 수는 없었지만 얘기 소리가 들리는 것 같았다. '하미드는 이 시간에 잠을 자지 않고 누구랑 만나고 있는 걸까?' 궁금증이 일었지만 함자는 다시 잠이 들었다.

함자가 눈을 떴을 땐 환한 아침이었다. 방문을 열고 하미드의 방 앞으로 가서 문을 두드리며 말했다.

"하미드, 일어났어? 함자네."

잠시 기다렸으나 인기척이 없어서 방문을 밀어보니 문이 열렸다. 안에 하미드는 보이지 않았고, 담배 냄새가 코를 찔렀다. 급히 1층으로 내려가 식당에 가보았지만 거기에도 하미드는 보이지 않았다. '퀘타에 있는 지인들을 만나러 갔나? 아니면 오랜만에 온 퀘타에 산책을 갔나?' 여러 생각들이 났지만 아침 식사를 하면서 기다리기로 했다. 아침은 뷔페식이었는데 신선한 야채와 토마토, 이름 모를 과일들이 눈길을 끌었다. 아침을 천천히 먹고 나서 2층으로 올라가서 하미드 방에 들렀으나 여전히 주인이 오지 않아 자신의 방으로 가서 의자에 앉았다가 침대에 다시 드러누웠다. 궁금증이 꼬리에 꼬리를 물고 일어나는 것을 어쩔 수 없었다. 그 사이에 다시 눈을 붙였는데 문밖에서 하미드가 부르는 소리가 들렸다.

"함자, 안에 있는가?"

함자는 놀라서 벌떡 일어났다.

"여기 있어. 들어오게."

함자가 얼른 쫓아가서 방문을 열자 하미드가 들어왔다. 밤새 잠을 못 잤는지 초췌한 모습이었다.

"미안하네, 많이 기다렸지? 아침은 들었어?"

함자가 고개를 끄덕였다. 둘은 숙소를 빠져나와 퀘타 시내를 걸었다. 시내 중심 지역이어서인지 호텔들과 식당들이 많았다. 도로 옆에 있는 장교 클럽이 눈에 들어왔다. 함자가 물었다.

"장교 클럽이 있네?"

"퀘타에는 파키스탄 육군의 보병 학교와 지휘 참모대가 있어. 장교들이 많이 거주하는 곳이네."

조금 더 북쪽으로 걷자 발루치스탄주 행정 청사가 눈에 들어왔다. 하미드의 얼굴은 수심이 가득한 모습이었다. 함자가 물었다.

"몸이 불편한가? 아니면 걱정거리가 있어? 얼굴이 어둡네."

"나중에 숙소에 가서 얘기하겠네. 여기서 하룻밤을 더 보내야 할 것 같아."

돌아오는 길에 현대식 빌딩으로 된 몰이 눈에 들어왔다. 안으로 들어가 보니 많은 사람들로 북적였고, 가족 단위 쇼핑객이나 히잡을 쓴 여성들도 많았는데 부르카를 착용한 여성들은 눈에 띄지 않았다. 하미드가 갑자기 무엇이 떠올랐는지 앞장서며 함자를 이끌었다.

"가볼 데가 있네. 따라오게."

하미드를 따라 몇 개 층을 올라가니 여성 옷 매장들이 있었다. 하미드가 그중의 한 가게 앞에서 멈췄다. 갑자기 가게 안에서 머리에 흰색 히잡을 두른 젊은 여성이 쫓아 나오더니 하미드에게 반갑게 인사했다.

"오빠! 그동안 잘 지냈어? 이게 얼마 만이야?"

"로사! 너 본 지 한 5~6년은 된 것 같아. 더 예뻐진 것 같은데."

로사의 얼굴이 빨개진다. 두 사람이 서로 반갑게 인사를 나누는 동안, 함자는 눈길을 다른 곳으로 두고 기다리고 있었다. 그제야 하미드가 함자를 소개했다.

"로사, 어릴 때 함께 자란 친구야. 이번에 같이 여행을 오게 됐어. 함자, 내 사촌 여동생 로사야. 서로 인사 나누게."

"함자라고 합니다."

"저는 로사라고 해요. 반가워요."

로사가 가볍게 목례를 했다. 함자와 로사가 인사를 나누며 잠깐 눈이 마주쳤다. 함자가 눈부신 듯, 눈을 다른 곳으로 돌렸다. 로사는 어디서 많이 본 듯 누군가를 떠올리게 했다. '맞아, 릴라를 닮았어.' 함자는 속으로 조용히 되뇌었다. 로사는 아름다웠고, 하미드의 사촌이어서 그런지 하미드의 동생이었던 릴라를 많이 닮아 보였다. 릴라가 죽지 않고 컸다면 로사와 비슷했을까.

숙소로 돌아오는 길에 도로가에 있는 퀘타 레스토랑에 들러서 저녁을 먹고 가기로 했다. 하미드가 케밥과 몇 가지 요리를 주문했다. 잠시 침묵이 흐른 뒤에 하미드가 말했다.

"퀘타 어때?"

함자가 잠시 생각한 뒤에 말했다.

"카불 같은데."

"그렇지? 나도 그렇게 생각해."

음식이 나왔다. 오랜만에 제대로 된 식사를 하는 것 같았다. 두 사람은 꽤 많은 양의 음식을 게 눈 감추듯이 먹어치웠다. 저녁을 먹고 거리로 나오니 밖은 어둠이 내리고 있었다. 지나로에 있는 호텔에 도착했다.

"오늘 저녁은 우리 같은 방에서 잘까? 할 얘기도 있고…."

하미드가 제안했다. 함자가 얼른 맞장구를 쳤다.

"좋아."

둘은 침대에 마주보고 걸터앉아 오늘 있었던 얘기들을 나누었다.

"로사 어때?"

"뭐가?"

"아직 미혼이야. 발루치스탄 대학의 의상학과를 졸업하고 밀레니엄 몰에서 옷 가게를 하고 있어. 부모님들과 함께 퀘타 시내에 살고 있네."

함자가 조용히 로사를 떠올려 본다. 초롱초롱한 눈망울과 오뚝 솟은 콧날, 과육을 베어 문 듯 촉촉하게 붉은 입술, 엷은 갈색의 손도, 호리호리한 허리도….

"무슨 생각하고 있어?"

하미드의 재촉에 제정신으로 돌아왔다. 함자가 딴청을 부린다.

"그렇구나."

얘기를 나누는 사이에 밤이 깊어간다. 한참 이야기를 나누던 중 함자가 정색을 하면서 물었다.

"퀘타에서 계획했던 일은 잘되고 있는 거지? 어젯밤에 누가 찾아온 것 같던데…."

하미드가 한참 있다가 대답했다.

"조금 차질이 생겼지만 잘될 거야."

함자도 더 이상 묻지 않았다.

"퀘타도 복잡한 도시야. 겉으로는 평화롭게 보이지만, 우선 경제적으로 어렵고, 독립을 주장하는 무장 단체에 의한 테러도 발생하고 있어. 이들을 쫓는 파키스탄 정보국(ISI) 요원들도 많지. 탈레반과 알카에다 정보를 캐는 미 CIA 끄나풀들도 있어. 탈레반 퀘타 지부의 요원들이 우리가 도착하기 전날 밤에 무장 괴한들의 습격을 받아 사상자가 발생하고 몇몇은 붙잡혀갔다 하네. 내가 만나기로 되어 있는 인사와도 연락이 끊겼어. 아마 곧 연락이 오겠지, 걱정하지 말게."

"일이 잘되기를 빌게."

둘은 이런저런 얘기를 나누다 잠자리에 들었다.

다음 날 아침에 함자가 눈을 뜨니 하미드가 보이지 않았다. 탁자 위에 편지가 보였다.

'잘 잤는가? 새벽에 연락이 닿아 만나러 가네. 아마 일을 보는 데 며칠이 걸릴 듯하네. 여기 호텔도 미덥지 못해 보여서 다른 곳에 며칠 머무를 데를 마련했네. 아침 식사를 하고 짐을 챙겨 프런트로 내려가면 오전 10시쯤에 어제 몰에서 만났던 로사가 차를 가지고 자네를 태우러 올 걸세. 부담 갖지 말고 내가 올 때까지 퀘타 구경도 하면서 좋은 추억을 만들기 바라네. 친구 하미드.'

로사는 화사한 얼굴로 정확하게 10시에 도착했다. 짐을 들고 따라나섰다. 호텔 밖 도로변에 승용차가 보였다. 로사가 말했다.

"앞좌석이나 뒷좌석 편한 곳에 타시면 돼요."

함자는 잠시 머뭇거리다 뒷좌석에 탔다.

"지나 타운까지 15분쯤 걸려요. 어제 하미드 오빠가 아버지께 부탁했나 봐요. 며칠 머물 수 있게 해달라고요."

"초면에 실례를 범한 것은 아닌지 모르겠네요."

"그렇게 생각하지 않으셔도 돼요. 저희 부모님은 하미드 오빠를 친자식처럼 생각하거든요."

승용차가 자전로를 따라가다가 좌회전 차선으로 들어가서 멈췄다.

"하미드 오빠의 부모님은 여기서 시비 쪽으로 가는 길에 있는 시골에서 살아요. 그래서 하미드 오빠가 퀘타에 있을 때는 늘 저희 집에서 있었죠. 오빠 방도 그대로 있어요. 거기서 며칠 계실 테니 편하게 지내시다 가세요."

좌회전을 하고 가는 길 오른쪽에 퀘타 요새가 보였다. 피자 헛을 지나 우회전을 했다. 잘 정리된 주택가로 들어섰다.

"다 왔어요. 저기 오른쪽에 보이는 2층집이에요."

함자는 함자의 짐을 들고 팔랑거리며 앞서가는 로사를 마냥 따라갔다. 대문을 들어서자 잘 가꾸어진 정원이 있었고, 나이 지긋하신 분이 보였다.

"아빠! 모셔왔어요."

로사의 부친이 이쪽으로 돌아봤다. 함자가 얼른 인사를 드렸다.

"함자라고 합니다. 실례를 하게 되었습니다."

"만나서 반갑네. 하미드에게서 얘기 들었네. 로사, 방으로 안내해 드려."

로사를 따라 2층으로 올라갔다. 로사는 복도 끝에 있는 방으로 안내했다.

"여기예요."

아담한 방이었다. 창밖으로 정원이 내려다보이는 곳에 책상과 서가가 있고, 반대쪽에 침대가 하나 놓여 있었다.

"여기서 잠깐 쉬고 계세요. 점심 준비가 되면 연락드릴게요. 참, 화장실은 복도 반대쪽에 있어요."

　로사가 나가고 혼자 남았다. 갑자기 긴장이 확 풀리는 느낌이다. 침대에 누웠다. 이틀 사이에 너무 많은 일들이 생겨서 혼란스럽다. 처음 온 퀘타에서 생면부지의 사람 집에 들어오기까지…. 그 사이에 또 존 모양이다. 방문을 노크하는 소리와 함께 로사의 기분 좋은 목소리가 이어졌다.

"1층으로 내려오세요."

　1층으로 쭈뼛쭈뼛 내려가자 응접실이 보이고 그 옆에 식당이 있었다. 로사의 부모님과 로사가 식탁에 앉아서 기다리고 있었다. 로사의 아버지가 웃으면서 맞았다.

"어서 오세. 여기 앉게."

　함자는 로사의 어머니께도 인사를 드렸다.

"차린 것은 없지만 맛있게 드세요."

　로사의 어머니가 말했다.

"감사합니다."

　음식은 정갈하고 맛있었다. 난이 잘 구워져서 함자의 손이 자꾸 그쪽으로 갔다. 로사의 어머니가 난을 채워주셨다.

　점심을 먹고 응접실로 자리를 옮겨 차를 내셨다. 로사의 어머니가 물었다.

"집이 차리카에 있다고 들었는데…."

　함자가 얼른 대답했다.

"예, 어머니와 함께 살고 있습니다."

"여기에는 어떻게 오셨어요?"

"하미드를 따라왔습니다."

"결혼은 했나요?"

"아직 미혼입니다."

"아프가니스탄이 전쟁 중이라 상당히 어렵다고 들었는데, 좀 어때요?"

"예, 그렇습니다. 전쟁이 너무 오래되다 보니 그냥 일상이 된 것 같습니다."

로사의 아버지가 물었다.

"아프가니스탄에서는 무슨 일을 하고 있나?"

"청년 단체 활동을 했습니다. 청년들 간 횡적인 교감과 정보 교환, 상부상조를 통해 발전을 도모하는데, 전쟁으로 제한 사항이 많습니다."

그린티를 한 모금 마셨다. 향기가 입안에 퍼진다. 아프가니스탄 것과는 다른 맛이다.

"며칠 있는 동안에 퀘타 구경을 좀 하셔야 할 텐데, 누구에게 부탁해야 하나?"

로사가 나섰다.

"다들 바쁘시니 제가 안내하려고요."

로사의 어머니가 난처한 듯 말했다.

"가게는 어떡하고?"

"가게에는 직원도 있고, 제가 중간중간 들여다보면 돼요."

로사의 어머니가 딸이 못마땅한 듯 중얼거렸다.

"다 큰 처녀가 조신하지 못하게 처음 본 남자를 안내한다고 그러네."

함자가 어쩔 줄 몰라 했다.

"저 혼자서 구경해도 됩니다."

로사의 아버지가 어머니를 달랬다.

"초행길인데 혼자는 그렇고, 로사가 좋다고 하니 가게 운영에 문제되지 않도록 안내하면 되겠네."

로사의 어머니가 못마땅한지 눈을 흘기더니 자리에서 일어섰고 그 뒤를 아버지가 따라 나갔다.

둘이 남았다. 함자가 창밖을 보면서 말이 없었다. 로사의 목소리가 울렸다.

"방에 올라가셨다가 30분 후에 현관에서 봐요."

함자는 도망치듯 2층 방으로 올라갔다.

현관에 나가니 로사가 승용차를 세워놓고 기다리고 있었다. 청바지에 블라우스를 입고 히잡을 둘렀는데 선글라스를 머리 위에 올렸다.

"차 타고 가면서 보려면 앞자리가 좋아요."

함자는 군말 없이 앞자리에 앉았다. 아니 자석에 끌리듯 옆자리에 앉고 싶었다는 표현이 맞겠다. 어린 시절 릴라와의 추억은 그리움이 되었고, 옛날의 릴라가 지금의 로사가 되어 나타난 것 같았다. 바로 옆 운전석에 앉은 로사의 향수 냄새가 스멀스멀 함자의 코로 들어갔다. 함자는 로사의 적극성에 주눅이 든 듯 조용히 앉아 있었다. 차로 이동하면서 로사가 말했다.

"오늘은 시간이 많지 않으니 먼저 퀘타 요새를 보고, 세레나 호텔에 가서 바자르를 둘러본 다음 저녁을 먹고 집으로 가요."

"가게에는 안 가셔도 됩니까?"

"직원이 잘하고 있고 필요하면 전화하기로 했으니 걱정하지 마세요. 하미드 오빠 친구니까 저도 그냥 오빠라고 불러도 될까요?"

"좋습니다."

곧 요새 주차장에 도착했다. 평일이어서 그런지 관람객들은 많지 않았다.

"이쪽 지역에는 영국군과 관련된 유적들이 많아요."

안으로 들어가니 지하에 길게 요새의 통로가 연결되어 있었다. 통로가 좁아서 두 사람의 몸이 가끔씩 스쳤고, 그때마다 함자의 가슴이 두근거렸다. 로사는 별로 신경을 쓰지 않는 것 같았다. 요새를 관람하고 나서 밖으로 나왔다. 길 건너편에 이탈리안 아이스크림 가게의 간판이 보였다.

"아이스크림 좋아하세요?"

"예, 하지만…."

거절하기도 전에 로사가 말했다.

"잠시만 여기서 기다려요. 아이스크림 사 올게요. 피스타치오나 바닐라 중에서 뭘 좋아하세요?"

"피스타치오가 좋아요."

로사가 아이스크림을 사러 간 사이 함자는 요새를 보며 아프가니스탄의 미래에 대해 생각에 잠겼다. 로사의 목소리가 들렸다. 돌아보니 로사가 아이스크림을 함자에게 내밀고 있었다.

"저기 벤치에 가서 먹어요."

아이스크림 맛은 카불이나 퀘타나 차이가 없었다.

"오빠는 취미가 뭐예요?"

"특별한 취미가 없는데요."

"여자 친구 있어요?"

"없어요."

로사는 집요하게 이것저것을 물으며 신상 조사에 여념이 없었다.

"이제 다음 장소로 가요, 오빠."

갑자기 로사가 함자의 팔에 팔짱을 끼면서 잡아당겼다. 함자는 어쩔 줄 몰라 했고, 얼굴이 빨갛게 물들었다. 로사가 놀렸다.

"어머, 부끄러움을 많이 타시네요."

차를 타고 곧 세레나 호텔 바자르에 도착했다.

세레나 호텔 바자르에는 진귀한 보석들과 화려한 옷들이 진열되어 있었다. 함자의 눈이 휘둥그레졌다. 로사는 함자 옆에 바짝 붙어서 그러한 것들을 잘 알고 있다는 듯이 일일이 함자에게 설명해 주었다. 어느덧 저녁이 되었고, 로사가 호텔 뷔페식당으로 안내했다. 샐러드와 다양한 음식들이 즐비했다. 로사의 안내로 그중의 몇 가지를 접시에 담아 테이블에 마주 앉았다. 식사를 하면서 로사는 퀘타에서의 일상생활들과 대학교 다닐 때 얘기, 옷 가게 운영과 관련된 에피소드 등을 함자에게 말해주며 대화의 꽃을 피웠다. 식사를 마치고 집으로 돌아오는 차 안에서 로사가 말을 꺼냈다.

"내일은 제가 오전에 가게에 나갔다가 오빠를 데리러 갈게요. 푹 주무시고, 아침 식사는 식당에 내려가면 일하는 사람이 드릴 거예요."

"덕분에 오늘 즐거운 시간을 보냈습니다. 어떻게 사례를 해야 할지 모르겠습니다."

어느덧 집 앞에 도착했다. 로사가 함자의 손을 꼭 잡고 함자의 눈을 쳐다보더니 말을 이어갔다.

"전 오빠랑 데이트할 수 있어서 정말 좋았어요. 가게에서 처음 본 순간부터 마음이 끌렸어요. 오빠는요?"

함자는 말 대신에 로사의 손을 꼭 잡았다.

함자는 방에 올라와서 씻고 침대에 누웠다. 오늘 하루 로사와 함께했던 시간들이 주마등처럼 떠오르면서 전율을 느꼈다. '내가 로사를 좋아하는 걸까?'

다음 날 아침 식사 후에 조용히 책상에 앉았다. 고향에 계실 어머니 얼굴이 떠올랐다. 오늘은 로사에게 도움을 청해서 꼭 전화 통화를 해야겠다고 다짐했다. 바함 회원들의 소식도 궁금했다. 또 아프가니스탄의 상황도….

가정부가 올라와서 11시쯤에 집 앞으로 나오라는 로사의 전갈을 알려주었다. 현관 앞으로 나가니 로사가 차를 세워놓고 기다리고 있었다. 오늘은 바람에 하늘거리는 치맛단이 긴 분홍빛 원피스 차림이었다.

"오빠, 우리 공원에 가요."

차로 얼마 되지 않은 거리에 리아콰트 가족 공원이 있었다. 로사는 야외 테이블에 가지고 온 샌드위치와 음료를 꺼내 놓았다.

"공원이 어때요? 제가 어렸을 땐 엄마, 아빠랑 피크닉을 자주 왔던 기억이 나요."

식사 후에는 공원을 같이 거닐었다. 사람들이 많지 않았다. 이번에는 함자가 먼저 로사의 손을 잡았다. 보드라운 손이었다. 로사가 함자 옆에 바짝 붙어왔다. 함자는 로사의 온기를 느꼈다.

"오빠, 제가 다녔던 발루치스탄 대학으로 가요."

발루치스탄 대학은 퀘타에 있는 유일한 종합 대학이다. 교정에 들어서니 어느덧 해가 뉘엿뉘엿 저물어 가고 있었다.

"이 건물에서 제가 교육을 받았어요."

교성을 걸으면서 로사가 속삭였다. 하지만 함자는 로사의 말이 들리지 않았다. 옆에 가까이 붙어 속이는 그녀의 오밀조밀한 입술! 노을이 그녀의 뺨을 붉게 물들였다. 석양을 받는 로사의 모습은 너무나 아름다웠다. 조금 더 가자 작은 동산이 나왔고 숲속으로 들어가니 주변에 아무도 보이지 않았다. 이제 두 사람은 거의 붙어서 서로의 체온과 가슴이 뛰는 소리를 느낄 수 있었다. 함자는 로사를 부둥켜안고 키스를 했다. 로사가 부끄러운 듯 함자의 가슴 속으로 파고들었다. 함자의 손이 로사의 몸에 닿을 때마다 로사의 몸이 가볍게 떨렸다. 교정을 나와 집으로 향했다. 둘은 말이 없었다.

저녁을 가족들과 함께한 후에 함자는 방으로 올라왔다. 로사의 촉촉한 입술의 여운이 아직도 남아 있었다. 씻고 누웠으나 잠이 오지 않아서 이리저리 뒤척였다. 새벽녘에 인기척이 나더니 방문이 조용히 열렸다가 닫혔다. 거기에 로사가 잠옷 바람으로 서 있었다. 누가 먼저랄 것 없이 둘은 서로를 끌어안고 키스를 했다. 로사가 가벼운 신음 소리를 발했다. 둘은 침대 위로 쓰러졌다. 한동안의 격랑이 지나갔다.

"로사, 사랑해."

함자가 먼저 이야기했다.

"나도요."

로사가 대답했다.

함자와 로사가 함께한 지 1주일이 지났다. 며칠만 말미를 달라고 하던 하미드가 연락이 끊기자 함자도 하미드의 연락이 오기만을 고대하는 상황이 되었다. 로사는 너무나 좋아했다. 부모님도 혀를 내두를 정도로 함자랑 잠시라도 떨어지려고 하지 않았다.

일요일 저녁 무렵 초인종이 울리더니 함자 앞으로 전갈을 가져왔다. 함자가 받아서 뜯어보니 다음과 같은 내용이었다.

'함자, 잘 지내지? 퀘타도 둘러보았겠지. 먼저 미안하다는 말부터 전해야겠네. 이쪽 사정이 별로 좋지 않아서 시간이 더 걸리게 되었네. 자네를 거기에 계속 붙들어 두기도 그렇고. 미안하지만 자네가 먼저 아프가니스탄으로 돌아가 주게. 내가 돌아가게 되면 자네 집으로 연락하겠네. 행운을 비네. 친구 하미드로부터.'

로사가 함자의 눈치를 보며 조심스레 물었다.

"오빠, 하미드 오빠가 올 때까지 여기서 계속 기다리면 되지 않을까?"

"집을 떠난 지 한 달이 넘어서 가봐야 될 것 같아."

"그럼 나랑 같이 가자."

"아프가니스탄 사정이 좋지 않으니 내가 먼저 가고 나중에 데리러 올게."

로사의 얼굴이 흐려지더니 갑자기 울상이 되었다.

"오빠, 거짓말하는 것 아니지? 그럼 꼭 약속하는 거다?"

"약속할게."

부모님과의 저녁 식사 시간의 이야깃거리는 '함자의 떠남'이었다.

"그럼 언제 출발하게 되나?"

"내일 출발하려고 합니다."

로사가 극구 반대했다.

"내일은 안 돼. 살 것도 있고, 떠날 준비를 해야 하니. 모레나 글피쯤 가는 것이 좋겠어."

로사 부모님의 중재로 모레 떠나는 것으로 하였다.

다음 날은 아침부터 로사가 서둘렀다. 바자르에 가서 함자 어머니께 드릴 선물도 사고 함자의 여행 가방과 생필품 도구들도 샀다. 차 안에서 로사가 물었다.

"우리 이제 어떻게 하지? 부모님께 말씀드릴까?"

"그게 좋겠어."

"그럼, 우리 약혼반지 사러 가자."

"반지까지 필요할까?"

함자가 주저하자, 로사가 눈을 흘기면서 말했다.

"오빠는 약혼이 무슨 어린애 장난인 줄 알아?"

로사는 함자를 데리고 보석 가게에 들어가서 은반지 2개를 골랐다.

"오빠, 마음에 들어?"

"응, 너무 좋은데."

"아차, 잊어버릴 뻔했네."

로사가 다음에는 휴대폰 가게로 갔다.

"마음에 드는 모델을 골라 봐. 우리 연락 수단이 필요하잖아."

저녁에 로사의 식당에는 푸짐하게 한 상이 차려졌다. 식사를 하기 전에 응접실에 모였다. 로사 부모님 앞에서 약혼반지를 서로 상대방 손가락에 끼워주는 약식 언약식을 했다. 로사의 아버지가 말했다.

"아프가니스탄 상황이 여의치 못하면 언제든지 여기로 오게. 어머님도 같이 모셔 오게. 여기서 함께 살면 좋겠네."

어머니도 한마디 거들었다.

"로사랑 같이 애기 낳고 살면 그만 아니겠나. 너무 욕심 부리지 말게."

함자와 로사의 얼굴이 빨개졌다. 저녁을 먹고 두 사람은 이제 누구의 눈치도 보지 않고 손을 잡고 함자의 방으로 올라갔다.

11

차리카는 변함이 없었다. 뒤편으로 검게 보이는 나무 한 그루 없는 높은 산이 말없이 솟아 있고 앞에는 바그람 평원에 농경지들이 넓게 펼쳐져 있다. 오른쪽으로 멀리 바그람 공군 기지가 보인다. 오늘은 안개나 먼지가 없어서 멀리까지 볼 수 있다. 보이지는 않지만 저 멀리 들판 너머로 판지시르강도 힘차게 흐르고 있을 것이다.

이른 아침에 고향집에 도착한 함자는 어머니가 일어나시길 기다리며 집밖의 뽕나무 아래에서 주위를 둘러본다. 하미드가 어느 날 갑자기 나타나 집을 떠난 지 한 달 남짓 됐는데 1년은 지난 것 같다. 로사는 한 시간마다 전화를 하더니 아직 잠을 자는지 휴대폰이 조용하다.

집 안에서 인기척이 들린다. 어머니가 대문을 열었다. 함자가 쫓아가서 "어머니!" 하고 불렀다. 함자의 목소리에 깜짝 놀란 눈치다.

"함자냐?"

"예, 어머니! 잘 계셨어요?"

함자가 어머니 마리엄을 꼭 끌어안았다.

"어디 다친 데는 없고?"

어머니가 함자의 몸 이곳저곳을 만져본다.

"얼마나 걱정했는데…. 그래도 이렇게 돌아오니 다행이다. 집에 들어가자."

어머니는 그동안 있었던 일들을 하나둘 꺼내기 시작했다.

"아, 참, 시장하겠구나. 아침을 준비해 올게."

한참을 얘기하시더니 일어나서 부엌으로 가신다. 아침을 먹고 차리카 사무실로 나갔다.

사무실에는 아반이 기다리고 있었다. 얼굴이 초췌했다. 혼자서 고생이 많았으리라 생각이 들었다.

"함자, 안전하게 돌아와서 반가워. 많이 걱정했는데…. 이렇게 돌아온 걸 환영해!"

"미안, 너무 자리를 많이 비워서."

둘은 회의용 테이블에 마주 앉았다.

"먼저, 좋은 소식부터 알려줄게. 판지시르의 가비가 여자 친구인 리자와 결혼한대. 내일모레야. 그전에 돌아와서 다행이다. 가서 축하해 줄 거지?"

"좋은 소식이네. 당연히 가야지."

"나쁜 소식도 있어. 탈레반이 북쪽으로 바글란주, 동쪽으로 라그만주, 남쪽으로 가즈니주, 서쪽으로 바르다크주까지 세력을 확장하면서 현지 바함 회원들이 뿔뿔이 흩어지거나 연락이 되지 않고 있어. 일부는 탈레반에 붙잡혀 갔다는 전언도 있어. 우리 앞으로 어떻게 하지?"

함자도 뭐라고 대답을 줄 수 없었다.

가비의 결혼식은 루카에 있는 굴리스탄 호텔에서 지역 하객들이 참석하여 성황리에 열렸다. 가비와 리자 둘 다 행복해 보였다. 가비의 결혼을 축하해주려고 연락을 들은 바함 회원들이 다수 참석했다. 함자는 아반을 시켜서 바함 회원들이 저녁 8시에 만날 수 있도록 연락을 취하고 근처에 민박이 가능한 조용한 장소를 준비하도록 했다.

전부 15명 정도가 저녁 모임에 참석했는데, 파르완, 판지시르, 바미얀, 카피사, 카불 등에서 왔다. 모두들 현재의 어려운 상황을 인식하고 있는 듯 회의 분위기는 숙연했다. 함자가 말문을 열었다.

"그동안 회원 여러분들의 적극적인 활동에 감사합니다. 오늘 가비의 결혼 축하연에 모인 기회를 이용해서 현재 우리 바함이 처한 상황을 진단해 보고, 앞으로 어떻게 대처해 나갈지 함께 논의해 보면 좋겠습니다."

카불에서 온 한이 나섰다.

"탈레반이 점점 카불을 압박하다 보니 카불 사람들은 패닉에 빠진 상태입니다. 벌써 떠날 사람들은 다들 갔습니다."

이어서 바미얀에서 온 하림이 일어섰다.

"바미얀에도 크고 작은 교전들이 발생하고 있어서 거의 준 전쟁 상황입니다."

참석자 모두가 현재의 어려운 상황들을 이구동성으로 제기했다. 함자가 다음 주제로 토의를 진행했다.

"다음은 우리 바함이 어떻게 이 어려운 상황을 헤쳐 나갈 것인지 토의하도록 하겠습니다."

카피사에서 온 하몬이 주장했다.

"이런 상황에서는 우리 바함이 지향해왔던 상부상조의 방식으로만 하기에는 어렵게 되었습니다. 대안이 필요합니다."

참석자들이 대부분 공감하는 듯 고개를 끄덕거렸다. 참석자들은 시간 가는 줄 모르고 자신들의 의견을 개진했다. 밤늦게 오늘의 주인공인 가비가 나타났다. 모두 일어서서 박수로 환영했다. 가비가 말했다.

"다들 어려울 텐데 축하해주어서 고맙습니다. 옆방에 다과를 조금 준비했습니다. 드시면서 얘기를 나누세요."

함자가 잠시 정회를 선언했다. 모두 옆방으로 가서 다과를 들면서 서로의 안부를 묻는 등 얘기를 나누었다.

잠시 휴식 후 토의가 이어졌다. 카불에서 온 바히르가 새로운 제안을 했다.

"그동안 우리 조직은 정치 세력과는 거리를 두고 활동해왔는데, 지금은 나라가 어려우니 우리도 정치에 참여하여 새로운 돌파구를 찾는 것이 좋겠다고 생각합니다."

함자가 물었다.

"어떤 정치적인 활동을 의미하는지 구체적으로 설명해 주실 수 있겠습니까?"

바히르가 답변을 못하자 새신랑 가비가 일어섰다.

"제 생각에는 저희가 정부의 '화해 위원회'와 탈레반의 협상을 촉진하는 교량 역할을 할 수 있지 않을까요? 예를 들면, 청년들의 의견을 반영해 달라고 요구하는 거죠."

한이 말했다.

"그렇게 하려면 우리도 어느 정도 힘 있는 조직이 되어야 합니다. 재원, 추종 세력, 무장 투쟁 같은 것이 있어야 상대해 줄 것 같습니다."

잠시 침묵이 흘렀다. 누가 중얼거리는 목소리가 들렸다.

"외국의 지원을 받을 수 없을까요?"

새벽이 되었다. 함자가 회의 종료를 알렸다.

"좋은 의견들에 감사합니다. 오늘 제기된 내용들은 간사인 아반이 정리하고, 지도부에서 실행 방안을 빠른 시간 내에 마련해서 활동 지침을 전달하도록 하겠습니다."

12

함자는 판지시르에서 돌아온 후에 며칠간 두문불출하고 집에서 장고를 거듭하였다. 정부나 탈레반 모두 기성 정치인들이 이끌고 있다. 청년들은 그 밑에서 하부 조직일 뿐이다. 청년들이 목소리를 낸다면 그들이 변할 것인가? 헤게모니 없이는 쉽지 않을 것이다. 과거에도 청년들이 정치에 참여했던 사례들이 있었다. 다우드 칸의 무혈 쿠데타를 지원하기도 하였고, 공산 혁명 때도 그랬다. 그러나 그러한 결과들이 아프가니스탄의 발전에 기여했다고 볼 수 있는가? 그렇다고 가만히 있기에는 사정이 좋아 보이지 않는다. 과거 탈레반 정부가 되풀이되는 것도 원치 않고 내분으로 치달아 과거로 회귀하는 것도 바람직하지 않다.

잠시 탈레반 정치 담당 인사들과도 교분을 쌓았던 경험을 비추어 보건대, 어느 정치 세력이던 강경파가 문제라는 생각이 들었다. '강경파들이 피를 부른다. 중도 온건파들이 주도하면 대화나 평화적인 대안을 찾게 된다. 그렇다면 청년들이 중도 온건파 지도자들을 도와서 그들이 이 난국을 해결하는 주요 역할을 할 수 있도록 한다면….'

함자는 바함의 지도부 요원들을 비밀리에 차리카로 소집한 다음, 자신의 계획을 설명하고 동의를 구했다. 일부 의문을 제기하는 사람들도 있었으나 큰 틀에서는 공감대를 형성했다.

다음 날 함자는 카불로 가서 미국 대사관에 들렀다. 그리고 카불에 있는 바함 회원들을 만나서 향후 대책을 협의하고 의견을 수렴한 후 비상 상황에 대처하기 위한 바함의 행동 강령을 내려 보냈다.

「하나. 우리 젊은이들은 아프가니스탄 국민임을 자랑스럽게 생각한다.
둘. 우리 젊은이들은 아프가니스탄의 미래 주역이다.
셋. 우리 젊은이들은 자랑스러운 아프가니스탄을 위해 몸과 마음을 다해 충성을 바친다.
넷. 우리 젊은이들은 종족과 지역, 성별, 계파를 초월하여 소통하고 단합한다.
다섯. 우리 젊은이들은 불의와 유혹, 강압에 굴하지 않는다.
여섯. 우리 젊은이들은 국난 극복을 위한 책임과 의무를 다한다.
일곱. 우리 젊은이들은 이를 위해 평화적인 방법을 추구하되, 필요시 무력 사용도 불사한다.」

행동 강령에 따라 바함의 특수 임무 부대 구성을 위해 자원자를 모집하였고, 훈련 기지를 판지시르주와 바다크샨주의 경계선상에 있는 힌두쿠시 산맥의 험준한 곳에 설치하였다. 무장과 보급, 시설, 훈련 교관 등은 익명의 후원자들로부터 지원을 받았다. 초대 특수 임무 부대장으로 가비가 임명되었다.

바함의 행동 강령은 조용한 가운데 전국으로 전파되었고, 희망을 잃고 있던 젊은이들에게 용기를 북돋우는 역할을 하게 되었다. 바함 본부에 무장 조직 담당 부서도 새로 편성하였으며 이러한 일련의 활동은 비밀리에 진행되었다.

13

가즈니주는 카불의 남서쪽에 위치하고 있다. 사막 지역이 대부분인 데다 높은 산악도 있으나 불모지가 많다. 가끔씩 먼지 폭풍이 불면 밝은 대낮에도 갑자기 깜깜해지면서 눈앞에 아무것도 보이지 않고, 바람이 멈추면 먼지가 땅으로 내려앉는 데 며칠이 걸리는 척박한 지역이다.

주도인 가즈니시에서 서쪽 방향 직선거리로 50여 킬로미터 떨어진 계곡에 칼키라는 마을이 있고, 이곳에 가즈니주 탈레반 임시 사령부가 은밀하게 위치해 있다. 민가 속에 숨어있어서 식별해내기가 쉽지 않다.

낮에 모함마드라고 이름을 밝힌 나이 지긋한 노인이 사령관을 뵙고 싶다고 찾아왔다는 보고가 들어왔다. 부재중이라고 핑계를 대고 돌려보내려 했으나 한사코 사령관을 보기 전에는 돌아가지 않겠다고 버틴다고 했다. 귀찮았지만 달리 방법이 없어서 사령관이 다른 급한 일이 있으니 얼굴만 보고 돌아가는 조건으로 만나주었다. 접견실로 들어오는 노인을 보니 연세가 많아 보였으나 기품이 있어 보였다.

"알리쿰 살람."

노인이 인사를 건넸다.

"살람 알라이쿰. 이렇게 먼 길까지 찾아주셔서 감사합니다."

사령관도 인사말을 했다. 노인이 자리에 앉자 사령관이 물었다.

"무슨 일 때문에 찾아오셨습니까?"

노인이 대답했다.

"사령관님, 우리나라의 발전을 위해 얼마나 수고가 많으십니까? 위대한 알라께서 알아주실 것입니다. 한 가지 청이 있어서 이렇게 무례인 줄 알면서도 찾아왔습니다. 제 아들 아디가 잘못을 해서 여기에 잡혀와 있다고 들었습니다. 제 하나뿐인 아들입니다. 부디 사령관님께서 선처해주셔서 조상으로부터 이어온 저희 집안이 대를 이어갈 수 있도록 도와주십시오. 제가 넉넉하진 못해서 많진 않지만 사령관님께 선물을 가지고 왔습니다."

노인이 조그마한 보따리를 탁자 위에 올려놓았다. 사령관이 말했다.

"예, 돌아가 계시면 제가 알아봐서 조치를 하도록 하겠습니다."

노인은 몇 번이고 감사하다면서 돌아갔다. 사령관이 보좌관을 불러 아디에 대해 보고하라고 했다. 보좌관이 잠시 후에 돌아와서 보고했다.

"아디는 가즈니시에서 청년 활동 팀장으로 일했는데 탈레반에 징집되는 것을 반대하여 붙잡아 와서 훈육과 허드렛일을 시키고 있습니다."

사령관은 풀어서 보내주라고 하고 싶었지만 부하들이 반발할 것 같고 해서 차일피일 미루게 되었다. 그리고는 다른 지역으로 사령부를 이동하느라 아디에 대한 일을 까맣게 잊어버렸다.

새로운 지역으로 이동한 후 며칠이 지났다. 사령관이 일과를 마치고 숙소로 향했다. 병사들 몇 명이 교대로 경계를 하고 있다. 밤에 뒤가 마려워 화장실로 향했다. 민가에서 사용하는 밖에 떨어져 있는 화장실이다. 오늘 밤은 달도 없고, 구름도 끼어서 더 어두운 것 같다. 돌풍이 불어서 바람 소리도 을씨년스럽다. 불도 없는 화장실에서 헛디디지 않으려고 조심해서 문을 열고 들어갔다. 똥통에서 올라오는 냄새가 지독했다. 겨우 발판을 찾아서 바지를 내리고 쪼그리고 앉아서 일을 보려는데 갑자기 목에 날카로운 것이 스친 것 같아 손으로 목을 만지자 피가 묻어나왔다. 뒤를 돌아보는 순간 어둠 속에 검은 실루엣이 보여 일어서려고 했으나 그는 그대로 앞으로 고꾸라졌다.

다음 날 아침 화장실 청소를 하러 갔던 인부가 목이 칼로 베인 채 흥건한 핏속에 엎어져 있는 사령관의 사체를 발견했다. 누가 이런 짓을 했는지 경비병을 대상으로 조사를 했지만 오리무중이었다. 붙잡혀 있던 아디도 같은 날 밤에 사라졌지만 사령관의 비보에 관심이 쏠려서 주목을 크게 받지 못했다.

14

카불에는 하루가 멀다 않고 비보가 날아들고 있다. 그때마다 사람들은 마음을 졸여야 했다. 매일매일 들려오는 비보의 내용은 대부분 비슷했다. '몇 개 주에서 몇 개 행정 구역이, 경찰이나 군부대 초소는 몇 개가 탈레반의 수중에 떨어졌다.'는 내용이다.

함자는 바함의 행동 강령을 내린 후, 주로 카불의 은신처에서 칩거하고 있었다. 지하에는 각각의 담당 부서 요원들이 새로운 정보나 계획을 수시로 보고한다.

"아디는 안전한 곳에 도착했나요?"

"예, 도착했다고 연락을 받았습니다."

함자는 오늘 오후 3시에 하밀라 화해 위원장과 면담이 계획되어 있다. 위원장을 잘 아는 국회의원이 만남을 주선해 주었다. 비서의 안내로 접견실에 들어가서 위원장을 기다렸다. 이윽고 위원장이 들어와서 자리에 앉았다.

"청년 활동을 많이 한다지. 얘기를 많이 들었네."

"과찬의 말씀입니다."

"나라가 백척간두에 서 있으니, 나로선 자네처럼 국가 발전을 위해 열심히 봉사하는 사람들에게 매우 미안하다는 생각이 드네."

"아직 포기할 단계는 아니지 않습니까?"

함자가 물었다.

"그렇긴 하네만, 그렇다고 딱히 여건이 개선될 대책이 없지 않은가?"

"그렇게 심각합니까?"

"나라가 위험에 처했는데 힘은 결집되지 않고 있으니…. 자네도 알겠지만 많은 사람들이 카불을 떠났네. 아니 지금도 계속 떠나고 있지. 모병제의 한계를 보는 것 같네. 소련군에 저항해서 싸울 때는 많은 젊은이들이 무자헤딘에 자원해서 싸웠는데…. 그런 모습이 보이질 않네. 군과 경찰도 마찬가지네. 봉급이 좀 밀렸다고 총을 버리고 부대를 이탈하거나, 탈레반의 위협과 심리전에 항복해 버리고…. 그러니 협상장에서 탈레반이 고자세로 나오는 것이 아니겠나? 한숨이 절로 나오네. 정부 내 인사들 중에도 탈레반에 선을 닿으려는 사람이 많다고 해. 탈레반이 이길 것으로 생각하고 각자도생하려는 거지. 이 상황에서 누굴 믿을 수 있겠나. 믿는 것은 고사하고 누가 언제 나에게 총을 겨눌지도 몰라."

위원장은 마음이 착잡한지 말을 제대로 잇지 못했다. 함자는 안타까운 마음이 들었다.

"그래도 힘을 내서 탈레반과 균형을 이루어야 합니다. 그래야 협상이 되고 우리나라에도 미래가 있습니다. 우리 젊은이들의 미래가 달린 문제입니다. 저희 젊은이들이 지금이라도 적극 돕겠습니다."

"고맙네. 자네와 같은 젊은이들이 많으면 얼마나 좋겠는가? 나도 최선을 다해 보겠네."

"바쁜 시간 내주셔서 감사합니다."

함자는 나오면서 입술을 굳게 다물었다.

15

라그만주는 카불의 동쪽에 위치하여 카불과 잘랄라바드, 파키스탄의 페샤와르로 연결하는 도로가 지나가는 요충지이다. 주민의 다수는 파쉬툰족으로 탈레반의 활동이 많은 지역이다.

주의 수도는 미트람이다. 주의 대부분을 탈레반에게 내주고 주정부가 있는 미트람만 정부군과 경찰이 지키고 있다. 탈레반은 심리전을 최대한 활용하여 투항을 유도하는 중이다. 주지사가 항전을 독려하고 있지만, 보급로가 차단되고 증원군이 올 것이라는 희망도 없어 정부군의 사기는 날로 떨어지고 있다. 카불에 증원군을 요청했으나 아직 답이 없다. 경찰과 군부대는 중앙 정부의 지휘 통제를 받으나 대부분 주 단위로 배치되어 탈레반과 싸우는 형국이다. 중앙에 예비 병력이 많지 않다.

라그만주의 탈레반 사령관은 느긋하다. 미트람을 점령하는 것도 시간문제라고 생각한다. 정부군과 경찰이 투항하면 언제든지 받아주고 해치지 않겠다고 공표한 이후로 탈레반과 접해 있는 경비 초소를 버리고 투항해 오는 인원이 나날이 증가하고 있기 때문이다.

작년에 라그만주의 한 시골 마을에 정부군 특수 부대가 기습을 해서 은신해 있던 알카에다 주요 인사를 체포해 간 적이 있었다. 안타까운 일이었다. 그 이후로 사령관의 경호 인원을 증강 배치하고, 위치나 이동 계획에 대한 보안 조치를 강화했다.

오늘 저녁은 정부군이 완강히 저항하고 있는 미트람시 북서쪽 지역을 방문하여 현장 지휘관들로부터 보고를 받기 위해 차를 타고 알리쉬강을 따라 미트람시로 내려가고 있다.

방탄 SUV를 타고, 앞뒤로 여러 대의 차량에 무장 경호 요원들이 탑승하여 이동하고 있다. 급커브 지점에 진입할 때 갑자기 차량 대열이 멈췄다. 앞서가던 트럭 한 대가 도로에 멈췄기 때문이다. 경호 요원들이 차에서 내려 트럭으로 다가가는 순간 큰 폭발음과 함께 트럭이 폭발했다. 순식간에 현장은 아수라장으로 변했다. 사령관이 탑승한 차량의 운전병이 후진하여 현장을 이탈하려고 했으나 좁은 길과 뒤쪽에 있는 차량들에 갇혀 옴짝달싹할 수 없게 되었다. 그때 어디선가 섬광이 번쩍하더니 폭발음과 함께 사령관이 탑승한 차량이 공중으로 떠올라 떨어지면서 강 쪽으로 굴러갔다.

탈레반 증원군이 현장에 도착했을 땐 모든 것이 끝나 있었다. 사령관이 탑승한 차량은 로켓탄에 맞아 완전히 찌그러져 불타 있었고, 탑승한 인원들은 모두 사망했다.

이러한 사실들은 즉시 상부로 보고되었고, 탈레반 지도부는 당황했다. 가즈니주 사령관이 암살당한 지 얼마 지나지 않아 카불을 압박하고 고립시킬 수 있는 요충지인 라그만주 사령관의 죽음으로 작전에 차질을 가져올까 봐 우려했다. 정부군 특수 부대의 소행으로 판단했다.

카불의 중앙 정부는 이 소식에 일단 안도했다. 그러나 정부군 및 경찰 지휘관은 자신들이 공격한 것이 아니라고 보고했다. 그러면 누가? 미군 특수 부대나 CIA가 저지른 짓인가?

16

함자는 로사가 임신했다는 연락을 받았다. 좋은 소식이었지만 서둘러 결혼식을 올려야 하는데 큰일이었다. 어머니께 여자 친구 얘기를 꺼내기는 했지만, 결혼식도 하지 않고 임신을 했다고 말하기도 쉽지 않았다.

함자는 하미드가 생각났다. 로사에게 부탁해서 하미드와 연락할 수 있는 방법을 찾아보라고 했다. 다행히 연락이 닿았고 하미드도 아프가니스탄으로 들어오려던 참이라 같이 동행해서 차리카로 오기로 했다. 로사의 부모님께는 상황이 좋아지면 퀘타에 와서 진짜 결혼식을 올리겠다고 하는 것으로 양보를 받아냈다. 함자는 로사가 임신한 몸으로 그 멀고 험한 길을 와야 할 것을 생각하니 가슴이 아팠다.

어머니께도 여자 친구를 데려와 결혼식을 올리겠다고 말씀을 드리고 허락을 구했다. 물론 어머니는 대환영이었다.

"그동안 결혼을 하지 않아 걱정을 했는데, 갑자기 결혼한다고 해서 놀랍기도 하지만 기쁘기 그지없다. 신혼 방과 혼수도 어서 준비해야지."

결혼식에는 친한 친구 몇 명만 초대하기로 하고, 피로연도 생략하는 등 간소하게 치르기로 했다. 로사가 도착하는 날에 맞춰 차리카에 거주하는 물라를 초대했다. 동구 밖에 얼굴을 가린 로사와 하미드가 오는 것이 보였다. 함자는 뛰어내려가서 안아주고 싶었으나 결혼식 절차를 따라야 하니 참아야 했다. 하미드가 활짝 웃는 얼굴로 함자에게 축하를 건넸.

"함자, 축하하네."

로사가 어머니께 인사를 드리면서 모두 집 안으로 들어갔다. 신랑, 신부는 깨끗한 옷으로 갈아입었다. 물라 압둘라가 결혼식을 주관했다. 물라가 신랑, 신부에게 먼저 결혼 동의 여부를 확인했고, 이어서 서로 반지를 손가락에 끼워주도록 했다. 물라가 성혼이 되었음을 선포했다. 피로연 대신에 식당에서 식사로 대체했다. 참석자 모두 두 사람의 결혼을 축하하고 행복하길 기원했다.

하미드는 결혼식 후 곧바로 돌아갔다. 함자는 하미드와 나누고 싶은 얘기들도 많았고, 로사를 자기에게 소개해 주고, 힘든 길을 마다않고 로사를 데려다 준 것에 대해서도 고마움을 표시하고 싶었다. 하미드는 떠나면서 조만간 만날 일이 있을 것이라고 여운을 남겼다.

모두들 떠나고 둘은 함자 어머니가 마련한 신혼 방으로 들어갔다. 둘은 포옹을 하고 키스를 하며 그동안의 그리움을 표현했다. 로사를 품 안에 안은 채 함자가 말을 꺼냈다.

"로사, 여기까지 오느라 힘들었지?"

"오빠에게 간다는 생각을 하니 힘들지 않았어."

"부모님께서 서운해 하셨지?"

"엄마가 같이 오시겠다는 걸 떼어 놓느라 혼났어."

둘은 웃다가 울다가 하며 다시 만남을 만끽했다.

17

결혼식 후 한 주가 지나서 카불에서 만나자는 하미드의 전갈이 왔다. 카불에 있는 세레나 호텔 정원의 뽕나무 옆에 하미드가 서 있었다. 둘은 서로 손을 맞잡았다. 하미드가 2층 자신의 방으로 안내했다.

첫 번째 대화의 주제는 단연코 함자와 하미드의 결혼에 대한 것이었다. 하미드가 만면에 웃음을 띠고 말했다.

"함자, 여자 꾀는 재주가 그렇게 뛰어난 줄 미처 몰랐어. 그 짧은 시간에 진도를 그렇게 내다니, 내가 소개해주지 않았으면 큰일 날 뻔했네."

함자가 진지한 것처럼 말했다.

"난 자네가 로사를 소개해 주려고 나를 거기로 데려갔다고 생각했어. 그래서 자네가 실망하지 않도록 얼마나 노력했는데…."

하미드가 빈 주머니를 보여주며 말했다.

"그런데 중매쟁이한테 이거 너무한 것 아니야."

둘은 한바탕 웃음을 터뜨렸다.

잠시 후 둘은 정색을 하고 마주 앉았다. 하미드가 말했다.

"그땐 미안했어. 자네 혼자 남겨둔 것 말일세. 탈레반 내에도 강경파와 온건파로 나누어져 있네. 세력 다툼도 있고…. 미국과의 협상은 온건파가 주도했지."

하미드가 계속 얘기를 이어나갔다.

"지도부도 한 군데 있는 것이 아니라 이쪽저쪽으로 옮겨 다녀. 그래서 그때 장소가 달라져서 멀리 떨어진 파쉬툰 자치주로 다녀오느라 그렇게 되었어. 결과적으론 잘된 거지만."

함자가 말없이 고개를 끄덕였다.

"강경파는 이슬람 원리주의 적용과 알카에다 연계 등에 관심이 많지."

함자가 물었다.

"강경파들이 주도해서는 현 정부와의 협상도 어렵고, 정부를 장악하더라도 과거 탈레반 통치 방식으로 회귀하기 십상이지?"

하미드가 고개를 끄덕였다. 함자가 말을 이어갔다.

"새로운 정부는 이슬람의 기치 아래 다양성을 포용하고 경제 발전과 국민들의 행복을 추구해야 하지 않을까?"

하미드가 말했다.

"나도 그렇게 생각해. 그런데 우리의 문맹률이 얼마인지 아는가? 75%나 되네. 세계에서 가장 문맹률이 높은 나라 중 하나거든. 정치라는 것이 결국은 국민들의 눈높이에 맞추게 되어 있어. 과거에 개혁을 위한 많은 시도가 있었지만 아마 그래서 실패하지 않았나 싶어. 여학교 폐교도 같은 얘기지."

함자도 하미드의 말에 공감했다.

"그렇다고 과거를 그대로 받아들인다는 것은 희망이 없지 않은가? 특히 미래의 주역이 될 젊은이들에게는?"

함자와 하미드는 서로의 의견을 한참 더 나누었다. 하미드가 물었다.

"자네 탈레반에 가입할 생각 있어?"

함자가 대답했다.

"탈레반 내에서 나와 같은 생각을 가진 사람들과 협력할 생각은 있어."

하미드가 말했다.

"자네 말을 이해했네. 필요할 때 연락을 주게. 나도 연락하겠네. 로사랑 좋은 결혼 생활이 되길 바라네. 나는 다른 계획이 있어서…."

함자는 하미드와 헤어져서 카불의 상황실에 들러 현재 상황을 확인한 후에 사무실에서 생각에 잠겼다. '탈레반 조직 내 협상을 지지하는 온건 세력들을 돕는 방법이 없을까?'

18

바함은 정치적인 이슈는 관여하지 않으면서 상부상조하는 청년 활동을 표방하며 조직을 확장해 나갔다. 여성들의 참여도 확대되었다. 바함의 카불 상황실에는 각주의 조직에서 보내온 정보들로 풍성했다. 탈레반과 정부군과의 교전 상황도 있었고, 탈레반이 점령한 지역에서 대두된 문제점이나 각종 사건, 사고도 보고되었다.

함자의 시선을 끄는 내용도 있었다. 탈레반은 점령한 지역의 여학교를 폐쇄하거나 여교사를 해임하는 등 여성을 차별하는 정책을 추진하면서 지역 주민들과 여성들의 반발을 샀다. 탈레반 사령관들도 난처한 입장에 처했다. 주민과의 신뢰 관계를 구축해야 하는데, 여학교를 열어 달라는 요청이 많아진 것이다. 일선 사령관의 애로 사항을 보고받은 탈레반 지도부도 난감해 한다는 것이었다. 자신들의 정책에 포함된 여학교 폐쇄를 바꿀 수도 없고, 바꾸는 것도 강경 세력들의 반발이 예상되어 쉽지 않을 것이기 때문이다.

함자는 재빨리 움직였다. 여학교의 필요성을 젊은이들을 통해 주민들에게 홍보했다. TV나 라디오 방송의 토크쇼에 청년들이 참석하여 의견을 피력하는 등 다양한 방법을 활용했다. 예를 들면, 결혼을 앞둔 젊은 남성들이 선호하는 여성상은 교육을 받고 사회 활동에 참여하는 여성이라는 것이다. 집에서 가사만 하고 글도 모르는 여성은 남편을 보필하고 자녀를 잘 보육하기 어렵다는 의견을 내기도 했다. 여성들의 활동 규모가 큰 지역은 여성들이 플래카드를 들고 여학교 운영을 요구하는 행진도 하였다. 바르다크주에서는 행진하는 여성들을 물리적인 위협을 가해 해산을 시도했던 탈레반 지휘관이 지역 주민들의 원성의 대상이 되어 지휘관직을 박탈당하는 사례도 발생했다.

함자는 국제적인 네트워크를 갖고 있는 여성들을 활용하여 국제 여성 단체들을 대상으로 홍보 및 지원을 요청하였다. 여성 인권 향상을 위한 여성 교육의 중요성을 누구보다 잘 아는 국제 여성 단체들이 언론 등에 대대적으로 비판하는 기사들을 올렸을 뿐만 아니라 자국 정부와 UN 등 국제기구를 움직여 탈레반의 여성 비하 정책을 우려하는 목소리들을 쏟아내기 시작하였다. 미국 여성 단체들도 자신들의 정부를 비판하기 시작하였다. 탈레반과의 평화 협정을 맺는 것에만 치중하여 아프가니스탄 여성 교육과 인권에 대해서는 제대로 반영하지 못해 아프가니스탄의 많은 여성들이 고통받게 되었다고 주장했다.

상황이 급변하자 탈레반 지도부 내에서도 온건 세력들이 목소리를 내기 시작하였다. 무조건 폐쇄하지 말고 학생 수나 지역 여건을 고려하여 융통성 있게 운용하는 방안을 채택해야 한다고 주장하였다. 강경파가 코란을 내세우며 반대했으나 목소리에 힘이 빠져 있었다.

19

카불 시내에서도 젊은이들의 시가행진이 거듭되었다. 탈레반의 여학교 폐쇄를 비판하는 대자보도 시내 곳곳에 붙고, 탈레반에 무작정 밀리고 있는 현 정부의 각성을 촉구하는 내용과 위기에 처한 나라를 구하는 데 젊은이들의 적극적인 동참을 호소하는 글귀도 눈에 띄었다. 한쪽에는 군과 경찰에 자원입대를 홍보하는 포스터도 붙어 있었다.

카불 시내에 있는 외국 공관들도 하나둘씩 폐쇄하기 시작하였고, 외국인 사업자들도 국내 대리인에게 위임하고 떠나갔다. 탈레반은 카불에 거주하는 외국인들을 대상으로 귀국을 종용하는 심리전을 활용하였다. 외국인들이 많이 머무르는 호텔을 대상으로 한 폭탄 테러 등을 통해 공포심을 조장하였다.

함자는 카불에 머무르는 일이 많아졌다. 어느 날 저녁에 차리카에 있는 집에 들렀을 때 로사가 정색을 하고 함자에게 물었다.

"오빠도 바쁘고, 차리카의 치안도 그렇고, 마땅한 병원도 없고 해서 어머니를 모시고 퀘타로 가서 당분간 지냈으면 하는데 어떻게 생각해? 우리 부모님도 같은 생각이신 것 같아."

"그렇지, 병원이나 생활 여건이 어렵지…. 너무 고생을 시켜서…."

함자의 얼굴이 어두워진다.

"괜찮아. 이런 걸 처음부터 알고 했었던 결혼인데, 뭘. 우리 아이가 태어날 때쯤 되면 여기도 살기 좋은 곳이 될 거라고 믿어."

로사의 눈에 눈물이 글썽거린다. 함자는 로사의 눈물을 닦아주고, 살포시 안아주었다.

"칸다하르 쪽 사정이 좋지 않으니 이번에는 페샤와르 쪽으로 돌아서 가는 것이 좋지 않을까?"

"응, 나도 그렇게 생각해. 아버지께 부탁해서 출입국 사무소로 사람을 보내 달라고 하려고. 걱정하지 마."

"출입국 사무소까지 아반이 함께 가도록 할게."

며칠 후에 로사와 어머니가 아반과 함께 차리카를 떠났다.

"중간중간에 연락해."

"오빠, 늘 조심해야 해."

어머니도 차 안에서 손을 흔들었다. 승용차가 출발했다. 함자는 멀어져 가는 차를 한참 동안 지켜보면서 중얼거렸다. '내가 꼭 데리러 갈게. 기다려.'

카불로 돌아온 함자는 부서장들과 함께 향후 추진 계획에 대해 회의를 개최하였다. 먼저, 각 지역 바함 회원들의 활동 상황이 보고되었다. 탈레반 치하에서 생명의 위협을 무릅쓰고 지역 청년들을 포섭하고, 주민들을 설득해 내고 있었다. 보고를 받고 나서 함자가 말했다.

"여기 카불 조직은 어느 정도 자리를 잡았으니, 제가 다음 주부터 여건이 어려운 지역 조직들을 방문해서 격려도 하고 차후 대책도 논의해 보려고 하는데 여러분들 생각은 어떻습니까?"

부서장 몇 명이 안전을 이유로 반대하였으나 대다수는 좋은 방안이라고 의견을 모았다. 이어진 회의에서는 바함의 의장인 함자가 다녀올 지역과 지역별 주요 현안들을 종합하고 대책을 토의하였다.

토의 결과 방문 순서는 힌두쿠시 산맥의 무장 조직 훈련소, 바글란주, 발흐주, 자우즈잔주, 바미얀주로 결정되었고, 출발은 내일 새벽으로, 인원은 부서장 2명과 경호 요원 5명으로 편성되었다.

다음 날 새벽에 SUV 3대로 카불을 떠나 판지시르주로 향했다. 판지시르주 진입로의 검문소에서 훈련소장인 가비가 합류하여 하왁 패스로 갔다. 가비는 결혼식 때와는 다르게 메마른 모습이었다. 얼굴도 검붉었다. 함자는 가비를 보고 마음이 아팠다. 신혼 생활을 뒤로하고 훈련소에서 얼마나 힘이 들까? 가비는 이동하는 차 안에서 훈련소 운영 현황에 대해 설명했다. 하왁 패스에 도착하자 일행은 차에서 내려 가비의 안내로 힌두쿠시 산맥을 타고 북동쪽으로 산길을 따라 올라갔다. 길은 험했다. 가파른 길로 힘들게 올라가면 또 내려가고, 길이 없는 곳도 있었고,

한쪽으로 가파른 벼랑이 있는 좁은 길을 지나가기도 했다. 모두들 땀으로 흠뻑 젖었다. 어두워지자 기온도 내려가면서 행군 속도도 급속히 떨어졌고, 갈증과 허기로 기진맥진했다. 휴식을 위해 땅바닥에 앉으면 잠이 쏟아졌다. 어떻게 가는지도 모르게 앞사람 엉덩이만 바라보고 겨우 한 걸음, 한 걸음을 내디뎠다. 밤새도록 산을 오르내린 후에 새벽이 되었는지 날이 환하게 밝아지고 있었다. 그때 앞에서 가던 가비가 조그마한 목소리로 말했다.

"도착했습니다."

모두 가비가 서 있는 곳에 올라가니 구름 사이로 작은 분지가 내려다보였다.

"훈련소에 도착하신 것을 환영합니다."

가비를 따라 언덕을 내려가자 흙과 나무로 지은 시설들이 줄 지어 모습을 드러냈다. 야외 교육장으로 보이는 곳에서 가비가 말했다.

"오시느라 수고하셨습니다. 오늘 일정은 각자 배정받은 숙소에서 휴식 후에 진행하겠습니다. 샤워장과 화장실은 야외에 있으니 참고바랍니다."

함자도 흙집 안에 있는 방 한 칸을 배정받았다. 땀에 젖은 옷이 너무 추웠다. 나누어준 훈련복으로 갈아입고 야외 샤워장으로 갔다. 예상했던 대로 흐르는 물을 큰 통에 담아놓고 바가지로 퍼서 씻도록 되어 있었고, 밖에서 보이지 않도록 천 같은 것으로 주위를 둘러싸 놓았다. 물에 손을 담가 보니 차가워서 씻기도 전에 온몸에 닭살이 돋았다. 이렇게 열악한 환경에서 조국 아프가니스탄을 위해 모든 어려움을 감수하고 있는 교관 및 훈련생들을 생각하니 마음이 찡해졌다.

정신없이 쓰러져 잔 후에 밖에 나오니 태양이 중천에 떠 있었고, 곳곳에서 소그룹 단위로 훈련생들을 대상으로 교육 훈련을 하고 있었다. 언제 왔는지 가비가 옆에서 설명해 주었다.

"훈련생 수는 224명이고 교관은 26명이며 그중 외국인 교관이 12명, 행정 요원이 54명인데 조교 및 훈련소 경비를 담당하네. 기본 훈련 기간은 4주이고 각개전투, 사격, 폭파, 주특기, 팀 단위 전술 훈련을 한다네. 2주 단위로 교육생을 받고 있고, 지금 2개 기수가 교육 중에 있지. 수료 후에는 원래 지역으로 돌아가 바함의 지역 무장 조직에서 활동하고 있네. 기본 훈련 과정에서 우수한 능력을 보유한 훈련생은 별도의 면담 과정을 거쳐서 고등 훈련 과정에 입교하도록 유도하고 있지. 저격수, 폭발물 전문가, 전술 계획가를 양성하고, 교육 후에는 지역 조직에서 핵심 역할을 하거나 중앙 특수 임무 부대에서 근무하게 되네."

수행한 부서장 2명도 와서 가비의 브리핑을 함께 들었다.

"물자나 장비, 탄약은 대부분 공중 보급으로 받고 있고, 비상식량도 2주 분량을 비축하고 있네."

가비가 훈련장으로 안내했다. 20~30명 단위의 학급으로 편성되어 교육을 받고 있었고, 외국인 교관이 있는 곳에는 별도로 통역이 편성되어 교육을 진행하는 것을 볼 수 있었다. 놀라운 것은 히잡을 쓴 여성 교육생도 간혹 눈에 띈다는 것이었다. 가비가 설명했다.

"여성 교육생도 24명 있어. 생활 시설은 별도로 구분되어 있네."

함자와 수행원들은 가비의 설명을 듣고 놀라워하면서 훈련소가 제 기능을 수행하고 있다고 생각했다. 그때 갑자기 폭발음이 들렸다. 함자 일행이 흠칫 놀라자, 가비가 설명했다.

"폭파 훈련 중이야. 티앤티, 콤포지션 등의 폭약 취급과 급조 폭발물 제조 교육을 하고 있네."

총소리도 들렸다. 교육 훈련에 임하는 교관과 교육생들의 진지한 열정이 느껴졌다. '아프가니스탄과 우리 젊은이들의 미래가 여기에 달려 있어.' 함자가 혼자서 중얼거렸다.

20

이틀간 훈련소에 머무르면서 함자는 교관들과 훈련생들을 일일이 격려했다. 사기 진작을 위한 특식도 제공했다. 미국 등에서 온 외국인 교관들의 노고를 치하하고 우리가 원하는 새로운 정부가 들어서면 잊지 않고 보답할 것임을 다짐하였다. 훈련소장인 가비와는 별도로 만나 훈련소의 중요성을 강조하고 외부에 노출되지 않도록 보안에 유의하고 대공 위장도 검토해서 보완할 것을 지시했다. 함자 일행은 다음 행선지인 타하르주로 출발했다.

타하르주의 주정부가 위치한 탈로칸시에 도착하여 바함 사무실로 향했다. 바함 대표인 잘랄이 함자 일행을 기다리고 있었고, 최근 상황을 보고했다. 바함에 많은 남녀 젊은이들이 회원으로 가입하여 1천 명을 상회했다는 좋은 소식이었다. 탈로칸시에 있는 여학교는 운영 중이었다. 나쁜 소식으로는 최근 무장 괴한들에 의한 주요 인사 납치, 살해가 잇따라 발생해 도시 전체가 불안에 휩싸여 있다는 내용도 있었다. 며칠 전에도 멀지 않은 곳에 있는 시골 마을 어귀에 신원 미상의 남자를 목매달아 죽여 놓은 것이 발견되어 경찰이 수사 중이라고 했다. 함자는 바함 조직을 활용하여 주민들을 도울 수 있는 방안을 발전시켜 볼 것을 잘랄에게 주문했다.

컴컴한 밤이 되자 탈로칸 시내는 일찍 인적이 끊기고 조용해졌다. 주택가에 검은 복면을 착용한 3명이 나타났다. 어떤 집 앞에 멈춰서 주위를 살피더니 2명은 담벼락을 넘어 집으로 들어가고 1명은 밖에서 경계를 했다. 잠시 뒤 대문이 열리고 머리에 포대를 씌운 사람을 두 사람이 끌고 나왔고, 곧 함께 사라졌다. 집 안에서는 여자들의 울음소리가 들렸다.

탈로칸시 동쪽의 하나바드강 상류의 산 밑 공터에 어깨에 AK소총을 멘 다섯 명의 사람들이 엎드려 있는 사람을 둘러싸고 서 있었다. 그중에 수장으로 보이는 자가 말했다.
"여러 차례에 걸쳐 분명히 메시지를 전달했는데 따르지 않았다. 마지막으로 할 말이 있나?"

엎드려 있는 사람이 애걸했다.

"제발, 제발 살려주시면 하라는 대로 하겠습니다."

수장이 지시했다.

"처리해."

일행 중 2명이 엎드려 있는 사람을 질질 끌고 조금 떨어진 곳에 있는 후미진 골짜기로 데려간 다음 땅바닥에 내팽개쳤다. 그중 한 명이 어깨에 멘 AK소총을 내려서 총구를 엎어져 있는 사람 목에 갖다 댔다. 그때 갑자기 이상한 소음과 함께 '퍽' 하는 둔중한 소리가 나더니 소총을 든 사람이 땅바닥에 쓰러졌다. 옆에 있던 사람이 놀라 고개를 돌리는 순간에 그도 쓰러졌다. 아무 소리가 없어 이상하게 생각한 다른 사람들이 그쪽으로 달려왔으나, 곧 모두 쓰러졌다. 땅바닥에 엎드려 있던 사람은 주위가 조용해지자 한참 후에 조금씩 움직이더니 머리에 씌운 포대를 벗었다. 그리고는 뒤도 돌아보지 않고 정신없이 앞으로 내달렸다.

다음 날 주민의 신고로 현장에 도착한 경찰들은 머리에 총을 맞은 5구의 사체와 무기를 수거하고 수사에 들어갔다. 탈로칸시 주민들 사이에 이 사건이 빠르게 퍼졌고, 사람들의 얘깃거리가 되었다. 그리고 나서 한동안은 납치, 살해 사건이 발생하지 않았다.

탈로칸에서 쿤두즈로 가는 길에 위치한 하나바드와 남서쪽의 알리아바드를 연결하는 도로의 중간에 위치한 경찰 초소는 얼마 전부터 무장 세력이 탈취하여 운용하고 있었다. 이곳을 지나는 모든 차량들은 검문을 받았고, 정부나 군경 등에서 일했던 적이 있는 사람들은 차에서 내리게 한 후 억류하였다. 주민들의 신고를 받은 군과 경찰은 책임을 서로 떠넘기기에 바빴다. 지역 정부군 대변인은 '경찰 작전이 먼저이고 군은 후속 지원 역할입니다.'라고 발뺌했다.

무장 세력이 점령한 경찰 초소는 구릉 위에 있어서 주변을 모두 둘러볼 수 있었다. 도로 옆에 검문소 건물이 있고, 도로 위에는 장애물을 지그재그로 배치하여 차들이 속도를 낮추고 에스자로 진입하도록 했으며, 건물 앞에서는 2명에 의해 검문이 이루어지고, 건물 옥상 위에 있는 초소에서는 2명이 내려다보며 감시를 했다. 건물 안에는 2명이 상황병과 불침번 임무를 수행했다. 검문소장실이 별도로 있으며, 휴게실이 있어 교대 병력 10여 명이 휴식 및 잠을 자고 있고, 억류자 2~3명을 별도의 방에 감금하고 있었다.

칠흑같이 어두운 밤이다. 검문소의 근무자를 제외한 인원들은 취침 중이다. 소문이 났는지 요 며칠 사이에는 지나가는 차량들이 많이 줄었다. 경찰을 위협하여 검문소를 처음 인수할 때의 긴장감은 사라지고 없다. 그저 따분한 느낌이다. 건물 위에서 경계 중인 나디는 고향 생각을 하는 중이다. 칸다하르에서 태어났고, 어릴 때 부모를 따라 파키스탄으로 가서 난민 캠프에서 자랐다. 그리고 파쉬툰 자치주로 갔고, 이슬람 학교인 마드라사에서 교육을 받았다. 일정 기간 군사 훈련을 받고 쿤두즈주로 온 지도 1년이 지났다. 부모와 형제들, 친구들도 생각난다. 2시간 단위로 근무 교대를 하는데 시간이 너무 느리게 가는 것 같다. 사방을 둘러

봐도 불빛은 없고 조용하다. 아래쪽 검문조도 간혹 한 번씩 도로 위에서 서성이는 모습 외에는 무엇을 하는지 조용하다.

바함의 특수 임무 부대 1개 팀이 검문소 탈환 작전에 투입되었다. 팀장인 아흐멧은 며칠 전에 검문소를 포함한 주변 지역에 대한 정찰을 실시했고, 작전 계획을 수립했다. 3명씩 4개조로 편성하여 조별 조장을 임명하고, 저격수 2명은 자신이 직접 통제하는 것으로 했다. 작전은 저격수가 먼저 건물 위의 초소 인원 2명을 저격하면, 1조는 옥상 위로 올라가 저격된 감시병 2명의 상태를 확인 및 처리한 후, 주변 감시 및 증원 부대를 차단하는 임무를 수행하고, 2조는 건물 뒤쪽에 위치하고 있다가 1조가 옥상 위를 확보하면 신속히 건물 앞쪽으로 진입하여 도로 검문조 2명을 사살한 후 도로 및 주변 경계를 담당하며 의명 4조를 증원한다. 3조는 최초 건물 뒤편에 있다가 2조가 도로 검문조 2명을 제압하면 바로 건물 내부로 진입하여 상황병과 불침번을 사살하고 이어서 검문소장을 제거한다. 4조는 3조를 후속하다가 재빨리 휴게실로 진입하여 자고 있는 인원들을 사살한다. 개별 무장은 AK소총에 소음기와 야간 조준경이 부착되어 있고, 헬멧 부착형 야간 투시경을 착용했다. 1조는 적의 증원에 대비하기 위해 RPG-7 1정과 로켓탄 2발을 휴대했다. 조별로 소형 무전기가 주어졌다.

새벽, 검문소에서 300미터 정도 떨어진 언덕 밑에 십여 명의 무장 인원들이 모였다. 특수 임무 부대 제1팀이다. 팀장인 아흐멧이 조용히 말했다.

"준비가 완료되었으면 조별로 이동한다. 임무 대기 지점 도착 완료 시간은 지금부터 30분 후이다. 1조 출발."

1조가 출발하고 조금 후에 2조, 3조, 4조 순으로 이동했다. 이어서 팀장인 아흐멧이 저격수 2명과 함께 이동했다. 아흐멧은 저격수 2명을 검문소와 약 100미터 떨어진 맞은편 언덕에 배치했다. 사계는 좋았다. 저격수 2명은 검문소 위의 경계병 2명을 야간 조준경으로 조준하였다. 약속한 30분이 되었다. 아흐멧이 저격수들에게 지시했다.

"사격 개시."

저격수들이 1발씩 방아쇠를 당겼다. 아흐멧의 열상 관측경에 검문소 위의 감시병 2명의 가슴 부위에 총탄이 피격되어 쓰러지는 모습이 보였다. 곧 1조가 검문소 위를 장악하였고, 2조가 건물 앞으로 나오면서 검문조 2명을 사살하였고, 3조와 4조가 건물 내부로 들어가는 모습이 보였다. 잠시 후 무전기에서 임무 수행 완료 보고가 들어왔다. 아흐멧이 저격수들과 함께 검문소로 이동했다. 억류자가 3명 있었고, 나머지는 전부 사망했다. 억류자 3명은 풀어 주면서 자신들이 정부군이라고 소개하고 경찰서에 가서 신고하라고 하였다.

21

오랜만에 카불의 아반과 유선 전화로 통화했다. 무선 전화 기지국이 많지 않은 시골 지역에서는 휴대폰이 잘 터지지 않았다. 아반은 먼저 로사와 어머니가 차리카를 떠난 지 3일 후에 퀘타에 잘 도착했고, 어머니와 태아 모두 건강하다는 연락을 전했다. 각주의 바함 활동은 점점 확산하고 있고, 봉사 활동을 통해 주민들의 지지를 받고 있다는 소식도 전했다. 나쁜 소식으로는 카불시와 파르완주에서 폭탄 테러가 발생하여 많은 인명 피해가 발생했다고 보고했다. 이번에도 카불의 폭탄 테러는 하자라족을 대상으로 한 것인데, 테러 주체라고 밝히는 단체가 없고, 탈레반 대변인은 하지 않았다고 한다. 시아파를 공격 대상으로 하는 대시나 불안을 조성하기 위한 알카에다의 소행일 수도 있다. 함자는 아반에게 바함 조직을 활용하여 카불시 서부의 하자라족 거주 지역에 대한 정보 수집 활동을 강화할 것을 요청했다.

함자 일행은 바글란주의 수도인 풀리 훔리로 가서 바함 사무실에 들렀다. 지역 대표인 이스마일이 반갑게 이들을 맞았다. 함자는 탈레반의 최근 공격 상황에 대해 물었다.

"파쉬툰족이 다수를 차지하는 북쪽의 바글란시를 중심으로 탈레반의 영향력이 커지고 있습니다. 경찰 초소들을 공격했고, 위협을 해서 자디드 여학교가 폐쇄되었습니다. 자디드 여학교에 다니던 여학생들 일부가 여기 풀리 훔리로 전학을 왔습니다. 또한 남쪽의 힌두쿠시 산맥을 연한 외곽 지역에도 임시 검문소를 설치하여 도로를 차단하고 있습니다."

이스마일의 보고가 이어진다.

"그런데 문제는 탈레반이 여기 풀리 훔리에 있는 여학교 교장에게도 전화로 폐교나 휴교를 하고 여교사를 해임할 것을 계속 종용하고 있다는 것과 전학 온 여학생들의 친척 젊은이들이 여기로 와서 여학생들을 찾고 있다는 것입니다. 해당 여학생들에 대한 위해 행위가 예상되어 저희가 보호하고 있습니다."

함자는 이스마일의 조치에 찬사를 보냈다.

"또한, 바함에 참여하는 젊은이들이 늘어나고 있는데 이들을 교육하고 활용하는 방안이 절실히 요구되고 있습니다."

함자는 좋은 제안이라고 생각했다. '아프가니스탄이 이렇게 어려움을 겪고 있는 것도 교육의 문제이다. 과거의 생활 방식을 계속 답습하는 것만으로는 발전할 수 없고 미래가 없다. 세계는 디지털 시대로 가는데, 아날로그 시대보다 낡은 지식으로는 살기 좋은 나라를 만들 수 없다. 우리 바함이 아프가니스탄의 미래를 짊어질 책임 있는 단체라면 소속 인원들의 가치관 정립과 새로운 지식 습득은 매우 중요한 것이 아닌가?' 함자는 이스마일과 머리를 맞대고 회원들을 대상으로 하는 교육 내용 선정과 능력을 갖춘 강사들을 섭외하고 교육 프로그램을 추진하기로 했다.

함자는 다음 날 이스마일의 안내로 여학교 교장을 찾아갔다. 사무실로 들어가자 교장은 자리로 안내하면서 연신 누군가와 통화 중이었다. 교장이 전화를 끊고 자리에 와서 앉았다. 교장의 얼굴에는 괴로운 표정이 역력했다.

"여학교를 폐쇄하라고 전화가 계속 옵니다."

이스마일이 함자를 간단히 소개했고, 함자가 인사를 하고 나서 물었다.

"누구에게서 전화가 옵니까?"

"전혀 모르는 사람인 경우도 있고, 지역 유지들도 전화를 합니다. 어떻게 해야 할지 참, 난감합니다."

함자는 지역 유지들이 누구인지를 확인하고 학교를 나온 후에 그중 유력한 지역 유지를 찾아갔다. 이스마일이 평소에 알고 지내던 사람이어서 만날 수 있었다. 함자가 여학교를 폐쇄하라고 말한 저의를 넌지시 물었다.

"난들 좋아서 하겠나. 협박 전화가 오는데, 안 들어주면 우리에게 어떤 위해가 올지도 모르니…."

지역 유지는 말끝을 흐리며 탄식을 했다. 함자는 탈레반의 전형적인 심리 전술을 직접 확인할 수 있었다.

카르카르 계곡에도 어둠이 짙어지고 있다. 과거 석탄 광산으로 한때 번성한 곳이다. 지금은 낡은 시설들이 으스스하게 서 있을 뿐이다. 낡은 시설 중 한곳을 지역 탈레반 사령부가 사용하고 있다. 사령관 휴대폰으로 전화가 왔다.

"라시드요. 누구시오?"

상대방이 대답했다.

"사령관님, 안녕하십니까! 풀리 훔리에 사는 만수르입니다. 다름이 아니라 여학교를 폐쇄하라고 하시지 않았으면 좋겠습니다."

라시드가 벌컥 화를 냈다.

"왜 그런 뚱딴지같은 소리를 하는 거요? 지난번에 동의하지 않았소?"

"어젯밤에 복면을 한 사람들이 찾아와서 사령관에게 전화를 하지 않으면 가만두지 않겠다고 협박을 하고 갔습니다."

사령관은 화가 치밀어 올라 얼굴이 붉게 상기되었다.

"누군지는 모르고?"

"모릅니다."

"그 사람들을 다시 만나게 되면 내가 가만히 두지 않겠다고 분명히 말하시오. 알겠소?"

전화를 끊고 조금 지나자 이번에는 다른 사람이 전화를 해서는 똑같은 소리를 했다. 그뿐만이 아니라 자신들이 여학교를 폐쇄하도록 압력 행사를 하기 위해 활용했던 지역 유지들이 거꾸로 자신에게 여학교 폐쇄를 요구하지 말라고 하니, 사령관은 기가 막혔다. 밑에 있는 부하를 불렀다.

"이런 짓을 누가 했는지 짐작이 가는 데가 없소?"

"저희도 누가 감히 이런 짓을 하는지, 목숨이 몇 개나 붙은 놈인지 알아보고 있습니다."

다음 날 여학교 교장에게 지역 유지들의 전화가 빗발쳤다. 이번에는 한사코 여학교를 폐쇄해서는 안 된다고 했다. 교장은 어안이 벙벙해졌다. '어제까지만 해도 폐쇄해야 한다고 난리를 치더니, 이제는 폐쇄해서

는 안 된다고 하니, 도대체 어떻게 된 일인가? 누구 장단에 발을 맞추어야 하나?'

이스마일은 지역 조직원들을 대상으로 순회 교육을 실시했다. 다양성의 수용, 소통과 협력의 중요성을 다른 나라의 사례들을 들면서 설명을 하고 우리나라가 나아가야 할 방향에 대해서도 토의 및 발표하는 시간을 가졌다.

젊은이들을 활용한 봉사 활동도 계속 추진하며 주민들의 신뢰를 쌓아 나갔다.

22

카불의 아반에게서 전화가 왔다. 중요한 정보가 있어 논의가 필요하니 카불로 복귀해 달라는 요청이었다. 수행원들과 상의 후에 순회 일정은 잠시 미루고 카불로 돌아가기로 하였다. 함자는 카불로 돌아가는 차 안에서 이번 지역 순회를 통해 많은 것을 느끼고 앞으로 무엇을 해야 할 것인지 구상할 수 있는 좋은 기회였다고 생각했다.

카불의 상황실에 도착했더니 아반을 포함하여 모든 부서장들이 대기하고 있었다. 모두들 긴장하고 있는 모습이었다. 아반이 보고했다.

"카불 서부의 하자라족 거주 지역에 대한 정보 수집 활동을 확대하는 가운데 새로운 테러 정보를 입수했습니다. 아직 테러 주체와 일시 및 장소, 대상은 불분명하나 이번에는 여학생들이 등교 시간에 많이 타는 버스를 대상으로 하고 있습니다."

함자와 부서장들은 날이 밝는 줄도 모르고 대응 방안을 논의하였다.

수요일 아침이다. 카불의 서쪽 다쉬티 바르치 행정구역의 샤히드 마자리 대로 옆에 있는 한 여자 고등학교 앞에는 등교하는 여학생들로 붐비고 있다. 얼마 전 다른 여학교 앞 폭탄 테러 이후에 등하교 시간에 여학교 정문에는 경찰들이 배치되고, 바리케이드를 설치해서 차량 접근을 차단하였다. 폭탄 테러로 많은 여학생들이 죽었지만, 여학교 앞에는 교육을 받게 하려는 학부모와 교육을 받으려는 여학생들의 열기가 여전하다. 학교 앞에서 동쪽으로 50미터 정도 되는 곳에 있는 버스 정류장에는 버스를 내리는 여학생들로 분주하다. 흰색 승용차 1대가 천천히 다가와 버스 정류장 옆에 정차하더니 운전자는 내려서 근처 슈퍼마켓 쪽으로 빠른 걸음으로 걸어갔다. 이때 모래를 가득 실은 대형 트럭이 과속으로 달려오더니 급정거를 하면서 세워져 있는 흰색 승용차를 들이받은 후 승용차와 버스 정류장 사이에 멈췄다. 트럭 운전자도 서둘러 내려 승용차 운전자가 간 쪽으로 달려갔다. 주위에는 놀란 사람들로 아수라장으로 변했다. 주변에 있던 교통경찰들이 현장으로 달려오는데, 갑자기 '펑' 하는 폭발음과 함께 흰색 연기가 솟구쳤다. 누군가가 외쳤다.

"폭발물이다. 엎드려!"

버스 정류장 주변에 있던 여학생들과 시민들이 일시에 엎드렸다. 다행히 더 이상의 폭발은 일어나지 않았고 경찰들이 정리에 나섰다. 다친 사람들은 없었다. 주변에 있던 사람들은 안도의 한숨을 내쉬면서 재빨리 현장을 빠져나갔다. 경찰은 폴리스 라인을 설치하고 사람들의 접근을 통제했다. 폭발물 처리반이 도착했고, 처리 요원이 승용차 안의 폭발물을 살펴보더니 중얼거렸다.

"트럭이 충돌하면서 뇌관이 폭발물에서 떨어져 나와 뇌관만 폭발했어."

카불의 현지 및 외국 기자들이 또 다른 여학교를 대상으로 한 폭탄 테러가 실패했다고 긴급 뉴스로 보도했다. 현장을 정밀 분석한 경찰과 군은 트럭이 없었다면 대형 사고가 될 뻔했다는 것을 발견했다. 그러자 의문점이 남았다.

'누가 폭탄 테러를 계획했고, 또 누가 이 테러를 막았는가?'

23

정부와 탈레반 양측은 협상에서 주도권을 잡기 위해 심리전을 활용했다. 탈레반은 경찰과 정부군의 부패 및 갈취 행위를, 정부는 탈레반의 과거 공포 정치와 여성 인권 훼손, 테러 조직과의 연계를 국민들에게 부각시켰다. 정부는 각종 폭탄 테러의 배후에 탈레반이 있고, 테러 조직과도 연결되어 있다고 하는 반면에 탈레반은 자신들이 하지 않았다고 부인하였다. 그러나 탈레반의 영향력 아래에 있는 지역의 주민들은 탈레반이 여전히 과도한 통제를 하고 있다며 어려움을 호소하였다.

탈레반은 공격할 표적에 대해 병력을 집중하여 상대적인 우세를 통해 국지 전투에서 승리하는 전략을 구사하고 있다. 정부군과 경찰의 영향력이 미치지 못하는 시골 지역부터 세력을 확장하고 주의 수도를 포위하는 전략을 추진한 것이다. 병력을 집중하여 분산된 지역 경찰서와 군부대를 공격해 무기와 탄약을 확보하고, 이쪽저쪽으로 증원해야 하는 정부군과 경찰의 전투력을 집중하지 못하게 방해하며 작전의 주도권을 장악하려고 하고 있다. 또한 주요 도로에 임시 검문소를 설치하고 도로를 통제하여 주정부나 주민들이 포위되었다는 것을 느끼도록 하는 심리적인 압박을 가했다. 그리고 영향력 있는 지역 유지나 원로를 위협하여 포섭한 후에 주민들을 설득하거나 지역 경찰과 군의 투항을 유도했다. 지역 라디오 방송국을 점거하여 친탈레반 프로그램을 운영하기도 하였다.

탈레반은 아프가니스탄 34개 주 가운데 18개 주에서 공세를 취함으로써 정부를 압박하여 협상의 주도권을 쟁취하려고 하였다. 칸다하르, 헤라트, 파리얍, 쿤두즈, 파르완주에 대한 압박이 거세졌다.

쿤두즈주의 남동쪽에 위치한 알리 아바드는 7개 행정 구역 중 하나이다. 쿤두즈시와 바글란주를 잇는 도로가 북에서 남으로 통과하고 있고, 도시의 서쪽에 남에서 북으로 쿤두즈강의 상류가 흐른다. 서쪽으로는 차하르 다라 행정 구역과, 북으로는 한 아바드 행정 구역과 접해 있는데 2개 구역 모두 탈레반에 점거되어 있다. 인구는 약 5만 명 수준이며, 경제적으로 낙후되어 가난하다.

인적이 끊긴 새벽, 적막감 속에서 작은 도시의 중앙에 있는 경찰서 입구를 경비하는 경찰 몇 명이 서성이고 있고, 간혹 멀리서 개가 어깨를 내려뜨리고 도로를 가로지르며 지나가는 것이 보인다. 경비 중인 경찰 나지르는 눈꺼풀이 내려오는 것을 겨우 막으며 옛 생각에 잠겨있다. 카불에서 경찰에 자원입대하여 쿤두즈주에 온 지도 오래되었다. 무장 세력과의 전투는 한 주가 멀다 하고 발생하고 있다. 미군이 철수하자 공격이 더 많아졌다. 많은 동료들이 죽거나 부상했다. 자신의 안전도 장담할 수 없다. 앞으로 어떻게 될 것인가? 그서 막막하다. 희망이 보이지 않는다. 카불에 있는 아내와 아이들이 생각난다. 집에 다녀온 지도 오래되었다. 언제쯤 평화로운 나라에서 가족들과 함께 살아갈 수 있을까? 저 멀리서 다가오는 차량 불빛이 보인다. 이 새벽에 누가?

차량의 헤드라이트가 나지르의 눈을 부시게 한다. 나지르가 차를 멈추기 위해 손을 흔들었다. 승용차가 경찰서 앞에서 멈추고 운전자가 내리더니 차 뒤로 급히 돌아서 달아났다. 나지르가 호각을 꺼내 불었다. 그러나 달아난 운전자는 벌써 거리 모퉁이를 돌아가서 보이지 않았다. 승용차를 확인하기 위해 다가가는데, 순간 불빛이 번쩍하더니 엄청난 압력이 나지르를 공중으로 날렸다. 그 속에서 큰 폭발음이 들리는 듯 했다. 그리고 모든 것이 조용해졌다.

폭발로 인한 먼지가 조금 가라앉자, 처참한 현장이 나타났다. 경찰서 정문이 무너지고 경비를 서던 경찰들이 땅에 나뒹굴고 있다. 무장 괴한들이 사방에서 경찰서를 향해 소총 사격과 로켓탄을 발사하며 공격해 왔다. 기습 공격을 받은 경찰들은 전열을 정비하여 공격해 오는 무장 괴한들을 향해 대응 사격을 했다. 무장 세력의 공격 규모가 상당했다. 여기저기서 사상자가 발생하였고, 경찰서 상황실에서는 쿤두즈시에 위치한 경찰 본부로 긴급 상황을 보고하며 증원군을 요청했다.

경찰의 완강한 저항에 무장 세력의 공격도 주춤했다. 양측은 도로를 사이에 두고 소총과 기관총, 로켓탄을 발사했다. 간혹 무장 세력의 박격포 탄이 떨어졌으나 정확도는 낮았다. 로켓탄이 경찰 초소에 명중했다. 큰 폭발음과 함께 초소가 파괴되고 얼굴이 피범벅이 된 채 한쪽 팔이 떨어져 나간 경찰이 비명을 질렀다.

'증원군이 오기 전까지 버틸 수 있을까?' 경찰서장은 증원군이 빨리 오기를 애타게 염원하고 있다.

"증원군이 출발했어?"

"예! 출발했습니다."

그래도 여기까지 도착하려면 몇 시간이 걸린다.

"현재 상황 보고해! 사상자는? 가용 병력은? 탄약은?"

알리 아바드의 교전 상황은 카불 정부에도 보고되었다. 쿤두즈주와 바글란주를 연결하는 교통의 요충지로서 양보할 수 없는 중요한 지역이었다. 즉각 중앙 정부 차원의 지원 수단을 동원했다.

알리 아바드에도 날이 밝았다. 쿤두즈시에서 증원군 부대가 도착하여 1개 중대는 도로를 따라 경찰서 쪽으로 이동하면서 무장 세력의 측면을 공격하고, 1개 중대가 알리 아바드를 동쪽으로 우회하여 무장 세력의 배후를 차단하는 공격을 개시했다. 공중에는 공군의 전투기와 특수 임무 부대를 태운 헬기들이 선회했다. 주민 거주 지역이라 폭격은 할 수 없었고 위력 시위 수준에 그쳤다. 무장 세력의 대공 사격을 받자 곧 사라졌다.

증원군이 도착하자, 무장 세력의 공격 기세가 누그러졌다. 그러나 포기하지 않았다. 인접한 서쪽의 차르 다라와 북쪽의 한 아바드 행정 구역이 자기들의 세력권에 있어 병력 지원이 가능하기 때문이다. 주민들은 불안해서 집 밖으로 나올 엄두를 내지 못한다.

이때, 멀리 하늘에서 하얀색 물체가 교전 지역 상공으로 날아오는 것이 보였다. 그리고 공중에서 멈췄다. 하얀색 현수막에 글자가 선명하게 보인다. 〈휴전, 화해, 평화〉라고 쓰여 있다. 현수막 상공에 무인기 4대가 보인다. 대치하던 경찰과 무장 세력은 갑작스런 현수막 등장에 그쪽으로 시선이 쏠렸다. 이게 무슨 일인가? 무인기는 20분 후에 먼 하늘로 사라졌다.

잠시 후 도로 멀리서 대형 플래카드를 앞세운 사람들이 구호를 외치며 행진해 왔다. 플래카드에는 〈평화가 여러분과 함께, 우리는 같은 이슬람 형제입니다〉라고 쓰여 있었고, 사람들은 〈교전 중지, 화해, 평화〉라고 확성기로 외치며 다가왔다. 경찰이 위험하다고 소리치며 위협사격을 했으나 멈추지 않았다. 그 와중에 무장 세력은 하나둘 사라졌고, 철수했다.

그렇게 교전이 멈췄다.

카불의 TL 방송은 이를 생중계했다. 정부와 정치권은 물론 일반 시민들도 신선한 충격에 빠졌다. 정부와 무장 세력 간의 교전에 화해와 평화를 주장하는 새로운 제3세력의 등장을 알리는 서막이었다.

24

알리 아바드의 소식은 언론 매체와 SNS를 통해 사람들 사이로 퍼져갔고, '왜 우리끼리 싸워야만 하는가?', '함께할 수 있는 방법은 없는가?'라는 새로운 화두를 던졌다. 젊은이들은 현실을 개탄하고 정부와 탈레반을 싸잡아 비판하게 되었다.

카불의 제3구역에 위치한 카불대학교는 아프가니스탄에서 가장 오래된 고등 교육 기관으로 알려져 있다. 1932년에 나디르 샤에 의해 설립되어 89년의 역사를 자랑한다. 학생 수는 2만여 명이고 그중 40% 이상이 여학생이다. 카불대학교도 무장 세력들의 공격에서 안전할 수는 없었다. 2020년 11월에 다시 소속의 무장 괴한 3명이 대학교에 난입했고 학생과 교수를 향해 총기를 난사하여 35명이 죽고 56명이 부상했다. 많은 학생들이 내전과는 아무런 관련이 없는 학생들을 공격한 것을 비난했지만 다른 견해도 많았다. 나라의 정치 체제를 두고 정부와 탈레반이 협상과 전투를 병행하고 있는 시점에 미래의 아프가니스탄을 이끌어갈 학생들이 방관자가 될 수 있는가?

카불대학교 게시판에 세미나 개최에 관한 홍보 포스터가 아래와 같이 붙여졌다.

「아프가니스탄 미래 발전 세미나」를
아래와 같이 개최하오니 많은 참석 바랍니다.

- 일시/장소: ○○년 ○○월 ○○일 오전 10시/
  카불대학교 사회과학학부 강당
- 주관: 사회과학학부 학생회
- 후원: 고등교육부, 바람
- 주제: 1. 바람직한 정치 체제, 2. 여성 인권/교육,
  3. 나라의 위기와 청년들의 역할
- 발표자: 1. 라흐만 교수 2. 하딜라 교수 3. 하킴 교수
- 토론자: 1. 전 국회의원 파블로 2. 전 문화부 장관 아니타
  3. 전 국방부 장관 사밈
- 참석: 카불 대학생/교수, 기타 관심 있는 사람은 누구나 참석 가능
- 사전 등록: 사회과학학부 행정실 직접 방문 또는 전화, 웹사이트
- 유의 사항: 참석 공간이 제한되어 선착순 접수

게시판을 본 학생들이 수군거렸다.

"상당히 민감한 주제인데, 탈레반이 또 우리 대학교를 공격하면 어쩌려고 저런 위험한 짓을 할까?"

"그러게 말이야. 학교에서는 공부만 하면 되지. 누구 발상인지 모르겠네."

"그런데 바함은 뭐지? 처음 보는데…."

올 것이 왔다고 생각하는 학생들도 있었다.

"우리 학생들도 비겁하게 숨어 있을 것이 아니라 의견을 개진하고 목소리를 높여야지."

"암, 그렇지."

카불 주재 언론사들도 관심을 갖기 시작했다.

세미나 개최 당일 아침, 강당은 입추의 여지가 없이 참석자들로 가득했다. 학교 측의 협조로 경찰이 강당 입구와 주변에 배치되었다. 기자들도 다수 참석했다.

세미나 시작에 앞서 카불대학 사회과학 학부장의 인사말과 대학 총장의 축사가 있었다. 제1주제 발표자인 라흐만 교수는 정부의 공화국과 탈레반의 이슬람 국가의 절충안으로 다수의 인원으로 구성된 국가 최고 위원회를 두고 그 밑에 대통령을 국민 총선을 통해 선출하는 방안을 제시했다. 제2주제 발표자인 하딜라 교수는 코란의 해석을 시대의 변화에 맞게 조정할 필요가 있으며, 여성 교육과 사회 참여는 다른 이슬람 국가들도 수용하고 있다고 주장했다. 제3주제 발표자인 하킴 교수는 대다수의 국민들이 방관자적 입장에서 정부와 탈레반의 협상을 지켜보고 있다면서, 하지만 결과에 따라 국민들의 삶에 크게 영향을 미치게 되는데 국민

각자가 협상 내용에 대한 개인의 의견 표출과 적극적인 참여가 요구되고 있다면서, 젊은이들도 자신들의 미래를 위해 어떤 형태로든 참여가 필요하다고 목소리를 높였다.

제1주제 토론자로 나선 파블로 전 국회의원은 라흐만 교수가 발표한 국가 최고 위원회 구성에 대해 현 정부 내 각종 위원회들이 의견 합의를 도출하지 못하고 있다면서 국가 최고 위원회 구성을 다수로 했을 경우 의견 합의가 쉽지 않을 것이라는 점과 대통령 직접 선거 시 공정한 선거 관리가 쉽지 않고 결과에 승복하지 못할 경우 또 다른 내분의 원인이 될 수 있다는 문제점을 제기했다. 제2주제 토론자인 아니타 전 문화부 장관은 과거 급진적인 개혁이 실패하게 된 점을 강조하며, 여성 교육과 사회 참여 확대는 시대적인 명제인 만큼 이슬람 사회 전체 구성원의 공감대를 형성할 수 있는 대안이 무엇인지 되물었다.

이어서 방청석에 질문 기회가 주어졌다. 카불대학 2학년생인 오비드는 다수 종족이 거주하는 아프가니스탄에 적합한 정치 체제를 연구할 필요성을 제기하며 유력한 이슬람 국가의 싱크탱크에 외주를 의뢰하는 것이 좋겠다는 의견을 발표했고, 카불대학 3학년생인 타이바는 배움을 원하는 여성들에게 교육의 문을 열어줘야 하지 않느냐고 열변을 토했다. 다른 대학에서 온 학생들도 의견을 피력했다. 라나대학 3학년생인 자한은 어려운 시기에 대학생들이 앞장서서 시민들의 어려움을 해결하기 위해 노력해야 한다고 발표했다. 그 외에도 많은 의견 발표와 질의 및 토론이 열띤 분위기 속에서 이어졌다.

카불의 TL 등 언론 매체들은 세미나 내용을 소상하게 다루었다. 젊은 층에서 반응이 좋았다. 비켜 있기보다는 역할을 찾아서 행동으로 실천하자는 의견에 많은 공감대가 형성되었다.

25

카불의 이른 아침이다. 오늘은 구름이 낮게 깔리고 먼지를 동반한 돌풍과 번개, 가끔씩 빗방울이 떨어지는 좋지 않은 날씨이다. 카불에서 북쪽 차리카로 연결되는 도로인 A-76번 도로 위에 무장 칸보이가 빠른 속도로 이동하고 있다. 차량 10대로 구성된 대열 중앙에 검정색 세단 2~3대가 달리고 있다. 도로에 차들이 많지 않아 칸보이 대열은 방해 없이 빠른 속도로 이동 중이다.

대통령의 오늘 일정은 바그람 공군 기지를 방문하는 것이다. 미군으로부터 아프가니스탄 공군이 인수한 후 첫 번째 방문이다. 헬기로 이동하도록 계획되었으나 기상이 좋지 않아 지상으로 이동 중에 있다. 바그람 공군 기지는 카불 시에서 북쪽으로 약 50킬로미터 정도 떨어져 있고, 차가 밀리지 않으면 1시간 정도 거리이다. 카불과 바그람을 연결하는 도로는 왕복 2차선으로 포장되어 있다.

칸보이는 시내의 살랑 와트로를 지나서 차리카로 가는 도로로 들어섰고 곧 미르 바차를 지났다. 대통령은 차 안에서 현재의 어려운 상황을 극복하기 위한 방안을 골똘히 생각 중이다. 아침에 기상이 악화되어 헬기 이동이 곤란하게 되자 비서실장이 바그람 방문 일정을 다음으로 연기하는 것이 좋겠다는 건의를 했지만 대통령은 강행하기로 했다. '그동안 미룬 것이 몇 번째인데 또 미룬단 말인가? 멀지도 않은 거리인데 이렇게 차로 갔다 오면 되는 것을….' 콰라 바그를 지나가고 있다. 차창 밖으로 농경지들이 펼쳐져 있다. 곧 파르완주 지역으로 들어서고 이어서 오른쪽으로 가면 바그람 기지가 있다.

칸보이 선두 차량에 탑승한 경호팀장은 도로 전방 오른쪽 갓길에 승용차가 서 있는 것을 목격했다. 사람은 보이지 않았다. '밤에 운전하다가 피곤해서 잠시 휴식을 하는가 보다. 이른 아침이라 나도 피곤한데.' 팀장이 하품을 한다. 선두 차량이 승용차 옆을 지나치는 순간, 갑자기 굉음을 내며 승용차가 폭발했고, 그 위력으로 선두 차량은 순식간에 뒤집어져 굴렀다. 빠른 속도로 후속하던 차량들이 급정거를 하면서 미처 속도를 줄이지 못하고 앞차에 부딪혔다. 대통령이 탑승한 차량이 앞차와 부딪히면서 앞으로 쓰러졌다. 차들이 멈추자마자 이번에는 후미 차량에 로켓탄이 명중하여 폭발했다. 경호원들이 차에서 내려 대통령 차량을 에워싸고 현장을 수습하려 했지만 갓길 옆에서 기관총과 소총 소리가 작렬하면서 결국 쓰러지고 말았다. 대통령 차 운전사가 급히 차를 빼내 현장을 이탈하려는 순간 로켓탄이 차량 보닛 쪽을 스쳐 지나갔고 차량 앞부분이 주저앉았다. 대통령은 일어나려고 하였으나 몸이 움직이지 않았고 다리

에 심한 통증을 느꼈다. 밖에서는 총성이 멈추지 않고 계속 들린다. 정신이 가물거린다. '이제 끝이구나.'

누군가가 차량의 문을 확 열더니 쓰러져 있는 대통령을 일으켰다.

"살아계시다. 빨리 차량으로 옮기고, 응급 처치 팀!"

대통령이 잠시 후 의식을 차리고 눈을 떴다. 자신이 다른 차에 뉘여 있고 주변에 모르는 사람들이 지켜보고 있다. '이놈들이 나를 납치하려는가 보다.' 대통령이 소리를 질렀다.

"이 나쁜 놈들, 나를 죽여라!"

옆에서 대통령을 보살피던 사람이 말했다.

"대통령 각하, 안심하십시오. 저희는 각하를 구출해서 병원으로 가고 있습니다."

대통령은 믿을 수가 없었다. '나를 구출해. 어떻게 알고?' 다행히 부상 당한 경호원 1명이 같은 차에 타고 있었다.

"각하, 경호원 오비드입니다. 저를 알아보시겠습니까? 안심하십시오. 이 사람들이 우리를 공격했던 무장 괴한들을 물리치고 각하를 구했습니다. 제가 경호실에 지원을 요청했고 곧 경호팀이 여기에 합류해서 각하를 모실 겁니다."

대통령은 어안이 벙벙해졌다. 도대체 어떻게 된 일인가? 생각해 보려는데 다시 의식이 흐려졌다.

대통령은 병원으로 옮겨져 치료를 받았다. 다행히 다리가 접질린 것과 여러 군데 타박상을 입고, 정신적인 충격을 받은 것 말고는 큰 부상은 없었다. 병원에서 치료를 받고 링거를 맞으면서 안정을 취한 후에 오후 늦게 대통령 궁으로 돌아왔다. 카불의 모든 언론과 외신들이 〈대통령 암살 미수〉라는 제목으로 매시간 진행 상황을 보도했다. 탈레반은 자신들의 소행이 아니라고 발표했다. 대통령 궁 대변인은 대통령께서 건강하시고, 병원에서 간단한 처치를 받고 지금은 대통령 궁으로 돌아와 계시다고 기자들에게 브리핑했다. CNN과 BBC도 미군과 NATO군 철수 후 현지 상황이 악화 일로를 걷고 있다는 내용을 보도했다.

대통령이 경호실장을 불렀다. 경호실장이 고개를 들지 못하고 침대 옆에 섰다.

"오늘 상황을 보고해 주게."

경호실상이 보고한 내용은 다음과 같았다.

대통령 칸보이 대열을 무장 괴한이 공격했는데 위험한 순간에 지원 세력이 나타나서 무장 괴한들을 물리치고 대통령을 구해 병원으로 옮겼다는 내용이었다. 대통령은 궁금해졌다. '그 지원 세력이 누구를 말하는가?'

"그 사람들 연락처는 있소?"

"예, 각하께서 안정을 취하신 후 부르겠습니다."

며칠 후 함자는 연락을 받고 대통령 궁으로 향했다. 난생처음 대통령 궁에 들어간다고 생각하니 긴장이 되었다. 출입구에 안내자가 나와 있었다.

"함자입니다."

"기다리고 있었습니다. 저를 따라 오십시오."

함자는 공관의 별실로 안내되었다. 함자가 자신을 뭐라고 소개할까 생각하던 중에 대통령이 들어왔고, 수행원들이 모두 나갔다. 대통령이 함자에게 악수를 청했다.

"나를 구해주어 고맙습니다."

그리고 함자에게 자리에 앉을 것을 권했다. 대통령이 정색을 하며 질문했다.

"테러가 일어날 것을 어떻게 알았습니까? 나에게 솔직히 말해주시오. 책임을 묻지 않겠습니다."

함자가 대답했다.

"각하께서 오늘 제가 드리는 말씀을 비밀에 부쳐 주신다고 약속해 주시면 말씀드리겠습니다."

대통령이 고개를 끄덕였다.

"탈레반 쪽 정보통이 그날 아침 일찍 얘기해 주었습니다."

"그럼 이것이 탈레반의 짓입니까?"

"아닙니다. 다른 테러 조직이 계획하고 있다고 알려주었습니다."

"알려준 이유가 무엇 때문이죠?"

"정확히는 모르겠지만 탈레반에게 도움이 되지 않는다고 판단한 듯합니다."

대통령은 잠시 침묵했다.

"자신이 누구이고 무슨 일을 하는지, 무장 요원들은 어떻게 된 것인지 설명해 줄 수 있습니까?"

함자는 대통령에게 자세히 설명했다. 청년들의 미래를 위해 바함이라는 청년 활동 단체를 전국에 조직하여 외국의 '4-H' 활동처럼 시범 부락을 운영하고 있고, 무장 세력의 공격으로부터 자체 보호 차원에서 무장 조직을 결성하게 된 배경과 아프가니스탄과 젊은이들의 미래를 위해 정부와 탈레반과의 협상이 원만히 진행되도록 지원하려고 한다고 얘기했다.

"탈레반에 대해 알고 있는 것이 있으면 얘기해 주시지요."

함자는 자신이 생각하고 있는 것을 말했다.

"제 생각에는 탈레반 내부에도 강온 세력으로 나누어진 듯합니다. 협상을 이끌고 있는 쪽은 온건 세력으로 생각됩니다. 그쪽도 내부 합의를 이뤄내는 것이 쉽지 않은 듯합니다."

1시간 정도 지난 후에 노크 소리가 나더니 비서가 대통령에게 쪽지를 건넸다.

"다음 일정이 있어서, 오늘 얘기는 여기서 그만둬야 할 것 같습니다."

대통령은 이어서 비서를 함자에게 소개하며 필요한 일이 있을 때 연락하라고 하였다.

26

 국회의사당은 다룰라만 궁 옆에 있다. 다룰라만 궁이 복구되어 화려한 색상으로 단장하다 보니 상대적으로 국회의사당이 우중충해 보인다. 오늘은 대통령의 특별 연설이 계획되어 있다. 대통령을 겨냥한 테러가 있었던 터라 정치인들과 언론의 비상한 관심을 끌었다. 또 어떤 강경한 조치를 하기 위해 국회 연설까지 자청해서 할까? 본회의장은 국회의원과 방청객, 취재진으로 붐볐다. 이윽고 대통령이 연단에 섰다.
 "알리꿈 살람! 존경하는 국회의장 및 국회의원 여러분! 제게 오늘 연설을 할 수 있는 기회를 주셔서 감사합니다. 아프가니스탄 국민 여러분!"
 대통령의 통상적인 연설 인사가 그 뒤를 이었다. 놀라운 말은 다음에 있었다.
 "저는 오늘 이 자리를 빌려 탈레반 측에 요청을 하고자 합니다. 현재 공석 중에 있는 교육부 장관과 문화부 장관을 추천해 주시기 바랍니다."
 국회의원들과 방청석에 있던 사람들이 놀라서 술렁이기 시작했다. 연설은 계속되었다.
 "요청을 드리는 이유는 여러분들이 더 잘 알고 계시리라 생각합니다. 외국군이 철수한 지도 상당한 시일이 흘렀지만, 협상은 진전이 없습니다. 이를 타개하고 서로 가까이에서 의견을 나눔으로써 상호 이해와 존중을 도모하고자 함입니다."

대통령의 연설은 큰 파장을 불러왔다. UN과 미국을 비롯한 세계 각국 정부들이 대통령의 제안을 환영했다.

다음 날 탈레반은 대통령의 제안을 일고의 검토할 가치도 없고, 협상 상대방을 무시하는 처사라며 더 이상 정부와의 협상을 하지 않겠다고 강도 높게 비난했다. 대통령의 제안을 통해 협상의 돌파구 역할을 하지 않겠느냐고 기대했던 분위기가 일시에 냉각되었다.

각 주에서 탈레반은 공세 수위를 높였다. 각 주에 상주하고 있는 정부군 및 경찰 기지들을 무력화시키면서 점령 지역을 확대하고 주요 도로를 차단하여 주의 수도를 포위 압박하였다. 지역 무장 세력이나 테러 조직들의 활동도 눈에 띄게 늘었다. 카불 시내도 예외는 아니었다. 버스 폭발로 많은 사상자가 발생했고, 무장 괴한들의 관공서 공격도 몇 차례 있었으며, 도로에 급조 폭발물을 설치하여 주요 인사가 탑승한 차량을 폭파했다. 카불 시민들도 술렁거렸다. 그나마 눈치를 보면서 카불에 남아 있던 사람들이나 외국인들이 또 한 차례 나라를 떠났다. 남아 있던 외국 공관들도 폐쇄하거나 상주 인원을 축소했다.

함자는 카불의 사무소에서 칩거했다. 각 지역의 바함에는 당분간 외부 활동을 자제하며 회원들의 안전을 도모할 것을 지시해 놓은 상태이다. 다만 정보 활동을 강화하여 정부군 및 경찰과 탈레반, 기타 무장 세력의 동향을 카불 상황실로 수시로 보고하도록 했다. 훈련소에도 지시하여 기본 훈련 과정 훈련생을 모집하는 것을 일시 중지하고, 외부 출입 자제와 경계를 강화하라고 했다. 카불 사무소도 출입 인원이 많아 위협에 노출될 수 있다는 우려가 제기되어 카불의 주거 지역 등 몇 개 장소에 사무소를 설치하여 근무 인원을 분산시키고 경비를 강화했다.

 조용한 카불 시내 주택가의 새벽이다. 오늘따라 모래바람이 불고 빗방울도 떨어진다. 좁은 골목길에는 가로등 불빛이 멀찍이 하나씩 서 있다. 아반은 카불 사무소에서 며칠째 밤을 지새우다 오늘은 귀가 중이다. 최근에 사무소 주변을 배회하는 수상한 사람들이 있다는 정보가 입수된 후 주요 직위 자에게는 경호원이 배치되었다. 아반도 경호원 2명과 함께 가고 있다. 숙소에 거의 다 와 간다. 숙소 앞 골목길 가로등 불빛 아래 남자 2명이 서 있는 것이 보였다. 아반은 가슴이 섬뜩해지는 것을 느꼈다. '이 새벽에 무엇을 하는 사람들인가?' 경호원 2명도 긴장하는 모습이었다. '뒤돌아 갈까? 집 앞에 다 왔는데.' 빠른 걸음으로 가로등을 지나가는데 남자 2명이 갑자기 돌아서며 권총을 아반 일행에게로 겨냥하여 사격을 하려고 했다. 순간 경호원 2명이 재빨리 아반을 눌러 땅바닥으로 쓰러뜨렸고 아반 앞쪽으로 몸을 날리면서 권총으로 남자 2명을 향해 사격했다. 남자 2명이 쓰러졌다. 경호원 1명도 배에 총을 맞고 다른 1명은 다리에 맞았다. 아반이 상황실에 지원을 요청하고 경호원들을 부축하여 숙소로 가려는데 어두운 골목길 앞에 검은 실루엣들이 보였다. 미처 대응하기 전에 총소리가 울렸다. 아반과 경호원들 모두 땅바닥에 쓰러졌다.
 함자는 아반과 경호원들이 피습을 받아 죽었다는 보고를 받고 슬퍼했다. 동고동락하던 아반을 자신이 죽게 한 것이라는 자책감이 가슴을 내리 눌렀다. 고향 차리카의 공원묘지에 안장했다. 아반의 어머니가 오열하는 소리를 들으며 함자는 입술을 굳게 깨물었다. '약해지면 안 돼! 나를 믿고 따르는 사람들을 실망시켜서는 안 돼!'

카불 사무소의 위치와 활동이 노출된 것이 확실한 만큼 평상시 운영하는 것처럼 하면서 다른 곳으로 이전했다.

퀘타의 로사에게서 연락이 왔다. 태아와 산모 모두 건강하고, 어머니도 건강하시며, 로사의 어머니와 친하게 되어 두 분이 함께 시내 구경도 다니신다고 하였다. 함자를 보고 싶다는 얘기도 했다. 함자는 아반이 죽은 것은 말하지 않았다.

아반의 피습과 관련된 조사를 위한 단서로는 경호원들의 몸에서 발견된 9밀리 파라블럼 권총 탄두와 7.62밀리 소총 탄두, 주변에서 발견된 탄피들이 전부였다. 이러한 탄약들은 전 세계에 광범위하게 사용되는 것으로 탄약을 통해 습격을 한 테러 조직을 찾아내기가 쉽지 않다는 점이다. 탈레반이 아닌 다른 무장 테러 조직일 가능성이 높고, 대통령 암살 미수 사건 발생 시 바함이 개입한 것에 대한 보복일 가능성이 크다는 자체 분석 결과가 나왔다. 또한 테러 조직이 직접 공격을 했거나 다른 무장 조직을 사주했을 수도 있다는 의견도 있었다.

함자는 대통령 비서를 만나 카불시에서 활동 중인 무장 테러조직에 대한 정보를 요청했고, 비밀을 유지한다는 전제로 제공받았다. 바함의 정보팀에서 자료 분석에 들어갔다. 카불 사무실 입구와 주변에 설치된 CCTV 카메라에 촬영된 내용도 분석했다. 수상한 인원이 포착되었다. 며칠 전부터 사무실 주변을 배회하고 있는 모습이 확인되었다. 해당 인원을 대통령 비서를 통해 정보부에 의뢰한 결과 범죄 경험이 있는 30대 후반의 사내로, 주거지는 일정치 않으나 난민촌인 탕지 칼레에 거주하는 것으로 확인되었다.

 탕지 칼레는 카불 시내에서 동쪽으로 약 20킬로미터 정도 떨어져 있는 난민촌이다. 과거 탈레반을 축출하고 새로운 정부가 들어섰을 때는 카불로 돌아온 난민들로 북적거렸으나 지금은 한산한 모습이다.
 아지르는 일용직 공사장 인부이다. 오늘도 카불 시내 공사장에서 일을 마치고 시내버스를 타고 버스터미널에 내려서 집으로 걸어가는 길이다. 집이라고 해야 흙으로 벽을 세우고 지붕은 천막으로 덮어 놓은 정도이다. 여기에 아내와 아이들 다섯 명 해서 일곱 명이 거주한다. 아이들이 어려서 자신이 하루 벌어 겨우 먹고 산다. 터미널에서 잘랄라바드로 가는 도로를 따라 걷다가 UN난민기구에서 지어 준 체육관이 있는 왼쪽 길로 들어섰다. 집에 도착하면 하루 일과가 끝난다고 생각하니 긴장이 풀리면서 피곤함이 온몸에 느껴진다. 집집마다 저녁 준비를 하는지 한 집 지나칠 때마다 새로운 음식 내음이 콧속으로 흘러 들어온다. 고기 굽는 냄새가 나는 집은 뭔가 특별한 날일 것이다.
 집에 다 와 갈 때 아지르는 누군가가 자신을 따라오고 있다는 것을 감지했다. 불현듯 불안감이 느껴진다. '뭐 때문일까? 형사? 내가 최근에 잘못한 일이 없는데?' 집 쪽으로 가다가 갑자기 방향을 바꿔서 다른 곳으로 가는 척을 했다. 그래도 계속 따라온다. 다음 골목으로 들어갔다. '이런 제기랄! 막다른 골목이잖아. 어쩌지?' 아지르의 이마에 땀이 송골송골 맺히기 시작했다. 골목 끝에 있는 마지막 집 대문으로 가서 집에 들어가는 시늉을 했다. 순간 어깨 뒤가 서늘한 느낌이 들어서 얼른 돌아섰다. 키가 큰 건장한 남자 2명이 자신을 내려다보고 있었다.

"저희 집인데요. 어쩐 일이시죠?"

"조용히 따라오시오. 이상한 짓 하면 어떻게 되는지 알겠지?"

남자가 살짝 상의를 올리자 허리춤에 권총이 보였다.

아지르는 두 사람과 함께 차를 타고 두 눈이 가려진 채로 어디론가 한참을 이동한 후에 차에서 내려 끌려갔다. 그리고 의자에 앉았을 때 눈을 가린 두건을 누군가 풀어 주었다. 갑자기 불빛을 보니 눈이 부셨다. 어렴풋이 앞쪽에 서너 명의 사람들이 서 있는 것이 보인다. 자신이 자주 불려 다니던 경찰서는 아니다. 겁이 났다. 집에 있는 아내와 아이들이 생각난다. '내가 잘못되면 가족들은 어떻게 되지?' 앞에 있던 사람들 중 한 명이 말을 건넸다.

"아지르, 걱정하지 말게, 자네가 알고 있는 것만 솔직하게 알려주면 집으로 돌려보내 주지. 어떤가?"

아지르는 바짝 긴장한 채 대답했다.

"예, 저는 잘못한 것이 없습니다."

다른 사람이 다가와 서류 한 장을 아지르의 눈앞에 갖다 대었다.

"이래도?"

자신의 범죄 내용이 적힌 서류이다.

"예, 알겠습니다. 물어만 주십시오."

얼른 태도를 바꾼다. 또 다른 사람이 아지르 앞에 사진을 한 장 내밀었다.

"이 사람 알겠나?"

사진을 보는 순간 아지르의 얼굴이 새파래지더니 온몸을 떨기 시작했다. 아지르는 입술을 덜덜 떨며 자신이 아는 모든 것을 털어놓았다.

어느 날 카불의 한 공사장에서 일하고 있을 때 어떤 사람이 다가와서 사람을 찾아주면 돈을 주겠다고 했고, 무슨 일이냐고 했더니 그 사람 사진을 보여주며 돈을 빌려간 사람인데 갚지 않아서 사무실과 집을 찾고 있다고 했다. 잠시 주저했더니 선급금과 연락처를 주며 찾으면 연락을 달라고 하였다. 그래서 이쪽저쪽으로 비슷한 나이대로 보이는 사람들에게 수소문하고 다녔다. 그런데 어느 날 전화로 카불대학교 세미나장인데 비슷한 사람이 있다는 연락을 받았고, 현장에서 확인할 수 있었다. 택시로 따라가서 사무실 위치를 알았고, 집을 알아야 하는데 사무실에서 거의 나오는 일이 없어서 몇 차례나 허탕을 친 끝에 어느 날 새벽에 나오는 걸 보고 몰래 따라가서 집을 알게 되었고 요청한 사람에게 연락했더니 상세히 요도를 그려 가지고 만나자고 했다. 만나서 돈을 받고 요도를 전달한 것이 전부라는 내용이었다.

"전화번호 외에 그 사람에 대해 아는 것이 있나? 인상착의나 옷차림새, 나이, 사는 곳, 말투 등등."

아지르는 기억을 더듬었다.

"이름은 하리미이고, 나이는 40대 중반, 턱수염을 길렀고, 오른쪽 뺨에 검은 점이 있었으며, 얼굴은 약간 거무칙칙했고, 옷차림에 특별한 점은 없었습니다. 칸다하르 쪽 말투를 쓰고…. 그리고 아, 샤 두 샴시라 모스크에 기도하러 가야 된다고 말했습니다."

"몇 시 기도?"

"오후 여섯 시요."

샤 두 샴시라 모스크는 카불 시내 중심의 안다라비로와 카불강 사이에 위치하고 있다. 옆에는 강을 가로지르는 샤 두 샴시라 다리가 놓여 있다. 아마눌라 왕의 재임 기간인 1920년대 지어졌는데 터키 이스탄불에 있는 오르타코이의 모스크를 모델로 했다. 2층 건물의 지붕과 맞닿는 벽면이 원형으로 되어 있고 첨탑이 2개 있는데 중간에 전망대가 있으며 지붕이 푸른색으로 칠해져 있다.

오후 6시 기도를 위해 아잔이 울려 퍼지고, 사람들이 모스크로 들어오고 있다. 모스크 앞마당에는 물건을 팔려는 상인들과 비둘기 떼, 주차하는 사람들로 북적인다.

하리미는 매일 오후 6시 기도를 위해 이 모스크를 찾는다. 자신이 운영하는 상점과 가깝고, 카불강에 연해 있어 경관도 좋은 편이다. 모스크 안으로 들어가서 자리를 잡았다. 누군가 다가오더니 엎드려 있는 하리미 얼굴 옆에 쪽지를 던지고 사라졌다. '기도 후에 카불강 쪽 첨탑 2층으로 올 것'이라고 쓰여 있었다. 하리미는 기도를 마치고 첨탑으로 가면서 궁금해 했다. '누구지? 그리고 첨탑 입구가 잠겨 있을 텐데 어떻게 2층에서 만나? 누가 장난하나?' 흐릿한 전등이 비추는 회랑을 따라 첨탑 입구에 도착했다. 출입구가 열려 있었다. 잠시 망설이다가 하리미는 입구로 들어가서 어두컴컴한 계단을 따라 천천히 올라가기 시작했다. 자신의 발자국 소리만 통로 안에서 울려 퍼졌다. 으스스했다.

"위에 누구 있어요?"

불러보았다. 아무런 대답 없이 자신의 목소리만 허공을 맴돌았다. 갑자기 두려움이 엄습해오면서 온몸에 소름이 돋았다. 하리미는 계단을 오르다 멈췄다. 이마에 땀방울이 솟았다. '아무도 없는 모양인데 그냥 내려갈까? 누가 장난친 것 같은데.' 그때 위쪽에서 인기척이 느껴졌다. 다시 계단을 서서히 오르기 시작했다. 2층에 오르는 데 긴 시간이 흘러간 것 같았다. 희미하게 사람이 서 있는 것이 보였다. 컴컴해서 얼굴을 볼 수 없었다. 하리미에게 말없이 봉투를 건넨 후에 손으로 내려가라는 시늉을 했다.

하리미는 가게로 돌아오면서 봉투 내용이 궁금해졌다. 가게에 도착하여 오늘은 빨리 귀가할 생각으로 정리를 하고 있을 때 손님 2명이 들어왔고 진열된 상품들을 둘러보고 있었다. 하리미는 한숨을 내쉬었다. '그래, 세상 살아가는 것이 내 뜻대로 안 되지. 이분들이 나가시면 바로 가게를 닫지 뭐.' 손님 중 한 명이 라피스 라줄리로 만든 작은 귀걸이 세트 1개를 카운터로 가지고 와서 하리미에게 내밀었다.

"이걸로 주세요."

"1,566 아프가니입니다."

하리미는 거스름돈을 돌려주고 귀걸이를 봉투에 넣느라 손님이 자신의 얼굴을 유심히 쳐다보는 것을 알지 못했다.

하리미는 자신의 차로 귀가 중이다. 퇴근 시간이라 카불에서 잘랄라바드로 가는 도로가 밀린다. 멀리 카불 종합 병원이 보인다. 거의 다 왔다. 병원 앞에서 좌회전해서 주택가로 들어섰다. 그래도 여기 주택가는 중류층 이상의 카불 사람들이 거주하는 곳이라서 도로 상태가 괜찮은 편이다. 조금 더 가다가 아흐마드자이 슈퍼마켓 못 미쳐서 오른쪽 골목길로 들어섰다. 10번째 집이다. 차에서 내려 주차장 문을 여는데 옆으로 승용차 한 대가 천천히 지나갔다. 하리미가 차를 보니 동네에서 자주 보던 차가 아니다. '누가 새로 이사 왔나?' 집에 들어가서 아내와 아이들의 인사에 건성으로 대답하며 얼른 2층에 있는 서재로 올라가 책상에 앉아 봉투를 꺼내 열어 보았다. 안에는 사진 한 장과 메모지 그리고 미화 100달러 지폐 몇 장이 있었다. 사진은 여러 명이 함께 찍은 사진인데 그중 한 사람에게 체크 표시가 되어 있었다. 메모지에는 다음과 같은 내용이 있었다. '형제, 사진에 표시해 놓은 사람이 일하는 장소와 집을 찾아 주시오. 일주일 후에 연락하겠소.' 하리미는 100달러 신권의 숫자를 세어보며 미소를 지었다. 지난번보다 200달러를 더 넣었다. '내 실력을 인정해 주는 모양이지.' 사진을 다시 보니 장소는 시골 지역인 듯했다. 돈은 꺼내고 봉투는 책상 서랍 속에 넣어두었다.

아흐마드 샤 바바 미나 지역의 주택가 불빛도 꺼져가고 모두들 잠든 새벽 무렵, 검은 그림자 2개가 하리미의 집 담을 넘고 있다. 머리에는 야간 투시경으로 보이는 장비를 착용하고 검정색 장갑을 착용했다. 잠시 인기척을 확인하더니 부엌 쪽으로 가서 출입문과 창문을 조심스럽게 만져보고 뒷사람에게 수신호를 보냈다. 그리고 열려진 부엌 창문으로 들어가서 부엌문을 열었다. 두 사람은 소리 없이 복도를 통해 2층 서재로 들어갔다. 책상 서랍을 열어 봉투를 꺼냈다. 봉투 안의 사진을 보더니 움찔했다. 사진과 메모를 재빨리 촬영한 후에 다시 봉투에 넣어 책상 서랍에 원래대로 넣고 닫았다. 그리고는 주택을 빠져 나와 어둠 속으로 사라졌다.

다음 날부터 하리미는 사진 속 남자를 수소문했다. 며칠 동안 노력했으나 성과가 없자 거의 포기하게 되었다. '오늘은 가게에 가야지. 며칠째 조카에게 맡겨놨는데….' 걱정이 된다. 오전 늦게 30대 후반으로 보이는 남자 한 명이 가게로 들어왔다. 진열된 상품들을 둘러보더니 질문했다.

"카불 특산물이 있습니까?"

"여기 진열된 것들이 특산품입니다. 찾으시는 것이 있습니까?"

"특별히 찾는 것은 없고 그래서…."

하리미의 머리를 스치는 생각이 떠올랐다.

"어디 쪽에서 오셨습니까?"

"남부에서 왔습니다."

"그럼 혹시 이 사람을 아시겠습니까?"

하리미가 사진을 꺼내 남자에게 보여 주었다. 남자가 사진을 보더니 말했다.

"어디서 본 사람 같은데 기억이 금방 떠오르지 않네요."

하리미는 입이 절로 벌어졌다.

"꼭 좀 생각해 보세요. 제가 후사하겠습니다."

생각나면 연락하겠다고 하고 가게를 나가는 남자에게 하리미가 자신의 전화번호를 적은 쪽지를 주며 꼭 전화해 달라고 신신당부하였다.

다음 날, 그다음 날에도 아무런 연락이 없었다.

6일째 되는 날 오후 늦게 남부에서 왔다고 했던 손님이 다시 가게로 찾아 왔다. 하리미는 뛸 듯이 기뻤다.

"사진 속의 남자를 찾았습니까?"

"사진 속의 남자가 누굽니까? 저는 기념품을 사러 왔습니다."

하리미는 천당에서 지옥으로 떨어지는 것 같은 절망감을 느꼈다. 아무 말 없이 카운터로 돌아갔다. 그때 손님이 말했다. "그 사진을 다시 한번 보여줄 수 있습니까?"

하리미가 퉁명스럽게 대답했다.

"모르신다면서요?"

"싫으면 그만두시고요."

하리미가 얼른 태도를 바꾸었다.

"아닙니다. 보여드리겠습니다."

손님이 다시 사진을 보더니, '그 사람인 것 같아.' 하고 중얼거렸다.

"어디서 일하고, 집은 어디인지 아시겠습니까?"

"후사하신다고 들었는데…."

"예, 미화로 2백 달러, 어떻습니까?"

손님이 대답이 없다.

"3백 달러."

말이 없다.

"4백 달러."

"…."

"5백 달러."

그때서야 손님이 메모지와 펜을 요구했다.

새벽, 카불 남쪽의 칠시툰로를 따라 SUV 한 대가 바부르 정원을 지나 남쪽으로 달리고 있다. 인접해 있는 카불강으로 인해 연무가 낮게 깔려 있다. 술탄 라지아 여자 고등학교 옆을 지나 속도를 줄이더니 불 꺼진 아이스크림 가게 앞에서 오른쪽 골목으로 들어선다. 차가 멈추었다. 앞쪽 50미터 정도 거리에 승용차 한 대가 골목길 옆에 서 있는 것이 보인다. 잠시 후 차가 앞으로 천천히 나아갔다. 승용차 옆으로 지나가는 순간 '쾅' 하는 큰 폭발음과 함께 승용차가 폭발했고, 그 위력으로 SUV도 충격을 받아 담벼락을 들이받고 멈췄다. 그때 골목 입구 쪽에서 얼굴에 복면을 한 대여섯 명의 괴한들이 나타나 SUV로 달려갔다. 차 안을 들여다본 한 명이 "속았다."라고 말하는 순간 골목길 옆 담벼락 위로 AK소총 총구들이 여럿 나타나더니 일제히 불을 뿜기 시작했다. 요란한 총성이 울리면서 괴한들은 순식간에 쓰러졌다.

27

헤라트는 언제 봐도 아름다운 도시이다. 파쉬투어와 다리어로 '오아시스 도시'라는 뜻을 가지고 있고 인구 약 60만 명으로 아프가니스탄에서 세 번째로 큰 도시이다. 과거부터 서아시아와 인도, 중국을 연결하는 실크로드에 위치하여 동방을 공략했던 알렉산더 대왕의 흔적이 남아 있고, 티무르 제국 등 여러 왕국의 수도로 자리매김했다. 이란의 마슈하드와 투르크메니스탄의 마리와 연결된다. 도시 남쪽으로 힌두쿠시 산맥에서 발원한 하리강이 흐른다.

치안이 비교적 안정되어 바함의 활동이 활발하게 이루어졌다. 헤라트시를 비롯하여 시골까지 조직이 결성되었고 그 성과를 내었다.

헤라트주 바함을 총괄하고 있는 라힘은 헤라트 대학 옆 누르로에 있는 사무소 책상에 굳은 표정으로 앉아 고민하고 있다. 최근 탈레반에게 점령되었거나 공격을 받아 피해를 입는 조직이 늘어나고 있기 때문이다. 도움을 요청받고 있으나 다른 지역으로 대피하라는 말 외에는 뾰족한 수가 없다. 그래서 카불의 함자에게 지원을 요청했고, 함자가 오늘 도착하기로 되어 있다.

함자는 수행 요원 몇 명과 함께 항공편으로 헤라트 공항에 도착했다. 여객기에서 내려 밖으로 나오니 라힘이 기다리고 있었다. 두 사람은 반갑게 서로 인사를 나누었다.

"라힘, 얼마 만이야! 고생이 많지?"

라힘은 함자의 격려에 눈물이 솟구치는 것을 억제할 수 없었다. 그만큼 이 어려운 시기에 지역 책임자로서 조직과 인원들을 관리한다는 것이 얼마나 어려운 것인지 감회가 새롭다.

헤라트 사무소에 도착해서 라힘으로부터 조직의 피해 현황을 보고받은 후에 함자는 라힘과 함께 대책을 논의했다. 가장 시급한 지역을 검토해 본 결과 헤라트와 칸다하르를 연결하는 도로가 통과하는 아드라스칸으로 압축되었다. 이 지역은 얼마 전에 탈레반이 정부군과 경찰로부터 빼앗아 점령하였다. 함자는 수행한 본부 요원들과 별도 회의실에서 해당 지역에 대한 정보 분석을 시작했다. 목표는 아드라스칸 교량을 중심으로 북쪽 지역과 남쪽 지역으로 선정하였다. 무인 정찰기 등을 활용하여 분석한 결과 무장 세력은 교량 북쪽에 50여 명, 남쪽에 30여 명이 배치되어 있었다. 주요 무장은 AK소총, 기관총, RPG-7, 급조 폭발물 등이었고, 야간 투시경이나 관측 장비는 없는 것으로 평가하였다. 정부군 및 경찰과의 전투로 인해 상당수의 인원들이 부상을 입고 치료 중인 상태에서 임무 수행 중인 것으로 보았다. 최근 전투에서 승리하여 사기는 높으나 계속된 교전으로 피로도 또한 높은 것으로 분석했다. 목표를 탈취 후 증원 가능성은 낮아 보였으나 북쪽 지역의 동, 서 방향, 남쪽 지역의 도로를 이용한 증원에 대한 대비책이 요구되었다.

작전 계획을 수립했다. 특수 임무 부대장 지휘 아래 북쪽에 3개 팀, 남쪽에 3개 팀, 예비 1개 팀으로 편성하고 박격포 1개 팀이 필요 시 화력 지원을 하고, 지원팀이 탄약 및 의무 지원을 하도록 했다. 공격 시점은 새벽에 하고, 그믐달 전의 하현이나 구름이 많이 낀 날로 한다. 지원받은 무인기로 북쪽과 남쪽의 초소를 폭파하고 나면 북쪽 3개 팀은 서에서 동으로 공격하고, 남쪽 3개 팀은 하루트천을 건너서 동에서 서로 공격하며 그중 1개 팀은 도로를 통해 남쪽에서 예상되는 증원을 차단한다. 예비 1개 팀은 북쪽 팀을 후속하다가 교량을 확보하고 증원에 대비한다. 각 팀별로 저격수 2명을 사전에 배치하고, 기관총 사수 및 부사수, RPG-7 사수 및 부사수를 운용하며 개인화기는 AK소총, 방탄복, 방탄헬멧, 야간 투시경을 착용하고 팀 및 개인 무전기를 휴대한다. 작전이 완료되면 군 및 경찰에 지역을 인계하고 차량으로 신속히 퇴출하여 후방에 있는 코르트 마을 앞 공터에 집결한다.

새벽 1시 50분, 아드라스칸은 어둠에 묻혀 있었다. 어둠 속에서 여러 명이 AK소총을 어깨에 메고 초소에서 경계를 서고 있다. 일부 인원은 순찰도 돌고 있다. 그때 검은색 물체들이 소리 없이 다가오고 있었다.

새벽 2시, 공중을 가로지르는 기분 나쁜 소리가 나더니 남쪽과 북쪽의 도로가에 세워진 초소 건물들이 폭발하며 부서져 내렸다. 이어서 소총 및 기관총 소리가 요란하게 울려 퍼졌다. 적들이 숨어서 대응 사격을 하는 곳에는 로켓탄이 발사되었다. 불의에 기습을 당한 무장 세력은 제대로 대응을 하지 못하고 쓰러져 갔다.

새벽 3시쯤, 남쪽 도로 멀리서 차량 불빛이 나타났다. 3대로 보인다.

트럭인 것 같다. 1개 팀이 배치된 곳에서 200미터쯤 떨어진 도로에서 멈추고 무장 인원들이 트럭에서 뛰어내리는 것이 보였다. 기다리고 있었다는 듯 후방의 박격포 진지에서 발사된 포탄들이 무장 인원들에게 떨어져 폭발했다. 트럭에 맞았는지 1대가 불타기 시작했다. 불빛이 환하게 주위를 밝혀 허둥대는 무장 인원들을 비추었다. 기관총 소리가 작렬했다. 무장 인원들이 쓰러져 갔다. 철수를 지시받았는지 무장 인원들이 뒤로 물러나더니 서둘러 남은 트럭을 타고 남쪽으로 달아났다. 팀별로 전장을 정리했다. 전과는 사살 44명, 포로 29명, AK소총 72정, RPG-7 5정과 탄약, 무전기 3대 등이었다. 피해는 중상 5명, 경상 8명이었다.

28

 탈레반의 공세가 주춤해졌다. 그러나 그동안의 공세를 통해 많은 지역을 점령하였다. 정부군과 경찰도 사활을 다해 싸웠고, 일부 지역에서 반격하여 실지를 탈환하기도 하였다. 카불의 국회의원들은 정부의 실책을 비난하면서도, 정부군과 경찰에 대한 지원을 강화하는 방안을 결의하였다. 내무부 대변인은 탈레반을 도와서 정부군과 경찰에게 항복을 권유한 일부 지역의 원로들을 체포하였고, 탈레반에게 협조하는 인원은 용납하지 않겠다고 발표하였다. 카불 시민들은 많은 지역을 탈레반에게 내어준 것에 대해 정부를 비난하였다. 이러한 혼란 속에서도 판지시르주와 바미안주는 건재하였다.

하미드에게서 연락이 있었다. 다급한 목소리였는데 카불에 와서 연락을 주겠다고 했다.

함자는 카불강의 남쪽에 면해 있는 티무르 샤 공원에 도착했다. 오후 늦은 시간이어서 산책하는 사람들이 많지 않았다. 묘당에 도착할 즈음에 하미드가 다가왔다. 주위를 둘러보더니 묘당 옆 후미진 곳으로 함자를 이끌었다. 하미드의 표정이 어두웠다.

"자네에게 도움을 요청하려고 왔어."

함자가 말했다.

"내가 도와줄 것이 무엇이 있겠는가? 어서 말해 보게."

"지난번 토의할 때 만났던 정치 보좌관을 비롯한 일행 몇 명이 잠시 지낼 공간이 필요해. 숙식과 경호까지, 자세한 얘기는 나중에 할게."

함자는 정치 보좌관 아마드를 떠올렸다.

"그러지. 준비되는 대로 연락할게."

하미드는 고맙다는 말을 남기고 멀어져 갔다.

다음 날 함자는 카불 시내 바함의 안가 중 하나를 하미드에게 제안했다. 며칠 후 함자는 하미드를 만났다.

"아마드 보좌관이 감사하다는 말을 전해 달랬어."

"내가 자네에게 도움 받은 것이 얼마나 큰데…."

함자는 당연히 해야 할 일을 했을 뿐이라며 손사래를 쳤다. 하미드가 전해 준 얘기는 다음과 같았다.

탈레반 지도부에도 강경파와 온건파가 있어서 사안별 의견의 일치를 보는 것이 쉽지 않다. 지난번 대통령의 국회 제안을 놓고 한바탕 논란이 벌어졌는데 강경파들이 온건파들을 일방적으로 누르고 협상 단절을 주장했다. 아마드 보좌관을 비롯한 온건파들이 대항을 했지만 역부족이었고, 상당히 위험한 상황으로까지 치달았다. 그래서 온건파 주요 인사들이 생명의 위협까지 느끼게 되었고, 상황이 정리될 때까지 좀 떨어져 있는 것이 좋겠다고 판단하여 함자에게 도움을 요청하게 되었다는 내용이었다.

함자가 말했다.

"그렇게 된 것이군. 전황을 보니 탈레반이 계속 공세를 취하기에는 자원이 부족한 것 같고, 정부 쪽도 더 이상 물러날 수만은 없다는 위기감 때문인지 과거와는 다른 모습을 보여 주었어."

하미드가 말을 이어갔다.

"그런 것 같지. 그래도 탈레반이 우세한 것은 변함이 없지."

함자가 수긍한다는 표정으로 고개를 끄덕였다.

"탈레반에서 언제쯤 협상으로 복귀할 것 같아?"

"글쎄, 이번 공세를 분석해보고, 공세와 협상의 양면 전략이 필요하다는 인식이 있어야겠지."

"탈레반이 협상 없이 무력으로 아프가니스탄을 통합하려 한다는 인식이 확산되면 미국을 비롯한 국제 사회가 다시 개입을 시도하거나 최소한 정부군 및 경찰에 대한 지원을 강화할 수도 있지. 파키스탄, 이란 등 주변국도 이에 동조할 것이고, 어려워질 수도 있지."

하미드가 의견을 피력했다.

"맞아. 그리고 협상을 통해 상대방의 요구 사항을 확인할 수 있고, 그에 대응하는 새로운 방안을 모색하게 되고 그렇게 서로 주고받으면서 조금씩 더 차이점을 줄이고 가까이 갈 수 있는 계기가 될 수 있다는 점은 인정해."

하미드가 정색을 하며 함자에게 물었다.

"그런데 자네 조직이 내가 생각했던 것 이상으로 큰가 봐. 나에게 상세하게 알려주기는 쉽지 않겠지?"

"아니, 시난번에 얘기한 대로 청년들의 공동체이지. 오랜 가부장적 문화와 의사 결정 체계로 인해 청년들의 입장이 반영되지 못했어. 그렇다고 청년들이 주도해서 무엇을 하겠다는 것은 아니고, 청년들이 서로 돕고 의견을 소통해서 어려움을 함께 극복해 나가자는 것인데, 먹는 것부터 해결하고 일자리도 만들고, 어려운 상황이다 보니 소통할 대상이 필요하게 되고, 많은 청년들이 공감대가 형성되어 조직이 커진 것은 사실이야. 우린 뜻을 같이하고 나라가 잘되도록 고민하는 사람이라면 누구든 환영하지."

하미드가 고개를 끄덕였다.

29

 바함은 탈레반과 정부 간 소강상태를 이용하여 각 지역의 청년 활동을 강화하고, 훈련소의 기능을 정상화하였다.

 북부의 사레 폴주는 산악 지형으로 골짜기를 따라 군데군데 촌락이 형성되어 있다. 지형이 험하고 도로가 발달되지 않아 정부군과 경찰의 접근이 어려워 탈레반이 활동하기가 유리한 지역이어서 주의 수도인 사레 폴 주변을 제외하고는 대부분 탈레반의 영향 아래에 있다. 탈레반의 눈밖에 나면 잔인하게 보복하는 모습을 주민들에게 보여주어 주민들을 통제하고 있다. 농사와 병행하여 양귀비와 대마를 재배하고 탈레반에게 세금을 낸다. 정부군과 경찰이 있어도 제대로 대응하지 못하고 오히려 공격을 받아 수세에 몰려 있다. 가끔씩 카불에서 증원 부대가 와서 탈레반을 물리쳐도 그때뿐이었다.

 주민들은 탈레반의 눈치를 보게 되었고, 탈레반의 위협에 사레 폴에 있는 여자 고등학교가 폐쇄되었고, 공립 학교에 근무하던 여교사들도 해고되었다. 바함 활동도 사레 폴시 위주로 이루어졌다.

 나디아는 부모와 동생들과 함께 사레 폴시 외곽에 거주하고 있다. 얼마 전까지만 해도 여학교에 다녔는데 더 이상 다닐 수 없다. 나디아는 공부하는 것이 좋았다. 학교 친구들 중에는 북쪽의 셔베르간시에 있는 여자 고등학교로 전학 간 학생들도 있다. 아버지에게 전학을 가고 싶다는 얘기는 못하고 있다. 그러던 중에 친구의 소개로 바함에 가입하는 것을 권유받았다.

사례 폴의 바함 대표인 사이드도 많은 여학생들이 교육을 받고 싶어 한다는 것을 알고 있다. 그래서 학교를 그만둔 여교사들을 활용해서 사설 학교를 운영하는 방안을 생각 중이다. 회원들도 다들 공감을 표시했고, 바함에 가입한 여학생들도 원했다. 일단은 비밀리에 소규모로 운영하기로 했다. 사례 폴 여자 고등학교 교사였던 파밀라를 만나 도움을 청했고, 사설 학교 프로그램을 구상해 보기로 했다.

파밀라가 제안한 프로그램은 10명 내외의 소규모 인원으로 학습 동아리를 만들고 필수 과목 위주로 동료 여교사 3명이 돌아가면서 교육하는 방안이었다. 교육 시간은 하루 2시간으로 압축하고 장소는 바함 회의실을 사용하기로 했다. 교육 일정은 교사와 학생들의 여건을 고려하여 탄력적으로 운영하기로 했다. 나디아가 바함 회원으로 가입한 동급생들 중에서 희망자 위주로 10명을 모아서 학습 동아리 하나를 만들었다. 교사와 학생 모두가 좋아했고, 여학생들의 얼굴에 다시 웃음꽃이 피었다. 사이드는 학습 동아리 활동을 지켜보면서 바함이 의미 있는 일을 하게 되었다고 흐뭇해했다.

사례 폴주의 시골 계곡에 사는 사람들은 탈레반의 전횡에 시달려 왔다. 갈수록 통제가 심해지고 이를 어기는 사람들을 협박하고 군림했다. 젊은 사람들을 강제로 탈레반으로 끌고 가기도 했다. 마을 사람들은 어디를 가든 하소연할 데가 없었다. 오랜 세월 쌓인 한을 가슴속으로 앓았고,

그것이 병이 되었으며, 어떤 이는 마약으로 달래기도 했다.

학습 동아리는 비밀리에 시작했지만 여학생들 사이에 점점 퍼져 나갔고, 새로운 학습 동아리를 구성해 달라는 요구가 많아졌다. 사이드는 1개 동아리를 추가했다. 동아리가 증가하면서 사무실을 들락거리는 여학생들이 많아지자 자연스레 젊은이들 간 교제의 장이 되기도 했다.

나디아는 학습 동아리 활동으로 바람 사무실을 다니면서 사이드를 보는 것이 좋았다. 어떤 특별한 감정이 있는 것은 아니었고 청년들을 위한 그의 희생과 봉사하는 모습이 눈에 띄었다. 학습 동아리에 갔다가 사이드를 보지 못하고 오는 날이면 뭔가 아쉬움이 남기도 했다. 하루는 학습 동아리가 끝나고 마지막으로 정리하고 나오는데 사무실에 사이드가 혼자 앉아 있는 것이 보였다. 나디아가 반쯤 열려 있는 사무실 문을 밀면서 히잡을 쓴 얼굴을 들이밀고 말을 건넸다.

"오빠, 혼자서 뭐해요?"

사이드가 얼굴을 들고 활짝 웃으며 대답했다.

"서류 검토하는 중이었어. 동아리가 끝났나 봐?"

나디아가 문을 열고 안으로 들어가며 대답했다.

"예, 끝났어요."

나디아가 다가가자, 사이드가 책상에서 일어서며 묻는다.

"물이나 주스 줄까?"

"괜찮아요."

두 사람은 사무실 안에 있는 원형 테이블에 마주 앉았다.

"오빠, 하나 물어봐도 돼요?"

"말해 봐, 뭔데?"

"여자 친구 있어요?"

"아니, 없는데."

"그럼 제가 여자 친구가 되어도 될까요?"

사이드가 그녀의 갑작스런 제안에 얼굴이 빨개졌다. 내심 기분이 좋았지만 말은 엉뚱하게 나갔다.

"내가 자격이 될까?"

나디아는 사이드를 놀리는 것이 재미있었다.

"싫으면 관두고요."

사이드가 황급히 대답했다.

"아니, 그게 아니고, 좋아."

그때 동료들이 사무실로 오는지 여러 명이 밖에서 웅성거리는 소리가 났다. 나디아가 얼른 자리에서 일어섰다.

"오빠, 다음에 경치 좋은 데 같이 놀러 가요. 갈게요."

사이드도 뒤따라 일어서며 아쉬움이 가득한 표정으로 대답했다.

"잘 가."

동료 안와르와 호세인이 사무실로 들어왔다. 얼굴빛이 좋지 않았다. 테이블에 둘러앉자, 안와르가 말했다.

"치안 상황이 갈수록 안 좋아지는데 어쩌지?"

호세인이 맞장구를 쳤다.

"그러게, 사레 폴시 말고는 전부 탈레반이 점령한 것 같아."

사이드도 말없이 동감하는 표정이다. 안와르가 말을 이었다.

"탈레반에 점령당한 곳에 사는 사람들은 많이 힘든가 보던데…. 보복을 당한 사람들도 있고, 집 밖으로도 맘대로 못 나온다는데…?"

호세인이 계속해서 말했다.

"며칠 전에도 도로에 설치된 급조 폭발물이 터져서 군 차량이 뒤집히고 군인 3명이 죽었어. 군과 경찰은 자신들 지키기도 힘들어 보여."

사이드가 안와르를 쳐다보며 화제를 다른 것으로 바꿔보려 애썼다.

"아이는 잘 자라지?"

안와르는 지난달에 첫 아이가 태어났다. 안와르의 얼굴에 화색이 돈다. 호세인이 사이드를 보며 심각하게 묻는다.

"우리도 떠날 준비를 해야 하지 않을까?"

사이드가 거꾸로 묻는다.

"어디로? 어디가도 다 탈레반 천지인데. 외국에 가지 않는 이상 갈 데가 없어."

"바미얀은 조용한 것 같던데."

"얼마나 갈 것 같아? 다른 지역을 점령한 후에 그리로 갈걸."

"그런가? 우즈베키스탄으로 갈 수 없을까? 우리도 같은 우즈베크족의 피가 흐르는데."

"받아줘야 가지. 국경선을 몰래 넘어가는 방법밖에는 없는데 아무다리야 강이 가로막고 있잖아."

사이드가 대화를 다른 곳으로 돌렸다.

"어려운 상황이 있으면 카불로 연락하래. 도와주겠다고 하던데. 최근에는 헤라트에서 도움을 받았다는 얘기를 들었어."

"그나마 다행이네. 우리도 어려운 상황이 오면 도움을 요청해야지."

"그럼 지금부터 새로 심을 농작물과 판매 방법에 대해 이야기해보지."

"그럴까?"

다음 날 사이드가 일을 보고 사무실로 돌아왔더니 쪽지가 책상 위에 놓여 있었다. 쪽지를 열어 보았더니 나디아가 보낸 것이었다. '오빠, 주말에 같이 영화 보고 저녁 먹어요. 부모님들은 주말에 셔베르간에 있는 친척집에 가셨다가 월요일에 오신대요. 사키 시장에 있는 소극장이에요. 그때 봬요. 나디아' 그리고 쪽지 뒤에 오후 3시 영화 예매권이 1장 붙어 있었다.

극장은 사키 시장에 있는 비즈니스 센터 건물 3층에 있었다. 아직 시간이 있어서 시장 구경을 했다. 밀과 쌀을 파는 곡물 시장, 과일과 야채 시장, 포목점도 있고, 옷 가게도 보였다. 사이드는 옷 가게에 들어가서 히잡을 하나 골라 포장해달라고 했다. 극장으로 오니 군데군데 부부나 친구로 보이는 젊은 남녀들이 나란히 앉아 대화를 나누는 모습이 보였다. 안내원에게 극장표를 보여주고 안으로 들어가서 지정된 자리에 앉아 나디아가 오기를 기다렸다. 영화 시작 전 광고 시간에 나디아가 옆자리에 와서 앉았다. 향수 냄새가 사이드의 코를 간지럽혔다.

"오빠, 많이 기다렸어요?"

"아니."

영화가 시작되었다. 이란에서 제작한 영화이고 화면 밑에 자막이 떴다. 남녀의 사랑을 주제로 한 내용이었다. 좌석 사이에 있는 팔걸이에서 두 사람의 팔이 서로 닿았다. 사이드가 얼른 팔을 뗐다. 잠시 후 또 팔이 닿았다. 이번에는 가만히 있었다. 팔을 통해 나디아의 심장 박동을 느낄 수 있었다. 영화 화면에서 두 남녀가 손을 맞잡고 뛰어가는 모습이 보였다. 사이드가 자신의 손을 나디아의 손 위에 포갰다. 나디아가 움찔하더니 가만히 있었다. 사이드의 손이 나디아의 손등을 조심스럽게 잡았다. 나디아의 거친 숨소리를 들을 수 있었다. 사이드가 자신의 몸을 나디아 의자 쪽으로 바짝 다가앉았다. 닿은 어깨와 팔, 손을 통해 서로를 느끼고 탐색했다. 영화가 끝날 때까지 두 사람은 그렇게 붙어 있었다.

영화가 끝나고 불이 들어왔다. 눈이 부셨다. 둘은 서로 마주 보고 얼굴이 새빨개졌다. 극장 밖으로 나오니 어느덧 석양이 깔리고 있었다. 근처 공원에 갔다. 늦은 시간이라 사람들이 별로 보이지 않는다. 둘은 손을 잡고 걸었다. 나디아가 새침하게 물었다.

"오빠, 영화 좋았어요?"

"응, 너는?"

사이드가 건성으로 대답했다. 온통 나디아에게 집중하느라 영화 내용이 무엇인지 어떻게 끝났는지 떠오르지 않는다.

"저도 좋았어요."

사이드는 혼자서 생각했다. '무엇이 좋았단 말인가? 영화가? 아니면 둘이 붙어 있어서…'

레스토랑에 갔다. 다행히 아는 사람은 없는 것 같았다. 나디아는 식사하는 동안 사이드에게 이것저것 맛보라며 정성껏 권했다. 식사를 마치고 밖에 나오니 컴컴하게 변해 있었다.

"집이 여기서 멀어?"

"조금요. 데려다 주실 거죠?"

나디아가 물었다.

"그럴게."

나디아의 집으로 가는 동안 둘은 무슨 생각을 하는지 말이 없었다. 도로를 건너고 골목길을 지나 한참 걸은 후에 나디아가 말했다.

"저기 앞에 보이는 집이에요."

골목길에 지나가는 사람이 없었다. 사이드가 걸으면서 나디아의 손을 꼭 잡았다. 둘은 누가 먼저랄 것 없이 몸을 붙여서 걸었다. 대문 앞에 도착했다. 사이드는 나디아를 쳐다보며 시장에서 산 히잡을 건넸다.

"오늘 너무 고마워. 영화랑 식사 모두 좋았어. 다음엔 내가 준비할게."

나디아가 한 걸음 더 사이드 앞으로 다가왔다.

"오빠, 저도 좋았어요."

서로의 숨결이 느껴졌다. 사이드가 자신도 모르게 나디아의 허리 뒤로 손을 뻗어 앞으로 당겼다. 나디아가 뜨거운 숨을 불어내며 속삭였다.

"우리, 안으로 들어가요."

대문을 열고 집 안으로 들어갔다. 정원에서 둘은 끌어안고 뜨거운 키스를 나누었다.

입단속을 했지만 여성 학습 동아리를 운영한다는 소문이 퍼져 나갔다. 하루는 나이 지긋하고 턱수염을 길게 늘어뜨린 원로 한 분이 사무실로 사이드를 찾아왔다. 사이드와 마주 앉자, 원로가 자신을 소개했다.

"나는 파리드라고 하오. 사레 폴에서 한 50년 살았소."

"예, 저는 사이드라고 합니다. 무슨 일로 오셨는지요?"

원로가 말을 꺼냈다.

"거두절미하고, 여학생들을 대상으로 교육을 하고 있다던데 사실인가요?"

사이드는 걱정했던 일이 일어났다고 생각하니 온몸이 긴장으로 굳어지는 것을 느꼈다. 원로가 말을 이어갔다.

"탈레반이 알면 가만히 있을 것 같소. 몇 사람이 죽을지 모르는 일이요. 벌써 알고서 손을 쓰려고 하고 있는지도 모르지만…. 빨리 그만두는 것이 좋을 것이오."

원로는 할 말을 다했다는 듯이 일어나서 문을 나갔다.

사이드는 바함 긴급 회의를 소집했다. 주요 직위 자들이 무슨 일인지 긴장하는 표정이 역력한 가운데 회의실로 모였다. 사이드가 말을 꺼냈다. 지역 원로 파리드가 어제 방문하여 여성 학습 동아리를 폐지하라고 요청했다는 것부터 설명했다. 회의 참석자들 간 의견이 분분했다. 너무

무모한 짓이었다는 비난으로부터 청년들의 목소리를 내자는 의견까지 난상토의가 벌어졌다. 결론이 나지 않았다. 학습 동아리에 속해 있는 여학생들의 의견을 수렴했다. 계속 운영하자는 의견이 많았다. 시간이 늦어 정회하고 내일 아침에 다시 회의를 개최하기로 했다.

밤늦게 나디아가 전화를 했다. 목소리가 겁에 질린 듯 떨렸다. 울먹이는 목소리였다.

"오빠, 아빠가 아직 귀가를 안 하셨는데, 전화가 꺼져 있어요."

"같이 만났던 분들에게 물어봤어?"

"물어봤는데 저녁에 식사하고 일찍 헤어졌다고 해요."

"경찰서에 신고는?"

"조금 전에 했어요. 행선지를 물어서 상세히 알려줬어요."

"저녁 식사를 시내에서 했대?"

"오빠, 어떡하죠? 엄마가 앓아누웠어요. 동생도 어려서 도움이 안 돼요. 오빠가 여기로 와서 도와주시면 안 될까요?"

"지금 출발하니 조금만 기다려. 새로운 사항이 있으면 전화해."

사이드는 집에서 나와 나디아 집까지 뛰어갔다. 집 앞에 도착했을 때는 온몸이 땀으로 젖어 있었다. 나디아가 문을 열어주어 안으로 들어갔다. 사이드와 나디아는 밤새도록 이쪽저쪽으로 전화를 하고, 저녁을 먹었다는 식당부터 집까지 오는 길을 왕복하며 찾아보기도 하고, 경찰서에도 몇 번씩 전화를 했다. 둘은 밤을 꼬박 새웠다.

아침이 되고 오전 늦게 경찰서에서 연락이 왔다. 미르자 올랑 계곡의 마을 광장에 세워진 나무 기둥에 나디아 아버지가 목매달려 죽은 채로 발견되었다는 신고를 접수해서 현장으로 군부대와 경찰이 출동했다는 비보였다. 나디아 어머니는 혼절했고, 나디아도 방바닥에 쓰러져 통곡을 했다. 사이드는 엄청난 슬픔에 싸였다. 어제 찾아왔던 원로가 경고한 말이 귓가에서 맴돌았다. '내가 신중하지 못해 이런 일이 생긴 거야.' 자신을 질책해 보았지만 이미 물이 엎질러진 뒤였다. 지금은 이 사태를 어떻게 잘 수습할 것인가가 절대 명제였다. 다행히 탈레반이 군과 경찰을 공격하지 않아서 사체를 수습해 오는 데 큰 문제는 없었다.

  장례식을 치른 후 사이드는 카불의 함자에게 전화로 이 사실을 알리고 도움을 요청했다. 함자는 사이드에게 여학생 학습 동아리 활동을 멈추고, 대외 활동을 자제하여 회원의 안전을 도모하라고 한 후 관련 부서에 대책을 빠른 시간 내 강구하여 보고하라고 지시했다. 대통령 비서의 도움을 받아 사레 폴주의 탈레반과 무장 세력들의 현황과 주요 인물 리스트 및 성향, 활동 지역, 전투 사례, 주민과의 관계 등 관련 정보를 종합했다. 또한 미국 대사관에 연락하여 위성 정보를 요청하고 무인기 지원을 약속받았다. 사레 폴과 가까운 곳에 위치한 바함의 무장 조직을 비밀리에 사레 폴로 이동시켰다. 함자도 참모진들과 함께 직접 현장으로 출동하기로 했다. 카불에서 마자리 샤리프 공항으로 이동 후에 발흐주의 바함 조직과 무장 조직의 지원을 받기로 했다. 이러한 사항들은 철저히 비밀에 부쳐졌다.

  일주일 뒤 나디아의 아버지가 죽은 미르자 올랑 계곡 마을에 다수의 무장 인원들이 나타나 주민들을 모아서 교육을 하고 있었다. 그때 단상에서 교육을 하던 무장 인원이 무엇에 맞았는지 둔탁한 소리가 나더니 땅바닥으로 굴러 떨어졌다. 사람들이 놀랄 틈도 없이 주변에 있던 다른 무장 인원들도 하나둘 쓰러지기 시작했다. 주민들은 아우성을 치며 현장을 이탈했다. 나머지 무장 인원들은 엄폐물에 몸을 숨긴 채 사격 자세를 취한 후에 사방을 둘러보았으나 이상한 점을 발견하지 못했다. 잠시 후 몸을 일으키자 다시 몇 명이 쓰러졌다. 살아남은 몇 명은 혼비백산하여 산악으로 도주하였다.

함자는 3~4명으로 구성된 저격 팀 40개를 편성하여 그중 20개 팀을 사레 폴주의 계곡 마을로 파견했다. 이들의 임무는 무장 세력과의 직접 교전을 회피하는 대신 마을을 내려다보기에 용이한 장소에 은신하여 무장 세력의 활동을 감시하고 원거리에서 소음기와 망원 조준경이 부착된 저격용 총으로 사격하거나 은신처를 찾아 보고하는 것이었다. 주로 야간에 이동하고 집결지를 여러 곳에 설치하여 보급 지원을 하고 3~4일 단위로 교대한 후 집결지로 이동하여 휴식과 임무를 수행하는 팀을 지원하고 새로운 임무를 준비하였다. 무장 세력의 은신처가 보고되면 사레 폴에 있는 임시 지휘소에서 위성 정보와 무인기 지원을 받아 폭격하였다.

자리스가 이끄는 팀은 4명으로 팀장, 저격수 1, 저격수 2, 관측병으로 편성되었다. 임무 수행 지역은 말레칸 마을로 사레 폴시에서 약 100킬로미터 떨어진 거리에 있었다. 시골 마을로 물건들을 실어 나르는 트럭 운전사를 매수하여 마을 어귀에서 조금 떨어진 한적한 곳에 내려주기로 했다. 총과 탄약, 장비들은 4개로 포장하여 개인별로 둘러메고 현지에 물건을 팔러 가는 행상으로 위장하였다.

 트럭으로 2시간 30분 정도를 달려 오후 늦게 도착 지점에서 차를 내려 길옆에 있는 작은 계곡으로 걸어 들어갔다. 후미진 곳에서 개인별 무장과 장비를 착용하고 탄약과 식량을 나누어 휴대했다. 야간이 되자 현지 정찰을 했다. 마을 동쪽과 서쪽에 급경사로 된 능선과 절벽이 남에서 북으로 형성되어 있었다.

 농경지 가운데 토담집 100여 가구가 모여 있고 마을 중앙에 차가 다닐 수 있는 비포장도로가 나 있었다. 계곡의 폭이 넓은 곳은 500미터 정도 되었다. 마을에 전기는 없었고, 밤이 되면 어둠에 묻혔다. 계곡 양쪽의 능선은 나무나 풀이 없고 암벽이 여러 군데 돌출되어 마을 활동을 감시하기에 용이했다. 그러나 은거를 하기 위해서는 동굴을 찾거나 구덩이를 파서 주변에 산재한 돌로 위장할 필요가 있었다. 주간에 무장 세력을 저격할 경우에 위치가 노출될 수 있어서 은신처를 사전에 물색하고 도주로를 준비해야 했다. 마을의 광장이 잘 내려다보이는 암벽 위에 어렵게 사격 진지를 구축하고 무장 세력이 찾기 어려운 산악에 은신처를 마련했다. 은신처에서 첫날 비박을 하고 새벽에 일어나 암벽 위의 진지를 점령했다.

 동이 텄다. 마을 주민들이 하나둘씩 농지로 이동하는 모습도 보이고, 우물에 물을 길러 가는 부르카를 입은 여자들과 어린 아이들도 보였다. 낮이 되자 햇볕이 뜨거워졌다.

오후쯤, 소총을 어깨에 멘 대여섯 명의 무장 인원들이 마을에 나타나서 이 집 저 집을 다니면서 무엇인가 조사하고 다녔다. 어느 집 앞에서 장시간 실랑이가 벌어지더니 무장 인원들이 집 안으로 들어가는 것이 보였다. 잠시 후 히잡을 쓴 젊은 여성 한 명을 밖으로 끌고 나와 마을 광장으로 향했다. 노인 한 명과 부르카를 입은 여성이 그들을 뒤따라가며 무장 인원에게 애걸하는 모습이 보였다. 자리스는 궁금했다. '무슨 죄를 지었나?' 곧 사람들이 광장에 모여들었고, 무장 인원이 엎드려 있는 여성을 가리키며 주민들에게 뭔가를 말하기 시작했다. 자리스는 저격수 2명에게 무장 인원들을 3명씩 나누어서 사격 준비를 하라고 지시했다. 저격수가 망원 조준경으로 거리를 측정하니 526미터가 나왔다. 유효 사거리 이내이다. 총구에는 소음기가 부착되어 있다. 잠시 후 무장 인원 한 명이 총구를 엎드려 있는 여성의 머리에 겨냥하는 것이 보였다. 자리스가 물었다.

"보고."

"1번 저격수 사격 준비 완료."

"2번 저격수 사격 준비 완료."

자리스가 명령을 내렸다.

"1번 저격수 사격 개시."

1번 저격수가 무장 인원을 향해 조심스레 방아쇠를 당겼다. 총구를 겨누고 있던 무장 인원이 땅바닥에 쓰러졌다. 다른 무장 인원들이 주위를 살피며 쓰러진 무장 인원 옆으로 다가갔다.

"사격 개시."

자리스의 명령에 1, 2번 저격수가 신속히 자신에게 할당된 무장 인원들을 사격했다. 1명, 2명, 3명.

"전 사수, 명중. 임무 끝."

팀별로 전과 보고가 이어졌다. 2주간 작전을 통해 3백여 명을 사살하고, 은신처 20여 곳을 폭격하였다. 마을을 제집 드나들 듯하며 주민을 괴롭히던 무장 세력은 큰 피해를 입고 활동 횟수도 급격히 감소했다. 함자는 2주간 작전을 지켜본 후 카불로 떠나기 전에 사이드를 만나보기로 했다. 사이드가 나디아 집에 있어서 허락을 받고 방문했다.

사이드와 나디아가 나란히 함자를 마중했다. 함자가 보니 둘 사이가 이번 일로 더욱 견고해진 것 같았다. 집 안으로 들어가 나디아 어머니를 위로한 후에 함자가 사이드와 대화를 나누었다.

"앞으로 사레 폴의 바함 활동을 어떻게 할 생각인가?"

"좀 더 신중하게 계획을 수립하여 지역 젊은이들이 희망을 가질 수 있도록 해 나갈 생각입니다."

함자는 사이드를 격려했다. 사이드는 거듭 고마워했다. 잠시 후 나디아가 차와 다과를 내왔다. 나디아는 아버지를 여의고 나서 수척해진 모습이었다. 함자는 그 고통을 느낄 수 있었다. 나디아가 나가고 나서 함자가 물었다.

"둘 사이가 무척 가까워 보이는군."

사이드가 말없이 얼굴을 붉혔다.

"결혼을 하게 되면 알려 주게. 축하해 주고 싶네."

30

카불로 돌아오니 하미드가 만나자고 연락이 왔다. 하미드가 말했다.

"며칠간 연락이 되지 않더군. 어디 다녀온 건가?"

"지역 조직을 방문하고 왔어. 지내기에 불편한 점은 없는지 모르겠네."

"전혀."

그린티를 한 모금 마시고 나서 하미드가 말을 이었다.

"상황이 여의치가 않아."

"내부에서 정리가 잘 되지 않는가 봐?"

"지난번 얘기했던 것처럼 강, 온파 간 경쟁인데, 강경파가 자기들의 세력 확대를 위해 테러 조직들을 끌어들인 것 같아. 아니면 테러 조직에 휘둘리고 있는 것은 아닌지 잘 모르겠어."

"지도부에 테러 조직이 영향을 미치고 있다면 문제가 되겠는데…."

"그 일로 정치 보좌관이 자네를 만나려고 해."

"내가 할 수 있는 것이 있을까?"

"너무 겸손한 것 같네. 우린 자네가 어떤 활동을 하고 있는지 조금은 알고 있다네."

함자는 멋쩍은 표정을 지었다. '우리가 하는 일을 알고 있다고? 그럼 헤라트, 사레 폴 일도? 어떻게 알았을까?' 함자가 골똘하게 생각하고 있을 때, 하미드가 물었다.

"우리와 협력할 생각은 없나?"

"공감대가 형성될 수 있다면…."

"좋아. 정치 보좌관과 미팅 일정을 잡아서 연락하지."

며칠 뒤, 정치 보좌관이 거처하고 있는 안가의 별실에서 아마드 정치 보좌관과 함자가 만났다. 하미드는 다른 일이 있다면서 자리를 피했다. 창밖으로 푸른 나무와 잔디가 보였다. 두 사람은 서로 인사를 나눈 뒤 잠시 말없이 앉아 있었다. 정치 보좌관이 먼저 말을 꺼냈다.

"하미드에게서 우리와 협력할 의사가 있다는 말을 들었소."

"전에도 말씀드렸듯이 서로 뜻이 맞는다면 길이 있다고 생각합니다."

"추구하는 바는 지난번 정치 토론장에서 어느 정도 들었네. 우리가 처한 어려움은 조직이 방대하다 보니 누굴 믿어야 할지 모른다는 거지. 강경파가 득세하고 있는데, 온건파를 제거하려고 혈안일세. 테러 조직까지 끌어들이는 것 같네. 가만히 있어선 안 되고 대응을 해야 하는데, 믿을 수 있는 사람들이 없으니…."

함자는 아마드의 얘기를 들으면서 속으로 생각했다. '탈레반 지도부 내 강경 세력을 제거하고 싶은데 믿을 만한 무장 세력이 없어서 나에게 도움을 요청하려는 것이구나.' 아마드가 함자를 쳐다보더니 진지하게 말했다.

"내가 자네에게 도움을 요청하려는 것이 무엇인지 알겠는가?"

"어느 정도 규모가 필요하며, 어떤 일을 해야 하는지, 지역은 어디입니까?"

"정예 부대 50명과 무장 및 장비, 탈레반 지도부를 통제하고 있는 강경 세력 지도자 4~5명 및 무장 세력 20~30명을 제거하는 것이네. 위치는 미란샤에 있지."

함자는 탈레반 지도부가 파키스탄 국경 지역에 있다는 생각은 했지만 정확한 장소를 들은 것은 이번이 처음이었다. 미란샤는 북 와지리스탄의 중심지이다. 함자가 넌지시 물었다.

"원하는 것을 해 드렸을 때 저희에게 득이 되는 것은 무엇이죠?"

"정부와 협상을 재개하고, 정치 체제와 여성 교육 및 사회 활동을 양보하겠네. 부대가 준비되면 알려주게. 작전을 수립해야지."

함자는 지도부와 밤새도록 아마드의 제안을 수용할 것인지를 심사숙고하였다. 아마드를 얼마나 신뢰할 수 있을지 의문이 든다는 의견부터 여러 가지 부정적인 의견도 많았지만, 모두들 현재의 상황을 타개하려면 뭔가를 해야 할 것이라는 데 공감대가 형성되었다.

함자는 부대 창설에 주력하였다. 부대장에는 훈련소장인 가비가 자원하여 임명하였다. 함자는 가비와 상의하여 5개 팀장을 선발하고, 이어서 팀원은 고등 훈련까지 마친 정예 요원들로 편성하였다. 물론 개인의 동의를 먼저 구했다. 참모 요원도 4명을 선발하였다. 총 55명이었다. 4개 팀은 돌격 팀으로 1개 팀은 화력 지원팀으로 편성하고, 돌격 팀은 팀장, 소총수 2명, 소총수 겸 의무병 1명, 기관총 사수 및 부사수 2명, RPG-7 사수 및 부사수 2명, 저격수 2명까지 총 10명으로 만들었다. 화력 지원팀은 경 박격포 2문과 RPG-7 2정을 운용할 수 있도록 했다. 모든 인원에게 소총과 권총이 제공되었다. 통신은 팀 내 소형 무전기, 부대장과 팀장, 참모 간 무전기, 카불 본부와 연락을 위한 위성 무전기가 제공되었다. 부대 편성이 완료되어 훈련소에서 자체 훈련 및 예행연습에 들어갔다.

부대가 어느 정도 준비되자, 함자는 하미드를 통해 아마드에게 준비 상태를 알렸다. 곧 아마드가 함자에게 미팅을 요청했고, 두 사람은 마주 앉았다. 함자가 건넨 부대 편성표를 보더니 아마드가 흡족한 표정을 지었다.

"빨리 준비되었네."

아마드가 테이블 위의 찻잔을 밀치더니 가지고 온 지도를 펼쳤다.

"무장한 상태이니 정상적인 입국은 어렵고 호스트로 가서 파키스탄 국경을 은밀히 통과하여 미란샤로 가야될 것 같네. 호스트에서 우리 쪽 안내자를 붙여 줌세."

함자가 고개를 끄덕였다.

"55명이 한꺼번에 가기는 어려울 것 같습니다."

"좋은 지적이네. 국경 통과는 3개조로 나누어서 하고 국경 너머 시지에 1차 집결지를 정해서 모인 후에, 2차 집결지는 미란샤의 토치강 남쪽에 있는 니마즈 주마 모스크 근처의 산악으로 하는 것이 좋을 것 같은데, 어떻게 생각하나"

함자가 동의했다.

"문제는 탈레반 지도부가 다른 곳으로 이동할 수 있는 변수가 있다는 것이네."

함자가 놀라서 물었다.

"그러면 작전에 실패하게 되는 겁니까?"

"아닐세, 내가 얻은 정보로는 당분간 이곳에 있을 확률이 높네. 그래도 우발 상황에 대비할 필요는 있지."

"없으면, 작전은 그대로 끝나는 겁니까?"

"글쎄, 그 부분은 자네의 동의가 필요하네. 새로운 위치가 확인된다면 한 번 더 시도할 것인지에 대한 것 말일세."

"작전 기간은 얼마나 고려하십니까?"

"자네 생각은 어떤가? 나는 10일이면 충분할 것 같은데. 물론 순조롭게 진행될 경우지만."

"현지의 이동 수단이나 식량 지원이 가능할까요?"

"자신할 순 없지만, 최대한 노력하겠네. 이번 일이 성공하려면 우리와 전혀 관계없는 일이 되어야 하는 것이지. 나머지 상세한 정보는 현지에서 안내할 우리 요원들이 제공하도록 하겠네."

"현재 부대 편성을 완료하고 훈련을 하고 있는데, 조언해 주실 사항이 있습니까?"

"유사시 사용할 수 있도록 개인별로 칼을 휴대하는 것이 어떻겠나? 그리고 목표 지점이 건물 내일 수도 있고, 야외나 동굴, 차량일 수도 있네. 고성능 폭약과 뇌관이 필요할 수도 있어. 표적이 분산되어 있을 수도 있고, 다양한 상황에 대비할 필요가 있네. 참, 그리고 성공하면 좋겠지만, 실패할 수도 있고, 우리 측 사상자가 나올 수도 있지. 최악의 상황은 생포되는 거지. 그런 일은 없겠지만…. 그때쯤 나도 지도부에 합류해 있을 텐데, 내가 시켜서 한 일이라고 하게 된다면 나는 죽은 목숨이고 우리는 잃는 것만 가득하게 되지. 그래서 작전 요원들에게 우리 얘기는 하지 말아주게."

함자는 아마드의 주도면밀함에 혀를 내둘렀다.

"3일 후에 착수할 수 있도록 준비해 주게."

함자는 가비에게 부대를 파르완주의 한적한 곳에 마련한 장소로 이동시키라고 지시했다. 또한 작전 요원들이 원한다면 가족들을 만나거나 전화로 통화를 할 수 있도록 하라고 했다. 물론 비밀 유지는 철저히 하도록 강조했다. 병력이 탑승할 차량도 준비했다.

가비는 오랜만에 집으로 돌아왔다. 리자가 반갑게 가비를 맞았다. 가비가 훈련소장으로 간 뒤에는 한 달에 한 번 얼굴을 보기도 어려웠다. 가비가 리자의 부풀은 배를 어루만졌다.

"아빠가 왔다."

리자가 가비에게 기대며 속삭였다.

"가비, 아빠라고 하니까 애가 발로 찼어."

가비는 멀리 작전을 떠나야 된다고 생각하니, 가슴이 뭉클해졌다. 리자에게 그러한 사실을 말할 수도 없다. 작전이 성공할 가능성은 반반이다. '만일 실패한다면, 살아서 복귀하지 못한다면, 남성 우위의 이슬람 사회에서 리자와 우리 아이는 어떻게 되나?' 가슴이 미어진다. 표정이 우울하게 보였는지 리자가 물었다.

"가비, 무슨 걱정거리가 있어?"

가비가 얼른 얼굴에 미소를 띠며 말했다.

"아니, 걱정할 게 뭐가 있겠어? 당신 건강이 걱정되어 그렇지."

"그래? 우리 식사할까? 맛있는 것 많이 준비했어."

약속한 3일째가 되었다. 하미드가 쪽지 하나를 전달했다. 내용은 아래와 같았다.

- 일시: 내일 오후 7시
- 장소: 타나이 압둘 라시드 훈련 센터 입구
- 접선 방법: 머리에 흰색 터번을 착용한 사람이 지나가며 '꽃 팝니다.' 하면 답은 '장미꽃 주세요.'

가비는 소형버스 6대를 지원받았다. 팀별로 1대씩 분승하고, 1대는 참모 및 부족한 적재 공간으로 활용했다. 팀별로 이동하여 접선 장소에서 다소 떨어진 집결지에 도착 후 차량은 돌려보내고 도보로 은밀히 접선 장소로 이동하여 숨어서 대기하기로 했다. 차리카에서 타나이까지는 차로 7시간 이상 걸리는 거리였다.

다음 날 오전 10시에 가비가 참모들과 함께 버스를 타고 차리카를 출발하였다. 카불 시내로 진입하여 실로로를 따라 다룰라만 궁으로 가서 굴 바그로 난 도로를 타다가 가데즈로 가는 도로로 진입하여 이동했다. 도중에 자이다바드 바자르 옆 한적한 곳에 차를 세우고 음식을 사서 먹었다. 계속 이동하여 가르데즈 시내를 통과하여 호스트로 가는 도로를 탔다. 호스트시에 가기 전에 있는 나디르 샤에서 우회전하여 타나이로 가는 길로 이동했고, 타나이를 지나 훈련 센터 3킬로미터 앞에서 차에서 내려 걸어서 이동했다. 국경선이 가까운 곳이어서 눈에 띄지 않도록 유의했다. 집결지에는 오후 6시쯤에 도착했다. 3개 팀이 먼저 와 있었다.

저녁 7시, 훈련 센터 입구 근처에 3명의 건장한 남자가 나타나서 서성거렸다. 잠시 후 머리에 흰색 터번을 한 사람이 나타났고, 작은 목소리로 "꽃 팝니다." 하고 중얼거렸다. 세 명의 건장한 남자 중 한 명이 "장미꽃 주세요."라고 말했다. 흰색 터번을 한 사람이 건장한 남자들에게 다가가더니 함께 사라졌다.

가비와 참모, 팀장들이 함께 안내자 세 명을 만나 이동 방법을 논의했다. 안내자 3명의 이름은 압둘, 왈리, 모민이었고, 나이는 40대로 보였다. 압둘이 설명했다.

"3개조로 인원을 편성해 주시면 1조는 제가, 2조는 왈리, 3조는 모민이 안내하겠습니다. 저희는 그동안 상인들을 비롯해서 국경선을 넘나드는 사람들을 안내해 왔습니다. 저희를 믿어주시면 시지의 약속된 장소까지 안전하게 모시도록 하겠습니다. 오늘 밤에 여기를 출발하여 내일 새벽에 목적지에 도착할 수 있을 겁니다."

가비가 물었다.

"우리가 주의할 사항이 있소?"

"저희들이 얘기하는 대로 행동하고, 대열에서 이탈하지 않는 것입니다.

소리나, 불빛을 내서는 안 됩니다. 그리고 군데군데 절벽길이나 가파른 산악을 지나야 하니 주의가 필요하고, 돌 부스러기를 건드려 떨어뜨리면 소리가 크게 날 뿐만 아니라 뒤에서 따라오는 사람이 맞을 수 있으니 매우 위험합니다. 그리고 이동하는 중간에 물을 구할 수 없으니 아껴서 마셔야 합니다. 절벽을 지나갈 때 정신을 집중해야 하고, 졸면서 가서는 안 됩니다."

"언제 출발합니까?"

"조를 지정해주시면 바로 출발하겠습니다."

가비는 1조는 1, 2팀으로 2조는 3, 4팀, 3조는 5팀과 본부로 편성했다. 1조는 저녁 8시에 출발했고, 2조는 8시 10분, 3조는 8시 20분에 집결지를 출발했다.

1조장인 1팀장 와둑은 압둘의 안내를 받아 산으로 올라갔다. 낮에 보기만 해도 험준해 보이던 산은 컴컴한 밤이 되자 절벽처럼 험악한 모습으로 다가왔다. 산길은 가팔랐다. 무장과 탄약, 장비를 메고 산을 올라가는 일이 쉽지 않았다. 출발한 지 20분도 채 안 되어 숨소리가 거칠어지고 땀이 나기 시작했다. 압둘의 말대로 돌 부스러기를 건드리지 않으려고 애썼지만 1~2개씩 돌이 구르기도 했다. 그때는 뒤따르는 사람들 모두 머리 위에 손을 올리고 자신에게 떨어지지 않기만을 바랄 수밖에 없었다. 처음에는 2시간을 가고 5분씩 휴식했다. 압둘은 새벽이 되기 전에 국경선을 넘어야 한다면서 일행들을 독려했다. 길이 없는데도 압둘은 제 집 안방처럼 잘 나아갔다. 가끔씩 전방에서 이상한 소리가 나면 대열을 멈추게 한 후 이상이 없으면 전진했다. 절벽 길을 걸어갈 때는 오금이 저렸다. 깜깜해서 절벽 밑이 보이지 않으니 무서움은 덜했다. 몇 시간이 지나니 모두들 기진맥진해지고 속도가 나지 않았다. 산길을 올라가다 발을 헛디뎌서 아래로 미끄러지거나 암벽에서 굴러 떨어지는 사람도 있었다. 그럴 때면 다들 그 자리에서 주저앉고 싶은 생각밖에 없었지만 압둘은 단호하게 계속 이동하라고 재촉했다. 압둘이 국경선도 넘기 전에 우리 모두를 죽이려 한다는 생각이 떠오르기도 했다. 하지만 집에 두고 온 가족들을 생각하면 살아서 돌아가겠다는 집념이 되살아났고, 이를 깨물고 한 걸음, 한 걸음 앞으로 나아갈 수 있었다. 주변이 많이 보인다는 느낌이 들면서 산 위로 많이 올랐다고 생각했을 때 압둘이 대열을 멈추게 한 다음에 와닥에게 다가와서 속삭였다.

"저 앞이 국경선입니다. 가끔씩 순찰이 있을 수도 있으니 3~4명 단위로 낮은 자세로 이동하고 앞에 이상한 소리가 나면 그 자리에서 엎드렸다 이동해야 합니다."

국경선을 넘었다. 가비는 감회가 새로웠다. 자신의 어깨 위에 무거운 책임감을 느꼈다. '임무를 완수하고 모두 함께 아프가니스탄으로 돌아가야지.' 가파른 산길을 미끄러지지 않으려고 애쓰면서 내려가다가, 다시 오르기도 하면서 앞으로 나갔다. 이제는 아무런 생각이나 감각이 느껴지지 않았다. 그저 앞사람 뒤만 바라보고 나아갔다. 그렇게 또 몇 시간이 흘렀다. 새벽이 희뿌옇게 밝아올 때 1차 집결지에 도착했다. 산과 산의 능선 사이에 형성된 조그마한 계곡인데 안으로 들어가니 밖에서 보이지 않아 숨어있기에 좋은 지형이었다. 사주 경계를 위해 팀별로 위치가 지정되고, 감시 인원을 주변 능선 위로 올려 보냈다. 계곡 안쪽에는 물이 조금씩 솟아오르는 샘이 있었고, 암벽 밑에 움푹 파인 곳들이 있어 햇볕을 가려줄 수 있을 것 같았다.

국경선을 안내했던 압둘 등 3명이 새로운 5명을 가비에게 데리고 왔다.

"이분들이 다음 일정을 안내할 겁니다. 그럼 저희 3명은 떠나겠습니다."

압둘, 왈리, 모민은 가비가 수고했다는 얘기를 하기도 전에 벌써 저만치 멀어져 갔다. 새로 온 사람들은 모두 검정색 터번을 하고 있었고 보따리 같은 것을 들고 있었다. 누가 봐도 탈레반 소속으로 보였다. 그중에 대장 격으로 보이는 사람이 파쉬투어로 말했다.

"반갑습니다. 지바라고 합니다. 오늘 밤에 다음 집결지까지 저희가 안내하겠습니다. 여기 난이랑 간단히 요기할 것을 가져 왔으니 드시기 바랍니다. 휴식을 하신 후에 이동 계획을 설명하겠습니다."

보따리를 풀어 놓으니 난과 케밥, 양고기, 토마토 등이 나왔다. 팀별로 음식을 분배했다. 그리고 그늘진 곳을 찾아서 식사 후 휴식을 취했다. 부상자가 발생했지만 다행히 찰과상과 발목이 접질리는 등 경미한 부상이라 의무 요원들이 응급조치를 했다.

가비가 눈을 떴을 때는 오후가 되어 있었다. 참모들과 팀장, 안내요원들과 야간 이동 계획을 토의했다. 지바가 일사천리로 설명했다.

"오늘 밤 이동 거리는 직선거리로 20킬로미터, 실제로는 30킬로미터입니다. 현 위치에서 남쪽으로 보이는 산악을 넘어서 내려가면 토치강의 상류와 만나게 됩니다. 거기서부터 주민들이 거주하는 지역이어서 눈에 띄면 안 되므로 하천을 따라 이동해야 합니다. 커비 칼레이에 있는 교량에는 파키스탄군 초소가 있어서 다리 밑을 통과할 때 조심해야 하고, 이어서 토치강을 건넌 다음에 주민들의 시선을 피하기 위해 계곡의 하천을 따라 상류로 올라가서 산 위에 있는 집결지로 이동하게 됩니다. 계곡 하천이나 토치강에는 물이 흐르지만 지금은 깊지 않아서 건너거나 이동하는 데 문제는 없습니다. 이동을 위한 조 편성은 5개조로 나누어 저녁 8시부터 10분 간격으로 이동하도록 하겠습니다. 질문 있습니까?"

1팀장인 와닥이 물었다.

"이동하다가 주민에게 노출되면 어떻게 합니까?"

지바가 답했다.

"상황에 따라 다르겠지만 주민을 처리해야 합니다."

분위기가 착 가라앉았다.

"우리 활동 사항이 파키스탄 군경에 신고당하면 수색 작전이 벌어질 것이고 작전에 차질을 빚게 됩니다. 이동 중 주민에게 발각되지 않도록 최대한 조심하는 것이 오늘 밤 이동 계획의 핵심이라고 할 수 있습니다. 나머지는 안내를 담당한 저희 요원들이 시키는 대로 따라주시면 됩니다. 저녁 식사는 어두워지는 대로 제공하도록 하겠습니다."

가비는 팀장들에게 무선 침묵을 강조했다.

휴식을 충분히 하고 식사까지 하고 나니 기운이 많이 회복되었다. 각 팀을 1개조로 하고 가비와 참모는 5팀과 함께 이동하기로 했다. 이동 순서는 2-3-4-5-1팀 순이다.

2팀 안내는 히랄이 담당했다. 2팀장 굴은 팀을 다시 3개조로 나눈 후 이동 간 예상되는 행동에 대비한 수신호를 준비하고, 주요 지점별로 통과하는 요령과 차량 불빛 등 돌발적인 상황 발생 시 행동 요령을 연습했다. 출발 전에 주변 정리를 해서 흔적이 남지 않도록 했다.

히랄이 굴에게 말했다.

"10분 후에 출발하겠습니다."

히랄이 선두에 서고 조별로 3명씩 뒤를 따랐다. 계곡에서 산악의 능선 위로 올라갔다. 왼쪽으로 멀리 마을과 도시의 불빛이 보였다. 다시 계곡으로 내려오고 능선 위로 올라가기를 대여섯 번 되풀이한 후에 마을 불빛이 보이는 방향으로 계곡을 따라 내려갔다. 계곡 밑에 흐르는 물을 따라 내려가다 보니 하천이 나왔다. 물은 많지 않아서 하천 바닥의 일부를 따라 흘렀고, 마른 바닥도 있었다. 달은 아직 뜨지 않았고, 마을 불빛은 밝지 않아서 하천 둑 밑으로 이동하기에는 안성맞춤이었다. 하천을 따라 몇 시간을 이동하여 커비 칼레이 마을의 하천을 가로지르는 교량 가까이 도착했다. 굴이 야간 관측경으로 다리 위를 보니 우측에 초소가 있고, 군경으로 보이는 인원이 초소 주위로 움직이는 모습이 보였다. 다리 위 난간에서 하천을 내려다보기도 했다. 다리 높이는 3~4미터로 밑에 있는 물체를 식별할 수 있어 보였다. 초소 위에는 가로등이 켜져 있었고 가끔씩 차량이 다리 위를 지나갔다. 다리 밑을 소리 없이 통과하기도 쉽지 않을 것 같았다. 하천 바닥이 평탄하지 않고, 비가 많이 올 때 떠내려 온 나뭇가지들이 지천으로 널려 있었다.

굴은 히랄과 상의하여 1조에서 2명을 초소 쪽으로 보내서 정찰을 하도록 했다. 정찰조가 돌아와서 보고한 바에 의하면 초소 경비 인원은 3명으로 2명은 밖에서 감시하고, 1명은 초소 안에서 전화 대기를 한다고 했다. 근무 교대가 언제 이루어질지도 모르는 상황이다.

  굴은 저격수가 포함된 3조에게 1, 2조가 다리 밑을 통과할 때 엄호할 수 있도록 했다. 그리고 히랄을 선두로 1조가 다리 밑으로 접근하기 시작했다. 이를 바라보는 굴의 가슴이 쿵쾅거렸다. 이때 이동하던 1조에서 나뭇가지 부러지는 소리가 났다. 이동을 멈추고 가만히 웅크렸다. 다리 위의 경비병이 이 소리를 들었는지 이쪽 난간으로 다가오는 것이 보였다. 1조는 얼른 다리 밑 음영 속으로 움직였다. 경비병이 다리 위 난간에서 밑을 바라보았다. 아무도 없었다. 경비병이 초소 쪽으로 돌아가자 다들 안도의 한숨을 내쉬었다.

  2팀은 다리 밑을 통과 후 계속 하천 제방 밑으로 해서 토치강을 향해 이동했다. 30분쯤 지나서 토치강의 본류와 합류하는 지점에 도착했다. 강폭은 200~300미터 정도이고 물 흐르는 소리가 크게 들렸다. 맞은편에 마을이 있어서 불빛이 보였다. 히랄이 앞장서서 제방 밑을 따라 왼쪽으로 돌아서 토치강을 따라 하류 방향으로 더 내려갔다. 강 왼쪽은 밭이고 민가가 없어서 빠른 속도로 이동했다. 500미터쯤 내려간 후에 히랄이 멈췄다. 굴이 히랄에게 다가가자 손으로 강 맞은편을 가리키며, 여기서 강을 건널 것이라고 했다. 히랄은 앞장서서 강을 건너기 시작했다. 강가의 물은 깊지 않아 무릎 높이 정도이고 안으로 들어갈수록 깊어져서 허리까지 올라오는 곳도 있었다. 유속이 빠르지 않아 건너기에 문제는 없었다. 강 맞은편에 가까이 가니 맞은편 계곡에서 유입되는 하천의 입구가 보였다. 하천 좌우에는 마을이 있었고, 교량으로 연결되어 있었다. 야간 관측 장비로 교량 위를 살펴보니 경찰 초소는 보이지 않았다. 하상이 상당히 높고 물이 없어서인지 강가에 풀이나 나무 같은 은폐물이 없는 반면에 마을의 가옥들이 강가에 붙어 있어 이동 간 주민들에게 노출될 위험이 있어 보였다. 굴은 조 단위로 구간별 이동을 하고 다음 조가 경계를 제공하는 방식으로 앞으로 나아갔다. 마을을 벗어나서 하천을 따라 계곡으로 5킬로미터 정도 거슬러 올라간 다음에 히랄은 왼쪽으로 방향을 바꿔 산으로 올라가기 시작했다. 산은 올라갈수록 경사가 심해졌으나 드문드문 관목도 있었다. 그렇게 산을 넘고 또 넘어서 새벽 5시쯤 되어 산 정상 가까이에 있는 다음 집결지에 도착했다. 다행히 관목들이 많아서 은거하기에는 좋아 보였으나 물이 없었다.

가비가 도착하여 팀별 은거 위치를 정하고 휴식에 들어갔다. 해가 뜰 무렵에 지바가 가비를 만나기를 청했다. 가비가 일어나 보니 지난밤 안내를 맡았던 지바 등 5명과 새로운 인원 8명이 서 있었고 옆에 메고 온 등짐과 물통이 놓여 있었다. 그렇게 교대를 하고 지바 등 5명은 돌아갔다. 새로 온 안내자들 중에서 자신을 누르라고 소개한 사람이 말했다.

"출발은 오늘 저녁 8시에 하겠습니다. 이동 거리는 약 25킬로미터입니다. 여기서부터는 산이 힘하지 않아서 주민들이 낮에 산에 오를 수도 있고 외딴집도 있으니 조심해야 합니다. 노출이 우려되어 집결지도 지금처럼 한곳이 아닌 3개의 장소로 분리하겠습니다."

저녁이 되었다. 이동을 위한 조 편성은 어제와 같이 팀별 이동으로 하고, 목적지에 다가가면 은거지 3군데로 나누어 이동하기로 했다. 1, 2팀, 3, 4팀, 5팀과 본부로 나누어 3개 조로 편성했다. 3팀이 앞서가기로 했다. 3팀장 알리는 안내원 미르와 이동 계획을 발전시켰다. 미르가 말했다.

"외딴집이 있을 경우, 개가 짖을 수도 있어서 우회하는 것이 좋습니다. 이쪽 산에서 내려가면 계곡에 포장되어 있는 도로를 횡단해야 합니다. 차량 통행이 많고, 밤에도 차들이 다녀서 팀 전원이 한꺼번에 통과하기는 어렵습니다. 도로 주변에 집들이 있습니다. 여러분들이 무장을 하고 있어서 발견되거나 이상한 느낌을 받으면 군이나 경찰에 신고할 것입니다."

저녁 8시에 3팀이 은거지를 출발했다. 안내자가 설명한 대로 산은 비교적 완만한 경사를 유지했고, 작은 관목과 풀들이 나있고 큰 나무들도 이따금씩 보였다. 땅바닥이 푹신했다. 몇 개의 능선을 넘고 나니 멀리 계곡 밑에 차량 불빛이 오가는 것이 보였다. 미르는 지형에 익숙했고 순조롭게 도로 쪽으로 내려갔다. 도로가 보이는 멀지 않은 곳에서 일단 멈춘 후 잠시 휴식을 하면서 정찰조를 보내 민가를 피해 도로를 건너기 좋은 위치를 확인했다. 밤 11시가 되었다. 도로를 지나는 차량들이 뜸해졌다. 도로 가까이로 접근한 후에 차량들이 없을 때 3~4명씩 도로를 횡단했다. 그리고 다시 산을 올라가기 시작했다.

새벽 4시쯤에 3팀은 새로운 은거지에 도착했다. 산 아래쪽으로 낮은 연무가 끼기는 했지만 멀리 미란샤의 불빛이 보였다. 모두 땀에 흠뻑 젖었다. 며칠간 제대로 씻거나 옷을 갈아입지 못해 냄새가 나고 몰골이 말이 아니었다. 잠시 후에 4팀도 도착했다. 은거지를 수풀 속으로 편성하고 경계를 세운 후에 휴식에 들어갔다. 이제부터는 발각되지 않도록 더 조심해서 행동해야 한다. 아침이 다가오고 은거지별로 새로운 인원들이 3명씩 먹을 것과 물을 날랐고, 전날 안내원들은 돌아갔다.

안내원들과는 별도로, 연장자로 보이는 3명이 가비를 찾았고, 사람들을 피해 만났다. 모두 검정색 터번을 머리에 두르고 있었고, 눈이 매서웠다. 그중 대표로 보이는 파젤이 오늘 밤 작전에 대해 설명했다.

"오늘 저녁 7시에 탈레반 지도부가 니마즈 주마 모스크에서 기도를 한 후에 모스크 지하에서 회합을 가집니다. 밤 11시까지 계속됩니다. 우리는 회합이 끝나고 서로 인사를 나누고 헤어지는 혼란한 틈을 이용해 1차 공격을 합니다. 공격 대상자들은 5명인데 얼굴과 옷차림을 찍은 사진을 가지고 왔습니다."

파젤이 A4용지 크기로 확대한 컬러 사진을 내밀었다.

가비가 보니 여러 명이 함께 찍은 단체 사진이었는데 그중 5명에게 표시가 되어 있었다. 가비가 질문을 했다.

"회합에 참석하는 사람은 총 몇 명입니까?"

"20여 명 정도입니다."

"경비는요?"

"모스크 외곽 경계와 지하 입구, 복도, 문 앞에 섭니다."

"경비는 몇 명 정도 됩니까?"

"외곽에 20명, 지하 입구 3명, 복도 3명, 문 앞에 2명, 아 그리고 개인별 경호 요원들은 주차장에서 대기합니다."

"1차 공격이라 했는데 2차 공격도 있습니까?"

"1차 공격이 여의치 않을 경우에 개별적으로 숙소나 이동할 때 공격합니다."

"공격 후에 퇴출은 어떻게 합니까?"

"차량으로 합니다."

"가능하겠습니까?"

"작전이 성공하려면 외곽 경비와 개별 경호 요원들이 모르게 내부에서 처리해야 합니다. 소음기를 사용해 조용히 처리하고, 후문을 빠져나와 대기하고 있는 차량을 타는 것입니다."

"그렇게 하려면 사전에 모스크 내로 침투해야 합니다."

"불가능한 것은 아닙니다. 기도하러 오는 사람들이 많기 때문입니다."

"그럼 오후 3시 기도하는 사람들이 모스크로 들어갈 때 정찰을 하고 오후 6시 기도하는 시간에 침투하면 어떻습니까?"

"좋습니다."

"그럼 계획을 수립한 후에 다시 한번 논의합시다."

가비는 참모와 팀장들을 소집해서 작전을 위한 준비 명령을 내렸다. 1팀과 2팀은 내부 침투 및 저격, 3팀과 4팀은 외부 증원 요원 차단, 5팀은 퇴출로 엄호 임무를 부여했다. 이를 위해 각 팀에서 1명씩 정찰 요원을 파견하여 1팀장 인솔하에 오후 2시 30분에 현장에 도착하여 정찰을 실시하도록 하고, 1, 2팀은 5시 30분에 사전 침투하며, 3팀은 오후 8시까지 모스크 밖의 경비 인원들을 제거할 준비를 하고, 4팀은 오후 8시까지 주차장의 경호 인원들이 모스크로 진입하지 못하도록 저지할 준비를 한다. 5팀은 오후 8시까지 모스크 후문을 확보할 준비를 하고 작전 요원들이 차량을 탈 수 있도록 엄호하며 교전이 발생 시 3, 4팀을 증원한다.

팀장 주관 하에 각 팀별로 세부 계획을 수립하여 가비에게 보고했다. 1팀장 와닥과 2팀장 굴이 함께 계획을 설명했다. 와닥이 정찰조장이 되어 안내원과 정찰 요원 5명을 데리고 12시에 은거지를 출발하여 오후 2시에 모스크 주변에 도착한 후에 기도하러 들어가는 사람들 사이에 끼어 모스크로 가서 3, 4, 5팀 정찰 요원은 모스크 주변에서 정찰을 하고, 자신과 1, 2팀 정찰 요원은 모스크 안으로 들어가 지하 통로 및 회합실을 확인하고 기도를 마치고 나가는 사람들과 함께 모스크 밖으로 나와 1, 2팀과 접선하여 정찰 결과를 고려하여 작전 준비를 완료하고 오후 5시 30분에 사전 침투한다. 1팀은 지하 경비 요원을 제거하고, 2팀은 지정된 5명을 저격한 후 모스크 후문으로 퇴출하여 지정된 차량에 탑승한다.

3팀장 알리는 유사시 모스크 외곽 경비 요원들을 제거하는 방안을 보고했고, 4팀장 아마르는 주차장에 있는 경호 요원들을 차단하는 방안을, 5팀장 바하르는 퇴출 시 엄호 계획을 설명했다.

1팀장 와닥은 출발 20분 전에 정찰조 인원들의 출발 준비 상태를 점검했다. 소음기를 장착한 권총과 칼을 옷 안쪽에 보이지 않도록 휴대하고, 안내원 다다와 바굴이 가지고 온 검정색 터번을 착용하여 주민처럼 보이도록 했다. 수염도 붙였다. 그리고 2~3명씩 한 조가 되어 산을 내려갔다. 민가가 보이면 눈에 띄지 않도록 조심했다.

산 밑에 내려가니 농경지가 펼쳐져 있고 백 가구 규모의 마을이 있었다. 마을 반대쪽 귀퉁이에 목표인 모스크가 보였다. 오후 3시 기도 시간을 앞두고 모스크로 걸어가는 주민들이 보였다. 태연하게 담소하며 모스크로 향했다.

모스크에 도착해 보니 앞에 광장이 있고 차들이 몇 대 주차되어 있었다. 모스크는 2층 건물로 남쪽과 서쪽이 마을과 연결되어 있고 북쪽과 동쪽이 농경지에 면해 있었다. 슬래브 지붕으로 되어 있고 인접 마을 주택 옥상과 붙어 있어서 옥상으로 이동이 가능했다. 정문은 도로 쪽에 있고, 후문은 농경지 사이로 난 길로 연결되어 있었다. 와닥은 안내원 다다와 1, 2팀 정찰 요원들과 함께 계단을 통해 지하로 내려갔다. 복도가 있고, 소강당과 회의실, 창고 순으로 있었다. 복도 천정에 전등이 흐릿하게 복도를 밝혀 주었다. 회의실은 잠겨 있었고, 소강당과 창고는 열려 있었다. 창고 안으로 들어갔다. 책상, 의자 등 집기들이 어지럽게 널려 있고 한쪽 벽에 전기 스위치 함이 붙어 있었으며, 안에서 문을 잠글 수가 있었다. 지하 복도 전원 스위치를 내리니 일순간에 복도가 암흑으로 변했다.

3, 4팀장은 정찰 결과를 듣고 함께 역할 분담을 하기로 했다. 3팀은 모스크와 주변 건물의 옥상 위에서 유사시 외부 경비원들이 모스크 안으로 들어가는 것을 차단할 수 있도록 하고, 4팀은 모스크 옆 농경지 쪽에

서 주차장의 경호원들을 사격으로 제압하기로 했다. 5팀은 사전에 계획한 대로 후문과 차량을 확보하고, 교전이 발생되면 3, 4팀을 증원하기로 했다.

저녁 7시 기도 시간을 알리는 아잔이 마을에 울려 퍼졌다. 삼삼오오 걸어서 들어오는 사람들도 보이고, 차를 타고 온 사람들은 모스크 앞 광장에 주차를 하기 시작했다. 총을 어깨에 멘 건장한 사람들이 여럿 나타나더니 모스크 주위를 서성이기 시작했다. 우두머리인 듯 보이는 사람이 이리저리 다니면서 위치를 정해주고 있었다. 저녁 7시가 다 되어갈 무렵에 차량 여러 대가 도착했고 차에서 내린 사람들이 안내를 받아 모스크 안으로 들어갔다. 그중에 하미드와 아마드 정치 보좌관도 있었다.

기도가 끝나자 몇몇 사람들이 지하로 내려가는 계단으로 향했다. 계단 입구에는 무장 요원들이 서 있었다. 출입이 허용된 인원들만 비표를 무장 요원들에게 보여주고 들어갔다. 회의실은 열려 있었고, 참석자들은 삼삼오오 모여서 인사를 나누고 이야기꽃을 피웠다. 참석자들이 회의를 시작하기 위해 의자에 앉자, 회의실 문이 닫혔다.

회의실 입구 좌우에 무장 요원이 경계를 서고 복도에 3명이, 계단 입구에 2명이 경비를 섰다. 회의실 안에서는 가끔씩 의견이 대립되었는지 높은 목소리도 새어 나왔다. 그리고 시간이 흘렀다.

갑자기 복도 전등이 꺼졌다. 무장 요원들이 당황해하고 있을 때에 창고 문이 조용히 열리더니 얼굴에 야간 투시경을 착용한 1팀 5명이 나타나서 회의실 문 앞과 복도에 있던 무장 요원들을 소음기가 장착된 권총으로 사격하여 제압했다. 지하 복도에서 이상한 소리가 들리자 계단 입구에 있던 무장 요원 2명이 계단 아래로 급히 내려왔고 권총 사격을 받고 쓰러졌다. 모두 쓰러지자 사체를 소강당으로 끌고 들어갔다.

그리고 다시 복도에 불이 들어왔다. 무장 요원들이 원래대로 경비 임무를 수행하고 있었는데, 자세히 살펴보면 옷 색깔이나 얼굴 생김새 등이 다르다는 것을 알 수 있었다.

회의 도중에 티가 제공되었다. 남자 2명이 번갈아 가며 이스타칸에 그린티를 따라주면서 참석자들의 얼굴과 옷차림을 유심히 살펴보는 것을 아무도 의심스럽게 보지 않았다. 티타임이 끝나자 문이 닫히고 회의가 재개되었다.

1시간 정도 지난 다음에 회의가 끝나고 출입문이 열렸다. 서로 인사를 나누고 복도로 나서는 사람도 있고 회의실 안에서 대화를 하는 사람도 있었다. 갑자기 회의실과 복도에 불이 꺼졌다. 암흑 속에서 참석자들의 놀란 소리와 함께 의자에 걸려서 우당탕거리며 넘어지는 사람도 있었다. 혼란스러웠다. 그 와중에 총성 같은 소리도 몇 번 났다. 어두워서 좌우 분간이 안 되는데 벽이나 회의 테이블을 손으로 더듬어 만지며 움직이는 사람, 불이 들어오기를 기다리며 가만히 서 있는 사람, 당황해서 움직이다가 서로 부딪쳐서 쓰러지는 사람, 쓰러진 사람을 끌어안고 일으켜 세우려는 사람도 있었다. 얼마 후 전깃불이 들어왔다. 회의 참석자들은 안도의 한숨을 내쉬며 복도를 통해 서둘러 모스크를 빠져 나갔다. 곧 모스크 앞 광장에는 떠나는 차들과 수행원들이 뒤섞여 혼잡해졌다.

후문을 통해서도 일단의 사람들이 모스크를 떠났다. 그리고 길 쪽에 늘어선 차량들이 출발했다. 모스크 앞 광장이 정리되어갈 무렵에 차를 대놓고 기다리고 있던 일부 수행원들이 모스크 안쪽으로 들어갔다. 잠시 후에 고함 소리가 나더니 대기하던 경호 요원들이 어깨에 멘 총을 내려 사격 자세를 취하며 모스크 안으로 뛰어 들어갔다.

같은 시각, 가비 일행은 차를 타고 시먼로를 벗어나서 포장도로에 진입하여 남쪽인 라즈막 방향으로 달리고 있었다. 라즈막 시내를 지나서 우회전하여 비포장도로로 들어섰다. 그리고 1시간 정도 비포장도로를 달린 후에 모두 차에서 내려 국경선 쪽에 있는 차프라이를 향해 산속으로 사라졌다.

31

함자는 가비가 무사히 귀환한 것이 무엇보다 반가웠다. 임신을 하고 기다리고 있을 가비의 부인을 생각하니 마음이 편할 수 없었다. 작전 결과에 대한 설명을 듣고 거듭 수고했다고 격려했다. 우리 측 전사자가 없었던 것도 고무적인 일이었다. 가비에게 두툼한 포상금을 주면서 부대원들을 격려하고 1주일간 포상 휴가를 보내라고 했다.

하미드를 만났다. 정치 보좌관 아마드의 감사하다는 말을 전했다.

그러면서 함자에게 보복이 있을 수도 있으니 안전에 유의할 것을 당부했다. 함자도 하미드의 말에 동의했다. 완전한 비밀은 없기 때문이다. 함자는 하미드의 말을 들으면서 퀘타에 있는 로사와 어머니가 떠올랐다.

"퀘타의 로사와 어머니는 괜찮겠지?"

하미드가 잠시 생각하더니 말했다.

"거기까진 생각하지 못했네. 조심하는 것이 좋겠지. 나도 관심을 갖도록 하겠네."

함자는 대통령 비서를 통해 대통령과의 면담을 요청했고 승낙을 받았다. 날씨는 화창했다. 대통령 궁 별실에서 단독 면담을 했다.

"아프가니스탄을 위해 좋은 일을 많이 한다는 소식을 듣고 있습니다. 고마워요."

함자는 대통령이 어디까지 알고 있을지 궁금해졌다.

"별 말씀을요. 아직까지 저희는 미약한 존재일 뿐입니다."

"겸손의 말씀을. 정보부에서 청년들의 활약상을 보고받고 있습니다. 제게 조언을 하러 오신 것 같은데, 맞죠?"

"조언이라뇨. 가당치 않습니다. 각하를 못 뵌 지도 오래되고 해서 뵙기를 요청했습니다."

"그러시군요."

"각하께서는 현재의 상황을 어떻게 바라보고 계십니까?"

대통령의 안색이 어두워졌다.

"글쎄요. 우리의 입지가 작아지고 있다고 해야 하나요?"

"탈레반의 전략을 어떻게 보십니까?"

"양면 전략이라고 생각합니다. 앞에서는 평화를 얘기하면서 뒤로는 무력으로 세를 확산하는…. 그러면서 자기들이 아프가니스탄의 적통인 것처럼 새로운 국가를 건설하기 위해 모든 세력들에게 손을 내밀고 있는 거죠."

함자는 대통령의 생각에 공감했다.

"그러면 이러한 상황을 타개하는 방법은 무엇이라고 생각하고 계십니까?"

"어려운 질문이네요. 지난번에 한 번 제안했다가 저쪽이 워낙 완강하게 저항하니… 쉽지 않네요. 그렇다고 우리 군과 경찰이 능력이 특출한 것도 아니고… 생각하고 있는 것이 있으면 얘기 좀 들어봅시다."

함자가 대답했다.

"현재 추세라면 시간을 끌수록 우리 쪽 상황이 나빠질 수밖에 없습니다. 그래서 어떤 모멘텀을 만들 수 있는 것을 시도해 볼 필요가 있지 않을까요? 우리 쪽 세력을 저쪽에 과시할 수 있는 그런 것. 너희 맘대로 되지 않을 것이라는 생각을 갖도록 할 수 있는 것 말입니다."

질문이 어려운지 대통령은 골똘하게 생각하는 듯했다.

"우리 쪽 세력이라…."

"정부의 협상안에 공감하는 세력들이 누가 있을까요?"

"여성들, 민주화 세력, 대학생, 지역 군벌, 타지크, 하자라, 우즈베크족, 군경, 주정부…."

"그중에서 관망하는 세력들을 우리 쪽으로 끌어당겨야 하지 않을까요?

그래야 피아가 확실히 구분이 되기도 하고….”

대통령은 고개를 끄덕였다.

"무슨 방법이 있을까요?"

"예를 들면 지금 북쪽 상황이 좋지 않은 것으로 알고 있습니다. 쿤두즈주 같은 경우 파쉬툰보다 우즈베크와 타지크 인구 분포가 많은데 다수 지역들이 탈레반의 통제를 받고 있죠. 그런데 군과 경찰이 제대로 대응을 못하고 열세입니다. 증원군이 필요하죠. 증원군을 창출해낼 수 있는 방법은 없을까요?"

대통령이 잠시 후에 조심스럽게 대답했다.

"바미얀이나 판지시르는 어떻습니까?"

"예, 맞습니다."

대통령의 얼굴에 화색이 감돌았다.

"좋은 생각이군요. 그렇게 하면 피아가 구별되지요."

"발흐, 쿤두즈, 타하르, 바다크샨, 사망간, 바글란주는 바미얀과 판지시르에서 증원하고, 자우즈잔, 파리얍, 사레 폴, 바드기스는 우즈베크 군벌과 연대하고 헤라트는 지역 군벌의 역할을 적절히 이용하면, 부족한 군과 경찰을 카불 주변과 남부 지역으로 증원할 수 있지 않을까요?"

대통령이 손으로 무릎을 탁 쳤다.

"맞군요, 제가 왜 그것을 진작 생각하지 못했을까요?"

"저쪽에서 우리 쪽 세력이라고 인정할 수 있도록 분명한 표시를 하거나 행동으로 증명해 보이도록 해야 합니다. 그래서 우리 쪽 세력을 키워야 현 정부를 협상 파트너로 생각하게 될 것 같습니다."

"쉽지는 않겠지만 시도해 보겠습니다."

대통령은 부통령을 비롯한 측근들과 이 문제를 논의했고, 반대 의견도 있었지만 상황이 더 악화되기 전에 조치할 필요가 있다는 데 의견을 모았다. 그래서 부통령을 보내 판지시르와 바미얀주 정부를 설득하기로 했다. 예상했던 대로 원하는 답을 얻기는 어려웠다. 자기 지역의 안전을 최우선 사항으로 고려하다 보니, 병력을 다른 주로 보낸다는 발상은 그들에게는 어불성설이었다. 그래도 상황이 더 악화되면 제안을 받아들일 수도 있는 가능성은 열어둔 것이다.

32

함자는 퀘타에 있는 로사와 어머니가 걱정이 되었다. 로사에게 전화해서 외부 활동을 자제하고 집 밖이나 가게 주변에 수상한 사람들이 서성이는 것을 본 적이 없는지 물었다. 로사는 그런 일이 있으면 함자에게 연락하겠다고 했다. 함자도 대외 활동에 유의하고 경호도 강화했으며 숙소도 다른 곳으로 옮겼다. 행선지도 보안을 강화했다.

북부 지방의 상황이 날로 악화되고 있었다. 사레 폴주는 바함 무장 조직의 작전 후에 탈레반의 활동이 주춤해진 상황인 데 비해 쿤두즈주의 상황은 더 나빠졌다. 쿤두즈시를 둘러싸고 있는 차하르 다라, 이맘 사히브, 한 아바드 행정 구역이 탈레반의 수중으로 떨어져 쿤두즈시를 포위하는 형국이 되었다.

함자는 바미얀의 바함 활동을 살펴보고 앞으로의 대책을 논의하기 위해 방문 계획을 세웠다. 지상으로 이동 시 시간이 많이 걸리고 안전이 우려되어 카불 공항에서 정기 항공 노선을 이용하기로 했다. 공중에서 내려다보는 바미얀은 아름다웠다. 멀리 샤 폴라디 봉우리도 눈에 들어왔다. 바미얀 비행장에 내리니 하림이 차를 가지고 마중을 나와 있었다. 둘은 반갑게 인사를 나누고, 바함 사무실로 이동했다. 차 안에서 하림이 오늘 일정을 설명했다.

"사무실에서 현황 브리핑이 끝나면, 회원 중 한 명의 감자 생산 현장을 둘러본 후 바미얀 대학 강당으로 가서 대학생들을 대상으로 강연이 계획되어 있고, 저녁은 바미얀주 부지사 주관 리셉션이 있습니다. 내일 아침은 주지사와 단독 조찬 후에 바미얀을 둘러보고 공항으로 가서 카불로 복귀하는 일정이 되겠습니다."

사무실에 도착하니 바미얀의 바함 회원 여러 명이 함자 일행을 기다리고 있었다. 그중에는 히잡을 착용한 젊은 여성들도 눈에 띄었다. 다들 얼굴이 밝았다. 함자는 속으로 생각했다. '여기는 다른 지역과 다르게 치안이 안정되어 있잖아. 그런데 이러한 불안 속의 평화가 얼마나 지속될지….' 함자가 멍하니 생각에 잠기자 여성 회원 한 명이 미소를 띠며 다가와서 자기를 소개했다.

"아라쉬라고 해요. 뵙게 되어 영광입니다. 차는 어떤 것을 좋아하세요?"

함자가 정신을 차리며 대답했다.

"예, 저도 반가워요. 함자라고 합니다. 그린티가 좋습니다."

함자는 아라쉬가 건네는 그린티를 한 모금 마셨다. 향이 입 안에 가득 찼다. 하림이 말했다.

"바미야주의 회원 수가 거의 2만 명에 육박하고 있습니다. 서로 도와주니 좋은 성과들을 내고 있습니다."

하림은 옆에 있는 청년을 가리키며 말을 이었다.

"하킴은 주정부가 주관하는 감자 경연 대회에서 가장 큰 감자를 출품하여 '감자 왕'으로 선발되어 포상을 받았습니다."

갑자기 칭찬을 들은 하킴이 얼굴이 빨개지며 어쩔 줄 몰라 하자, 그런 하킴을 바라보며 모두 웃음보를 터뜨렸다. 하림이 걱정스러운 얼굴이 되어 말했다.

"최근, 무장 세력들이 많이 출몰하여 생산된 농작물을 판매하는 데 어려움을 겪고 있습니다. 북쪽의 사망간, 바글란, 동쪽의 파르완, 남쪽의 바르다크로 연결되는 도로 사용이 제한되고 있습니다."

브리핑이 끝나고 하림이 일어섰다.

"다음에는 우리 바함 회원들의 활동상을 안내하겠습니다."

일행은 사무실 밖으로 나와 차량을 타고 감자 왕으로 선발된 하킴의 작업장으로 이동했다. 작업장에 들어가니 동네 아주머니들이 감자를 포장하는 작업을 하고 있었다. 옆에 쌓여진 감자들을 보니 사람 머리 크기만큼이나 컸다. 함자가 그중 한 개를 들어보았다. 묵직했다. 하림이 옆에 있다가 카메라로 함자의 모습을 찍었다. 옆에서 하킴이 감자를 크게 생산하는 방법을 설명했다.

"겨울에 잘랄라바드에서 씨감자를 키울 때가 중요합니다…."

이어서 감자 저장고를 둘러보고 바미얀대학교로 향했다.

강당에는 함자의 강연을 듣기 위해 몰려온 남녀 대학생들로 가득했다. 함자는 젊음의 열기를 마음껏 발산하고 있는 대학생들을 바라보며, 아프가니스탄이 미래의 주인공들에게 희망을 줄 수 있었으면 좋겠다는 생각을 했다. 바미얀대학의 사회과학부 카심 교수가 함자를 소개했다.

함자는 단상에 올라 자신을 쳐다보는 대학생들을 둘러본 다음에 입을 열었다.

"알리꿈 살람. 안녕하세요! 방금 소개받은 함자입니다. 여러분을 뵙게 되어 기쁩니다. 제가 오늘 말씀 드릴 주제를 칠판에 써 보겠습니다."

함자가 칠판에 큰 글씨로 '청년의 꿈'이라고 썼다.

"제가 뭐라고 썼죠?"

학생들이 이구동성으로 '청년의 꿈'이라고 외쳤다. 함자가 물었다.

"여러분은 청년입니까?"

"예."

함자는 말을 이어갔다.

"그러면 '청년의 꿈'을 '나의 꿈'이라고 바꿔서 말해도 되겠네요. 맞죠?"

"예."

"제가 질문을 해 보겠습니다. '나의 꿈'을 발표해 주실 분이 있습니까?"

강당 중앙에서 한 남학생이 일어섰다.

"자기소개를 먼저 하고 발표해 주세요."

"교육학 전공 3학년 바수르입니다. 제 꿈은 학교 선생이 되는 것입니다. 그리고 좋아하는 사람이랑 결혼해서 아이들을 많이 낳아 대가족을 형성해서 행복하게 사는 것입니다."

청중석에서 웃는 소리가 들렸다.

"그러면 이번에는 여학생 중에서 발표해 주실 분이 있을까요?"

한 여학생이 일어섰다.

"경제학과 2학년 야히아라고 합니다. 제 꿈은 우리나라가 농업을 비롯한 산업을 발전시켜서 부강한 나라가 되는 데 일조하고, 행복한 삶을 사는 것입니다."

함자가 말했다.

"두 학생이 발표한 '나의 꿈'이 이루어질 수 있을까요? 이루어질 수 있다고 생각하시는 분, 손들어주세요."

반 정도가 손을 들었다.

"이루어질 수 없다고 생각하시는 분, 손들어주세요."

나머지 반이 손을 들었다.

"이루어질 수 없다고 생각하시는 분 중에서 왜 그런지 발표해 주실 분이 있습니까?"

한 남학생이 일어섰다.

"농과 3학년 샤하브입니다. 지금 우리나라가 처한 상황이 악화될 가능성이 높아서 어려울 것 같습니다."

분위기가 가라앉았다.

"제가 청년 활동을 하게 된 계기는 '어떻게 하면 우리 청년들이 꿈을 이룰 수 있을까?' 하는 것이었습니다. 우리나라는 그런 꿈을 이루기 위해 수십 년간 싸워왔습니다. 외국의 침략을 물리쳐야 꿈이 이루어진다고 싸웠고, 또 꿈을 위해 우리끼리 싸웠고, 지금도 꿈을 이루기 위해 총칼을 들고 싸우고 있습니다. 내 꿈을 위해서라면 다른 사람의 꿈은 밟아버려도 아무 문제가 되지 않는 것처럼…. 여러분, 총과 칼로 우리의 꿈을 달성할 수 있을까요?"

"할 수 없습니다."

"예, 저도 여러분의 생각과 같습니다. 당장에는 가능할 것처럼 보일지 몰라도 불가능합니다. 또 다른 사람의 꿈이 내 꿈을 짓밟아 버릴 수 있기 때문입니다. 내 꿈이 소중하다면 다른 사람들의 꿈도 소중한 것입니다. 협력과 소통을 통해 다른 사람들의 꿈을 소중하게 여길 수 있어야 내 꿈도 이루어질 수 있습니다. 조금 전에 발표해주신 두 분이 꿈을 이루기 위해서는 어떻게 해야 할까요?"

"노력해야 합니다."

"맞습니다. 우리 청년들의 꿈을 이루기 위해서는 노력을 해야 합니다. 내 꿈을 꾸면서 가만히 있으면 꿈은 이루어지지 않습니다. 지금 우리의 꿈, 미래의 꿈을 위해서 무엇이 필요할까요?"

"나라가 안정되어야 합니다."

"그렇습니다. 그러면 우리의 꿈을 위해 무엇을 해야 할까요? 무슨 노력을 해야 할까요?"

청중은 조용해졌다.

"지금 우리나라에서 바미얀처럼 치안이 안정되고 발전하고 있는 지역이 있을까요? 다른 지역에서는 차량 폭탄 테러가 발생하고 교전이 일어나서 누군가는 죽고, 다치고, 많은 사람들을 슬픔 속으로 빠뜨리고 있습니다. 멀리 볼 필요도 없습니다. 여러분이 살고 있는 곳과 인접한 지역에서 일어나고 있습니다. 우리의 '꿈'을 이루기 위해서 우리는 어떻게 해야 할까요?"

저녁에 부지사 공관에서 리셉션이 있었다. 함자는 바함의 위상이 커졌고, 사람들이 바함에 거는 기대도 크다는 것을 실감했다. 카진 부지사는 상호 공동체 형성을 통한 시골 지역의 경제적 발전, 청소년 교육 성과 등을 예로 들며, 바함이 바미얀주 발전에 밑거름이 되고 있다고 칭찬했다. 함자는 카진 부지사에게 바함 활동을 지원해 주신 것에 대해 감사패를 증정했다. 바미얀의 발전을 칭찬했더니, 부지사는 감사해하면서도 최근 아프가니스탄의 치안 상황이 악화되고 있는 것에 우려를 표시했다. 리셉션에 참석한 바함 회원 중 아라쉬를 비롯한 여성들도 눈에 띄었다. 함자는 바미얀의 평화와 번영, 그리고 바함의 발전을 마음속으로 기원했다.

리셉션을 마치고 하림의 안내로 숙소로 향했다. 민박집처럼 보였는데 내부가 깨끗했다. 함자는 돌아가려는 하림을 만류해서 테이블에 마주 앉았다.

"바미얀주 바함의 활동상을 보니 놀랄 정도로 장족의 발전이 있었다는 것을 알게 되었네. 대표인 자네의 노력 때문이 아니겠는가? 그동안 수고 많았네."

"별 말씀을요. 회원 모두가 한마음으로 노력한 결과죠."

"바미얀 회원 중 기본 군사 훈련을 받은 인원은 얼마나 되나?"

하림이 잠시 생각하더니, 대답했다.

"약 오백 명 정도 됩니다."

"그 인원들을 어떻게 활용하고 있나?"

"대부분 바미얀주 자경단에 자원해서 일하고 있습니다."

하림은 밤늦게까지 함자와 얘기를 나누고 돌아갔다.

함자는 당면해 있는 여러 가지 문제들의 해결 방안을 생각하느라 잠을 설쳤다. 아침이 환하게 밝아오고 있었다. 문을 열고 밖으로 나섰다. 멀리 바미얀 석불이 있던 절벽이 보이고, 길가의 나뭇가지에는 새들이 지저귀고 있다. 산책을 마치고 민박집에 돌아왔더니 하림이 와서 기다리고 있었다.

함자는 주지사 공관에서 아니타 주지사와 조찬을 했다. 아니타 주지사는 아프가니스탄 내의 유일한 여성 주지사이다. 아니타 주지사가 바미얀을 방문해 준 것에 감사하다고 했고, 함자는 바쁠 텐데 이렇게 시간을 할애해 준 것에 고마움을 표시했다.

식사를 하면서 주지사가 물었다.

"요즘 카불의 상황은 어때요? 여기 있으니 뉴스에서 보도하는 내용이 실감이 나지 않아요."

"뉴스라는 것이 과장되게 포장하는 경향이 있죠. 그래도 없는 얘기를 지어내진 않습니다."

"청년을 대표하는 입장에서 우리가 어떻게 해야 할지 생각해보셨나요?"

"예, 제 소견을 말씀드리면 우리 모두가 힘을 모아야 할 때라고 생각합니다."

"힘을 모은다는 것은 무슨 의미죠?"

"자기가 처해 있는 울타리를 넘어서 가지고 있는 자원들을 결집해야 한다고 생각합니다."

주지사는 함자의 말 속에 담긴 의미를 파악하려고 애쓰는 것 같았다.

33

쿤두즈와 마자리 샤리프 상황이 악화되었다. 병력을 증강시켜야 하는데 모병에 응하는 인원들도 부족하였다. 탈레반의 점령 지역이 늘어나고 정부군과 경찰이 탈레반과의 전투에서 패하고 사상자가 많이 발생해서

인지 지원자가 줄어드는 추세이다.

함자는 북부 지역의 치안 상황 악화와 관련하여 지도부와 숙의를 거듭하였다. 정부에서도 마땅한 대안을 찾지 못하는 것 같았다. 바함 회원 중 기본 군사 훈련을 받은 인원은 북부 지역과 바미얀, 판지시르를 합치면 대략 2천 명 정도를 상회할 것으로 판단되었다. 이들을 부대로 편성하여 무장시킨 후 정부군과 경찰이 패퇴한 지역을 역습하는 등 기동부대로 운용하는 방안에 무게가 실렸다. 그러나 이들에 대한 무장과 보급, 사상자 발생 시 조치는 바함 단독으로는 어려운 일이었다. 정부의 지원이 필요했다.

함자는 대통령과 마주 앉았다. 대통령도 현재 상황이 어렵다는 것을 인정했다. 지역 군벌과 협의하고 있다고도 했다. 그러나 당장에 동원할 병력이 없는 것이 문제였다. 함자는 조심스럽게 바함의 무장 조직을 활용하는 방안을 제시했다. 정부의 지원이 필요한 부분도 언급했다. 다만 바함 무장 조직과 군과 경찰의 관계는 협조로 했다. 그리고 상황이 호전되면 이를 해체하고 고향으로 돌아가 본업에 복귀하는 것으로 했다. 보수와 혜택은 정부군과 동등한 수준으로 정부에서 제공하기로 했다. 이러한 사항들을 비밀로 하기 위해 복장과 무장도 군과 유사하게 하기로 했다.

부대 창설 및 최소한의 훈련을 위한 장소는 바미얀주에서 제공하기로 하였다. 반데 피타우 자연 보호 지역 내 바미얀과 가까운 시아하키로 했다. 사령부 아래에 4개 대대와 특수 임무 부대로 편성했다. 사령부는 함자와 카불의 지도부를 주축으로 편성하고, 1대대장은 가비로 해서 판지시르를 중심으로 한 지역 인원으로 편성하고, 2대대장은 하림으로 해서 바미얀을 중심으로 한 지역 인원으로, 3대대장은 발흐주 조직 대표인 눌라로 해서 발흐주를 중심으로 하고, 4대대장은 쿤두즈주 조직 대표인 해리로 해서 쿤두즈주를 중심으로 한 지역 인원들로 편성했다. 대대는 3개 소총 중대와 1개 화력 지원 중대, 본부 및 직할대로 구성했다. 특수 임무 부대는 훈련소에서 고등 훈련을 받고 편성되어 운용 중에 있는 부대를 그대로 활용하기로 했다. 소집은 각 대대별로 해당 지역에서 자원자를 대상으로 집결이 되면 소대 단위로 바미얀의 집결지로 이동했다. 그리고 사령부와 각 대대에서 선발대를 바미얀으로 파견하여 기지를 준비하고 정부에서 지원될 장비와 보급품을 인수하기로 했다.

　기지 건설은 야생 동물 보호소를 설치하기 위한 것으로 위장하였다. 기지는 임시 활용을 위한 것이어서 간단하게 준비되었다. 대대 본부에 24인용 텐트, 중대 이하는 2인 또는 4인용 텐트를 설치했다. 씻는 곳은 중대에 하나씩 천막으로 주위를 둘러치고 큰 물통과 바가지를 비치한 뒤 나무로 된 바닥판을 설치했다. 화장실은 소대별로 야외에 설치했다. 그 외 장비와 보급 물자 보관을 위해 24인용 텐트 여러 동을 설치했다. 정부에서 지원한 장비와 보급품, 차량들도 속속 바미얀으로 도착하였다. 병력들도 도착하기 시작했다. 하림은 바미얀의 바함 조직을 활용하여 지원했다. 식사를 준비하는 일에는 여성 회원들이 적극 참여했다.

　몇 주가 지나지 않아서 부대가 모양새를 갖추게 되었다. 대대, 중대, 소대 단위의 다양한 교육 훈련, 장비 사용 요령, 전술 훈련 등에 박차를 가했다. 전술 훈련은 주로 정적인 방어 훈련보다는 공격 훈련을 하였고, 치고 빠지는 기습을 이용한 습격, 매복, 도시 전투 등에 주력하였다. 함 자는 3대대로 발흐, 사망간, 사레 폴을 담당하고, 4대대로 쿤두즈, 바글란, 타하르를 담당하며, 1대대는 판지시르에 위치하여 4대대를 의명 지원하고, 2대대는 현 위치에서 3대대를 의명 지원하며, 특수 임무 부대 1팀은 3대대에 배속, 2팀은 4대대에 배속 운용하고, 2개 팀을 제외한 특수 임무 부대는 의명 운용하는 작전 계획을 하달했다.

4대대장 해리는 작전 계획을 지시받고 나서 임무 분석에 들어갔다. 작전 지역인 쿤두즈, 타하르, 바글란 중 탈레반이 집중하고 있는 지역은 쿤두즈이고, 그중에서도 가장 중요한 지역은 탈레반이 점령하고 있는 타지키스탄과 접하고 있는 이맘 사히브 행정 구역과 타지키스탄과 교역이 이루어지는 교량이 있는 쉬르 한 반다르, 그리고 쿤두즈시로 연결하는 도로로 판단했다.

쉬르 한 반다르 지역만 탈취할 수도 있으나 그럴 경우 인접한 이맘 사히브에서 탈레반의 증원군이 공격을 해올 것이고 그렇게 되면 쿤두즈에서 병력 지원을 받아야 하나 유일한 도로를 탈레반이 점거하고 있어서 취약하다. 그래서 해리는 1중대로 쉬르 한 반다르를 탈취 및 확보하고, 2중대는 1중대가 공격 시 예상되는 이맘 사히브의 탈레반 증원군을 매복을 통해 도로상에서 격멸 또는 차단하고, 3중대는 이때 쿤두즈 간 도로를 점거하고 있는 탈레반의 초소들을 격파하여 정부군 병력이 투입되어 이맘 사히브 행정 구역을 회복하도록 지원한 후 철수하는 계획을 수립했다. 이때 각 중대는 콸라히 잘에서 도보로 20~30킬로미터의 황무지를 횡단해야 하는 어려움을 극복해야 한다.

해리는 이러한 작전 계획을 함자와 참모들에게 설명했다. 모두 황무지와 야지를 10시간 이상 걸은 후 공격을 해야 하는 단점을 제기했으나, 해리는 기습 효과를 달성할 수 있어서 성공 가능성이 높은 점을 장점으로 주장했다. 작전을 위해서는 4대대 병력을 쿤두즈시로 이동시켜야 하며 선발대를 투입하여 본대에 앞서 통로를 확보하고, 도로가 확보되었을 때 정부군이 투입되어 전과를 확대하는 것이 요구되었다. 함자는 해리에게 우발 계획도 준비하라고 지시했다. 그리고 1대대에서 1개 중대를 4대대를 후속 증원하라고 지시했다.

함자는 정부군과 협조를 했고, 쿤두즈에 주둔하는 군과는 4대대가 구체적인 협조를 하기로 했다. 4대대장 해리가 필수 선발대를 이끌고 차량으로 출발했다. 살랑 패스를 거쳐 바글란주를 통해 쿤두즈시로 이동했다.

쿤두즈주의 군사령관인 파르만은 탈레반의 공세에 속수무책으로 당해서인지 의기소침해 보였다. 해리의 설명을 듣고 나서 파르만은 계획한 대로 정부군을 투입하고 지원하겠다고 했다. 그러면서 현재의 전황을 간단히 설명해 주었다. 이맘 사히브 행정 구역과 쉬르 한 반다르, 쿤두즈에서 이맘 사히브로 가는 도로를 탈레반이 통제하고 있다고 하였다. 파르만은 탈레반과 전선이 형성되어 있는 것은 아니지만, 개략적으로 쿤두즈시 북쪽을 지나 판지강으로 흘러 들어가는 쿤두즈강을 따라 군과 탈레반이 대치하고 있다고 설명했다.

해리는 식사 등 보급 지원을 담당하는 인원들은 군과 협조하도록 남기고, 선발대의 필수 인원과 함께 차량으로 지형 정찰에 나섰다. 북쪽으로 이맘 사히브와 연결되는 포장도로를 따라 이동하여 쿤두즈강을 지나는 교량에 도착했다. 차에서 내려 쿤두즈강을 내려다보았다. 갈수기라서인지 물은 많이 흐르지 않았다. 군이 통제하고 있는 도로의 북단에 도착했다. 상당한 수의 군인과 경찰이 임시로 마련된 검문소에 장갑차를 여러 대 세워놓고 기관총을 상단에 거치하여 경계를 서고 있었다. 여기서 쉬르 한 반다르까지는 약 50킬로미터로 차량으로 대략 50분이 걸린다. 해리가 쌍안경으로 도로 전방을 살펴봤으나, 인적은 보이지 않았다. 차를 돌려서 쿤두즈 시내 방향으로 내려오다가 우측으로 난 길로 들어서서 콸라이 잘로 향했다. 쿤두즈강 주변에는 농경지가 형성되어 있고, 농경지 북쪽 지역은 황무지와 야지로 되어 있어 주민들이 거주하지 않고 염소나 양들을 키우는 목초지로 활용하고 있었다. 황무지와 야지를 가로질러 쉬르 한 반다르까지는 약 20~30킬로미터로 도보로 8시간 이상은 족히 걸릴 것으로 예상되었다.

대대의 집결지는 쿤두즈 시내의 한적한 공터로 정했다. 식사는 정부군의 지원을 받았다. 저녁 식사 후에 1중대는 콸라이 잘 서쪽의 쿤두즈강 북쪽 지역으로, 2중대, 화력 지원 중대, 대대 예비 중대는 콸라이 잘로, 3중대는 아스칼란으로 집결지를 이동했다. 1중대와 2중대는 저녁 7시 30분에 집결지를 도보로 출발하여 목표 지역으로 향했다. 3중대는 저녁 10시에 집결지를 출발하고, 화력 지원 중대는 저녁 9시에 이동하며, 특수 임무 부대 2팀은 1중대를 후속 지원하고, 예비 중대는 2중대를 후속하다가 의명 2, 3중대를 지원하는 임무를 부여하는 것으로 하였다.

쿤두즈주의 정부군은 해리와 협조한 대로 저녁 6시부터 탈레반이 점령하고 있는 쿤두즈시 동쪽의 한 아바드 행정 구역을 공격했다.

1중대장 소니에게 부여된 임무는 황무지를 8시간 내에 횡단하고 다음 날 새벽 3시 30분에 쉬르 한 반다르 지역을 공격하여 탈취한 후 의명 정부군에게 인계하고 지정된 장소로 철수하는 것이다. 이를 위해 1소대를 선두로 2소대, 3소대, 화력 지원 소대 순으로 이동하여 목표 지역에 도착하면 1소대는 좌측에서 판지강 교량과 엘피지 가스 터미널을 확보하고, 2소대는 우측의 항구를 점령하며, 3소대는 후방의 잔적을 소탕한 후 이맘 사히브로 향하는 도로를 확보하여 적의 증원군을 차단할 준비를 하고, 화력 지원 소대는 목표 지역 후방에서 진지를 구축하여 의명 화력 지원을 실시하는 것이다.

중대의 선두에 선 1소대장 가니는 출발 전 저녁 7시 기도 시간에 작전의 성공을 기원했다. 1분대를 정찰대로 편성하여 본대에 앞서 이동하면서 적의 동향을 파악하고 통로를 개척하는 임무를 부여했다. 적에게 노출되지 않게 정숙하고 무선 침묵을 유지하며 불빛이 발생하지 않도록 조심했다. 저녁 7시 30분에 목표를 향해 출발했다. 풀이 없는 황무지는 땅 표면이 단단하지 않고 푸석푸석해서 걷는 데 힘이 들었다. 얼마 가지 않아서 소대원들은 지치기 시작했다. 물을 아끼라고 지시했지만 개인별로 휴대한 물통의 물은 눈에 띄게 줄어들기 시작했다. 그때 누군가의 입에서 중얼거리는 소리가 들렸고, 전염병처럼 소대원 전부가 중얼거렸다. 중얼거리는 내용은 '우리의 꿈'이었다. 어렵고 포기하고 싶은 순간에 다들 다시 힘을 내어 걷는 속도를 높이기 시작했다. 소대장 가니도 가슴 속에 솟구치는 감정을 느꼈다. '젊음, 청년, 우리가 이 힘든 고난의 길을 왜 걸어가야만 하는가? 우리의 미래, 꿈이 걸려 있기 때문이다. 우리는 포기할 수 없다.'

집결지를 출발한 지 5시간이 지났다. 2킬로미터 정도 앞서 이동하고 있는 정찰대로부터 특이한 상황 보고는 없었다. 가니가 휴식을 알리는 수신호를 했다. 다들 그 자리에서 사주 경계 방향으로 앉거나 일부는 드러눕기도 했다. 가니는 하늘을 바라보았다. 사방에 불빛이 전혀 없는 황무지에서 바라보는 밤하늘은 정말 휘황찬란했다. 하늘에서 곧 떨어져 내릴 것 같은 별무리들로 가득했다. 가니는 조용히 일어나서 이동하라는 수신호를 보냈다.

목표까지 1시간 거리 정도가 남았다. 정찰대는 이미 목표 지점에 근접해서 상황 보고를 해왔다.

"1킬로미터 전방에 쉬르 한 반다르의 불빛이 보입니다. 거기로 연결되는 도로에 불빛은 없습니다."

소대장이 조그만 목소리로 말했다.

"현재 위치에 대기하고 주변 감시를 철저히 하기 바람. 보안 유지 바람."

가니가 정찰대와 합류했다. 현재 시간은 새벽 2시 45분, 공격 시간까지는 45분이 남았다. 분대별로 떨어져서 사주 경계를 하면서 전투 준비를 했다. 그리고 분대장들을 소집하여 조심스럽게 표적인 교량 쪽으로 다가갔다. 가니는 소대별 1대씩 보급된 야간 관측경을 꺼내어 전방에 적의 경계병이 있는지 살펴보았다. 눈에 띄지 않았다. 조금 더 가까이 다가갔다. 300미터 전방에 무언가 움직이는 것이 보였다. 모두 낮은 언덕 뒤에 바짝 엎드렸다. 가니가 관측경으로 전방을 살피자 총을 멘 2명의 무장 인원이 좌우로 왔다 갔다 하며 경계하고 있는 모습이 보였다. 화기 분대장에게 저격하는 임무를 부여했다. 1분대는 교량 입구 검문소 확보, 2분대는 엘피지 가스 터미널 확보, 3분대는 목표 부근 적 제압, 화기 분대는 경계병 저격 및 지원 사격 제공 임무를 부여했다. 분대별 횡으로 공격 위치를 정했다. 왼쪽으로부터 1분대, 화기 분대, 2분대, 3분대 순이다. 각 분대가 공격 대기 지점을 점령했고, 소대장은 1분대에 위치했다. 남은 시간 10분. 가니는 마음이 초조해짐을 느꼈다. 침착해지려고 애썼다. 새벽 3시 25분. 무전기로 화기분대장에게 물어본다.

"준비 여부 보고 요망."

"전방 150미터 경계병 2명 저격 준비 완료."

시간이 흘러간다.

"사격 5초 전."

"…"

"사격 개시."

소음기가 부착되어 있어도 주변이 조용해서인지 가니에게는 큰 소리로 들렸다. 저격용 총에 부착된 야간 조준용 망원경으로 경계병이 쓰러진 것을 확인할 수 있었다.

"저격 완료."

가니가 관측경으로 보니 2명 모두 쓰러져 있었다. 각 분대는 어두운 광야 속으로 순식간에 사라졌다. 야간 투시경은 분대당 2대씩 밖에 가용하지 않았다. 1분대장 마수드가 교량 쪽으로 접근해 보니 검문소가 보이고 무장 인원 3~4명이 주변을 경계하고 있었다. 수신호로 분대장을 포함한 1조는 검문소 좌측으로 낮은 자세로 접근하고 2조는 검문소 우측으로 접근해서 1조를 엄호하기 위해 사격 자세를 취했다. 30미터, 20미터, 10미터, 1조가 경계병들을 향해 일제히 사격하며 검문소로 돌진했다. 갑자기 급습을 받은 경계병들은 미처 대응하지 못한 채 쓰러졌다. 1조는 그대로 검문소 안으로 들어갔다. 순간 안에서 총소리가 났고, 이어서 연달아 총성이 이어졌다. 선두에서 검문소로 들어갔던 분대원이 다리에 총상을 입었다. 의무병이 응급 처치를 했다. 2조도 전진해서 검문소 주변을 수색한 후에 적의 공격에 대비했다.

1중대가 쉬르 한 반다르를 공격하는 시간에 2중대는 이맘 사히브에서 쉬르 한 반다르로 연결되는 도로에서 매복 준비를 완료하고 이맘 사히브 쪽에서 차량으로 올 무장 세력들을 격멸하기 위해 기다리고 있었다. 매복 지역은 쿤두즈와 이맘 사히브로 가는 길이 갈라지는 삼거리에서 이맘 사히브 방향으로 약 1.5킬로미터 떨어진 판지강의 낭떠러지 위에 난 도로를 연하는 지역이었다. 서쪽으로부터 1, 2, 3소대 순으로 소대별로 50미터씩 책임 지역을 부여한 뒤 소대 간격을 20미터씩 띄워서 배치하였고,

화력 지원 소대의 박격포는 2소대 지역에 배치하여 각 소대를 지원할 준비를 하고 RPG-7 분대는 1소대와 2소대에 할당했다.

사격 시점은 적의 선두 차량이 서쪽의 1소대 지역까지 도달하면 로켓탄을 사격하는 것을 신호로 담당 지역에 들어온 적을 격멸하는 것이었다. 적을 격멸한 후에는 사격을 중지하고 적의 제2파가 공격해 올 경우에 대비하기로 했다. 탄약은 가급적 적을 확인한 후에 사격하고, 절약해서 교전 중에 고갈되지 않도록 하는 것도 중요했다.

1소대장 하르쉬는 담당 지역 50미터를 1, 2, 3분대에 10미터씩 부여하고 분대 간을 10미터로 해서 배치하였다. 화기분대의 RPG-7 2정은 1, 2분대에 할당하고, 중대에서 지원 받은 RPG-7 2정은 3분대에 배치했다. 화기 분대의 기관총은 1, 2분대에 배치하고 각 분대는 엄폐를 위해 지형을 이용하거나 야전삽으로 진지를 구축하였다. 적이 도로에서 매복 진지로 공격해 올 경우를 대비하여 진지 전방에 가지고 간 폭약으로 급조 폭발물을 설치하고 도전선으로 연결했다.

새벽 3시 30분을 전후로 쉬르 한 반다르 방향에서 총소리가 요란하게 들렸다. 4시가 조금 지났을 때 이맘 사히브 쪽 도로에서 차량 불빛이 여럿 나타나서 매복 지점으로 빠르게 접근해 왔다. 선두 차량이 3소대, 2소대를 지나 1소대로 진입했을 때, '꽝' 하는 소리가 나며 불꽃과 연기가 선두 차량에서 피어올랐다. 그와 동시에 1, 2, 3소대 전 지역에서 로켓탄이 차량에 명중하는 소리들이 판지강을 흔들었다. 일부 차량들은 로켓탄을 맞은 충격으로 판지강 절벽 쪽으로 밀리면서 그대로 강물로 추락했다. 도로에 멈춰진 차량에서 내린 적들이 매복 진지를 향해 사격을 가해왔다. 매복 진지 앞쪽에 총탄이 쏟아지면서 흙먼지가 튀자 병력들이 땅바닥에 납작 엎드렸다. 기관총과 소총이 일제히 적을 향해 작렬했다. 매복 진지 가까이 접근한 적들에게는 설치된 급조 폭발물을 폭발시켰다. 순간 엄청난 굉음과 함께 연기와 먼지가 구름 모양으로 피어올랐다. 잔적들은 전투 의지를 상실하고 이맘 사히브 쪽으로 도주하기 시작했다. 그러나 진지에 배치된 소총수들이 그것을 허용하지 않았다. 사격을 멈추자 전장이 조용해졌다. 희뿌옇게 새벽이 밝아오고 있었다. 매복 진지 전방 도로에는 많은 사체들과 열대가 넘는 버스와 트럭들이 널브러져 있고, 일부는 불에 타고 있었다.

3중대는 1, 2중대가 교전하는 동안에 쿤두즈에서 쉬르 한 반다르로 연결되는 도로를 장악하기 위해 탈레반이 설치한 임시 검문소 6개를 공격하여 탈취하였다.

각 중대장으로부터 보고를 접한 대대장 해리는 작전 장교에게 지시하여 주정부군에 연락했고, 주정부군을 태운 트럭 20여 대가 쿤두즈강 북쪽 검문소를 통과하여 3중대의 엄호를 받으며 북으로 빠르게 이동했다. 삼거리에서 트럭 5대는 쉬르 한 반다르로, 나머지는 이맘 사히브 쪽으로 향했다. 1, 2중대장은 정부군에게 지역을 인계하고 트럭을 이용하여 쿤두즈 시내의 대대 집결지로 향했다. 정부군은 2중대의 매복 진지를 지나 이맘 사히브 행정 구역 센터로 공격해 들어갔고, 저항이 있었으나 무장 세력으로부터 지역을 회복하는 데 성공했다. 뒤이어 3중대도 도로 검문소를 경찰에게 인계하고 차량 지원을 받아 집결지로 이동했고, 화력 지원 중대와 예비 중대, 특수 임무 부대 2팀도 집결지로 복귀하였다. 사상자를 종합해보니 전사자 5명, 중상자 10명, 경상자 16명이 발생했고 주정부의 지원으로 시내 병원으로 후송되었다. 아침이 되자 대대 집결지에 있던 부대원들은 흔적 없이 사라졌다.

오전에 주정부 공보관이 기자들을 불러 정부군과 경찰이 야간에 기습 공격을 감행하여 타지키스탄으로 연결되는 국경 검문소와 이맘 사히브 행정 구역을 탈레반으로부터 탈취하고 잔적을 소탕 중임을 발표했다. 기자들은 쉽사리 믿으려 들지 않았다. 지금껏 쿤두즈시도 탈레반에게 곧 점령될 것이라고 기사를 써왔는데, 상황이 반전된 것을 믿기 어려웠다. 기자 중 한 명은 이맘 사히브에 있는 지인과 통화를 시도했고, 사실이라는 것을 확인할 수 있었다. 기자들은 갑작스런 기사를 송고하기 위해 빠르게 움직였다. 곧 카불의 TV에서 생방송으로 현지 기자를 연결하여 보도를 하고 인터넷 방송 등 온라인 매체들도 특집으로 다루었다. 해외 외신들도 '아프가니스탄 군경이 탈레반을 물리치다.'는 논조로 대서특필했다.

대통령은 함자를 불러 고마움을 표시했다. 함자는 상황을 반전시킬 수 있는 기회로 활용되었으면 좋겠다는 의사를 표시했고, 대통령은 그렇게 하겠다고 약속했다.

탈레반에게는 큰 손실이었다. 쿤두즈시를 점령하려는 시도가 무산되고, 많은 병력을 잃었다. 북부 지역에 세력을 확장해 나가던 기세가 주춤해졌다. 새로운 전환점을 만들려면 시간과 노력이 요구되었다. 지도부

내에서도 강경 세력들의 입지가 좁아졌다. 강경 세력의 핵심 인물 5명이 암살된 이후 명맥은 유지했으나 그것마저도 어렵게 된 것이다. 그동안 미국과의 중재를 지원했던 카타르와 파키스탄 정부도 탈레반의 무력 일변도의 공세를 비난했다. 탈레반 지도부도 자신들이 주도하는 정부를 만들기 위해서는 새로운 전략을 마련해야 할 시점에 도달한 것이다.

34

대통령은 함자와 만난 이후로 정부 측 세력을 결집하기 위해 애썼다. 다른 정파의 지도자들과 지역 군벌, 과거 무자헤딘 지도자 등 탈레반과 연대하기 어려운 세력들과 대화를 시도하고, 회합을 통해 지금의 어려운 상황을 설명하고 그들의 의견을 수렴하여 공감대를 형성하는 데 주력했다.

국가의 힘을 결집하기 위해 국가 최고 위원회를 신설하여 중요한 정치적 현안들을 논의하고 공감대를 형성할 수 있도록 하자는 건의도 받아들였다. 반대파도 탈레반에 대응하기 위해 힘을 모으자는 대통령의 요청에 응했다.

지방에서는 일부 주민들이 자발적으로 무기를 들고 일어섰다. 수세에 몰린 군과 경찰을 도와서 지역과 가족을 보호하겠다는 움직임이 타하르, 발흐, 바드기스, 바글란, 낭가하르, 라그만, 자우즈잔, 사망간, 카피사, 헤라트, 쿤두즈주로 확산되어 나갔다.

군과 경찰도 힘을 얻어 대대적인 공세에 나섰고, 탈레반에게 탈취되었던 지역들을 일부 회복하였다. 그러나 탈레반의 공격도 만만치 않았다. 전국적으로 정부군과 탈레반 간의 일진일퇴가 계속되었다.

로사의 배는 하루가 다르게 불러왔다. 함자의 어머니는 퀘타 생활에 적응이 다 되어서 로사 어머니와 함께 잘 지냈다. 로사는 임신한 후에도 가게 일을 조금씩 챙겨왔지만 지금은 며칠에 한 번 정도, 잠깐 다녀오는 것으로 바뀌었다. 함자와는 일주일에 2~3회 정도 전화로 어머니의 안부를 전했다.

오늘은 정기적으로 임신 상태를 확인하기 위해 다니던 산부인과에 가는 날이다. 직접 운전하기 힘들어서 아버지 차 운전기사가 태워다 주기로 했다. 두 분 어머니께 인사드린 후 차를 타고 병원으로 향했다. 퀘타 역을 지나 시티 인터나티오널 병원에 도착해서 차는 돌려보내고 산부인과 병동으로 갔다. 담당 의사인 미시가 반갑게 맞이했다. 로사를 진찰해 보더니 담당 의사가 말했다.

"아기와 산모가 모두 건강합니다."

로사는 진료를 마치고 집에 전화해서 차를 보내라고 했다. 집에서는 운전기사가 다른 일을 보러 갔으니 오는 대로 보내겠다고 했다. 로사는 병원 1층 로비에서 기다리다가 남는 시간을 활용하여 장을 보기 위해 옆에 있는 슈퍼마켓으로 갔다. 과일과 주스, 과자를 샀다. 그리고 큰길로 나서서 차를 기다리기로 했다. 아침에 차에서 내렸던 장소로 과일 봉지를 들고 갔다. 차들이 갓길에 여럿 정차해 있었고, 물품을 싣고 사람들을 태우고는 떠나가고 새로운 차들이 와서 정차했다. 검정색 밴이 로사가 서 있는 앞쪽에 들어와서 정차했다. 문이 열리고 건장한 남성들 여럿이 차에서 내렸다. 로사를 힐끗 쳐다보더니 다가와서 길을 물었다. 시장을 가겠다고 해서 근처 시장으로 가는 길을 설명해주었더니, 차에 있는 지도로 설명해 달라고 해서 그쪽으로 향했다. 로사가 밴 쪽으로 가까이 다가갔을 때 갑자기 남자 2명이 양쪽에서 로사의 입을 막고 팔과 어깨를 강하게 밀면서 밴에 태우려 했다. 로사가 소리를 치고, 뿌리쳐 봤지만 소용이 없었고, 등까지 떠밀려 순식간에 밴 안으로 끌려 들어갔다. 로사가 가지고 있던 봉지가 길가에 떨어지며 과일들이 굴렀다. 남성 한 명이 칼로 로사를 협박했다.

"조용히 해. 떠들면 알지."

로사의 정신이 아득해지며 온몸에서 힘이 빠졌다. 그래도 아기를 생각하며 정신을 차리려고 애썼다. 휴대폰이 계속 울렸지만 빼앗겨서 받을 수가 없었다.

차는 속도를 내어 퀘타를 빠져나와 포장도로를 달리는 것 같았다. 몇 시간이 지난 것처럼 느껴질 때 비포장도로로 들어서서 한참 달린 후에 차가 멈췄다. 누군가 로사의 얼굴에 포대 같은 것을 씌웠다. 앞이 보이지 않았다. 그리고 "내려." 하는 소리가 들렸다. 앞이 보이지 않아 겨우 차에서 내렸더니, 어디론가 끌고 들어갔다. "들어가." 하는 소리가 들렸고 쾅하고 문 닫는 소리가 났다. 주위가 조용해졌다. 로사는 얼굴에 쓰인 포대를 겨우 벗겼다. 주변을 둘러보니 헛간처럼 보였고 주위에 아무도 없었다.

로사가 사라졌다는 연락이 하미드와 함자에게 전해졌다. 함자는 깜짝 놀라 어머니와 통화를 했다. 어머니도 울고 계셨다. 로사의 아버지가 경찰서에 신고했고, 경찰이 찾고 있다고 했다. 함자는 로사를 퀘타에 보낸 것을 후회했다. 당장이라도 달려가 보고 싶었지만 그럴 수도 없었다. 그냥 망연자실했다.

그날 밤, 로사의 집으로 전화가 걸려왔다. 로사를 데리고 있다면서 2만 달러의 현금을 요구했다. 로사의 아버지가 로사와의 통화를 요구했다. 한 남성이 전화기를 로사에게 건넸다. 로사는 전화기에서 아버지의 목소리를 듣자 눈물이 확 쏟아졌다.

"아버지!"

남성이 로사에게서 전화기를 얼른 낚아챘다. 그리고 아버지와 돈을 전달할 장소에 대해서 얘기를 나누는 듯했다. 로사에게는 말라비틀어진 난 한 조각과 물이 제공되었다. 로사는 식욕이 없었다. 갈증에 물만 조금 들이켰다. 그리고 바닥에 쓰러져 잠이 들었다.

로사는 꿈을 꾸었다. 함자가 나타나서 아기를 안고 로사와 함께 정원을 거닐고 있었다. 로사는 행복해서 마냥 웃고 있었다. 얼마나 잠이 들었는지 알 수 없지만 로사가 눈을 떴을 때는 문틈으로 빛이 스며들고 있었다. 얼마 있지 않아 문이 열리고 몇 사람이 들어와서 로사의 머리에 포대를 씌우고 끌고 나가 차에 태운 뒤 출발했다.

갑자기 차가 급정거를 해서 로사는 얼굴을 앞좌석에 들이받을 뻔했다.

밖이 소란해지더니 차 문이 열렸다. 차에 탔던 남자들이 밖으로 끌려 나갔다. 어렴풋이 하미드의 얼굴이 보이는 듯했고, 로사는 의식을 잃었다.

얼마나 시간이 흘렀을까. 로사가 눈을 떴다. 엄마가 내려다보고 있었다. 아버지도 있었고, 함자의 어머니 얼굴도 보였다. 자신이 병원의 침대에 누워 있었다. 로사가 눈을 뜨는 것을 보고 모두 반가워했다. 로사의 어머니가 울면서 말했다.

"로사, 엄마가 보이니?"

로사가 가슴이 벅차서 흐느끼며 대답했다.

"예, 엄마."

로사의 어머니가 로사의 손을 꼭 잡았다. 로사는 다시 잠이 들었다.

병원에서는 탈수 증상이 있지만 산모나 태아가 모두 건강하다고 진단했다. 며칠 병원에서 휴식을 하면 퇴원할 수 있으나 정신적인 충격이 커서 당분간 안정이 요구된다고도 했다.

함자는 로사가 안전하다는 연락을 받고 뛸 듯이 기뻐했다. 로사의 아버지가 말했다.

"이번에 하미드의 도움이 컸네. 하미드가 로사를 구했어."

함자는 마음속으로 하미드를 떠올리며 감사한 마음을 전했다. '이제 서로 빚진 것이 없게 되었군.'

35

로사는 빠르게 건강을 회복했고 집으로 돌아갔다. 그리고 두 어머니의 극진한 보살핌 속에 일상으로 복귀했다. 함자와도 매일 통화를 했다. 함자는 자기가 아무런 도움이 되지 못한 점을 사과했고, 로사는 자신의 부주의로 이런 사태가 생겨서 함자를 포함하여 주변 사람들을 힘들게 했다고 미안해했다.

함자는 탈레반이 정치적 딜레마에 빠졌을 가능성이 높다고 평가했다. 탈레반은 과거 탈레반 집권 시 미숙했던 이미지를 벗어 버리고 새로운 정부를 수립하면 잘할 수 있다는 점을 세계에 부각시키고 싶어 한다. 그러나 탈레반이 세우려고 하는 새로운 국가는 무력을 사용하지 않고 협상을 통해서 설립하기에는 한계가 있다. 이슬람 국가를 설립하려는 쪽과 선거를 통한 민주 국가를 지향하는 쪽이 협상을 통해 타협점을 찾을 수 있겠는가? 탈레반이 정당을 설립해서 무력이 아닌 선거를 통해 정권을 창출할 수 있겠는가? 함자는 아마드 정치 보좌관이 어떤 협상 방안을 들고 나올 것인지 궁금했다.

현 정부는 국가 최고 위원회를 신설하여 주요 정치적 쟁점을 논의하고 결정하는 기구를 신설하려고 하고 있다. 정부는 탈레반이 정치 세력화하면 그 대표를 국가 최고 위원회에 포함하여 의사 결정에 참여할 수 있도록 하고, 대통령은 직접 선거를 통해 선출하는 방안을 탈레반에게 제시하려고 할 수도 있다. 그러나 탈레반이 그것을 수용하려고 할 것인가? 또 정치 세력화하더라도 무장 세력을 해체할 수 있겠는가? 탈레반이 자기들의 목표를 실현하기에 가장 좋은 방법은 무력으로 현재의 정치 세력들을 쫓아내고 새로운 정부를 수립하는 것이다. 협상을 하더라도 자기들의 주도하에 현 정치 세력의 요구를 일부 반영해 주는 수준일 것이다. 협상이 제대로 되려면 탈레반이 무력으로는 아프가니스탄을 점령할 수 없다는 것을 정부와 자유 민주주의를 추구하는 세력들이 합심하여 보여주어야 가능하다. 그리고 탈레반이 협상의 장으로 복귀할 수 있는 여건을 만들어 주는 것도 필요하다.

함자는 하미드에게 연락하여 아마드 정치 보좌관을 뵙기를 청했고, 며칠 후에 안가에서 만났다. 함자가 인사를 건넸다.

"또 뵙게 되어 영광입니다."

"그렇소."

그리고 두 사람은 차를 마셨다. 아마드가 말을 꺼냈다.

"하실 말씀이 있다고 들었는데…."

"예, 궁금한 부분이 있어서 물어보고 싶었습니다."

"말씀하시오."

"협상으로 복귀한다면 어떤 안을 내실지 궁금했습니다."

"궁금해 하는 것이 많군. 어떤 안을 낼 것인지 이미 생각해 보신 것 같은데 말이오."

"제가 어찌 감히 비할 바가 되겠습니까?"

"협상 여건이 마련되는 것이 중요하고, 정부의 협상안도 중요하오. 우리가 수용하기 어려운 협상안을 주장하면, 우리도 정부를 협상 대상으로 받아들일 수 없는 안을 낼 수밖에 없고 그러면 무력에 의한 충돌이 일어날 것이오."

"탈레반의 입장에서는 최소한 정권을 재창출할 수 있는 가능성이 보이는 안을 원하시는 것이 아닙니까?"

아마드가 미소를 띠었다. 두 사람은 창밖을 쳐다보았다. 함자가 말했다.

"무력을 배제하고 민주적인 틀에서 정치 세력화를 한다면 우리와 함께 할 수도 있지 않겠습니까?"

아마드가 한참 후에 대답했다.

"그럴 가능성이 없다고 말할 수도 없고, 우리가 만나고 있는 것이 가능성을 열어둔 것이라고밖에 할 말이 없소. 아직은 시간이 더 걸리는 문제이지만…."

아마드와 만남을 끝내고 함자는 하미드를 만났다. 함자가 하미드의 두 손을 꼭 잡았다.

"고맙네. 로사와 태아를 구해 줘서."

하미드가 굳은 얼굴을 풀면서 말했다.

"지난번 만났을 때 자네가 관심을 가져 달라고 하지 않았는가? 그래서 나도 로사를 좀 지켜보고 있었지. 그랬더니 그놈들이 그런 짓을 하다니, 오히려 내가 미안하네. 그런 일이 생기지 않도록 했어야 하는데…. 앞으로는 좀 더 관심을 가지도록 하겠네."

"하미드, 정말 고맙네!"

"당연히 내가 해야 할 일이었어. 로사는 내 누이도 되네. 아마드 보좌관과 미팅은 잘했어?"

"자네 덕분에 좋은 대화를 나눴어. 고마워."

둘은 마주 보고 웃었다. 그러나 그들의 눈빛 속에는 우정이 계속될 수 있을지에 대한 미래의 불확실성을 우려하는 감정도 깃들어 있었다.

36

탈레반과의 교전 지역이 확대되면서 교전을 피해 집을 떠나는 피난민 수도 기하급수적으로 증가했다. 시골 지역의 피난민들이 주의 수도나 카불시로 몰려들었다. 친척들의 집으로 피한 경우는 비좁은 집에 여러 가구가 지내는 어려움이 있었지만 그래도 괜찮은 편이었다. 의지할 데 없고 가난한 계층들은 길바닥에 나앉을 수밖에 없었다. 주별로 3~4만 명 규모의 피난민들이 발생했고, 그 수는 계속해서 증가하고 있었다.

함자는 각 주의 바함 사무소에 연락해서 오갈 데 없는 피난민들을 적극 구호하라고 했다. 바글란주 수도인 풀리 훔리시의 바함 대표 이스마일은 그동안 지역 봉사 활동으로 주민들의 칭송을 받았다. 안 그래도 시내 길가에 피난민들이 옹기종기 모여 앉아 있는 모습을 봐왔던 이스마일은 함자의 연락을 듣고 행동으로 옮겼다. 주 정부의 구호 과장 탈리브와도 긴밀히 협력 관계를 구축했다. 우선 풀리 훔리 시내 구역별 바함 책임자들을 통해 피난민 현황을 파악했다. 피난민은 3천 가구 정도로 파악되었는데 친척이나 지인 집에 피난 와서 사는 경우가 2천 가구, 의지할 데 없는 경우가 1천 가구였다. 눈여겨봐야 할 부분은 부모 없이 형제나 남매, 또는 단독으로 길가에 떨어진 고아들이 많다는 것이었다.

구호 과장 탈리브와 협의한 결과 학교의 빈 강당이나 교실, 체육관을 활용하여 난민을 구호하기로 했다. 바함 봉사자들이 피난민들을 안내하여 리스트를 작성하고, 주정부 구호과에서 제공한 이불과 베개를 나누어 주었다. 그리고 학교 귀퉁이에 천막을 치고 임시 급식소를 설치하여 취사와 배식을 담당하였다.

고아들은 별도로 현황을 파악하여 관리하였다. 풀리 훔리 시내에만 3백여 명이 있었다. 고아들은 먹을 것과 입을 것이 없어서 길거리에서 지나가는 사람들에게 손을 내밀어 빌어먹고 밤에는 공원이나 빈집에서 잤다. 바함 봉사자들이 이들을 모아 씻겨서 입히고 나니 아이들다운 모습이 되었다. 고아가 된 과정도 조사했다. 부모가 사망한 경우도 있었고, 부모와 헤어진 경우, 또 가난하고 학대가 심해 도망쳐 나온 경우도 있었다. 나이별로 나누어서 교육도 시켰다. 다행히 풀리 훔리시에 사용하지 않는 건물이 있어서 주정부의 허락을 받아 '풀리 훔리 고아원'을 운영했다. 고아원이 생겼다는 소식이 전해지자 다른 지역에서 고아원을 찾아오는 경우도 많아졌다.

전쟁 중에 안타까운 사연들도 많았다. 어느 날 바함 봉사자의 손을 잡고 한 남매가 고아원으로 들어왔다. 누나는 여섯 살이었는데 이름은 나비였고, 남동생이 네 살로 실바였다. 남매는 풀리 훔리에서 남쪽으로 20킬로미터쯤 떨어진 바게 콰지라는 시골 마을에서 부모와 함께 살고 있었는데, 어느 날 한밤중에 무장 괴한들이 집에 들이닥쳤고 잠자던 부모를 깨워 먹을 것과 돈을 요구한 뒤 집을 나가면서 부모를 총으로 쏴 죽였다. 남매는 죽은 부모의 시체 옆에서 울다가 잠이 들었고, 하루아침에 고아가 되어 옆집으로 동냥을 다니면서 겨우 먹고 살다가 이를 안타깝게 여긴 동네의 한 사람이 풀리 훔리에 고아원이 생겼다는 소식을 듣고 여기로 데려다 주었다.

인접해 있는 쿤두즈주도 예외가 아니었다. 탈레반의 공세가 집중되면서 정부군과의 교전이 있는 지역은 총을 맞아 죽거나 부상당한 사람들이 많이 발생했고, 그것을 피하기 위해 다른 지역으로 피난을 갈 수밖에 없었다.

파키스탄으로 가려는 사람들은 출입국 사무소가 있는 토르함으로 몰려서 북새통을 이루었다. 그러나 파키스탄 정부는 출입국 사무소를 당분간 폐쇄한다고 발표했다. 파키스탄 정부는 피난민들의 밀입국을 차단하기 위해 국경선에 울타리와 철조망을 설치했다. 그러나 철조망을 절단하고 밀입국을 시도하는 사례가 많아져서 원천적인 봉쇄는 되지 못했다.

37

두샨베 인터내셔널 호텔은 공항에서 차로 19분 정도 걸리는 거리에 위치하고 있다. 5성급 호텔로 바로 앞에 있는 콤소몰 호수와 왼쪽으로 보이는 대통령 궁 그리고 멀리 눈 덮인 산악을 바라볼 수 있는 좋은 위치에 자리 잡고 있다.

이 호텔의 고급 식당인 초코나이 그릴의 창가 자리에 나비예브가 앉아서 창밖을 바라보고 있다. 저녁 시간이라서 어둠이 짙어지면서 시내의 불빛이 점점 뚜렷해진다. 나비예브는 50대 초반의 러시아계 타지키스탄인으로 중간 무역상이다. 주로 아프가니스탄과의 무역을 중계해왔다. 나비예브가 취급하는 품목은 겉으로는 농산물, 직물, 산업용품이나 주 수입원은 아편의 원료와 무기의 은밀한 판매를 통해 발생한다. 오늘 저녁은 아프가니스탄에서 온 특별 고객을 만나기로 약속이 되어 있다. 특별 고객이란 무역 규모가 큰 대상을 지칭한다.

식당 입구로 아프가니스탄의 전통 모자인 파콜을 쓰고 양복을 입은 사람이 들어와서 주위를 둘러보다가 나비예브가 있는 테이블로 향했다. 나비예브도 다가오는 사람을 쳐다보았다. 만나기로 되어 있는 사람의 이름이 자키라는 것 외에는 아는 것이 없다. 다가오던 사람의 나이는 오십대 정도로 보였다. 양복을 입었지만 조금 어색하게 보이고, 얼굴은 부스스한 것이 면도를 하지 않은 느낌이다. 머리에 쓴 파콜을 보니 아프가니스탄 사람인 것 같다. 나비예브는 자신과 만나기로 한 사람일 수도 있다고 생각했다.

나비예브가 엉거주춤 자리에서 일어서서 다가오는 사람 쪽을 향했다. 다가오던 사람이 유창하지 않은 타지크어로 물었다.

"혹시 나비예브 씨 아닙니까?"

"예, 자키 씨?"

자키가 고개를 끄덕였다. 나비예브가 정중하게 인사를 했다.

"나비예브입니다. 멀리서 오시느라 수고하셨습니다. 이쪽으로 앉으시죠."

자키가 자리에 앉았다. 얼굴이 야위었고 걱정이 있는지 어두워 보였다. 나비예브가 메뉴판을 들면서 자키에게도 앞에 놓인 메뉴판을 보기를 권했다. 자키는 피곤해 보였다. 나비예브가 혼자 생각했다. '아프가니스탄 국경에서 두샨베까지만 184킬로미터, 거기에 내전 중인 아프가니스탄 내 이동 거리까지 포함하면 피곤할 만도 하지.'

"메뉴를 뭐로 할까요?"

"적당한 것으로 주문해주시죠?"

"예, 알겠습니다."

아프가니스탄 고객들을 많이 접대하다 보니 어떤 음식을 좋아하는지 익숙하다. 고객이 알아서 주문해달라고 하니 그것보다 좋은 것이 없다. 고객들에게 익숙하지 않은 메뉴를 설명하기가 쉽지 않기 때문이다. 나비예브가 손짓으로 웨이터를 불렀다.

"치킨 브레스트 샐러드, 마르게리따와 다진 쇠고기 피자 각 1개, 음료는 발티카 세븐 1병, 그린티 한 잔."

웨이터가 돌아갔다.

손님들이 식당으로 많이 들어왔다. 나비예브와 자키가 앉은 바로 옆 테이블에도 사람들이 앉았다. 사람들이 이쪽 테이블을 힐끗 쳐다보아도 나비예브는 신경 쓰지 않았다. 자키가 단도직입적으로 물었다.

"요청한 것은 준비되었소?"

"예, 최선을 다하고 있습니다만, 요청하신 물량이 워낙 많아서 저희 쪽에서도 조금 말미를 주시면 좋겠다는 연락이 있었습니다."

"우리 쪽 상황이 다급하게 되었소. 일정을 최대한 당겨주셔야 될 것 같소. 안 되면 거래처를 바꿀 수밖에 없지."

나비예브는 불쾌했지만 얼굴에 내색을 하지 않고 미소를 띤 채 정중히 양해를 구했다.

"예, 잘 알겠습니다. 저희가 일정을 최대한 당겨 보도록 하겠습니다. 여기 호텔에서 며칠만 계시면 원하는 답을 제시하겠습니다."

"내일 중으로는 알려주시오. 내가 여기서 며칠씩 있을 수가 없소."

주문한 음식이 나왔다. 두 사람은 말없이 음식을 들었다. 식사를 마치고 나비예브가 계산을 한 뒤 자키를 룸으로 안내했다. 1층 로비에서 엘리베이터를 타기 위해 기다렸다. 엘리베이터를 타는데 몇 사람이 같이 탔다. 나비예브가 자키 룸의 전자키를 패드에 대고 3번을 눌렀다. 같이 탄 사람들은 누르지 않았다. '같은 3층으로 가는가 보네.' 나비예브가 속으로 생각하면서 무심코 같이 탑승한 사람들을 보니 얼굴이 눈에 익었다. '어디서 봤더라.' 기억이 나지 않았다.

3층에 도착했다. 같이 탄 사람들도 따라 내렸다. 305호로 가서 멈췄다. 같이 탄 사람들이 지나쳐 갔다. 전자키로 문을 열고 입구에 있는 키 꽂이에 꽂으니 방에 불이 들어왔다. 나비예브는 곁눈으로 자키의 얼굴을 훔쳐봤다. '아프가니스탄 고객들은 꼬장꼬장하다가 화려한 룸에 들어오면 언제 그랬냐는 듯 만족스러운 얼굴 표정으로 바뀌는 것이 보통인데….' 그러나 나비예브의 예상과는 다르게 자키의 얼굴은 무덤덤했다.

나비예브는 자신의 룸 번호인 507호를 메모지에 남기고, 룸 전화를 사용하는 방법도 적어서 알려주었다.

"필요한 것이 있으시면 언제든지 연락해주세요. 그리고 냉장고 안에 물이나 간식이 있으니 이용하시면 됩니다. 그럼 피곤하실 텐데 편히 쉬십시오. 저는 내일 아침에 뵙도록 하겠습니다."

"알았소. 빨리 답을 해주시기 바라오. 돌아가야 하오."

자키가 딱딱하게 대답했다.

나비예브는 엘리베이터를 타고 5층으로 올라가면서 자키에 대한 불만을 쏟아 놓으며 혼자서 씩씩댔다. '내가 무슨 자기 집 종인가. 물건을 하루라도 빨리 가져가려면 오히려 내게 사정을 해도 모자랄 판에 저렇게 고자세를 하다니. 참, 어이가 없군.' 룸에 돌아와서도 화가 풀리지 않았지만 꾹 참고 자키에게서 전화가 올까 봐 TV를 보면서 기다렸다. 자정까지 기다렸지만 아무 연락이 없었다. 자키가 피곤해서 자고 있을 것이라 생각한 나비예브는 스트레스도 풀 겸 호텔 옆에 있는 나이트클럽에 가기로 했다. 나비예브가 좋아하는 곳이다. 로비로 내려가서 호텔 밖으로 나가는데 자신을 쳐다보는 시선이 있어서 고개를 돌려 봤더니 저녁에 엘리베이터를 같이 탄 사람들이었다. '저 사람들도 잠이 안 오나 보네. 로비에 내려와 있는 것을 보니.' 나이트클럽으로 가면서 로비에서 봤던 사람을 떠올렸다. 40대 초반으로 보였는데 복장은 허름했지만 다부진 몸매와 날카로운 눈빛이 범상치 않아 보였다. 나비예브는 머리를 좌우로 휘저었다. '쓸데없는 것에 신경 끄자.'

 클럽 안에는 적지 않은 사람들이 있었다. 나비예브는 바에 앉아서 조니 워커 블랙 라벨 한 잔을 시켰다. 남자 바텐더가 위스키 한 잔을 테이블에 놓았다. 나비예브는 한 잔을 들이켜고 또 한 잔을 시켰다. 자키가 일정을 당겨 달라고 요구하던 것이 생각났다. '그 많은 양의 총과 장비를 그렇게 짧은 기간에 어떻게 구해? 말도 안 되는 소리지. 보스에게 그 얘기를 했다가는 미친놈이라고 할 걸⋯.' 몇 잔을 들이켜고 나니 긴장이 풀리면서 하루의 피로가 가시는 듯했다. 새벽 2시쯤에 호텔로 돌아와서 뜨거운 물에 샤워를 하고 잠이 들었다. 아침에 일어나니 시계가 7시를 가리키고 있었다. 가볍게 씻고 나서 조식을 먹으러 가자고 자키의 방으로 전화를 넣으려는데 전화기 창에 새벽 1시, 자키의 룸 번호가 찍혀 있었다. '왜 전화했을까?' 급히 자키의 방으로 전화를 했다. 신호는 가는데 전화를 받지 않았다. '씻고 있나 보다. 조금 더 기다렸다가 전화해야지.' 20분쯤 후에 다시 한 번 전화를 넣었지만 받지 않았다. 조금 이상한 생각이 들었다. 엘리베이터를 타고 로비로 내려가서 컨시어지의 도움을 받아 3층으로 올라가 305호로 서둘러 가서 벨을 눌렀다. 문을 두드렸다. 그래도 아무런 반응이 없었다. 문에 귀를 대니 안에서 TV 소리가 크게 들렸다. 급히 프런트로 쫓아가서 컨시어지에게 305호를 열어 달라고 했다. 컨시어지가 305호로 전화를 해도 응답이 없자, 보안 요원과 함께 나비예브를 따라 305호로 가서 벨을 누르고 문을 두드려도 반응이 없는 것을 확인한 후에 비상키로 문을 열었다. TV 소리가 크게 들리면서 역겨운 냄새가 안에서 풍겨 나왔다. 보안 요원이 앞에서 뛰어 들어갔다. 컨시어지와 나비예브도 뒤를 따랐다. 앞서 들어갔던 보안 요원이 무엇을 보았는지 '악' 하는 외마디 소리를 지르고 고개를 돌렸다. 뒤따라 들어간 컨시어지와 나비예브도 그 잔인함에 고개를 들고 쳐다볼 수 없었다. 자키가 온몸을 난도질당한 채 화장실 문 위에 목이 매달려 죽어 있었고, 바닥에는 피가 흘러 고여 있었다.

호텔의 신고로 경찰이 오전 10시 40분경에 들이닥쳤고, 폴리스 라인을 쳤다. 경찰이 호텔의 CCTV를 되돌려 보니 자정 후 30분이 지난 시각에 로비에 앉아 있던 남자 3명 중 한 명이 호텔 카운트 직원과 대화를 나누더니 호텔 전화로 누군가와 통화를 했다. 그 후에 3명이 함께 컨시어지의 안내를 받아 엘리베이터를 타러 가는 모습이 있었고, 3층 CCTV 카메라에는 엘리베이터에서 3명이 나와서 305호 앞에서 10여 분간 기다리다가 룸 안으로 사라지는 모습이 찍혔다. 그리고 40분쯤 지난 뒤에 3명이 룸에서 나와 호텔 정문으로 나가는 모습이 있었다. 얼굴은 마스크를 써서 알아보기 쉽지 않았다.

경찰이 3명을 11시 30분에 긴급 수배한 후에 참고인 조사에 나섰다.

호텔 1층 로비 옆에 현장 상황실을 설치했다. 경찰서에서 수사관이 파견되었다. 50대 초반의 날카로운 눈과 다부진 몸매를 가진 카리모프 수사관은 호텔 로비에 들어서자마자 좌우를 둘러보았다. 카리모프는 나비예브를 불러서 자키와의 관계를 물었다. 나비예브는 자키가 잡화를 구매하기 위해 두샨베에 왔다고 둘러대었다. 이어서 새벽 시간대에 근무했던 프런트 담당자를 불렀다. 마니자라고 하는 젊은 여성이었다. 카리모프 수사관이 그 사람과의 대화 내용을 물었다.

"자기 삼촌이 호텔 305호에 머물고 있다고 찾아오라고 해서 왔는데, 로비에 도착했다는 얘기를 하겠다고 해서 호텔 전화기를 사용하도록 해주었어요."

마니자가 대답했다. 통화 내용을 물었더니 "나비예브라는 사람이 보내준 선물인가를 룸으로 가져가겠다고 한 것 같았는데, 잘 기억이 나지 않아요."라고 말했다.

카리모프는 자키의 룸 전화에서 새벽 1시에 나비예브 룸으로 전화한 기록을 확인하고는 나비예브에게 물었다.

"새벽 1시에 전화를 했던데 착신이 되지 않았네요."

나비예브는 멋쩍은 듯 머리를 긁으며 대답했다.

"호텔 옆에 있는 나이트클럽에 있었습니다."

"몇 시에 복귀했습니까?"

"새벽 2시쯤입니다. 제가 전화기를 확인한 것은 아침이었습니다."

"누구를 통해서 정보를 얻었다고 생각하세요? 당신, 아니면 자키?"

"저도 피해자라는 입장에서 제가 다른 사람에게 발설한 것은 절대로 없습니다만, 저나 자키를 미행했을 가능성은 있다고 봅니다."

"자키와 만나는 것을 아는 사람이 몇 사람입니까?"

"저희 쪽은 3명이고, 자키 쪽은 모릅니다."

"나비예브 씨!"

카리모프가 갑자기 목소리를 높였다.

"자키가 잡화만 구매를 하겠다고 했습니까? 이렇게 잔인한 살인극을 부르기에는 이유가 약하다고 생각하지 않으세요?"

나비예브가 대답을 못하고 고개를 숙인 채 가만히 있었다.

"사실대로 얘기하지. 어차피 범인을 잡으면 다 알게 되겠지만, 그렇게 되면 거짓 진술에 대한 처벌이 추가된다는 것은 잘 알고 계시겠지?"

나비예브가 기어들어가는 목소리로 떠듬거리며 말했다.

"무기를 구매하고 싶다는 얘기도 했습니다. 물론 제가 무기 구매는 어렵다고 했습니다만…."

카리모프가 전화를 받았다. 아침 6시 45분쯤 보흐타르에서 남쪽으로 가는 도로 검문소에서 수배한 내용과 비슷한 사람들이 승용차를 타고 가는 것을 목격했다는 내용이었다. 카리모프가 한숨을 내쉬었다. '지금쯤이면 이미 아프가니스탄 국경선을 통과했겠지. 무기 구매를 못하게 막은 것 같아. 그렇다면 탈레반 또는 다른 테러 단체가 주도했을 가능성이 높지. 사건 해결이 쉽지 않겠어.' 카리모프 수사관은 아프가니스탄 대사관에 전화를 해서 이 사실을 알렸다. 나비예브는 경찰서로 가서 진술서를 작성했고, 무기, 마약 등 불법 거래를 절대로 하지 않겠다는 각서를 쓰고 훈방되었다. 카리모프는 이번 사건을 통해서 새로운 정보를 얻게 되었다. '아프가니스탄으로 무기 밀거래가 많아질 것 같다.'

38

탈레반은 협상장에 복귀하지 않은 채 계속 공세를 퍼부었다. 북부의 쿤두즈, 타하르, 바글란, 발흐, 파리얍주, 카불주변의 마이단 바르다크, 가즈니, 로가르, 라그만, 파르완주에 집중되었다. 그 외에도 전국적으로 공격을 해서 많은 지역을 점령했다. 교전이 확산되자 미국과 주변국의 외교 장관들은 이구동성으로 양측이 휴전을 하고 협상장에서 만날 것을 요구했다.

함자는 장고를 거듭했다. 정부군과 탈레반의 교전이 격화되면서 많은 민간인 사상자와 피난민이 발생하고 있다. 그러나 협상은 진전이 없다. 얼마나 더 싸우고 나서야 양측이 협상의 필요성을 인정할 것인가? 정부가 탈레반을 협상의 장으로 끌어들이려고 한다면 탈레반이 수용할 수 있는 안을 내놓아야 하는데 사분오열 되어 있는 정치 세력들의 합의를 거쳐 새로운 협상안을 도출한다는 자체가 쉽지 않은 상황이다. 탈레반이 북부 지역을 차지하려고 하는 것은 과거 북부 동맹의 근거지를 제거하겠다는 의도가 보인다. 카불을 둘러싼 외곽 지역들에 대한 공세는 정부와 정치 세력들에게 자기들이 수용할 수 있는 제대로 된 협상안을 주문하기 위한 전략은 아닐까?

대통령을 만났다. 함자가 질문을 던졌다.

"탈레반을 협상으로 이끌 대안이 무엇이라고 생각하십니까?"

"탈레반이 주장하는 '이슬람 아미르국'을 수용할 수도 없고, '이슬람 공화국'은 그쪽에서 받아들일 수 없다고 하고…. 참, 어렵습니다."

"그러면 탈레반을 군사적으로 격퇴할 수 있는 방안은 있으십니까?"

"우리 군대가 잘 싸우고 있고, 미군이 공중 지원을 해 준다면 승산이 있다고 생각하고 있습니다. 참, 최근 국민들도 자발적으로 일어나서 자기 마을을 지키겠다고 군과 함께 싸우고 있지 않습니까? 시간이 걸리겠지만 우리가 이길 수 있을 것입니다."

"교전이 전국으로 확산되면서 민간인 피해가 늘어나고 있고, 피난민도 많이 발생하고 있습니다."

"저도 그것이 안타깝기 그지없습니다."

대통령이 한숨을 내쉬었다.

"탈레반 내에도 무력을 우선시하는 세력과 협상을 주장하는 세력이 양립하고 있고, 지금의 공세를 볼 때 강경 세력이 여전히 주도하고 있다고 생각됩니다."

"강경 세력의 뜻대로 되지 않도록 하는 것이 지금으로서는 가장 중요합니다."

"탈레반이 공세를 펴면서 가장 주력하고 있는 지역은 어디라고 보십니까?"

"쿤두즈, 바글란주를 비롯한 북부 지역과 카불을 중심으로 한 주변 지역으로 보고 있습니다."

"예, 저도 그렇게 생각합니다. 두 지역이 현 정부를 지탱하는 중심 지역이 아니겠습니까?"

"어떤 전략을 가지고 계십니까?"

"북부 지역은 쿤두즈 - 풀리 훔리 - 살랑 - 차리카 - 카불, 동부는 잘랄라바드 - 카불, 서남부는 가즈니 - 마이단 샤 - 카불을 축으로 하는 방어를 하고 있지요."

"좋은 전략입니다."

"고맙습니다. 필요한 일이 있으면 연락하겠습니다."

혼란한 틈을 타서 과거 군벌 세력들도 다시 결집하기 시작했다. 북부 지역의 자우즈잔주에는 라시드 도스툼 지지 세력이 움직이기 시작했고, 헤라트주의 이스마일 칸 지지자들도 결속력을 과시했다.

1990년대 후반에 탈레반과 싸웠던 북부 동맹의 우즈베크 군벌 라시드 도스툼의 거점이었던 셔베르간은 아프가니스탄 북부 지역의 무역과 교통의 중심지이다. 많은 유적지가 있고, 13세기에 마르코 폴로가 방문했던 역사의 도시이며, 우즈베크족 주민들이 주류를 형성하고 있다.

탈레반이 자우즈잔주에 인접한 북부 지역에 공세를 강화하자 과거 도스툼 휘하에서 싸웠던 주민들 간에는 탈레반과 전투를 했던 얘기와 새로운 무장을 해야 할 필요성에 대한 얘기들이 주로 대화의 주제가 되었다. 도스툼은 60대 후반으로 요양 차 터키의 이스탄불에 머무르고 있는데 귀국을 서두르는 눈치다. 자우즈잔주의 일부 지역에도 탈레반이 공격하기는 했지만, 다른 지역에 비해서는 치안 상황이 나쁘지 않다. 탈레반이 병력을 집중하기 위해 약한 지역을 먼저 공략한 후에 자우즈잔주와 같은 결속력 있는 지역을 공격하려는 전략이 분명하다.

 자우즈잔주의 바함 대표인 투란은 청년들 간 공감대 형성을 위한 소통과 정보 공유를 위해 인터넷 홈페이지를 개설하였고, 지역 청년들이 호응하여 2만 명이 넘는 회원들을 확보하고 있다. 여성 회원수도 2천 명을 상회했다. 바글란주의 바함 대표인 이스마일이 피난민과 고아들을 돌보기 위해 도움이 필요하다고 해서 이불 200장과 밀가루 50포를 지원했다. 사레 폴에서 셔베르간으로 전학 온 여학생 중 생활고를 겪고 있는 23명에 대해 장학금을 전달하기도 했다. 자우즈잔 주정부도 바함 활동에 우호적이다. 바함을 이끌어 나가는 것이 순조로웠다. 그런 투란에게도 최근에 한 가지 고민이 생겼다. 군벌 세력들의 결속이 강화되면서 바함 활동을 비하하는 일들이 발생하고 있기 때문이다. 전쟁에는 쓸모가 없는 바함 활동을 그만두고 무장을 하고 탈레반과 싸울 준비를 해야 한다며 공공연히 훼방을 놓고 있다. 며칠 전에도 거리 청소에 나선 바함 봉사 대원들의 청소 도구를 빼앗아 가기도 하고 그중 몇 명을 끌고 가버렸다. 여러 번 항의도 해봤지만 소용이 없고 갈수록 횡포 수준이 높아졌다.

아민은 30대 초반의 우즈베크족 미혼 남성이다. 우즈베크족과 투르크족의 이익을 대변하는 정당인 이슬람 운동당에 가입한 상태다. 그는 탈레반의 공세가 확대되면서 늦기 전에 자우즈잔주를 방어할 수 있는 무장 세력 육성이 필요하다고 주장하고 있다. 그리고 자발적으로 군경을 지원하기 위해 총을 잡은 주민들을 영웅시했다. 그의 관점에서 보면 바함 활동은 이런 전시에는 무의미하다. 총을 들고 싸울 준비를 해야 할 청년들이 농촌 발전을 위한다느니, 사회봉사 활동을 한다고 하는 것이 전쟁에 나갈 용기가 없어서 핑곗거리로 하는 것이라고 생각한다. 거기에 남녀 구분이 확실한 아프가니스탄 사회에서 여성들과 함께 일을 한다는 것이 이해가 되지 않는다. 그래서 오늘도 바함에서 활동하는 몇몇 청년들을 사무실로 불러서 바함을 탈퇴하고 당에 가입하라고 종용했다.

아민이 일을 마치고 집으로 가는 길에 셔베르간시의 중앙에 있는 아프간 투르크 모스크에 들러 저녁 7시 기도를 하러 갔다. 어려운 시기라서인지 사람들이 많았다. 기도를 마치고 밖으로 나오니 어두워졌다. 군데군데 서 있는 가로등 밑을 지나서 집 가까이 있는 놀이터를 지나갈 때, 누군가가 자기 이름을 불렀다. 깜짝 놀라서 돌아보니 어둠 속에 한 사람이 놀이터 입구에 서 있는 것이 보였다. 자신을 아는 사람인가 싶어서 다가가서 물었다.

"누구십니까?"

서 있던 사람이 대답은 하지 않고 놀이터 쪽으로 걸어 들어갔다. 뒤에서 따라가며 다시 물었다.

"장난 그만하고, 누구십니까?"

앞서가던 사람이 갑자기 멈추더니 뒤로 휙 돌아서면서 아민의 정강이를 걷어찼다. 방심하고 있던 아민이 외마디 비명을 지르며 땅바닥에 쓰러졌다. 일어서려 했지만 차인 정강이에 통증이 느껴졌다. 아픔을 참고 일어서자마자 상대방이 반대편 정강이를 걷어찼다. 아민이 비명과 함께 땅바닥에 나동그라졌다. 정신이 아득해졌다.

아민은 다음 날 아침이 되어서야 일어났다. 양쪽 정강이는 부어올랐고 통증이 심하다. 병원에 가야 할 것 같다. 어젯밤 집 근처 놀이터에서 자신의 정강이를 걷어찬 사람이 누구인지를 아무리 생각해 봐도 떠오르지 않는다. 어두운 밤이라 그 사람의 얼굴이나 옷차림도 제대로 보지 못했다. 당 사무실로 출근했다. 사무실에 같이 근무하는 동료들이 무슨 일이냐고 물어보는데 누구한테 맞았다고 대답하기도 창피하고 해서 그냥 적당히 얼버무렸다.

"밤길에 부딪혀서 조금 다쳤어요."

혼자서 속으로 분통을 터뜨렸다. '오늘 밤에 나타나기만 해 봐라. 혼쭐을 내줄 테니.' 단단히 벼르고 있었다. 바지 주머니에 조그마한 칼도 하나 챙겨 넣었다.

그날은 저녁 6시 기도를 같은 모스크에서 한 후에 집으로 향했다. 어제보다는 1시간 이른 터라 덜 어두웠다. 놀이터에 가까워지자 단단히 채비를 했다. 그런데 아무도 없었다. 아민은 주위를 살폈다. 아무도 없다. 집에 도착해서 잠자리에 들었다. 새벽녘이 되었을 때, 자신의 이름을 부르는 소리가 들렸다. '꿈인가?' 아니었다. 검은 복면을 한 3명이 자신을 내려다보고 있는 것이 아닌가? 아민은 놀라서 벌떡 일어났다. 그중 한 명이 말했다.

"자네가 탈레반과 싸워야 한다고 청년들을 부추기고 다닌다면서?"

아민은 겁이 덜컥 났다. 방바닥에 무릎을 꿇었다.

"아닙니다. 그럴리가요?"

"주민들이 그러던데, 젊은 사람들에게 총 들고 싸우러 나가라고 한다던데? 그런데 자네는 왜 먼저 총 들고 싸우러 가지 않지?"

"절대 그런 일이 없습니다."

"알라께 맹세할 수 있나?"

"예, 맹세할 수 있습니다."

"그리고 자네보다 힘없어 보이는 사람들을 업신여기고 못살게 군다고 소문이 났어."

"그럴 리가 없습니다. 저는 그렇게 악한 사람이 아닙니다."

"그래, 믿어도 되나?"

"예, 믿어 주십시오."

"어렵고, 약한 사람들에게 어떻게 해야 하나?"

"잘 보살펴야 합니다."

복면을 쓴 사람이 허리춤에 찬 칼집에서 칼을 뽑아 시퍼런 칼날을 불빛에 이리저리 비춰본 후에 말했다.

"잘 알고 있네. 그럼 한 번만 더 믿어보지. 원래 오늘 자네가 이 세상에 더 이상 살고 싶어 하지 않는 것 같아서 데려가려고 왔는데…. 아직 세상에 미련이 있다는 거지?"

"예, 저는 아직 결혼도 안 한 총각입니다."

"그래, 딱 한 번만 봐 주겠네. 더 이상은 없어."

뒤에 서 있던 다른 사람이 아민의 머리를 쳤다. 아민이 쓰러졌다.

다음 날 아침, 아민은 방바닥에 쓰러져 있다가 눈을 떴다. 어젯밤의 일이 온몸에 전율을 느낄 정도로 생생했다. 저승사자들 같았다. 그렇지 않으면 어떻게 귀신같이 내 방에 들어올 수가 있단 말인가? 그 사람들이 하던 말이 떠올랐다. '딱 한 번만 더 기회를 준다. 더 이상은 없다.' 그 이후로 아민은 기존과 180도 달라진 모습을 보였다. 더 이상 청년들을 괴롭히지 않았다.

39

외국군이 철수한 아프가니스탄은 30여 년 전의 모습으로 되돌아갔다. 소련군이 철수한 후 소련군에 대항하던 무자헤딘이 각 종족과 지역을 대표하는 파벌로 나뉘어져 화합을 이루어내지 못하고 내전을 벌였던 상황이 재현되고 있는 것이다. 지금 당장은 탈레반과 정부군 간의 다툼으로 볼 수 있지만 정부군의 패색이 짙어진다면 종족과 지역별로 군벌들이 되살아나 과거의 모습을 재현할 수도 있다.

지금이 다가올지도 모를 내전을 피하고 아프가니스탄의 미래를 보장할 수 있는 시점인 것이다. 그런데 탈레반과 정부 모두 아직도 팽팽하게 줄다리기를 하고 있다. 자신들이 주장하는 정치 체제를 고수하겠다는 것이다. 그래서 무력으로 상대방을 압박하고 있고, 그 가운데에서 많은 민간인들이 죽거나 피난길에 나서고, 고아들이 생긴다. 탈레반이 카불을 완전히 포위한다면 정부를 비롯한 정치 세력들이 탈레반의 요구 사항을 모두 받아들이겠다고 할 것인가? 쉽지 않다. 오히려 파국으로 치달을 수 있다. 현 정부와 탈레반의 연정 가능성도 언급되고 있다. 과도 정부를 연정으로 구성한 후에 선거 등을 통해 새로운 정부를 수립하는 것이다. 함자는 다양한 세력들을 아우를 수 있는 새로운 아프가니스탄을 위한 정치 세력의 태동이 무엇보다 필요하다는 것을 확신한다.

함자는 대통령과 마주 앉았다. 대통령이 차를 권했다. 잠시 후에 함자가 말했다.

"현재의 대치 상황을 타개하기 위해 새로운 정치 세력을 출현시키려고 합니다."

대통령이 놀란 듯 정색을 했다.

"무슨 얘기입니까?"

"지금처럼 양분되어서는 답이 없으므로 양분된 세력들을 일부 끌어안을 수 있는 제3의 정치 세력이 필요하다고 생각합니다."

대통령이 무덤덤한 표정으로 고개를 끄덕였다.

"그렇겠지…. 어떻게 할 생각인가요?"

"지금의 바함을 근간으로 해서 다양한 계층과 생각이 같은 정치 세력도 함께할 생각입니다."

"잘 알겠습니다. 성공을 빕니다."

함자는 여러 정치 지도자들과 대담을 나누었다. 현행 정치 세력들은 지역과 종족의 이익을 대변하는 정당으로 구성되어 나라를 통합하는 데는 한계가 있었다. 함자는 바함 지도부와 논의를 거쳤다. 현재의 난국을 타개하기 위해 바함의 정치 참여 필요성을 설명하고 공감대를 형성하기 위해서였다. 대다수 그 필요성에 대해서는 공감하면서도 바함이 공격의 대상이 될 수 있고, 희생자가 나올 수 있다는 우려도 나왔다. 그러나 현재의 위기 상황에서 새로운 도전을 환영했다. 하미드에게도 연락했다.

당의 명칭을 '청년운동당'으로 지었다. 바함은 이제 기존의 청년 조직과 무장 조직에 이어 정치 조직을 더하게 되었다. 언론 기자단을 초청하여 '청년운동당'의 설립 목적과 앞으로의 활동 계획에 대해 설명했다. 많은 질문들이 나왔다. 카불 뉴스의 파타 기자가 손을 들었다.

"'청년운동당'이 지향하는 것은 어떤 사회입니까?"

"다수가 원하는 사회를 만드는 것입니다."

기자가 날카롭게 되물었다.

"너무 애매모호하지 않습니까?"

"다수가 원하는 사회란 모두를 아우르는 사회입니다."

인터넷 뉴스의 압둘 기자가 질문했다.

"앞으로의 활동 계획은 어떻습니까?"

"아프가니스탄 국민 전체에게 저희를 알릴 계획이고, 동참을 촉구하겠습니다. 많은 국민들이 동참해 준다면 현재의 평화 프로세스에 참석을 요청할 계획입니다."

그날 아프가니스탄의 모든 언론 매체와 외신들이 '청년운동당'의 정치 활동 참가를 알렸다. 국민들은 탈레반과 정부군 간의 치열한 교전 속에서 새로운 정치 활동 세력의 등장에 관심을 가질 여유가 없었다. 그러나 하나둘씩 입소문을 통해 퍼져나갔다. '청년운동당'은 기존의 지역별 청년 조직과는 별개로 각 주와 주요 도시에 사무소를 열고 지역 주민들의 여론을 수렴했다. 다들 교전을 중지하고 협상을 통해 평화롭고 번영된 나라를 만들어 달라는 주문이었다. 언론을 통해 탈레반과 정부군의 휴전을 요청했다. 그들이 신생 조직의 의견을 들을 리 만무했다. 그래도 '청년운동당'은 공개적으로 정치 행보를 이어 나갔다.

40

바다크샨주 바함 대표인 자수르에게서 주의 수도인 파이자바드가 탈레반에게 포위되어 위험하다는 연락이 있었다. 1대대장인 가비에게 파이자바드의 상황을 보고해 달라고 했다. 비서를 통해 대통령의 전언도 있었다.

파이자바드가 위험한 상황에 처했는데 당장 가용한 전력이 제한된다면서 도움을 요청했다.

바다크샨주는 대부분이 산악 지형으로 외부와 연결되는 도로는 탈로칸을 경유하는 포장도로가 한 개 있고, 파이자바드에 있는 비행장을 통하는 방법밖에 없다. 과거 탈레반에 대항하여 싸웠던 북부 동맹의 거점이었던 이곳은 험준한 지형으로 되어 있다. 주도인 파이자바드를 둘러싸고 있는 모든 지역을 탈레반이 이미 점령했고, 마지막으로 파이자바드를 공격하고 있는 것이다. 그렇다면 도로는 탈레반이 차단하여 사용하기에 어려울 것이다. 탈레반의 목표는 분명해 보인다. 과거 북부 동맹의 거점이었던 북부 지역을 먼저 점령하여 과거와 같은 상황을 사전에 차단하는 것이다.

가비에게서 연락이 왔다. 예상했던 대로 파이자바드는 완전히 포위되어 외부의 증원이 없이는 곧 함락될 것으로 보인다. 함자는 참모들과 파이자바드를 증원하는 방안에 대해 논의했다. 그리고 가비에게 파이자바드를 증원하는 방안을 보고하라고 지시했다. 정부군의 정보도 요청하여 받았다. 파이자바드의 정부군이 판단한 적 규모는 2개 대대 규모로 파이자바드를 통과하여 흐르는 콕차강의 동쪽에 위치한 바하락에 1개 대대, 콕차강 서쪽과 남쪽의 와하다트에 1개 대대가 공격하고 있었다.

가비는 1대대에서 200킬로미터가 넘는 데다 탈레반이 점령하고 있는 파이자바드까지 도보로 이동하는 것은 어렵다고 판단하고 탈레반으로 위장하여 차량으로 이동하는 것이 좋겠다고 생각했다. 적 규모를 고려할 때 1대대 단독으로 공격하기에는 다소 제한되나 적이 정부군과 대치하고 있는 상황을 고려해 볼 때는 조금 달랐다. 적의 후방에서 기습적으로 공격한다면 충분히 승산이 있다고 판단하였다. 이동 통로는 가제스탄에서 아틴 젤로우를 거쳐 와하다트에서 파이자바드의 남쪽으로 향하는 통로 A와 콕차강의 상류인 스카자르에서 줌을 거쳐 바하락에서 파이자바드의 동쪽에 이르는 통로 B, 2개 통로가 가능했다.

사령부로부터 특수 부대 2개 팀을 지원받아 가비가 수립한 작전 계획은 다음과 같다.

- 1중대는 특수 부대 1개 팀과 화력 지원 1개 소대를 지원받아 통로 A를 이용하여 와하다트에서 파이자바드로 공격 중인 적 와해 및 격멸
- 2중대는 통로 A-1을 이용하여 1중대 우측에서 와하다트에서 파이자바드로 공격 중인 적 와해 및 격멸
- 3중대는 특수 부대 1개 팀을 지원받아 통로 B를 이용하여 바하락에서 파이자바드로 공격 중인 적 습격 및 증원 차단
- 화력 지원 중대는 1중대에 1개 소대를 지원하고, 잔여 중대는 3중대를 후속하고 화력 지원 준비
- 차량 이동은 이른 아침에 소대 단위로 이동하고 적의 검문소, 도로 폭발물, 매복에 유의

타고 갈 차량으로는 시골길에 적합한 중고 소형 트럭들을 정부에서 지원받았다.

1중대장 무지는 이동 순서를 1, 2, 3소대, 중대 본부 및 지원 부대,

화력 지원 소대로 하고, 1소대에서 선발대를 운용하도록 했다. 1소대는 와하다트에 도착하면 나머지 중대가 파이자바드로 이동하는 것을 엄호한 후에 와하다트의 적을 소탕하고 증원을 차단하며, 2, 3소대는 파이자바드를 공격 중인 적의 배후를 습격하고, 특수 임무 부대는 의명 투입 준비, 화력 지원 소대는 2, 3소대를 지원한다.

 1소대장 마스는 1분대를 선발대로 앞서 이동하도록 하고, 2, 3, 화력 지원 분대 순으로 이동 순서를 정했다. 자신은 2분대와 함께 이동하기로 했다. 지원받은 차량은 작은 것은 분대당 2대, 큰 것은 분대당 1대씩 제공했다.

 1분대장 코히는 작은 차량 2대를 지원받았다. 탈레반이 점령하고 있는 지역들을 통과해야 하므로 복장을 탈레반과 유사하게 착용했다. 식량은 이틀분을 준비했고, 무기와 탄약, 장비들을 점검했다.

 아침 5시쯤 코히 분대가 출발했다. 사리차로를 따라 판지시르강을 거슬러 북동쪽으로 향했다. 판지시르주 경계를 넘어 바다크샨주로 들어섰다. 이곳부터는 탈레반이 활동하는 지역으로 주의가 요구되었다. 칼랏에 못 미쳐서 왼쪽 길로 타하르주로 들어갔다. 코로가에 도착할 무렵 전방에 도로 검문소가 보였다. 코히는 전투 준비를 지시하고 태연한 자세를 취하라고 했다. 차량으로 검문소로 다가갔다. 무장 인원 1명이 보조석으로 다가왔다. 어디로 가느냐고 물었고, 탈로칸으로 간다고 했다. 같은 탈레반으로 생각했는지 더 이상 물어보지 않고 통과시켜 주었다. 소대장에게 상황 보고를 했다. 길이 계곡으로 내려가고 계곡 주변에 적잖은 농경지가 펼쳐졌다. 바르사지 마을에 들어서자 주민들과 탈레반으로 보이는 무장 인원들이 보였다. 별다른 제지는 없었다. 파스타우 마을도 통과했다. 이동은 순조로웠다. 마치 탈레반이 된 듯한 느낌이었다.

아타와 파르카르를 지나고 오전 9시경에 탈로칸시로 갈라지는 신간 삼거리에 다가가고 있었다. 코히는 차를 도로에서 조금 벗어난 한적한 곳에 세우고 삼거리가 보이는 곳으로 갔다. 쌍안경으로 보니 삼거리 주변에는 탈레반으로 보이는 무장 인원들이 많았고, 포장된 도로로 무장 병력을 태운 차량들이 이동하는 것도 보였다. 탈로칸시 방향에서 총소리도 들렸다. 탈레반이 탈로칸시 쪽으로 공격을 하는 것 같았다. 코히는 삼거리 검문소가 마음에 걸렸다. 그러나 주변 지형을 살펴봐도 우회로가 없었고, 차량만 보내고 인원들만 산으로 우회할 수 있는 방법을 생각해봤지만 주변 산악 지형이 험해서 작전 시간에 차질이 발생할 가능성이 우려되었다. 코히는 소대장에게 보고 후 정면 돌파를 시도하기로 했다. 분대원들에게 전투 준비를 시킨 후 태연하게 삼거리 쪽으로 접근했다. 다수의 무장 인원들이 도로에 바리케이드를 설치해놓고 지나가는 차량을 검문하고 있었다. 다행히 포장도로를 이용하여 이동하는 차량들이 많아서 갓길에서 진입하는 차량에 대해서는 통제가 심해 보이지 않았다. 검문 요원이 어디로 가느냐고 물어서 파이자바드를 공격 중인 부대로 간다고 대답했다. 검문 요원이 차량 뒤쪽으로 이동하려는 순간, 포장도로 옆에 박격포 탄이 떨어져 폭발했다. 검문 요원들이 모두 그쪽으로 달려갔다. 코히는 안도의 한숨을 내쉬었다. 삼거리를 통과하여 포장도로에 진입했다. 차량이 속도를 내기 시작했다.

발라자리를 지나고 아틴 제로우까지 빠른 속도로 이동했다. 탈레반 병력을 태운 차량들이 탈로칸시 방향으로 이동하는 것이 많이 보였다. 아틴 제로우에서 우회전하여 비포장도로로 접어들었다. 교전 중인 파이자바드가 가까워지면서 탈레반으로 보이는 무장 인원들을 태운 차량들과 교행을 하기도 했다. 오전 11시 50분에 와하다트에 도착하니 학교에는 임시 병원이 설치되어 부상자를 치료하고 있었고, 병력이 집결되어 있는 모습도 보였다. 파이자바드를 공격 중인 탈레반의 후방 기지인 듯 했다. 북쪽의 조용해 보이는 계곡 길로 들어선 후에 차량을 은폐시키고 와하다트가 내려다보이는 능선으로 올라가 소대장에게 도착 보고를 했다.

2소대 1분대장인 나자르는 와하다트를 지나 파이자바드로 가는 북쪽 길을 타고 가다가 코탈레 리즈칸 마을로 빠져서 목적지 근처의 인적이 드문 계곡에 도착했다. 능선 위로 경계병을 올려 보내고 사주 경계를 취한 후 소대장에게 도착 보고를 한 다음 분대 인원 2명과 함께 정찰에 나섰다. 능선 위로 올라가니 멀리 파이자바드 시내가 보이고 총소리와 폭발음이 들렸고 시내 쪽에 연기가 피어오르는 것을 볼 수 있었다. 적은 산 아래쪽 시내와 만나는 선을 연하여 정부군과 대치 중인 것으로 보였다. 집결지로 복귀한 후 차량을 후미진 곳에 은폐시키고 능선 위쪽으로 이동하여 휴식을 취했다.

2중대의 선발대인 1소대 1분대장인 살림은 와하다트를 남쪽으로 지나서 간다 차쉬마를 거쳐 바게샤 근처의 계곡에 차량을 숨기고 우측 산을 넘어 파이자바드가 내려다보이는 계곡에 도착한 후 정찰을 하고 결과를 소대장에게 보고했다.

 3중대의 선발대인 1소대 1분대장 베랄은 아침 5시에 판지시르주의 샬조르를 차량 2대로 출발하여 사리차로를 이용하여 바다크샨주의 스카자르 입구에 오전 7시 30분경에 도착하였다. 베랄은 잠시 차를 길가에 세우고 분대원 2명을 전방으로 보내 사리차로에서 콕차강 계곡으로 갈라지는 삼거리에 탈레반 검문소가 있는지를 살펴보았다. 검문소가 없는 것을 확인하고 콕차강 옆 비포장도로를 따라 북쪽으로 올라갔다. 콕차강 상류 계곡은 강의 동쪽 사면은 험준한 절벽으로 형성되어 있었고, 계곡 사이에 일부 농경지가 있는 지역에 작은 마을들이 있었다. 탈레반의 영향력 아래에 있는 지역이어서 탈레반인 것처럼 위장하고 차로 이동하는 베랄의 분대를 이상하게 쳐다보지 않았다. 타가베 오쉬노간 마을로 연결되는 교량과 만나는 삼거리를 지나서 오전 8시 30분경에 파르가 미크 마을 입구에 도착하였고 계속 콕차강을 따라 북쪽으로 올라갔다. 하류로 내려올수록 계곡이 넓어지면서 농경지가 많아지기 시작했고 거기에 마을들이 형성되어 있었다. 15분쯤 지나서 넓은 벌판 가운데에 위치한 다라혜 마을이 보였다. 주민들 사이로 탈레반으로 보이는 검은색 터번을 하고 어깨에 AK소총을 멘 사람들이 몇 명 보였다. 강 왼쪽으로 고우라이드 가라미 마을을 지나쳤다. 오전 10시에 사흐레 줌 마을에 도착했다. 마을 중앙의 삼거리에서 왼쪽 길로 샤흐란 마을로 향했다. 그리고 급경사의 고개를 넘어서 바하락으로 향했다. 바하락에 못 미쳐서 차를 세우고 정찰대 2명을 파견했다. 정찰대는 도로를 벗어나 왼쪽 산 사면으로 올라가서 바하락을 쌍안경으로 바라보았다. 탈레반 병력으로 보이는 무장 인원들이 마을에 주둔하고 있는 것을 확인할 수 있었다. 다행히 콕차강을 건널 수 있는 교량은 마을 입구에 있어서 오전 11시경에 차량으로 통과하였다. 포장도로를 따라 서쪽으로 파이자바드로 향했다. 탈레반을 태운 차량들의 왕래가 많았다. 10분 정도 이동하니 탈레반 병력이 많이 보였고, 파이자바드 방향에서 총소리와 폭발음이 들렸다. 인적이 드문 곳에서 우측에 있는 계곡으로 들어가 차량을 은폐시킨 후에 산으로 올라갔다.

가비와 대대 본부는 화력 지원 중대와 함께 이동했다. 오후 4시쯤 각 중대장이 가비에게 집결지에 도착했다는 보고를 했다. 가비는 공격을 새벽 3시에 하기로 했다. 그전에 탈레반이 새벽 1시쯤 파이자바드로 공격할 것으로 예상했다.

1중대장 무지는 와하다트에서 파이자바드로 연결되는 통로 1을 기준으로 좌측에 2소대 우측에 3소대로 공격하고 적이 통로 1을 이용하여 후퇴하면 특임 부대 1팀이 애로 지역에서 매복을 통해 격멸하고, 1소대는 와하다트의 적 후방 지휘소를 습격하며, 화력 지원 소대는 2소대, 화력 지원 중대의 소대는 3소대에 박격포 화력 지원을 하는 계획을 수립했다.

2중대장 다우드는 1중대의 우측에서 병행 공격하며, 통로 2를 1소대, 통로 3을 2소대가 공격하고, 통로 2, 3을 이용해 후퇴하는 적은 3소대가 간다 하쉬마의 삼거리에서 격멸하며, 화력 지원 소대는 1, 2소대 순으로 박격포 화력 지원을 하는 계획을 수립했다.

3중대장 라흐만은 2중대의 우측에서 공격하며, 콕차강 남쪽 통로 4의 좌측에 3소대, 통로 4에 2소대, 통로 5인 포장도로에 1소대로 병행 공격하고, 특임 부대 2팀은 바하락에서 통로 5를 이용한 적의 증원 부대를 차단하도록 했다.

화력 지원 중대장 소로쉬는 통로 4의 후방에 위치하여 3중대 2, 1, 3소대 순으로 박격포 화력 지원을 하고, RPG-7 소대는 통로 4 후방에 위치하여 적의 증원을 차단하도록 했다.

대대장 가비는 각 중대장에게 공격 전에 충분한 휴식을 제공하라고 지시했다.

다음 날 새벽 1시 무렵에 요란한 총성과 폭발음 속에서 탈레반이 동, 서, 남쪽 세 방향에서 파이자바드 시내로 공격해 들어갔다. 정부군과 경찰도 사전에 준비된 진지에서 대응 사격에 나섰다. 양쪽에서 발사하는 기관총탄이 밤하늘을 가로질러 밝게 빛났다. 박격포 탄도 작렬했다. 양측이 일진일퇴의 공방전을 계속하는 동안 사상자는 늘어갔다. 탈레반은 파이자바드를 포위한 상태에서 조기에 함락시키려고 하는 반면, 정부군과 경찰, 시민군은 배수진을 치고 악착같이 싸웠다. 탈레반의 공세도 주춤해지고 총소리도 많이 줄어들기 시작했다.

새벽 2시가 되었다. 각 중대는 은밀히 공격 중인 탈레반의 배후로 접근하기 시작했다. 파이자바드를 포위하여 압박하고 있는 탈레반은 자신들의 배후에 총구가 다가오는 것을 전혀 예상하지 못한 것 같았다. 각 중대는 병력을 전개하여 공격 준비를 완료한 후에 공격 시간을 기다리고 있었다.

  새벽 3시 탈레반과 정부군이 모두 지친 시간에 파이자바드로 공격하고 있는 탈레반의 배후에서 총성이 울려 퍼지기 시작했다. 탈레반 병력이 쓰러져 나갔다. 처음에는 같은 탈레반 간의 착오로 생각했으나 그렇지 않다는 것을 인식하는 데는 오랜 시간이 걸리지 않았다. 파이자바드로 향했던 총구를 반대쪽으로 돌리고 사격을 했다. 그러자 정부군의 총구가 그들의 등을 겨냥했다. 일부가 통로를 따라 후퇴하려고 했으나 기다리고 있던 매복 팀에게 격멸되었다. 증원 부대도 매복 부대에 의해 격퇴되었다. 1중대 1소대는 와하다트의 적 후방 지휘소를 습격하여 다수의 인원을 사살하고 많은 인원을 포로로 잡았다. 가비의 대대는 이러한 모든 전과를 파이자바드의 정부군에게 인계했다. 정부군과 경찰이 와하다트와 바하락을 되찾았다. 1대대는 파이자바드 시내의 사예프 샤히드 고등학교에 집결했다. 병력을 점검한 결과 전사자 8명, 부상자 37명이 집계되었다. 정부군과 협조하여 영현 처리 및 치료를 의뢰했다. 차량을 점검한 결과 십여 대가 파손되어 운행이 불가했다. 정부군의 차량 지원과 주유를 완료한 후에 바하락을 거쳐 스카자르로 이동한 후 판지시르로 복귀했다. 복귀하면서 조우한 탈레반은 사살하거나 포로로 잡아서 후송했다. 이번 작전으로 탈레반은 파키스탄에서 누리스탄주를 거쳐 바다크샨과 타하르주에 이르는 보급로가 차단되어 북부 지역 작전에 차질을 빚게 되었다.

41

탈레반의 공격이 실패하면서 파이자바드는 한동안 조용해졌다. 그러나 이것은 일시적인 현상이고 파키스탄에서 지원 병력을 받아 다시 공세를 취할 것이다.

함자는 이번 작전을 바라보면서 바함 무장 조직의 전국적인 확대가 필요하다고 생각했다. 정부군만으로는 탈레반의 공격으로부터 지역을 방어하기가 어려워졌기 때문이다. 대통령도 적극 지원하겠다는 의사를 밝혔다. 장비와 보급, 봉급을 제공하기로 했다. 함자는 참모들과 상의 후에 주 단위로 1개 대대 규모의 부대를 갖추기로 했다. 주별로 청년 조직이 자원자를 모집하고, 기본 훈련 과정을 거친 인원들이 주축이 되어 교육 훈련을 통해 모양새를 갖춰나갔다.

청년운동당도 외연을 확대했다. 바함 회원들이 지역 주민들을 위한 각종 봉사와 구호 활동을 통해 인지도가 좋았던 것이 도움이 되었다. 또한 탈레반의 공세와 정부군의 패퇴를 보면서 의지할 대상을 찾던 주민들과 여성들이 당에 가입했다.

지역별로 유세도 개최했다. 전쟁 중에 무슨 유세냐고 할 수도 있으나 탈레반과 정부군의 교전에서 벗어나 국가 발전을 위한 새로운 로드맵에 대해 주민들의 관심을 끄는 것도 나쁘지 않다고 생각했다. 카불시 외곽의 청년운동당 유세는 대선 유세를 방불케 했다. 많은 군중이 운집했다.

언론 추세로 수만 명이 참석한 것으로 확인되었다. 그동안 현실 정치를 신뢰할 수 없었던 사람들이 신선하게 떠오른 청년운동당에 관심을 가지는 것은 당연했다.

카불시 당위원장인 사다르가 청년운동당의 강령과 목표를 발표하고 나서 함자가 연단에 올랐다. 젊은 지도자의 등장에 군중이 숨을 죽였다. 국민들이 원하는 사회를 만들어 나가자는 연설에 모두가 환호했다. 유세장에 열정이 넘쳐흘렀다. 뒤이어 카불 시내를 가로질러 국회 의사당까지 시내 행진이 이어졌다. 참석자들은 구름 떼같이 시내 도로를 가득 메우고 나누어 준 아프가니스탄 국기를 흔들며 구호를 외쳤다. "함자! 함자! 함자!"

시내 도로가 거리 유세로 모두 막혔다. 군중들은 유세의 종착지인 국회 의사당에 도착해서도 한참 동안 해산하지 않고 열기를 이어 나갔다. 국회의사당에 있던 국회의원들조차 군중의 규모와 열기에 놀랐다. '우리 정치인들이 국민들의 기대에 부응하지 못하고 있구나.'라고 국회의원 스스로 생각하도록 만들었다. 언론들도 함자의 연설 내용을 부각시키며 아프가니스탄에 새로운 젊은 정치 지도자의 탄생을 알렸다. 모든 정치 세력들이 함자의 청년운동당에 주목하면서 자신들과의 역학 관계를 따지느라 바빠졌다. 소수 정당들은 벌써 청년운동당과의 제휴를 제안하기도 했다.

파르완주 차리카에서 열린 유세는 극적인 장면을 연출했다. 산 너머 신와리 지역에서 탈레반과 정부군의 교전이 한창인 가운데 열린 유세장에는 가끔씩 폭발음이 들리기도 했다. 그러나 군중들은 동요하지 않고 자리를 지켰다.

칸다하르를 비롯한 대도시와 각 주의 수도에서 유세는 계속되었다. 한 언론이 여론 조사를 한 결과로는 함자의 지지도가 50%를 초과하는 것으로 나타났고, 차기 유력한 대선 후보 1위에 올랐다. 청년운동당에 대한 지지도 또한 30%가 넘었다.

각 주별로 1개 대대 규모의 부대를 조직하는 것도 순조롭게 진행되었다. 판지시르와 바미얀주는 각각 1개 대대를 보유하고 있는데 새로운 지원자가 많아서 주별로 1개 대대를 추가하기로 했다. 여성 지원자가 예상 외로 많아서 여성들을 활용할 수 있는 직위를 지정했다. 대대를 상근 부대로 운용할 경우 주둔지 설치 및 관리 부담과 생업 등을 고려하여 판지시르와 바미얀주를 제외한 지역들은 기간 편성으로 운용하고 유사시 병력을 동원하는 방안을 채택하였다. 기존에 편성되었던 북부 지역의 3대대와 4대대는 해체하여 주별로 편성되는 대대에 재편성하였다. 카불은 지원자가 많아 3개 대대로 편성하였다. 계획대로라면 38개 대대가 설립되는 것으로 인근 주와 협조 관계를 고려하여 5개 사단, 1개 여단, 12개 연대로 편성했다.

- 1연대: 판지시르, 바다크샨, 타하르주 4개 대대, 연대 본부 판지시르주 바자락시
- 2연대: 쿤두즈, 바글란주 2개 대대, 연대 본부 쿤두즈시
- 3연대: 발흐, 사망간주 2개 대대, 연대 본부 마자리 샤리프시
- 4연대: 자우즈잔, 사레 폴, 파리압주 3개 대대, 연대 본부 셔베르간시
- 5연대: 헤라트, 바드기스, 파라주 3개 대대, 연대 본부 헤라트시
- 6연대: 바미얀, 구르, 다이쿤디주 4개 대대, 연대 본부 바미얀시
- 7연대: 헬만드, 님루즈주 2개 대대, 연대 본부 라쉬카르가시
- 8연대: 칸다하르, 우르주간주 2개 대대, 연대 본부 칸다하르시
- 9연대: 가즈니, 자불, 바르다크주 3개 대대, 연대 본부 가즈니시
- 10연대: 로가르, 팍티아, 팍티카, 호스트주 4개 대대, 연대 본부 풀리 아람시
- 11연대: 낭가하르, 쿠나르, 누리스탄주 3개 대대, 연대 본부 잘랄라바드시
- 12연대: 카피사, 라그만주 2개 대대, 연대 본부 마무디 라키시
- 1여단: 카불, 파르완주 4개 대대, 카불시

이어서 사단 사령부를 편성하여 그 아래에 연대를 몇 개씩 묶어 주었다.

- 1사단: 1, 2, 3연대, 사단 사령부 마자리 샤리프시
- 2사단: 4, 5, 6연대, 사단 사령부 헤라트시
- 3사단: 7, 8연대, 사단 사령부 칸다하르시
- 4사단: 9, 10연대, 사단 사령부 가즈니시
- 5사단: 11, 12연대, 사단 사령부 잘랄라바드시

42

 탈레반은 공세를 계속했고 점령 지역은 확대되었다. 정부군과 경찰 모집에 대한 지원자는 감소하면서 바함의 무장 조직에 대한 기대는 커져갔다. 중앙 정부의 지원 요청 외에도 주정부의 지원 요청도 증가했다.

 청년운동당과 함자에 대한 국민들의 지지세가 커지자 탈레반도 주목하기 시작했다. 정부와 맥을 같이하는 세력으로 치부하며 탈레반의 적으로 규정하고 공격 대상으로 정했다. 청년운동당과 청년 조직에 가입하여 활동하는 젊은이들을 위협하여 탈퇴하도록 압박을 가했다. 그럴수록 가입자는 늘어갔다.

 하미드의 권고로 퀘타에 있던 로사와 가족들은 보다 치안이 안정된 이슬라마바드로 이사했다. 장거리 이동으로 로사와 태아의 건강을 우려했지만 로사는 씩씩하게 이겨냈다.

 다룰라만 구역에 있는 청년운동당 건물 입구에는 차량 폭탄 테러에 대비하여 도로에는 콘크리트로 만든 장애물들이 지그재그로 놓여 있고, 바닥에는 차단기가 설치되어 있다. 오후 3시쯤 한 가족으로 보이는 3명이 찾아왔다. 40대 후반으로 보이는 남자가 앞장서고 부르카를 착용한 여성 2명이 뒤를 따랐다. 입구에서 경비원이 찾아온 이유를 묻자 당 대표인 함자를 직접 만나서 얘기하겠다며 한사코 건물 안으로 들어가려고 했다. 건물 입구에서 실랑이가 벌어졌고, 경비원들이 투입되어 막아섰다.

건물 입구가 시끄러워졌고 무슨 일인가 하고 주변에 있던 사람들이 몰려들었다. 그 순간 부르카를 착용한 여성의 옷에서 섬광이 번쩍임과 동시에 폭발음과 함께 일대가 연기와 먼지로 덮였다. 함자는 사무실에서 보고를 받던 중이었다. 순간 굉음과 함께 창문의 유리창이 산산조각 나서 사무실 바닥에 흩뿌려지며 건물이 크게 흔들리는 것이 느껴졌다. 폭발의 충격으로 함자는 바닥으로 쓰러졌고 바닥에 깔린 유리창 조각들이 손과 팔, 무릎을 파고들어 피가 흘렀다. 경찰차와 구급차들이 경광등을 켜고 사이렌을 울리며 현장으로 몰려들었고, 경찰이 현장을 통제했다. 구급차들이 사상자들을 응급실로 후송했다. 폭발이 훑고 지나간 건물 입구와 전면부가 부서진 채 흉물스럽게 모습을 드러냈다. 경찰의 집계에 따르면 사망자가 15명, 부상자가 23명이었다.

　탈레반이 자신들의 소행임을 발표했다. 함자는 비상 대책 위원회를 구성하고 탈레반을 비난하는 성명을 발표했다. 탈레반의 공격은 거기서 그치지 않았다. 차량으로 이동 중이던 청년운동당원 차량에 사격을 했고 세워놓은 차량에 자석 폭발물을 부착해서 폭발시키기도 했다. 청년운동당원의 사상자가 늘어갔다. 함자도 예외는 아니었다. 한번은 함자의 차량을 다른 직원이 사용하고 사무소로 돌아와 주차장에 세우던 중 차량이 폭발하여 사상자가 발생하기도 했다.

　바함의 부대 창설이 막바지로 접어들면서 그 활약상이 부각되기 시작했다. 정부군 및 경찰과의 협조뿐만 아니라 마을을 탈레반의 공격으로부터 스스로 지키려는 세력들과도 연대하고 지원했다. 주별로 바함의 대대 창설과 병행하여 연대 본부와 사단 사령부도 설립되어 조직적인 부대 운용이 가능하게 되었다.

청년운동당에 대한 국민들의 기대가 커지면서 그 활동에 대한 기자들의 취재가 확대되자 함자는 청년운동당 대변인을 임명하고 대외 협력팀을 편성하여 카불의 당사무소에서 운용하였다. 청년운동당 대변인에 임명된 사미는 기자들을 대상으로 일일 브리핑을 통해 당의 활동상을 알렸다.

국회의장의 초청을 받아 함자는 국회 의사당에서 의원들을 대상으로 연설했다. '어떻게 생긴 젊은 사람인데 국민들이 저리도 환호할까? 한번 봐야겠다.'라고 생각하고 참석한 국회의원들이 대부분이긴 했지만 의사당이 청중으로 가득 찼다. 함자는 의장의 소개로 단상에 섰다. 청중들의 호기심에 찬 시선을 느끼면서 함자는 연설을 시작했다.

"존경하는 국회의장님, 그리고 국회의원 여러분! 하찮은 저를 영광스러운 자리에 불러주셔서 감사드립니다. 저는 우리의 선배들이 어려운 주변 여건 속에서 국가 발전을 위해 몸부림치던 1920년대부터 지금까지 100년의 역사를 뒤돌아보았습니다. 여러 번 성공할 수 있는 기회도 있었다고 생각합니다. 그러나 기회를 살리지 못했습니다. 그 이유는 여러분께서 너무 잘 알고 계시다시피 국민들의 힘을 결집시키지 못했기 때문입니다. 정치 세력이 자신의 생각을 국민들이 이해하도록 설득하지 못하고 힘으로 강요함으로써 불만 세력을 태동시켰습니다. 외세의 침략을 공동 대응하여 격퇴하였으나 우리끼리 협력을 이뤄내지 못했습니다. 그 결과 또 다른 정치 세력이 힘으로 권력을 장악하였고 반대 세력과의 내전으로 정치는 불안정해졌으며, 외세가 개입하는 빌미를 제공했습니다. 외세가 침략해서 힘으로 정치 세력을 쫓아내고 새로운 정부와 정치 체제를 구축한 지 20년이 지났습니다. 축출된 정치 세력은 끊임없이 사회 불안을 야기했습니다. 외세가 이제는 우리끼리 문제를 해결하라고 떠났습니다. 그런데 우리끼리 또 힘으로 밀어붙이고 힘으로 대응하고 있습니다. 지나간 역사가 힘으로는, 무력으로는 국민들을 결집시킬 수 없다는 교훈을 주고 있음에도 말입니다. 우리는 이러한 원인을 내가 아닌 다른 사람에게서 찾으려고 합니다. '이렇게 된 것은 누가 잘못해서 그래' 등등. 우리의 오래된 관습이 원인이 된 부분도 있습니다. 마을 단위, 부족 단위, 또 종족 단위로 국가에 앞서 자신이 속한 단체의 이익을 우선시하는 경향도 있어 보입니다. 떠나간 외세에게 무책임한 행동이라고 원망하기도 합니다. 이 어려운 문제를 우리에게 던지고 가버렸다고 말입니다. 그러면 지난 20년 동안 우리는 이러한 상황이 올 것을 예견하지 못했단 말입니까? 외세가 언제까지 우리를 지켜주고 먹여줄 것이라 생각했습니까? 그동안 우리는 왜 이런 상황에 대비하지 못했습니까? 지금 나라가 어려운 상황입니다. 그러나 희망은 있습니다. 지금부터라도 나보다, 내가 속한 조직보다 우리 국가의 앞날을 생각합시다. 이 시간에도 우리의 젊은이들은 우리를 위해 싸우고, 또 죽어가고 있습니다. 국민의 힘을 결집시킬 수 있도록 여러분들께서 정치력을 발휘해 주시기를 간절히 바랍니다."

함자의 연설에 청중들은 숙연해졌다. 자기들과 같은 생각이다. 그런데 왜 이 자리에서 함자의 연설을 들으면서 숙연해 하고 있는지 아이로니컬

하다고 생각했다. 아마도 그 생각을 실천에 옮기지 못한 데서 비롯된 것일 거라고 느끼는 의원들도 있었다.

43

칼라 아이 나시는 아프가니스탄의 북서쪽에 있는 바드기스주의 수도이다. 인구 6만여 명의 도시이다. 바드기스주는 아프가니스탄에서 개발이 되지 않은 낙후된 지역 중 하나이다. 탈레반이 도로가 발달되지 않은 시골 지역들을 하나둘씩 점령하더니 최근에는 바드기스주의 수도인 칼라 아이 나를 제외한 거의 모든 지역을 점령하였다. 정부군이 뒤늦게 문제점을 인식하고 특공 부대를 투입하였으나 도로 등 접근로가 제한되고 탈레반의 저항이 심해 작전에 성공하지 못했다.

새벽 무렵에 시내를 둘러싸고 있는 산 능선으로부터 탈레반 무장 인원들이 세 방향으로 칼라 아이 나 시내로 은밀히 잠입했다. 목표는 교도소와 경찰서, 군 주둔지였다. 먼저 교도소로 접근한 탈레반은 입구를 지키던 경비병을 처치하고 재빨리 내부로 진입해 미처 대응하지 못한 교도소 경비 병력의 항복을 받은 후에 그들의 도움을 받아 감금되어 있던 탈레반 포로를 포함하여 2백여 명의 죄수들을 풀어주었다. 긴급히 연락을 받고 교도소로 출동하려던 경찰은 얼마 가지 못해 탈레반의 공격을 받고 교전에 들어갔다. 군도 주둔지에서 탈레반의 기습 공격을 받고 방어하기에 급급했다. 날이 밝아 왔다. 군과 경찰이 합동 작전으로 탈레반을 공격하기 시작했고, 시내 곳곳에서 교전이 일어났다. 일부 시민들은 탈레반의 세력 확대에 대해 걱정하던 중에 새벽에 총소리가 요란하게 들리자 서둘러 대피했고, 그렇지 않은 시민들은 집 안에 엎드려서 꼼짝을 하지 못했다. 오후가 되어서야 군과 경찰이 시내에서 탈레반 세력들을 몰아내고 치안을 회복할 수 있었다. 피해가 컸다. 군경의 전사자가 20여 명, 부상자가 50여 명 발생했고, 민간인 사상자도 30여 명 발생했다. 그리고 교도소에 있던 2백여 명의 죄수들이 도주했다. 정부군도 카불을 비롯한 전 지역이 탈레반의 공격을 받고 있는 상태에서 중요도가 떨어지는 바드기스주에 많은 병력을 증원하기 어려운 상황이었다.

바함 대표인 자파르는 함자와의 전화 통화에서 청년 조직의 직접적인 피해는 없었지만, 이러한 상황에서 어떠한 대응도 할 수 없다는 것이 안타까운 점이라고 말했다. 바드기스주에 1개 대대를 편성 중에 있었지만 아직 전투에 투입하기에는 미흡했기 때문이었다. 함자는 탈레반이 칼라 아이 나시를 다시 공격해 올 것으로 판단하였다. 상급 부대인 2사단 사령부와 5연대 본부는 헤라트시에서 편성 중에 있었다. 함자는 2사단장인 와히디에게 지시하여 칼라 아이 나시에 대한 탈레반의 공격을 차단할 수 있는 방안을 보고하라고 지시했다.

2사단장 와히디는 참모들과 작전 방안을 발전시켰다. 사단 예하의 4, 5, 6연대 중 전투에 투입할 준비가 된 6연대의 바미얀 1개 대대만 가용했다. 정부군의 정보에 의하면 칼라 아이 나에서 북쪽으로 18킬로미터 떨어진 모고르에 바드기스주의 탈레반 사령부가 있었다. 2사단장은 함자에게 바미얀의 1개 대대를 칼라 아이 나 비행장으로 공수한 후에 탈레반 사령부를 습격하는 방안을 보고했다. 함자도 참모들과 함께 2사단장의 작전 방안을 검토했다. 작전이 성공하려면 적의 위치가 정확해야 하고 기습 효과를 노려야 했다. 적의 위치는 정부군의 정보를 기초로 칼라 아이 나의 대대에서 현지 정찰을 실시한 후에 판단하기로 했다. 칼라 아이 나 공항은 활주로가 짧아서 경비행기가 착륙할 수 있었다. 대대 병력 5백여 명을 전부 수송하기는 어려운 점이 있었고, 탈레반에게 사전에 노출되기 쉽다는 단점도 있었다. 수송기로 공중에서 낙하산을 이용하여 투입하는 방안이 검토되었다. 모고르 주변의 지형이 구릉으로 형성되어 있고, 나무도 없어서 낙하 지점으로 적절했다. 정부군에 지원 가능성을 타진했더니 수송기와 낙하산이 가용했다. 다만 최소한의 낙하산 착용 및 기본 훈련에 2일이 요구되었다. 공수 훈련 교관을 지원해 주기로 했다. 4일 후부터는 그믐달로 작전을 하기에 적절하였다.

  함자는 2사단장에게 작전 명령을 하달했다. 공격 개시 시간은 5일 후 새벽으로 한다.

  병력은 바미얀 1개 대대로 하고 정부군 수송기로 바미얀 공항에서 출발하여 공격 시간 2시간 전에 목표인 모고르 남쪽 3킬로미터 거리의 낙하 지역에 착지한 후 탈레반 사령부와 주둔지를 습격한다.

  작전 후에는 정부군에게 인계하고, 칼라 아이 나 공항으로 집결한다.

작전의 성공을 위해 기습 효과를 달성해야 한다. 이를 위해 정부군이 4일 후부터 아브 카마리 지역의 탈레반 소탕 작전을 실시할 수 있도록 협조한다.

작전 보안을 유지한다.

야간 투시경을 활용한다.

바미얀의 대대 주둔지가 바쁘게 돌아가기 시작했다. 장비와 보급품을 챙기고 예행연습을 했다. 공중 낙하를 위해 낙하산 착용 및 조종과 회수 방법, 착지 훈련을 실시했다. 4일 후 저녁에 트럭으로 바미얀 공항으로 이동했다. 수송기 3대가 도착해 있었다. 1제파부터 낙하산을 보급받아 착용했다. 다들 난생 처음 착용해 보는 낙하산을 신기해했다.

1중대 1소대장 사다트가 부여받은 임무는 낙하지점에 도착하여 경계를 실시하고 1중대의 집결지를 확보 후 선발대로서 탈레반 사령부를 정찰하여 본대를 유도하며 적을 격멸하는 것이다. 소대원들과 함께 예행연습도 했다.

수송기를 탑승했다. 2중대 1소대도 함께 탑승했다. 낙하지점까지 비행 시간은 1시간 20분이다. 수송기가 이륙했다. 힌두쿠시 산맥의 강한 바람에 수송기가 요동쳤다. 수송기 안에서 사다트는 작전의 성공을 기원했다. 점프 마스터가 수신호로 낙하 5분 전임을 알렸다. 잠깐 눈을 붙이고 있던 인원들도 모두 정신을 가다듬고 준비했다. 점프 마스터가 낙하 1분 전을 알리며 모두를 일으켜 세워서 낙하산 고리를 수송기의 쇠줄에 걸게 했다. 점프 마스터가 수송기 문을 밀어 올려서 연 다음에 사다트를 출입구에 세웠다. 두려움이 엄습하면서 몸이 떨렸고, 바짝 긴장해서인지 목이 탔다. 사다트는 심호흡을 하고 안전하게 착륙하게 해 달라고 빌었다. 바람은 잔잔했다. 멀리 칼라 아이 나시의 불빛이 보였다. 녹색등이 켜졌다. 점프 마스터가 뛰라고 하면서 사다트의 몸을 앞으로 확 밀었다. 사다트가 항공기 밖으로 점프하면서 상체를 앞으로 숙이고 두 다리를 뻗어 올리자 강한 바람이 사다트를 비행기 뒤쪽으로 밀었다. 그리고 낙하산이 펴졌는지 몸이 덜커덕 걸리는 느낌이 있었다. 갑자기 주위가 조용해졌다. 훈련받은 대로 위를 쳐다보고 낙하산에 문제가 없는지 확인했다. 발 밑을 내려다보니 군장이 무릎 앞에 매달려 있었다. 고리를 당기자 줄이 풀리면서 군장이 발아래로 내려갔다. 달빛은 없었지만 수송기 안보다 밖이 밝아 보였다. 낙하산 조종 손잡이를 잡고 위치를 수정했다. 지상이 다 가왔다. 훈련한 대로 무릎을 약간 굽히고 발끝이 땅에 먼저 닿도록 접지 자세를 취했다. 그리고 발끝이 땅에 닿았다고 느끼는 순간 몸이 옆으로 비스듬히 땅 위에 쓰러졌다. 사다트가 낙하한 곳은 푸석푸석한 흙으로 된 구릉이었다. 캐노피를 몸에서 분리하고 서둘러 일어나서 낙하산을 접어 가방에 넣었다. 그리고 집결지로 향했다. 사주 경계를 하면서 도착하는 소대원들을 확인했다. 낙오자 없이 모두 모였다. 낙하산을 모아서 은폐시켰다. 사다트가 1분대와 함께 정찰에 나섰다. 야간 투시경을 착용했다. 보이는 것들이 온통 녹색 빛을 띠기는 했지만 잘 보였다. 지형은 예상했던 대로 굴곡이 있었으나 험하지 않았다. 한 시간쯤 북쪽으로 이동해 가자 목표인 바드기스주 탈레반 사령부가 위치한 계곡 가까이에 도착했다. 사다트는 그곳에서 2명만 데리고 사령부 쪽으로 다가갔다. 앞쪽에 감시 초소가 보이고 무장 인원 2명이 보초를 서고 있었다. 보초가 서 있는 곳을 우회하여 아래로 내려갔다. 가건물이 몇 동 보이고 천막들도 보였다. 사람들이 움직이는 모습도 보였다. 새벽이라서 많지는 않았다. 그중에 불빛이 보이는 건물로 다가가서 안을 들여다보았다. 상황실로 보였다. 다음에는 천막 쪽으로 향했다. 입구에 보초가 서 있었다. 뒤쪽으로 돌아가자 많은 오토바이들이 있었다. 탈레반이 지형이 험한 시골길에서 사용한다. 정찰을 마치고 복귀하려고 하는데 갑자기 앞에 밝은 불빛이 나타났다. 사다트는 정찰 요원들과 황급히 건물 뒤로 숨었다. 야간 투시경의 단점은 밝은 불빛 아래에서는 너무 밝아져서 눈에 무리가 갈 수 있다는 것이다. 야간 투시경을 벗은 후에 보니 건물 앞쪽에 차량 2대가 세워져 있고 사람들이 차에서 내려 상황실로 들어가는 것이 보였다. 군견은 없어 보였다. 왔던 통로를 이용하여 대기하고 있던 1분대와 함께 집결지로 복귀했다. 2제파가 낙하하기까지 30분이 남았다.

　1중대장 타비시는 2제파로 낙하 후에 1소대장 사다트의 안내로 집결지에 도착했다. 사다트의 정찰 결과를 보고받은 후에 타비시는 사령부 공격 계획을 완성했다. 3개 소대와 화력 지원 소대로 탈레반 사령부를 포위한 후, 1소대는 사령부 본부 건물을 공격하고, 2소대는 숙소 및 부속 시설을 공격하며, 3소대는 사령부 정문을 확보하고 적의 증원을 차단한다. 화력 지원 소대는 3소대를 지원한다. 임무를 완수하면 의명 정부군에게 인계하고 차량으로 칼라 아이 나 공항으로 이동한다. 소대별로 공격 대기 지점으로 이동하고, 공격 개시 시간은 새벽 4시이다.

2중대는 사령부 서쪽의 탈레반 기지를 공격하고, 3중대는 사령부 동쪽의 탈레반 시설을 동시에 공격하는 임무를 부여받았다.

1중대는 사령부를 내려다보는 위치에서 둘러쌌다. 외곽 초소 경계병을 제거했다. 각 소대 1개 분대가 사령부로 내려가서 사령부 건물과 숙소 시설, 정문을 공격할 준비를 했다. RPG-7과 함께 사전에 준비한 폭발물, 수류탄을 휴대했다. 시계가 새벽 4시를 가리켰다. 폭음과 함께 로켓탄이 상황실에 명중했다. 숙소 입구의 경계병을 사살한 후 천막 안에 폭발물과 수류탄을 던져 넣자 굉음과 함께 천막이 무너졌다. 오토바이 보관대에도 폭발물이 던져졌다. 이어서 소총 소리가 작렬했다. 그리고 중대가 포위하고 있는 위치로 복귀했다. 탈레반 생존자들이 총을 들고 밖으로 뛰어나왔다. 기다리고 있던 기관총이 불을 뿜었다. 언덕으로 탈출을 시도하는 인원들은 포위망을 벗어나지 못하고 쓰러졌다. 정문 쪽에서 차량 불빛들이 다가오는 것이 보였다. 그러나 정문 가까이 다가왔을 때 로켓탄이 발사되었고, 차량들은 길가 언덕에 처박혔다. 차량에서 무장 인원들이 나왔으나 요란한 총소리와 함께 쓰러졌다.

새벽이 환하게 밝아 오고 있었다. 연기와 화약 냄새가 코를 찔렀다. 정부군이 곧 도착한다는 연락이 왔다. 1중대가 여전히 포위망을 갖추고 있는 상태로 정부군과 경찰이 내부 소탕 작전에 들어갔다. 총소리도 들렸다. 건물 등에서 숨어 있던 탈레반 인원들이 밖으로 끌려 나와 공터에 무릎을 꿇었다. 1중대에서 내려다보니 50여 명은 되어 보였다. 정부군

중대장이 소탕 작전을 끝냈다고 알려왔다. 1중대장 타비시는 대대장에게 임무 완료 보고를 했다. 그리고 정부군이 타고 온 차량으로 비행장으로 향했다.

  2중대와 3중대도 탈레반 기지 소탕 작전을 완료하고 비행장으로 합류했다. 비행장에서 기다리고 있던 대대장 호리안이 장병들을 격려했다. 칼라 아이 나시의 청년 조직과 청년운동당을 대표하여 몇 사람이 공항으로 와서 감사의 마음을 전했다.

  카불에서는 오전 10시에 국방부 기자단을 대상으로 한 정례브리핑에서 새벽에 정부군이 특공 작전을 통해 바드기스주의 탈레반을 소탕하였다고 발표했다. 탈레반 인원 78명을 사살하고 1백여 명을 포로로 잡았으며, 포로 중에는 바드기스주 탈레반 사령관도 포함되었다고 했다.

44

  탈레반은 공세를 통해 정부와 국민들을 불안하게 함으로써 협상의 주도권을 장악하고 정부로부터 양보안을 얻어내려고 하였으나 그때마다 반전이 생기면서 의도했던 결과를 얻지 못하게 되자 조급해졌다. 바드기스주 작전에서 하자라족 청년들이 큰 역할을 했다는 사실이 조금씩 알려지면서 탈레반은 과거 내전 시 하자라족에게 당했던 아픈 역사를 떠올리게 되었다. 하자라족과 충돌을 피하기 위해 하자라족이 많이 거주하는 바미얀주에는 공격도 하지 않는 등 조심해 왔으나 이번 일로 더 이상 그럴 필요가 없다는 의견들이 탈레반 내부에서도 비등했다. 그리고 정부와 국민들을 경악시킬 수 있는 방안을 찾기 시작했다.

카불 시내 중심의 데 마장 로터리에서 남서쪽에 있는 다룰라만 궁으로 연결되는 대로를 따라 남서쪽으로 1킬로미터쯤 내려가면 파그만강이 나타난다. 강을 건너면 바로 오른쪽에 아야툴라 모흐시니 모스크가 자리 잡고 있다. 아프가니스탄 내 시아파 모스크 중에서 가장 큰 것으로 잘 알려져 있다. 첨탑 두 개가 높이 서 있고, 코발트색 돔이 솟아 있다. 매주 금요일 예배 때는 발 디딜 틈 없이 신자들로 가득 찬다. 차량 폭탄테러로부터 모스크를 보호하기 위해 콘크리트 방호벽으로 둘러싸여 있고 입구에서 모든 출입자를 대상으로 휴대품 검색을 실시한다.

최근에 낡은 도색을 벗겨내고 새롭게 단장하는 공사를 시작했다. 공사업체는 카불에 소재하는 회사로 모스크 도색 공사를 전문으로 하는 업체이다. 이 회사에 10년째 근무하고 있는 아시프는 40대로 이 분야의 베테랑이다. 결혼한 지 10년이 되었고 집에 부인과 아이들이 2명 있다. 아시프는 직장이나 주변 사람들로부터 가정적이라고 소문이 나 있다. 퇴근 시간이 되면 부인이나 아이들에게 줄 것들을 사서 집으로 귀가한다. 다른 곳에 한눈팔지 않는다. 주말이면 가족들과 공원이나 시내 쇼핑센터에서 시간을 보낸다. 아시프는 자신이 행복하다고 생각하고 이 생활에 만족하고 있다.

그러한 그에게도 마음 한구석에 걱정거리가 생겼다. 치안이 불안해진 탓이다. 카불 시내에서 총성과 폭발음이 자주 들리고, 탈레반에 부정적인 인사들이 암살되었으며, 뉴스에서는 연일 탈레반이 정부군을 패퇴시키고 점령 지역을 확대하고 있으며, 카불시 주변 지역까지 전투가 벌어지고 있다고 보도하고 있다. 그래도 자기들을 지켜줄 것이라고 믿었던 미군을 비롯한 외국군이 철수를 했고, 탈레반의 공격이 확대되고 있다. 아시프는 자신의 행복이 깨질 것을 우려한다. 20년 전의 상황을 생각해 보면서 다시 그런 상태로 돌아가기를 원치 않는다. 정부군과 경찰이 탈레반을 물리쳐 주기를 간절히 바라고 있다.

카불 외부의 치안 상황은 더 나빠져서 지방의 사업 발주는 거의 없고, 공사 요청이 있어도 안전 때문에 수주를 꺼리다 보니 회사 사정이 좋지 않다. 다행히 아야툴라 모흐시니 모스크 도색 사업을 수주하게 되어 회사에서도 기뻐하고 있다. 오늘도 모스크에서 오래된 페인트칠을 벗겨내는 작업을 했다. 아시프는 옥상 위의 돔 작업을 맡았다. 모스크의 돔을 새로 도색하는 것과 돔의 하단에 빛이 내부로 들어가게끔 콘크리트 벽체 사이에 설치된 창틀을 교체하고 유리창도 갈아 끼워야 한다. 해야 할 일들이 많다.

일을 마치고 저녁에 집으로 돌아가는 길에 도넛을 몇 개 샀다. 부인이나 아이들이 좋아하기 때문이다. 아시프는 버스에서 내려 얼굴에 웃음을 머금고 집으로 걸어갔다. 집 앞 골목길로 들어서는데 누군가가 자기 뒤를 따라오는 것 같아 뒤를 돌아다보았지만 아무도 없었다. '매일 다니던 길인데 내가 헛것을 보았나? 나를 따라올 사람이 없지 않은가?' 집으로 들어섰다. 부인과 아이들이 웃는 얼굴로 마중을 나왔다. 아시프가 부인에게 도넛 봉지를 주고 나서 네 살인 막내 아이를 들어서 안고 뺨에 뽀뽀를 했다.

"아지지 잘 있었어?"

화요일 아침 8시에 회사에 들러 필요한 도구들을 챙겨서 회사 차를 이용해서 모스크로 갔다. 주차장에 차를 주차하고 도구들을 들고 모스크 사무실에 들러서 옥상으로 올라가는 출입구 열쇠를 받아들고 안으로 들어갔다. 옥상으로 올라가는 출입구는 예배당 밖의 회랑 옆에 있었다. 문을 열고 옥상 위로 올라갔다. 거대한 돔이 눈앞에 나타났다. 어제도 봤던 같은 돔임에도 그 웅장한 자태에 자기도 모르게 감탄사가 튀어 나왔다. '오늘까지 오래된 도색 부분을 긁어내는 작업을 마무리해야겠지.' 마음속으로 할 일을 생각했다. 점심때가 되어 인부들과 옥상 위 그늘에서 난과 양꼬치 구이를 먹고 잠시 휴식을 취한 후에 오후 작업을 시작했다. 공사를 위해 돔의 주변을 둘러 싼 외부 구조물로 올라가서 작업을 했다. 오후 늦게 오늘 작업량을 완료했다. 그러고 보니 오늘은 일하느라 바빠서 집에 전화를 하지 못했다는 생각이 났다. 부인에게 전화를 걸었다. 신호음이 한참 가는데도 전화를 받지 않았다. '화장실에 갔나 보다.' 생각하고 작업 도구들을 정리하여 옥상에 마련된 간이 창고에 넣고, 1층으로 내려왔다. 다시 한번 전화를 넣었지만 받지를 않았다. 뭔가 이상한 느낌이 들면서 마음이 다급해졌다. '설마….' 택시를 타고 급히 집으로 갔다.

대문이 열려 있었다. 집 안으로 쫓아 들어갔다. 아무도 없었다. 경찰서에 전화를 하려고 할 때 전화벨이 울렸다. 급히 전화를 받았다.

"여보세요?"

전화기에서 낯선 남자의 목소리가 들렸다.

"아시프 씨죠?"

"예, 그런데요? 누구십니까?"

갑자기 남자가 반말을 했다.

"잘 들어, 아시프. 부인과 아이들은 우리가 데리고 있다."

아시프는 피가 거꾸로 치솟는 것을 느꼈다.

"거기가 어디야? 뭐 하는 거야? 경찰에 신고하겠다."

"대문 밖에 우리 쪽 사람이 있을 거야. 시키는 대로만 하면 가족들의 안전을 보장하지."

전화가 끊겼다. 전화를 해 봤지만 받지를 않았다. 대문 밖으로 나가보니 서성이는 사람이 있었다. 아시프를 보더니 다가왔다. 험상궂게 생겼다. 아시프가 물었다.

"저를 만나러 왔어요?"

그 사람이 고개를 끄떡였다. 집 안으로 함께 들어갔다.

"나는 모함마드라고 하오. 우리 물품을 일하고 있는 모스크의 옥상으로 가져다주기만 하면 부인과 아이들은 집으로 데려다 주겠소."

"어떤 물건인데요?"

모함마드가 주머니에서 비닐봉지를 꺼내서 내용물을 방바닥에 조금 부었다.

"이거요."

아시프가 만져보니 하얀색 과립처럼 생겼는데, 비료같이 보였다.

"이건, 뭐하는 데 쓰는 거요? 양은 얼마나 되고?"

"용도는 묻지 말고, 양은 1톤 남짓 되오."

"1톤? 그렇게 많은 양을 내가 무슨 수로 옮긴단 말이오?"

"내일 낮에 페인트 통에 넣어서 주차장으로 보내줄 테니 옥상으로 옮겨다 주시오. 그리고 하나 더 있소. 옥상으로 올라가는 키를 1개 만들어 주시오. 내일 저녁에 퇴근할 때 가지고 오시오."

금요일 오후 1시 예배를 앞두고 아야툴라 모흐시니 모스크에는 많은 시아파 신자들이 모여들었다. 모스크 입구 옆에는 우두를 하려는 사람들이 줄을 서 있다. 아잔이 울려 퍼지고, 신자들은 서둘러서 예배당에 들어가서 섰다. 예배당이 신자들로 빽빽했다. 이카마를 부르고 나서 예배가 시작되었다. 니야를 하고, '알라후 아크바르'를 외친 다음, 개경장을 외고 나서 두 번의 절을 하는 것으로 첫 번째 라크아가 끝났다.

두 번째 라크아가 시작되어 '알라후 아크바르'를 외칠 때, 예배당에 있던 신자들이 바닥이 울렁거린다고 느끼는 순간 엄청난 압력에 땅바닥에 쓰러졌다. 그리고 고막이 터질 것 같은 굉음이 울리면서 천장이 부서지며 내려앉았다. 모스크 주변에 있던 사람뿐만 아니라 카불 시내에 있던 사람들은 모두 폭발음을 들었다. 그리고 카불의 태양 아래서 찬란하게 빛나던 모스크의 돔이 폭발하며 아래로 가라앉는 모습을 보았다. 이 모습을 보는 카불 사람들의 긍지도 같이 가라앉았다.

카불 시내 소방차들이 진화 및 구조를 위해 모스크로 몰려들었다. 경찰도 현장 통제를 위해 출동하였다. 기자들도 현장으로 달려왔다. 살아남은 사람들이 지옥에 다녀온 몰골로 비틀거리며 모스크 밖으로 나와 땅바닥에 실신하듯 쓰러졌다. 구급대원들이 그런 사람들을 차에 싣고 사이렌을 울리며 병원으로 향했다. 말 그대로 아비규환이었다.

내무부 대변인이 오후 늦게 기자들을 대상으로 브리핑을 했다.

"오늘 오후 1시 30분경 아야툴라 모흐시니 모스크에서 원인 모를 대규모 폭발이 있었습니다. 소방대와 경찰이 출동하여 진화 및 구조 활동을 하고 있으며, 오후 4시 현재 사망자 50여 명, 부상자 80여 명, 실종자 3백여 명으로 집계되었으나 이 수치는 구조가 진행되면서 바뀔 수가 있습니다. 경찰은 탈레반이 저지른 테러일 가능성에 무게를 두고 있으며 수사에 착수했습니다. 아직 테러가 자신들의 소행이라고 밝힌 단체는 없습니다."

TV와 라디오는 생방송으로 현장을 중계하였고, 인터넷 뉴스를 통해 실시간으로 새로운 내용들을 보도했다. CNN과 BBC, AP, 로이터 통신이 전 세계에 뉴스를 송고했다. 카불의 시민들은 물론 전국에서 사람들이 충격을 받았고, 전 세계 사람들도 경악하며 비운의 아프가니스탄 국민들에게 동정 어린 시선을 보냈다. 피해자의 대부분을 차지하는 하자라족은 지난번 여학교 폭발 이후 또 한 번의 충격을 받으면서 '평화는 싸워서 쟁취하는 것이지 그저 주어지는 것이 아니다.'라는 교훈을 되새겨야 했다.

45

 카불의 모스크 테러에 사람들의 주목이 쏠린 사이, 카불과 멀리 떨어진 북서쪽의 헤라트주에 탈레반의 공세가 집중되었다. 아프가니스탄 북서쪽 이란과의 무역 관문인 이슬람 칼라와 투르크메니스탄과의 교역 통관소가 있는 토르군디를 탈레반이 점령했다. 탈레반은 헤라트주의 외곽 지역을 대부분 점령하고 헤라트시를 압박했다. 상황이 심각해지자 과거 소련군과 탈레반에 대항하여 싸웠던 지역 군벌인 이스마일 칸이 헤라트를 탈레반으로부터 지키기 위해 시민군의 참여를 촉구했다.

 함자는 헤라트주의 탈레반 공세가 확대되어 정부군이 밀리고 있는 점을 고려하여 바드기스주 탈레반 사령부 소탕 작전을 마치고 칼라 아이나 공항에 집결해 있던 바미얀 대대를 원복시키는 것을 보류하고 현지 정부군의 지원을 받아 임시 주둔을 시키고 상황을 지켜보기로 했다. 그리고 바드기스주의 대대 편성을 지원하는 임무를 부여했다.

 탈레반과 정부군의 교전이 계속되어 민간인 사상자가 늘어나게 되자 대통령은 탈레반에게 책임을 전가하며, 무고한 민간인들을 살상하면서 누구를 위해서, 무엇을 위해서 전쟁을 하고 있는지를 묻고, 명분 없는 무력 사용을 중단하고 협상장으로 복귀할 것을 요구했다. 또한 아프가니스탄 국민들에게 무력에 굴복하게 되면 미래가 없다면서 공화국 체제와 공존을 위해 의연하게 대처해 줄 것을 강조했다.

아프가니스탄 상황이 악화되어 여론의 압박을 받게 되자 미국과 주변국 정상들이 기자 회견을 통해 양측에 평화 협상을 요구하고 이들을 대리하는 특사들이 주변국을 오가며 양측에 압박을 가했다.

세계의 주목을 받으며 양측의 협상이 물꼬를 트기 시작했다. 며칠간 협상 실무 팀들이 논의한 결과 양측이 타협을 해야 할 주요 과제로 헌법 내용의 수정, 휴전, 정치 로드맵과 과도기 정치 참여 등을 도출했다.

아프가니스탄 북동부와 북서부, 남서부 및 남부 지역은 주의 수도나 주변 지역을 제외한 대부분의 지역을 탈레반이 점령하였고, 카불을 중심으로 한 동부와 남동부 지역은 정부군이 탈레반과 백중세를 유지하였다. 탈레반에 포위되어 치안에 불안을 느끼게 된 주의 수도에 거주하는 주민들이 자원하여 시민군에 입대하여 군과 경찰이 부족한 지역에 배치되어 향토방위를 하는 사례가 증가했다. 이런 경우 주정부가 급여와 무기를 제공하고 군과 경찰이 이들을 통제하였다.

마자리 샤리프는 아프가니스탄 북부 지역에서 가장 큰 도시이자 발흐주의 수도이다. 인구는 50만여 명 정도 되고, 무역과 상업의 중심지이다. 아프가니스탄의 최근 역사 속에서 이 도시만큼 격동에 휩쓸린 도시가 없다고 해도 과언이 아니다. 소련군 진주 시 진출 기지 역할을 했고, 소련군 철수 후 내전을 겪으면서 탈레반과 군벌인 라시드 도스툼 세력, 북부 동맹군 사이에서 주인이 여러 번 바뀌면서 학살과 보복이 일어났던 곳이다. 파쉬툰과 다른 종족들 간 눈에 보이지 않는 갈등도 계속되고 있다. 탈레반이 발흐주로 공세를 펼치면서 마자리 샤리프 쪽으로 가까이

다가오게 되자 비운의 역사를 가진 시민들이 불안해하는 것은 당연지사이다. 불안을 느낀 시민들이 시민군으로 자원하였는데, 그 수가 수천 명이나 되었다.

마자리 샤리프의 바함 청년 조직은 시골에서 피신해 온 피난민과 부모 없는 고아들을 대상으로 구호 활동에 전념하였고, 청년운동당은 국민들을 각성시키고 당세를 확장하는 데 집중했다.

청년 조직의 구호 활동 팀에서 일하는 나나는 같은 구호팀 동료이자 오빠인 아바스를 좋아한다. 아바스도 나나를 싫어하지는 않는 눈치다. 아바스는 발흐대학교 2학년 정치학과에 재학 중이다. 정치에 관심이 많고 혼자서 사색을 즐기는 편이다. 오늘 나나가 소속된 구호팀은 오전에 주정부에서 피난민들을 위해 마련한 임시 거주지인 체육관에 들러 주변 환경 정리 및 피난민들의 애로 사항을 청취하고 애로 사항 해소 방안을 마련하여 주정부에 건의서를 올렸고, 오후에는 블루 모스크 입구 옆에 있는 피난민 구호소로 가서 새로운 피난민들이 있는지 확인하러 갔다.

시내 중앙에 있는 블루 모스크는 마자리 샤리프의 상징물이다. 대부분의 시아파 신자들은 무함마드의 사위인 알리의 유해가 이라크의 나자프에 있는 이맘 알리 모스크에 묻힌 것으로 알고 있지만, 아직도 일부 사람들은 마자리 샤리프의 알리 사당인 블루 모스크에 유해가 안장되었다고 믿고 있다.

블루 모스크 남쪽 입구인 샤이안 타운 스퀘어 옆에 있는 임시 구호소 등록 장소에는 피난민들이 길게 줄을 서 있다. 한 손에는 보따리를 들고, 다른 손에는 어린 아이 손을 잡고 늘어 선 피난민들을 보면서 나는 이것이 남의 일이 아닌 자신에게도 닥칠 수 있는 일이라는 것을 피부로 느낀다. 그래선지 멀지 않은 곳에서 총소리가 나는 것 같다는 착각도 들었다. 피난민 등록을 담당하는 주정부 담당자를 만나서 청년 조직이 담당하고 있는 체육관에서 추가로 수용할 수 있는 피난민 규모를 알려주고, 등록 인원 중에 고아가 있는지도 확인했다. 일을 마치고 나니 하루 해가 기울어가고 있었다. 팀원 중 누군가가 모스크 산책을 같이 갈 사람들을 찾았다. 나나는 슬쩍 곁눈으로 아바스를 쳐다보았다. 아바스도 나나 쪽으로 눈길을 주었다. 나나가 산책을 가겠다고 손을 들자 곧이어 아바스도 손을 들었다. 다른 팀원들도 몇 명 동참하겠다고 의사 표시를 했다. 함께 블루 모스크로 들어갔다. 얼마 지나지 않아서 끼리끼리 흩어지고 나나와 아바스만 남았다. 신발을 벗고 모스크 밖의 대리석 광장을 걸었다. 광장에는 가족 단위 방문객들이 많았다. 가족 단위로 대리석 바닥에 둘러앉아 이야기를 나누는 사람들도 있었고, 아이들이 대리석 위를 이리저리 몰려다니며 노는 것도 보였다.

아바스가 입을 열었다.

"아까 줄 서 있는 피난민들을 보며 무슨 생각이 들었어?"

갑작스런 질문에 나나가 엉겁결에 대답했다.

"그, 나는, 좀 불쌍하다고 생각했어. 오빠는?"

아바스가 조금 뜸을 들인 뒤에 대답하며 여운을 남겼다.

"그렇지, 불쌍하지…. 난 정치 지도자들이 국민들이 이렇게 살도록 내버려 두었다고 생각했어. 한때 힘으로 모든 것을 했지. 힘으로 나라를 세우기도 하고, 힘이 약하면 다른 나라에 복속되기도 하고, 약육강식이 받아들여질 때가 있었지. 그것을 제국주의라고 그래. 그런데 지금은 아니야. 사람들이 화합하고 평화스럽게 살도록 할 수 있지. 그것이 정치력이야. 우리나라처럼 여러 종족이 어울려서 살아야 하는 나라는 그런 정치력을 발휘할 수 있는 지도자가 필요해."

아바스는 정치학을 공부하는 학생답게 장황하게 자기의 논리를 전개했다. 나는 재미도 없는 얘기를 늘어놓는 아바스의 말에 고개를 끄덕이면서 싫은 내색을 하지 않았다. 아바스가 자기 얘기가 너무 길다고 느꼈는지 미안한 표정을 지었다.

"내 얘기가 너무 지루하지?"

"아니 흥미가 있었어. 난 오빠가 얘기하면 재밌어."

해가 모스크 지붕의 돔 너머로 가라앉고 있었다.

"나나, 난 젊은이로서 나의 의무를 해야 한다고 생각해."

나나가 귀를 쫑긋 세웠다.

"그것이 뭔데, 오빠?"

"청년 부대는 모집이 끝났고, 그래서 시민군에 지원해 보려고…."

"괜찮겠어? 지금 하는 공부를 잘해서 우리나라 발전에 기여할 수도 있지 않아? 우리 삼촌도 시민군에 지원했는데, 지원자가 많아서 좀 기다려야 하나 봐."

"그러게, 다른 사람들은 그렇게 의무를 찾아서 실천하는데 내 자신에 대해 부끄럽다고 해야 하나, 뭐 그런 느낌 같은 거 있지?"

어느덧 내부 광장을 따라 두 바퀴를 돌았다. 둘이 같이 있으니 시간 가는 줄 몰랐다.

나나가 집에 도착하니 저녁 7시가 되었다. 저녁을 먹고 나서 엄마를 도와서 식기를 씻고 방으로 들어가려는데 엄마가 나나의 손을 끌고 부엌 옆의 작은 방으로 데리고 갔다. 나나를 의자에 앉히더니 엄마가 말했다.

"나나, 요즘 누구 만나는 사람 있니?"

나나가 시치미를 떼었다.

"아니, 없는데."

"네가 누구랑 같이 있는 걸 봤다고 하더라."

나나가 속으로 생각했다. '참, 비밀이 없네. 누가 벌써 엄마에게 고자질했을까?'

"그런데 나나, 건전하게 사귀는 것은 괜찮은데, 파쉬툰 사람들과는 사귀지 않았으면 좋겠어. 너도 알지? 우리가 그 사람들로부터 엄청난 핍박을 받았다는 것을…. 친척 중에 살해된 사람도 많아."

"탈레반이 그랬지. 파쉬툰 사람들이 다 그런 것은 아니잖아?"

"그래도 친척들은 철천지원수로 생각하거든. 네가 파쉬툰 총각이랑 사귄다는 소문이 나면 그 사람들이 너에게 무슨 짓을 할지 몰라."

나나는 자기 방으로 돌아와 침대 위에 엎어졌다. 마음이 괴로웠다. 그런 사실을 모른 것은 아니었지만, 자기와는 관련 없는 일이라고 생각했다. 친척들이 어떤 짓을 할지 모른다는 엄마의 말에는 섬뜩함도 느껴졌다.

나나의 마음 한구석을 채우고 있는 아바스를 지우는 일은 더 힘들 것 같았다. 밤새도록 고민해 봤지만 해결책이 떠오르지 않았다.

다음 날부터 나나는 아바스와 거리를 두기 시작했다. 아바스도 나나의 냉랭한 태도에 당황해했다. 점심때 아바스가 식사를 제의했을 때도 속이 좋지 않다며 거절했다. 그러는 나나의 속마음은 타들어가는 것 같았다. 그렇게 며칠이 지났다. 하루는 아바스가 말할 것이 있다며 나나를 사무실 밖 공터로 데리고 갔다.

"나나, 그동안 잘해줘서 고마워. 시민군에 지원했는데, 내일 입대하라는 통지를 받았어. 학교는 휴학했어. 떠나기 전에 말은 해야 할 것 같아서…. 건강하게 잘 있어."

나나는 뭐라고 말해야 할지 떠오르지 않았다. 자기도 모르는 사이에 눈물이 확 쏟아졌다.

아바스는 아침에 지정된 군부대 소집 장소로 갔다. 많은 사람들이 와 있었다. 자기처럼 젊은 사람은 별로 없고 중년 이상으로 보이는 사람들이 많았는데 생김새가 타지크와 하자라족으로 보였다. 인적 사항을 확인한 후에 시민군 소속 부대가 지정되고 개인 화기를 지급받았다. 개인 화기를 주면서 사격해 본 경험이 있는지 물어서 없다고 했더니 시간이 없어서 사격 훈련은 하기 어렵고 시민군 지원자 중에 총기를 다루어본 사람들이 많으니 나중에 교육을 받으라고 했다. 이어서 지정받은 시민군 소속 부대별로 집결하여 총기 취급 요령 등 기본 교육을 받은 후에 탄약 등 보급품을 싣고 트럭에 나눠 타고 임무를 부여받은 지역으로 향했다.

아바스가 배치된 시민군 부대는 3대대 2중대 1소대 3분대였다. 대대는 공항 남쪽으로 약 10킬로미터 떨어진 능선에 방어 진지를 구축하고 탈레반의 공격을 차단하는 임무를 부여받았고, 아바스가 소속된 1소대는 간다키 지역의 능선에 배치되었다. 차량으로 마자리 샤리프 공항 동쪽으로 우회하여 산 밑에 도착한 후 차에서 내려 소총, 탄약과 보급품을 메고 산으로 올라갔다. 산은 가파르고 제대로 된 길도 없었다. 아바스의 옷은 땀에 흠뻑 젖었다. 다른 동료들과 함께 낙오하지 않고 올라갔다. 산의 능선에 올라가는 데 거의 2시간이 걸렸다. 능선에 도착하니 전방이 확 트였다. 눈앞에 마을이나 농경지는 없고 산악이 첩첩이 놓여 있었다. 잠시 휴식을 하고 나서 3분대 지역으로 이동한 후에 2명씩 짝을 지어 2인용 호를 삽으로 파기 시작했다. 지면에 돌과 바위들이 섞여 있어서 파기가 쉽지 않았다. 호를 다 파기도 전에 날이 어두워지기 시작했다. 먹는 것이 마땅하지 않았고, 식수도 부족했다. 소대장과 분대장이 호를 파고 있는 병사들을 독려했다. 저녁 8시쯤 되어 겨우 두 사람이 들어갈 수 있는 호가 만들어졌다.

  아바스와 같은 호에 배정받은 분대원의 이름은 말렉이었다. 타지크족이었는데 나이는 40대쯤으로 보였다. 아바스와 짝이 된 것이 못마땅해서인지 호를 파는 작업을 하면서 내내 아바스에게 퉁명스럽게 대했다. 아바스는 말렉이 연장자이기도 해서 별다른 내색을 하지 않고 참았다. 호에 들어가서 지급받은 AK소총을 사대에 거치하고 자리에 앉았다. 하루 종일 서서 작업을 해서인지 의자처럼 편안했다. 잠시 후에 분대장이 호별로 다니면서 탄약을 개인별로 50발씩 나눠주고 탄창에 끼워 넣은 다음 총에 삽탄 및 장전을 한 후 총구를 전방으로 해서 사대에 놓으라고 했다. 아바스가 어떻게 해야 할지 몰라 허둥대자 분대장이 말렉에게 가르쳐 주라고 했다. 말렉이 귀찮은 표정을 하며 아바스의 총에 장전을 시켜 주었다. 분대장이 다가와서 말했다.

"지금부터 내일 아침 10시까지 두 사람이 교대로 휴식을 취하면서 전방을 주시하고 적의 접근을 차단한다. 적이 보이고 사격 거리 내로 들어오면 사격을 먼저 한 후에 분대장에게 보고한다. 두 사람 모두 자는 것이 발견되면 내일 아침 휴식 시간에 근무를 세우겠다."

사방이 깜깜해졌다. 말렉이 먼저 휴식을 하겠다고 했다. 1시간이 지나서 말렉을 깨웠다. 피곤해서인지 아니면 일부러 그런 것인지 말렉이 일어나지를 않는다. 주위가 조용해서 크게 말할 수도 없다. 새벽녘이 되자 아바스의 눈꺼풀이 내려오기 시작했다. 그럴 때마다 아바스가 손으로 자신의 팔과 다리를 꼬집기를 수도 없이 했다. 그러다가 새벽이 밝아오기 시작했다. 아바스는 밤을 꼬박 새웠다. 첫날 밤이 지나갔다. 낮에는 근무 인원을 최대한 줄인 후에 나머지는 휴식을 취했다. 산에 나무나 풀이 자랄 수 없는 환경이어서 그늘이 없었다. 목이나 머리를 두르는 스카프로 얼굴을 햇빛으로부터 가리고 누웠다. 그래도 밤을 지새운 아바스는 단잠에 빠져 들었다. 아바스가 일어나 보니 오후가 되어 있었다. 옆에 누가 가져다 놓았는지 난과 물이 있었다. 어제 저녁부터 제대로 먹은 것이 없었던 아바스는 난과 물을 허겁지겁 먹었다. 그 어떤 음식보다 맛있었다.

다시 저녁이 되었다. 낮에 잠을 자서 그런지 어제보다 개운했다. 오늘 밤은 말렉이 먼저 근무를 섰다. 새벽에 말렉이 깨웠다. 조용한 밤이었다. 하늘을 올려다보니 별빛이 휘황찬란했다. 잠시 집안 생각, 나나 생각, 이런 저런 생각을 하다가 정신을 집중하여 전방을 살폈다. 아무런 소리나 움직임이 없었다. 지루한 시간이 지나갔다. 그때 뭔가 앞에서 다가오는 것이 보였다. 눈을 비볐다. 몇 사람이, 아니 그보다 더 많은 사람들이 아바스가 있는 능선으로 올라오는 것이 보였다. 말렉을 흔들어 보았지만 반응이 없었다. 아바스는 총을 사대 위에서 조준했다. 몸이 긴장으로 떨렸다. 다가오는 사람들의 윤곽이 뚜렷이 보이기 시작했을 때 아바스는 방아쇠를 당겼다. 다가오던 사람들이 놀라서 땅에 엎드리는 모습이 보였다. 일부는 산 아래로 뛰어갔다. 아바스는 정신없이 이쪽저쪽으로 방아쇠를 당겼다. 상대방도 진지를 향해 대응 사격을 해왔다. 아바스의 총소리를 시작으로 인접 호에서도 불을 뿜었다. 말렉도 일어나서 총을 쏘아댔다. 아침이 되었다. 진지 전방에 널브러진 시체들이 여럿 보였다. 소대장과 분대장이 아바스의 공을 치켜세웠다. 하룻밤 사이에 아바스는 대대의 영웅이 되었다. 1주일 뒤에 다른 시민군 부대와 교대를 하고 아바스의 대대는 1주일간 휴가를 받고 집으로 돌아갔다.

46

정부 측과 미국을 비롯한 주변국들의 노력에도 불구하고 협상은 진전이 없었다. 그러는 사이 탈레반의 공세는 계속되었다. 민간인 사상자가 늘어갔고, 피난민 행렬이 길게 이어졌다.

함자가 이끄는 청년운동당은 협상의 진전을 위해 현재의 협상 팀과는 별개로 탈레반의 정치 조직을 가시화하여 정치 활동을 할 수 있도록 정부의 여건 보장과 탈레반의 참여를 촉구하는 성명을 발표했다. 정치권은 찬반 양쪽으로 갈렸다. 협상 진전을 위한 필요한 제안으로 성사되도록 정부가 적극 나서야 한다는 긍정적 의견과 탈레반에게 공세를 위한 시간을 끌 수 있는 명분만 줄 거라는 부정적 의견이 맞섰다.

함자가 대통령을 방문했다. 대통령도 청년운동당의 주장을 알고 있는 것 같았다.

"카불에 탈레반이 정치 사무소를 개소하도록 유도한다는 거죠?"

"대통령께서는 유도하시는 것이고, 탈레반은 한 가지를 더 얻는 셈이지요."

대통령이 너털웃음을 터뜨렸다.

"현재 꽉 막힌 협상만 바라보지 말고, 협상을 진전시킬 수 있는 우회로를 하나 더 만들자? 좋은 생각입니다. 그런데 정치권이 이것을 수용할까요?"

"탈레반이 수용하겠다고 하면요?"

"누가 탈레반을 움직이게 할 수 있을까요?"

"대통령께서 공개 석상이나 국가 화해 위원회 회의에서 언급해주신다면 그쪽에서 반응이 있지 않을까요?"

"한번 그렇게 해봅시다. 가만히 있을 수는 없으니 뭔가 노력해봐야 할 것 같아요."

함자는 아마드 정치 보좌관을 카불 시내 조용한 곳으로 초청했다. 아마드 보좌관도 청년운동당의 창당과 최근의 성명 발표 내용을 알고 있었다.

"아프가니스탄을 위해 좋은 일을 많이 하더군요."

아마드 보좌관이 말했다.

"우리나라를 생각한다면 가만히 있기보다는 무엇이라도 노력하는 것이 마땅하지 않겠습니까?"

"협상 팀만 가지고는 어렵다는 말씀이시오?"

"보시다시피 서로의 간극을 좁히지 못하고 있지 않습니까?"

"호랑이 굴에 들어가야 호랑이를 잡는다?"

아마드가 한참 생각에 잠긴 후에 말했다.

"좋소. 그런데 청년운동당이 제안한 것을 우리가 덥석 물 수는 없지 않소?"

"예. 그렇습니다. 대통령이 공개 석상에서 언급하신다면 가능할까요?"

"최소한 그 정도는 되어야겠지요."

며칠 후에 국가 화해 위원회 회의에 참석한 대통령이 평화 협상의 진전을 위해 필요하다면 탈레반이 카불에 정치 사무소를 개설하는 것도 검토할 수 있다는 취지의 의견을 피력했다. 언론은 정부가 꽉 막힌 협상을 돌파하기 위한 새로운 제안을 검토 중이라는 제목으로 보도했다. 탈레반의 반응은 없었다.

 정치적인 제스처로 끝나는 것 같았던 제안에 탈레반이 반응을 보였다. 외국에서 개최된 실무 협상 회의에서 탈레반 협상 팀이 정부 팀에 의견을 낸 것이다. 정부가 신뢰성을 보여준다면 카불에 사무소를 내겠다는 것이다. 탈레반의 계속된 무력 공세에 밀리는 상황에서 정부와 탈레반이 먼 외국이 아닌 카불에서 서로 소통할 수 있는 기회를 갖게 된다는 것은 새로운 타협의 시작점이 될 수 있다는 측면에서 지금보다 진일보한 발전이었다.

 정부에서도 발 빠르게 움직였다. 안전과 거리를 고려하여 대통령 궁과 멀지 않은 과거 국제 안보 지원군 사령부가 있었던 장소를 제의했고, 경비와 숙식 등을 지원하겠다고 발표했다. 그러나 탈레반은 정부의 제의를 거절하고 다룰라만 구역에 있는 청년운동당 사무소를 활용하겠다는 의사를 피력했다. 청년운동당이 이를 수용하겠다고 밝혔고 추진 절차들이 급물살을 타고 진행되었다. 국회도 논란 끝에 탈레반의 정치 활동을 의결했고, 정부의 화해 위원회에서 법규 개정안을 국회에 제출하였다.

 함자도 청년운동당의 지도부와 상의하여 다룰라만 구역에 있는 사무소 건물의 일부를 탈레반이 사용할 수 있도록 구조 변경 공사에 들어갔다. 탈레반의 선발대가 도착하였고, 하미드도 있었다. 임시 숙소는 세레나 호텔을 사용하기로 하였고 정부와 협조하여 안전과 이동 간 경호 등을 제공하기로 하였다.

 탈레반의 정치 사무소가 개설되는 날은 카불 전체가 떠들썩했다. 정부와 국회의 환영 메시지도 있었다. 반대로 카불대학교에서는 학생들이 탈레반의 잔인한 민간인 학살을 규탄하는 시위도 있었다. 탈레반의 정치 사무소는 아마드 보좌관 아래에 십여 명으로 문을 열었다. 탈레반은 기자 회견을 열어서 정부의 요구 사항을 자신들이 수용한 만큼 협상이 진전될 수 있도록 정부 측의 노력을 촉구했다.

 탈레반과 청년운동당과의 교류도 쉬워졌다. 그동안 은밀히 제한적으로 하던 미팅도 같은 건물에서 수시로 할 수 있었다. 탈레반의 정치 사무소가 제 역할을 할 수 있도록 지원을 아끼지 않았다.

 함자도 아마드 정치 보좌관과 정례적인 미팅을 가졌다. 첫 번째 정례 미팅에서 함자가 아마드에게 물었다.

 "탈레반 지도부는 여전히 '이슬람 토후국'을 목표로 하고 있습니까?"

 아마드가 말없이 고개를 끄덕였다.

 "'이슬람 토후국'으로 가야 하는데 현 정부가 '이슬람 공화국'을 고수하니 협상이 진전이 없고, 그래서 정부가 양보하지 않으면 무력으로 할 수도 있다는 것을 보여 주고 있는 것이군요."

 아마드가 말했다.

 "그것이 우리의 딜레마요. 공화국으로 가서 선거를 통해서 대통령을 선출하는 방식으로는 탈레반이 얻을 것이 없소."

"그러나 무력으로 설령 달성한다고 하더라도 반대하는 세력들이 많아서 무장 봉기를 하면 나라의 안정을 찾기 위해서 과거처럼 공포 정치를 해야 할 터인데, 그것을 원하시는 것은 아니겠죠?"

"그것은 우리에게도 최악의 시나리오가 될 것이라고 생각하오."

"무력 공세가 계속되어 민간인 사상자와 피난민들이 늘어나니 아프가니스탄 사람들끼리 협상의 장을 만들어 주고 떠난 미국 정부가 여론의 압박을 받는 모양새가 되어가고 있고, 여기에 뉴욕 타임스와 CNN 등의 언론들이 연일 탈레반에 부정적인 보도 수위를 높이고 있는 상황입니다. 파키스탄 등 주변국도 평화 협상을 압박하고 있고요. 파쉬툰족이 아닌 주민들은 총을 들고 싸우겠다는 의지를 보이고 있고, 여기에 과거 지역 군벌이 편승하여 무장 세력을 키우려고 하고 있습니다. 탈레반의 대안은 무엇입니까?"

"그래서 우리가 여기에 사무소를 내지 않았소? 현 정부가 우리가 수용할 수 있는 협상안을 빠른 시간에 내놓는 것이 현명한 처사요."

"청년운동당과는 어떤 협력 목표를 가지고 계십니까?"

"우리는 청년운동당과의 협력을 통해 탈레반에 대한 반대 여론을 완화시키려고 합니다. 청년운동당이 좋은 기회들을 만들어 주시길 기대하고 있습니다. 그래서 우리가 여기로 왔습니다."

"노력하겠습니다만 계속되는 무력 공세로 인해 여건이 악화되고 있습니다. 저희가 탈레반과의 연대를 강조할 수 있는 조치들이 필요합니다."

"어떤 것이 필요하오? 당장에 공세를 중단하기는 어렵고, 필요한 것이 있소?"

"예를 든다면 인도주의적인 조치도 필요합니다. 항복 의사를 표명한 군인과 경찰의 생명을 보장해주는 것도 포함될 수 있습니다."

"탈레반은 항복한 군인과 경찰을 죽인 적이 없소."

"얼마 전에 파리얍주에서 전투 중에 탄약이 고갈되어 항복한 군인들을 20여 명 사살한 것으로 알려지고 있습니다."

"우리는 싸우기 전에 항복한 군인과 경찰의 생명을 보장하고 있소. 아시다시피 일단 교전이 이루어지면 우리 쪽에도 사상자가 발생하게 되고, 그 후에 항복하면 감정이 앞서게 되어 우리도 강조하고 있지만 현장에선 통제가 어려운 것이 현실이지요."

"그래도 공개적으로 처형하고 시장터에 내버리는 것은 주민들이 과거 탈레반 정부 시절을 떠올리게 되고, 탈레반에 대한 부정적인 인식이 늘어납니다."

"잘 알겠소. 그 부분은 지도부에 얘기해서 지시가 되도록 노력하겠소. 아, 그리고 내가 청할 것이 있소. 여기에 사무소를 냈으니 무위도식할 수는 없고 정부나 국회, 정당별로 대화를 좀 나눠보는 것이 어떨지 생각하고 있어요."

"그것 좋은 생각입니다. 저희가 일정을 준비하도록 하겠습니다. 좋은 말만 듣기를 기대하시는 것은 아니시죠?"

아마드가 미소를 띠었다.

47

 탈레반이 카불에 사무소를 개설하게 되어 대화의 기회는 늘어났으나 협상 테이블은 여전히 외국에 있었다. 양측 협상 팀 참석자들도 고위급으로 상향되었다. 그러나 양측의 의견 차이를 분명하게 인식은 할 수 있었으나, 서로가 수용할 수 있는 협상안이 나오지 않았다.

 바드기스주의 칼라 아이 나 공항에 임시로 주둔하고 있던 바미얀 대대는 바드기스주의 대대 편성이 어느 정도 마무리되었고, 바미얀주 북부 지역에 탈레반이 진출하는 상황이 발생하게 되어 정부군 수송기 편으로 바미얀으로 복귀했다.

 그동안 다른 지역에 비해 조용했던 바미얀주도 북부의 카흐마드에 이어 사이간 행정 구역이 탈레반에게 점령됨으로써 불안해졌다. 사이간은 바미얀시에서 60킬로미터 북쪽에 위치하고 있다. 탈레반이 바미얀을 공격하는 것은 북부 지역이 어느 정도 확보되었다는 것을 의미할 수도 있고, 정부군의 대응을 유도하여 타 지역을 공략하거나, 탈레반이 공격 중인 바미얀의 동쪽 파르완주 지역으로 바미얀의 병력들이 투입되지 않도록 하기 위함일 수도 있다. 카흐마드와 사이간이 바미얀시와는 상당히 떨어져 있고, 산악 지역으로 접근로가 제한되어 정부군도 반격을 하지 못하는 상황이다. 함자는 6연대장인 하림으로부터 상황 보고를 받고, 정부군의 대응을 포함하여 좀 더 상황을 지켜보기로 했다.

탈레반의 카불 사무소는 바쁜 나날을 보냈다. 다양한 정당 사람들을 만나 의견을 나누기도 하고 협상에 적극 임해달라는 요구 사항들도 들었다. 그럴 때면 상부에 보고하겠다고 하던지, 협상 관련 사항은 외국에 있는 협상 팀의 소관 사항이라며 빠져 나갔다. 탈레반과 사무소를 같이 쓰고 있는 청년운동당 사무소 앞에는 매일 다양한 시민 단체들이 피켓을 들고 나타나 탈레반에게 요구하는 시위로 인해 문전성시를 이루었다. 무력 사용 중지, 인권 보호, 여성 인권 옹호, 공화국 체제 유지, 민간인 안전 보장, 도로 통행 보장, 여학교 운영 재개 등 다양한 요구 사항들이 이어졌다. 경찰들이 배치되어 시위대를 통제했지만 한계가 있었다. 탈레반 사무소 직원을 태운 차량들은 경찰의 칸보이를 받았지만 지나가던 시민들이 던진 돌멩이나 계란 등에 맞기도 했다. 함자는 그런 과정을 지켜보면서 탈레반이 시민들의 소리를 듣고, 느끼고, 변화하기를 바랐다.

판지시르에서 축제가 열려 초청을 받았다. 함자는 아마드 보좌관과 하미드에게 함께 가자고 제의했다. 두 사람은 주저하다가 마지못해 수락했다. 함자의 차에 세 사람이 함께 타고 이동했다. 아마드 보좌관과 하미드는 도로 주변에 펼쳐지는 경관들을 보며 생각에 잠겨 있었다. 차리카에 못 미쳐서 오른쪽으로 바그람 비행장의 울타리가 보였다. 소련군이 10년, 미군이 20년을 주둔했던 곳이다. 외세의 상징이었던 장소가 이제는 텅 빈 채 새로운 주인을 기다리고 있다. 아프가니스탄의 역사에 기록되어 후세에 알려질 것이다.

차리카를 지나치자 군과 경찰이 많이 보였다. 차가 지나가고 있는 서쪽 바미얀 방향에 위치한 신와리 지역은 탈레반과 정부군 간의 교전이 계속되고 있다. 함자는 아마드 보좌관을 슬쩍 훔쳐보았다. 무표정했다. 살랑 패스로 갈라지는 삼거리에서 우회전해서 판지시르 방향으로 향했다. 오른쪽으로 카피사주의 넓은 농경지가 펼쳐져 있었다. 곧 판지시르주 진입로에 도착했다. 군과 경찰의 경계가 삼엄하다. 초청장을 보여주고 계곡 안으로 들어갔다. 판지시르강을 따라 1시간 정도 들어가니 축제장 안내 간판이 보였다. 임시로 만든 주차장에는 많은 차들이 와 있었다. 축제장은 판지시르강 옆의 부지에 있었다. 맑은 강물이 흐르는 지천 사이에 있는 풀밭에서는 사람들이 둘러싼 가운데 음악 소리에 맞춰 춤추는 사람들이 보였다. 현지의 전통 음식과 주스도 제공되었다. 가비와 리자가 아이를 안고 와서 반갑게 인사했다. 함자가 아이를 받아 안고 뺨에 입술을 맞추고 아이의 건강을 마음속으로 축원했다. 가비가 말했다.

"사내아이인데 이름을 누르라고 지었어요."

"진심으로 축하하네. 아이에게도 알라의 가호가 있기를 비네."

아마드와 하미드도 가볍게 인사를 나누었다. 복장이 타지크족과는 확연하게 구별되어 사람들의 시선을 끌기도 했지만 다들 카불에서 오신 손님 정도로 생각하는 눈치였다.

함자는 판지시르주의 북쪽과 남쪽 경계선 너머에서 탈레반과 정부군 간 교전이 일어나고 있는 상황에서도 주민들이 축제를 즐길 수 있다는 것에 의아해했는데 여기에 와서 그 이유를 나름 찾을 수 있었다. 주민들은 지금 평화로운 축제를 즐기는 것이 아니라 이러한 행사를 통해 주민들 간의 결속력을 강화하고 있는 것이다. 탈레반의 공세가 여기 판지시르에도 온다면 싸우겠다는 마음의 다짐을 하고 있는 것이다.

행사장 한쪽에는 그 수가 많지는 않았지만 여성들도 참여하여 여러 가지 옷들을 전시했다. 진열한 알록달록한 드레스들이 판지시르 계곡의 바람에 나부끼는 모습이 아름다웠다. 아마드 보좌관과 하미드도 판지시르 주민들의 축제를 보면서 즐기는 모습이었다. 축제가 막바지에 접어들면서 젊은 사람들이 총을 들고 둥글게 원을 그리며 춤을 추면서 공포탄을 쏘아댔다. 함자는 공포탄 소리가 총소리가 되어 판지시르 계곡을 울리지 말아 달라고 속으로 기원하면서 아마드 보좌관과 하미드는 무슨 생각을 하고 있을지 궁금해졌다.

48

탈레반의 점령 지역이 확대되면서 점령 지역 내 주민들의 고통이 지역 바함 조직을 통해 함자에게 보고되었다. 정부 건물들을 불태우고, 무선 송신탑을 넘어뜨리며, 교량을 폭파시키는 등 정부의 재건 사업들을 무력화시키거나 여학교를 폐쇄하고 TV 방송을 중단시켰다. 여성들은 얼굴이나 몸을 가려야 하고 외출할 때는 남성이 동행해야 하며 남성들은 수염을 깎지 못하게 하고 터번을 쓰도록 강요했다. 그리고 이슬람 샤리아 율법에 따른 법 집행을 공개적으로 하는 경우도 있었다.

함자를 비롯한 바함의 카불 사무소는 탈레반 치하에서 신음하고 있을 주민들을 일시적으로나마 도울 수 있는 방안을 검토했다. 그리고 은밀히 사단장들에게 지시를 내렸다. 작전명 '섀도'.

파쉬툰 자르간 행정 구역의 투니안 마을은 헤라트시에서 동쪽으로 약 25킬로미터 떨어진 거리에 있는 농촌이다. 주민들이 150가구 정도 된다. 탈레반에 점령된 지 한 달 정도 지났다. 지역 주민들은 탈레반 치하에서 자유스럽지 못하고 억압받고 있다고 생각하고 있다. 여성들에 대한 통제가 심해졌다. 외출을 나갈 때는 부르카나 이에 준하는 복장을 착용해야 하고 남자와 동행해야 한다. 그렇지 않고 적발되면 탈레반이 공개적으로 채찍질을 했다.

이 동네에 사는 미시는 30대 후반 과부로 남편이 몇 년 전 전쟁 중에 죽고 어린 아들, 딸과 함께 어렵게 살고 있다. 탈레반이 점령하기 전부터 어려운 일이 있으면 남편과 알고 지내던 같은 동네에 사는 친척 남성에게 도움을 요청했고, 친척 남성도 과부의 어려움을 이해하고 도와주었다. 그런데 탈레반 치하에서 혼자서 외출을 할 수 없다 보니 시장을 보러 가는 등 외출할 때마다 친척 남성에게 도움을 요청해야 했다. 그렇게 자주 함께 있는 것을 다른 사람들이 보고 둘 사이를 의심하게 되었고, 친척 남성의 부인에게도 이 말이 들어갔다. 어느 날 시장을 본 후에 함께 식사를 하고 집으로 돌아왔다. 이것을 친척 남성의 부인이 보고 오해를 해서 탈레반에게 신고했다. 탈레반에게 출두한 미시와 친척 남성이 그런 관계가 아니라고 부인했으나, 증인으로 나선 사람들의 의견이 분분했다. 탈레반은 미시를 붙잡아 가두고 공개적으로 태형을 하겠다고 발표했다. 집에 남겨진 아이들은 챙겨주는 사람이 없어 울고불고하며 이 집, 저 집으로 엄마를 찾아다녔다. 이 동네에 살다가 공부를 하러 헤라트 시내로 와 있던 바함 회원이 이러한 안타까운 사연을 헤라트시의 바함 사무실로 알려 왔다.

공개 처벌을 하는 날 동네 공터에 사람들이 모여 둘러서자 탈레반이 붙잡아 온 여성을 한 명씩 주민들 가운데에 꿇어앉히고 죄목과 형벌을 발표한 후에 태형을 가했다. 채찍질을 당한 여성들은 고통으로 비명을 지르고 땅바닥에 쓰러졌다. 미시도 차례가 되어 붙들려 나왔다. 미시의 죄목은 부인이 있는 남성을 유혹한 죄로 다른 죄목에 비해 형벌이 중했다. 탈레반 요원이 채찍을 들고 미시를 내리치려고 할 때 요란한 소리와 함께 오토바이 몇 대가 마을 공터로 들어왔다. 오토바이를 타고 온 사람들도 머리에 터번을 하고 있었다. 그리고 마을에 거주하던 탈레반 요원들과 무슨 일인지 실랑이를 하더니 갑자기 가지고 있던 총으로 탈레반 요원들을 사살해 버린 다음 마을을 떠나갔다. 마을 사람들은 놀라서 뿔뿔이 흩어졌다. 땅바닥에 엎드려 있던 미시도 주위가 조용해지자 집으로 달려갔고, 제대로 먹지 못해 굶주려 있던 아이들을 부둥켜안고 울었다.

다우라트 아바드 행정 구역 센터는 파리얍주의 수도인 마이 마나시에서 국제 간선 도로인 아시안 하이웨이 76번 도로를 따라 북쪽으로 65킬로미터 거리에 있다. 파쉬툰족이 많으며 부족 단위의 생활을 하고 있다. 주민들은 농업과 목축업으로 살고 있고 부업으로 카펫 등 직물도 제조하고 있다. 질 좋은 피스타치오 생산지이기도 하다.

　탈레반의 주력은 남쪽에 있는 마이 마나시의 외곽 지역까지 진출하여 정부군과 교전 중에 있고 다우라트 아바드 행정 구역에는 일부 병력이 주둔하여 주민들을 통제하고 있다. 탈레반의 지휘관인 삼카니는 지역 센터 건물에 본부를 두고 부족 단위의 마을마다 일부 병력들을 배치하여 지역을 장악하고 있다. 40대 후반의 삼카니는 과격하며 폭압적인 성격으로 부하들도 두려워한다. 지난번 항복한 특공 부대원을 사살해 버린 것도 삼카니가 지시한 일이었다. 오늘은 3명의 탈레반 요원과 함께 정부군이 버리고 간 차를 타고 4킬로미터 남쪽의 토르 다나 마을에 도착하여 현지 탈레반 요원으로부터 상황 보고를 받은 후에 동쪽으로 1킬로미터 떨어진 카라클릭 마을로 향했다. 산골 마을이라서 제대로 된 도로가 없어서 도보로 출발했다. 농경지 사이로 난 길로 마을에 거의 도착했을 때 마을 뒷산 쪽에서 번쩍하는 섬광이 보였다고 생각한 순간 땅바닥에 쓰러졌다. 함께 간 사람들도 차례로 쓰러졌다. 마을 입구에서 기다리던 탈레반 요원과 부족 원로가 삼카니가 오지 않자 토르 다나 마을 쪽 길로 마중을 나갔고 쓰러져 있는 삼카니 일행을 발견하고 놀라서 보고했다. 센터에 있던 탈레반 무장 요원들이 출동하여 주변 지역을 수색하였으나 아무것도 발견하지 못했다.

칸다하르주와 파키스탄의 퀘타를 연결하는 국경의 출입국 사무소가 있는 스핀 볼닥 행정 구역을 탈레반이 점령하였고 파키스탄으로 들어가려고 천막을 치고 대기하던 많은 피난민들을 쫓아냈다.

정부군이 스핀 볼닥을 탈환하려고 하였으나 지상 공격으로는 난항에 부딪혔다. 그런데 스핀 볼닥을 점령한 탈레반 지휘관과 참모들이 탈취한 정부군의 험비를 타고 도로로 이동하다가 앞쪽에 트럭이 도로를 막고 있어서 서행을 하는데 검정색 두건으로 얼굴을 칭칭 감은 두 사람이 탄 오토바이 한 대가 가까이 스쳐서 지나갔다. 그리고 얼마 되지 않아서 험비 차량은 큰 폭발음과 함께 공중으로 솟구친 후에 도로 바닥에 엎어졌다. 차량으로 따라오던 탈레반 요원들이 차를 세우고 현장으로 쫓아갔으나 차량에 탑승한 지휘관과 참모들이 모두 사망한 것을 확인할 수 있었다.

쿤두즈시의 서쪽 두완디에서 76번 도로를 연해서 시내 쪽으로 공격하던 탈레반 지휘관 카마르는 부하에게 총을 맞아 숨졌다.

타하르주의 탈로칸 시내를 공격하던 탈레반 지휘관 시마즈는 저격을 받아 숨졌다.

발흐시 외곽의 무선 송신탑을 폭약으로 넘어뜨린 탈레반 지휘관 자한은 오토바이를 탄 괴한에게 총을 맞고 숨졌다.

파라시에서 수염을 기르지 않았다며 나이 든 주민들을 때리고 협박했던 탈레반 지휘관 아미르도 저격을 받아 숨졌다.

칸다하르주 아르간다브 교량을 폭파시킨 탈레반 지휘관 아미눌라도 정부군과 교전 중에 사망했다.

각 주의 바함은 탈레반 치하에 있는 주민들의 어려움과 애로 사항을 청취하여 카불의 본부로 보고했고, 본부에서 필요한 방안을 검토한 후에 구호를 하거나 무장 조직을 이용하여 조치하였다. 탈레반과 정부군과의 교전 속에서 어디에 하소연할 때도 없는 주민들의 입장에선 바함의 도움이 큰 힘이 되었다.

49

파키스탄 정부가 주관하는 아프가니스탄 평화 콘퍼런스에 아프가니스탄의 다른 유명 정치인들과 함께 함자도 초청을 받았다. 개최 장소도 이슬라마바드여서 로사를 비롯한 가족들을 만날 수 있는 좋은 기회이기도 했다. 함자도 밖으로 내색하지 않았지만 내심 은근히 기대가 되었다. 어머니와 로사를 못 본 지도 오래되었고, 배부른 로사가 출산을 오늘내일 하고 있는 상황이어서 더욱 절실했을 수도 있다.

파키스탄 정부는 매년 평화 콘퍼런스를 개최하여 왔다. 그러나 아프가니스탄 정부를 비롯한 대다수 정치인들은 파키스탄의 이중적인 행태를 비판했다. 아프가니스탄 사람들은 현재 양국 간의 국경선인 듀란드 라인을 반대하였으나, 파키스탄의 입장에선 그러한 주장을 받아들일 수 없다. 면적으로 볼 때 파키스탄의 1/3 크기인 지역을 포기할 수는 없는 일이다. 그리고 파키스탄 내부의 정정 불안으로 크고 작은 테러가 끊임없이 발생하고 있고 북동부의 카시미르 지역 분쟁으로 인도와 대치하고 있는 상황에서 서부 지역의 파쉬툰 자치 지역과의 충돌은 파키스탄 정부로서는 있어서는 안 될 문제이기 때문이다.

아프가니스탄 정부도 마찬가지이다. 겉으로는 듀란드 라인을 받아들일 수 없다고 압박하고 있지만 속으로는 지금 문제가 되고 있는 탈레반의 근거지를 파키스탄 정부가 어떻게든 처리해 주기를 바라고 있는 것이다. 정부군과의 교전으로 탈레반 사상자도 많이 늘어나고 있으나 파키스탄으로부터 계속 병력이 보충된다면 어렵기 때문이다. 파키스탄 외에도 국경선이 허술한 이란, 투르크메니스탄, 우즈베키스탄, 타지키스탄을 통해서 외국의 이슬람 성전을 주장하는 세력이나 테러 조직들도 유입되어 탈레반과 연대하여 싸우고 있다고 정부는 판단하고 있다.

함자가 이슬라마바드에 가더라도 가족들이 살고 있는 것을 언론에 노출시킬 수 없는 것도 문제이다. 유명 정치인이 된 함자의 일거수일투족을 언론이 추적할 것은 당연한 일이다. 어떠한 위해가 또 가족들에게 행해질지 모른다. 로사와 어머니를 만날 생각에 마음이 부풀어 올랐던 함자도 냉정을 되찾기 시작했다. 이러한 내용을 일절 비밀에 부치고 가족들에게도 알리지 않았다. 함자가 우려하던 상황이 실제로 발생했다. 이슬라마바드에 있는 아프가니스탄 대사의 딸이 집으로 돌아오던 길에 납치되어 몇 시간 동안 심한 고문을 당한 후에 풀려난 일이 발생한 것이다. 함자는 로사에게 연락해서 조심하라고 당부했다.

바함의 무장 조직도 편성이 완료되어 가고 있었다. 5개 사단, 1개 여단, 12개 연대로 총 38개 대대가 동원되었을 때 1만 9천여 명이고, 여기에 특임 여단 3개 대대와 훈련소 인원을 합치면 2만 명을 상회한다. 규모로 볼 때 아프가니스탄 내에서 정부와 탈레반에 이어 3위를 차지한다. 그동안 특수 임무 부대와 훈련소로 시작했을 때는 은밀하게 유지가 가능했으나, 지역별로 대대를 편성하면서부터는 정부군과의 작전 협조나 장비 및 보급 지원으로 인해 노출을 차단하는 데 한계가 있었다. 그래도 은밀하게 하려고 노력했다. 섀도 작전을 하고 있고, 치고 빠지는 식의 전술을 사용했다. 정부와 탈레반 간의 평화 협상을 지원하기 위해 양쪽의 균형을 맞추는 데 작전의 중점을 두었고 지금은 탈레반의 공격 능력을 억제하는 쪽으로 작전을 하고 있다.

 탈레반이 주의 수도를 포위하고 있는 지역이 늘어나면서 함자는 전황을 예의 주시하고 있다. 정부군이 주의 수도를 더 이상 지탱하기 어렵고, 시가전이 벌어져서 주민들의 피해가 많아질 경우에는 어떤 식으로든 바함의 무장 조직을 투입해야 할 것이기 때문이다.

 함자가 볼 때 탈레반과 정부 간 휴전 협상이 이루어지기 위해서는 탈레반과 정부군이 능력 면에서 비등해야 하고 탈레반의 병력 충원이 감소되어야 하며 주변의 정치적인 여건이 조성되어야 하는데 아직 이러한 조건들이 성숙되지 않았다. 양쪽이 모두 평화 협상을 원해야 하는데 무력에 의한 공세로 정부군을 압박하고 있는 탈레반은 느긋한 입장에서 자신들의 요구 사항을 정부가 받아들일 것을 주문하고 있다. 탈레반이 주도하는 이슬람 국가를 세울 테니 거기에 참여해 달라고 압박하고 있다. 파키스탄 등 외부에서의 병력 충원도 계속되고 있다. 주변국 여건도 아직은 미흡하다. 우즈베키스탄이 처음으로 아프가니스탄이 과거 탈레반 정부 체제로 회귀하는 것을 원치 않는다며 탈레반이 주장하는 이슬람 국가 설립에 반대하는 입장을 표명하였다. 탈레반의 입장에서 아쉬운 것이 있다면 주 전체를 점령한 지역이 없는 것이다. 정부군이 주의 수도를 탈레반의 공격으로부터 방어하기 위해 전력을 다하고 있고, 시민군이 합세하여 대항하고 있다. 주변국의 압박으로 휴전을 하게 될 상황에 대비하기 위해서는 탈레반도 제대로 된 점령 지역이 있어야 정부와의 휴전 협상에 유리한데 그렇지 못하고 있다.

함자는 전황이 정부군에게 불리한 북서부의 파리얍주와 북동부의 타하르주에 섀도 작전을 강화하기로 했다. 탈레반의 지휘관을 암살하는 작전이다. 파리얍주는 수도인 마이 마나시내에서 교전이 이루어지고 있고, 타하르주의 수도인 탈로칸시 외곽에서 치열한 교전이 발생하고 있다. 1사단장인 가비에게 탈로칸시에 대해, 2사단장인 와히디에게 마이 마나시에 대한 섀도 작전 계획을 준비해서 보고하라고 지시했다.

1사단장인 가비가 정보 및 작전 지역을 분석한 결과 적은 5개의 접근로를 이용하여 탈로칸시를 공격하고 있었고, 접근로별로 적의 공격 규모는 1개 중대이며, 주간에는 집결지에서 휴식을 하고 야음을 이용하여 공격하고 있었다. 따라서 섀도 작전을 위한 작전 방안은 적의 접근로별로 2개 팀을 편성하되 1개 팀은 10명 내외로 편성하고 탈레반 인원으로 위장하여 잠입 후에 야간 공격전 혼란한 틈을 타서 지휘관을 저격하고, 나머지 1개 팀은 적이 공격 후에 집결지로 이동하여 휴식을 할 때 지휘관 또는 부지휘관을 급습하여 사살하는 것이다. 이를 위해 작전에 투입되는 인원들은 턱수염을 기르거나 붙이고 검정색 터번을 착용하는 등 탈레반 인원으로 위장하고 이동 수단은 오토바이와 소형 트럭을 활용하기로 하였다. 작전 후에는 탈로칸 시내에 있는 타하르 대대와 합류한 후 의명 복귀토록 했다. 작전에 투입할 부대는 예하 1연대에 소속된 판지시르 1, 2대대, 바다크샨 3대대, 타하르 4대대 중 3, 4대대가 담당한 지역이 탈레반의 집중 공격을 받고 있어 섀도 작전을 수행할 능력이 제한될 것으로 보고 작전 지역으로부터 떨어져 있지만 판지시르의 2대대를 투입하기로 하였다. 작전 계획이 수립되자 함자에게 보고하고 승인을 받았다.

탈로칸시 섀도 작전 1팀장은 아리안이 맡았다. 간다차에서 산을 넘어 탈로칸시를 북동쪽에서 공격하는 적의 예상 접근로를 작전 지역으로 부여받았다. 임무는 야간에 은밀히 잠입하여 적이 공격하기 전에 적 지휘관을 사살하는 것이다. 이동 수단으로 2인승 오토바이 7대를 할당받았다. 모든 준비를 마치고 새벽에 출발하여 오전 8시쯤에 목적지인 탈로칸시 북쪽 능선 너머 간다차 부근에 도착했다. 오토바이를 인적이 드문 곳에 은폐한 후에 노출되지 않도록 유의하면서 쌍안경을 활용하여 탈레반의 집결지로 보이는 장소를 탐색했다. 2킬로미터쯤 후방의 계곡에 20~30가구 정도의 마을이 보였다. 능선으로 멀리 우회하여 마을 뒷산

쪽으로 이동한 후에 마을 주민들의 움직임에 주목했다. 피난을 갔는지 인적이 없었다. 아리안이 '여긴 아닌가 보다.' 하고 다른 지역으로 이동하려는데, 계곡 뒤쪽에서 오토바이 소리가 나더니 2대가 마을로 들어가는 것이 관측되었다. 탈레반의 집결지가 분명해 보였다. 좀 더 마을 쪽으로 다가간 후에 은폐된 곳에서 교대로 마을의 동정을 감시하면서 휴식을 했다. 해가 산 너머로 사라지고 저녁이 되어 어두워지기 시작할 때 아리안의 팀이 움직이기 시작했다. 아리안이 팀원 한 명과 함께 정찰을 위해 마을로 내려갔다. 마을에 도착했을 때는 어두워졌다. 둘은 야간 투시경을 착용하고 은밀히 마을로 진입했다. 골목길을 따라 가는데 앞쪽에 인기척이 들렸다. 급히 몸을 숨겼다. 무장 인원 5명이 지나갔다. 다시 앞으로 나아갔다. 모퉁이를 돌자 집들 사이로 조그마한 광장이 보였다. 광장 맞은편에 있는 건물 앞에 무장 인원 10여 명이 모여서 무엇인가 얘기를 나누는 소리가 났다.

잠시 후 건물 안에서 3명이 나왔는데 그중에서 상급자로 보이는 사람이 모여 있는 인원들을 대상으로 지시를 하는 것이 보였다. 그 사람이 지휘관인지는 불분명했다. 잠시 후에 모였던 사람들이 흩어졌다. 아리안이 그중 한 사람을 미행했다. 어느 집으로 들어갔는데 밖에서 보니 안에 여러 명이 바쁘게 움직이는 모습이 보였다. 공격을 준비하는 것 같았다. 아리안은 팀원과 함께 마을을 나와서 집결지로 복귀했다. 저격수 2명을 마을 광장이 잘 내려다보이는 언덕 위에 배치하여 건물 입구를 조준하도록 했다. 그리고 나머지 8명을 2개 조로 나누어 아리안의 1조와 카데리의 2조로 편성하여 1조는 광장 건물 내부로 진입하여 수색 및 지휘관을 사살하고 2조는 1조 엄호 및 지휘관이 광장으로 나올 경우 사살하도록 계획하였다. 임무 수행 후에는 언덕 위로 집결하기로 했다. 아리안이 1조와 함께 다시 마을로 내려가 보니 많은 사람들이 움직이는 모습이 보였다. 아리안과 1조는 움직이는 사람들 사이에서 광장 건물로 향했다. 불빛이 없어서 상대방을 확인하기 어려운 점을 이용했다. 2명을 건물 밖에 남겨두고 아리안은 1명을 데리고 건물 안으로 들어갔다. 복도가 있었고 복도를 따라 좌우측에 방들이 여러 개 있는 것이 보였다. 아리안은 소음기를 장착한 권총을 꺼내 들었다. 갑자기 왼쪽 방에서 문이 열리더니 두 사람이 나와서 복도를 따라 아리안을 스쳐 지나갔다. 아리안이 얼른 권총을 숨기고 태연한 듯 앞으로 걸어갔다. 긴장으로 인해 몸에서 땀이 흘렀다. '지휘관은 어느 방에 있을까?' 앞으로 조금 더 가 보니 왼쪽 방에 문이 살짝 열려 있고, 문 사이로 나이가 좀 되어 보이는 사람이 방안에서 서성이고 있었다. 아리안은 지휘관이라고 직감했다. 문을 열고 들어가자 그 사람이 파쉬투어로 "준비는 다 되었는가?" 하고 물었다. 아리안이 같은 파쉬투어로 "다 되었습니다." 하고 대답하며 다가갔다. 그 사람이 이상함을 느꼈는지 아리안을 쳐다보는 순간 아리안은 재빨리 다가가서 권총으로 가슴에 두 발, 이마에 한 발을 발사했다. 그 사람이 쓰러지자 옆에 있는 의자에 비스듬히 앉혀 놓고 문을 닫고 복도로 나와서 빠른 걸음으로 건물 밖으로 이동했다. 그리고 1조와 함께 마을을 떠나 집결지로 향했다. 2조는 광장 주변 지붕 위에서 상황을 주시하다가 아리안이 떠나는 것을 보고 재빨리 철수했다. 언덕 위에서 건물 입구를 조준하고 있던 저격수들은 아리안이 떠난 지 얼마 되지 않아 사람들이 소리를 지르며 건물 밖으로 뛰어 나오는 것을 목격하고는 집결지로 향했다.

그날 밤 탈로칸시 외곽을 따라 방어선을 형성하고 탈레반의 공격을 기다리던 정부군과 시민군은 적의 공격이 어제와는 다르게 약해졌다는 느낌을 받았다. 그리고 공격도 오래되지 않아 잦아들었다. 이튿날 오전에 아리안 팀은 타하르 대대원과 약속한 장소에서 만나 오토바이를 타고 탈로칸 시내로 향했다. 이번 작전으로 2대대는 지휘관과 부지휘관 8명을 사살하는 전과를 올렸다. 전사자 2명과 부상자 5명이 발생하였고, 탈로칸시에서 영현 처리 및 치료를 제공하였다.

2사단장 와히디는 함자의 지시를 받고 참모들과 함께 작전 방안을 논의하였다. 어려운 점은 북부 및 북서부 지역이 대부분 탈레반의 공격을 받고 있어서 가용 병력을 염출해내기가 쉽지 않았다. 구르나 바미얀 부대는 여유가 있었으나 거리가 멀고 이동 수단이 적절하지 않았다. 그래서 최근에 편성이 완료된 파리얍 대대에서 병력을 차출하기로 검토하였다. 정부군으로부터 획득한 정보를 고려해 볼 때 탈레반은 5개 방향으로 마이 마나시를 공격하고 있었다. 마이 마나시를 서에서 동으로 관통하는 76번 2차선 포장도로를 연한 2개의 주접근로와 시의 남동쪽 외곽의 사이단 마을로부터 시내 남쪽의 아프간 콧으로 공격하는 접근로, 시 남서쪽 외곽의 쿠투르 마을 방향에서 아프간 콧으로 향하는 접근로, 그리고 북쪽의 카가탁에서 비행장으로 공격하는 접근로 등이다. 와히디는 파리압 대대의 가용 병력과 임무 수행 능력을 고려하여 5개 팀을 급조하여 접근로별로 1개 팀을 섀도 작전에 투입하기로 하고, 이러한 계획을 함자에게 보고하여 허락을 받았다. 임무를 부여받은 파리얍 대대장 지아는 중대장 및 참모들과 함께 논의한 결과 중대별로 2개 팀을 선발하여 5개 팀을 투입하고 1개 팀을 예비로 운용하기로 하였다.

1팀장으로 임명된 모히브는 76번 도로를 연해 동쪽에서 시내 중심부인 콰리아이 코히 방향으로 공격하는 적의 지휘관을 제거하라는 임무를 부여받았다. 모히브가 정보 및 작전 분석을 해본 결과 탈레반은 마이 마나시의 북동쪽 18킬로미터에 위치한 하우자 코쇼리 마을 일대에서 집결을 하고 초저녁에 차량으로 이동 후 마이 마나시로부터 5킬로미터 떨어진 곳에서 하차하여 능선을 이용하여 마이 마나시로 공격할 것으로 예상하였다. 따라서 적의 지휘관을 제거할 수 있는 방법은 주간이나 야간 공격 전까지 집결지에서 사살하거나 야간 공격을 지휘하기 위해 차량으로 이동할 때 공격하는 것이다. 모히브는 두 번째 방법이 실행 가능성이 높을 것으로 예상했다. 단 제한 사항은 많은 차량들 중에서 지휘관 차량을 식별해 내는 것과 차량을 파괴할 수 있는 적절한 수단과 방법을 찾아내는 것이다. 모히브는 지휘관이 탑승하는 차량을 식별하기 위해 정찰조 3명을 편성하고 조장에 페로즈를 임명했다. 정찰조의 임무 수행을 위해 오토바이 3대를 확보하여 제공하였다. 탈레반 집결지로 가는 길은 76번 포장도로를 이용할 경우 탈레반 검문소가 많아서 76번 도로 남쪽의 비포장도로로 수바흐투 마을을 경유하여 하우자 코쇼리로 이동하기로 하였다. 이동 소요 시간은 많아야 1시간 30분 정도이다. 정찰조는 이른 아침에 오토바이 3대를 이용하여 수바흐투 마을까지 이동하여 오토바이를 숨긴 후 도보로 하우자 코쇼리 마을 뒷산으로 이동했다. 페로즈가 쌍안경으로 마을을 관측해 보니 정부군으로부터 노획한 험비 차량이 여러 대 보였다. 험비 차량 외에도 SUV도 여러 대가 있었고 탈레반으로 보이는 경계병도 보였다. 한참 동안 관측했지만 지휘관 차량이 어떤 것인지 알아낼 수 있는 방법이 없었다. 페로즈는 마음이 다급해졌다. 마을에 사람들의 이동이 드물어서 페로즈가 정찰조 한 명과 함께 마을 쪽으로 가까이 내려가 보기로 했다. 마을 주민처럼 행세하며 마을 어귀 쪽으로 다가갔다. 그때 뒤쪽에서 차 소리가 나면서 점점 가까워졌다. 두 사람은 옆에 보이는 담벼락 뒤에 재빨리 숨어 상황을 예의 주시했다. 차량이 여러 대 두 사람이 숨어 있는 곳을 지나갔다. 비포장도로이다 보니 흙먼지가 많이 일었지만 SUV도 있고 험비도 보였다. 마을 골목길이 좁아서인지 천천히 지나갔다. 페로즈는 조심스럽게 차량들을 따라갔다. 골목길을 돌아서 어느 집 앞의 공터에 차량들이 멈췄다. 마중 나온 사람이 그중 푸른색 SUV의 문을 열었다. 차 안에서 검정색 터번을 머리에 두른 중년의 건장한 사람이 내렸다. 다들 그 사람을 따라 집안으로 들어가는 것이 보였다. 페로즈는 속으로 생각했다. '저기 푸른색 SUV를 탄 사람이 지휘관이고 따라다니는 험비는 필요할 때 쓰는 모양이다.' 재빨리 차량의 사진을 찍고 마을 밖으로 나왔다. 마을로 들어가는 주민을 스쳐 지나쳤다. 주민이 뒤돌아서 자신들을 쳐다보는 것 같았다. 아마도 '마을에서 못 보던 사람들인데 무엇을 하는 사람들인가?' 하고 궁금해하는 듯 했다. 모르는 척을 하고 걸음을 빨리했다. 언덕을 오르면서 마을 쪽을 내려다 봤더니, 그동안 보이지 않던 사람들 여러 명이 자기들이 왔던 길을 따라 마을 밖으로 쫓아 나오는 것이 아닌가? 순간 페로즈는 자신들이 발각되었다고 생각했다.

"들켰다! 뛰어!"

언덕 위로 쏜살같이 올라와 숨어서 내려다보니 산 아래쪽에 사람들이 모여 자신들이 어디로 갔는지 찾는 것 같았다. 페로즈가 숨을 헐떡이며 말했다.

"마을 사람들이 우리를 찾는가 봐. 들키지 않도록 돌아서 가야할 것 같아."

정찰조 3명은 오토바이를 숨겨 놓은 수바흐투 마을로 바로 가지 못하고 산을 넘어서 우회했다. 산과 계곡을 3개를 넘어가니 목이 타들어가고 기진맥진했다. 어느덧 해가 넘어가고 있었다. 다행히 오토바이는 그대로 있었다. 오토바이를 타고 속도를 높여서 비포장도로를 달렸다. 자신들 때문에 작전에 차질이 생길까 봐 위험을 무릅쓰고 달렸다. 비포장도로의 흙바닥이 오토바이와의 마찰 때문에 먼지구름을 일으켰다. 팀원들이 있는 곳에 도착하니 저녁 8시가 되어 있었다.

팀장인 모히브를 비롯해서 팀원들은 작전 준비를 갖춘 채 정찰조를 기다리고 있었다. 페로즈가 핸드폰에 찍힌 사진을 모히브에게 보여주면서 정찰 결과를 보고했다.

"여기 보이는 푸른색 SUV에서 지휘관으로 보이는 사람이 내리는 것을 확인했어요. 힘비도 몇 대 같이 다녔어요."

모히브가 얼굴이 환해지며 대답했다.

"수고했네! 자, 다들 준비되었으면 출발한다."

모히브는 적이 차량을 타고 76번 도로로 이동하다가 마이 마나시 5킬로미터 거리에서 하차하여 도보로 이동한 후, 2킬로미터 전방에서 전개하여 능선을 넘어 시내로 공격해 들어올 것으로 판단했다. 그래서 작전 지역을 6킬로미터 거리의 애로 지점으로 선정했다. 적보다 먼저 작전 지역에 도착하기 위해 서둘러서 이동했다. 빠른 속도로 걷느라 숨이 거칠어지고 몸이 땀으로 흠뻑 젖었다. 그래도 임무 수행을 완료해야 마이 마나 시내에서 불안해하고 있을 내 가족들의 안전을 보장할 수 있다고 생각하니 힘이 절로 솟았다.

작전 지역에 도착하여 모히브는 팀원들을 도로 옆 매복 지점에 배치했다. 선두조는 3명으로 편성하여 본대의 500미터 전방에 배치하고 지휘관이 탑승한 차량 대열이 식별되면 본대에 연락하는 임무를 부여했다. 본대는 타격조와 저격조로 편성하여 타격조는 4명으로 편성하여 RPG-7 2정을 각각 사수 및 부사수 2명으로 나누어 배치하고, 저격조는 저격수 2명으로 편성하여 지휘관이 살아서 차량에서 나올 때 사격하도록 했다. 모히브는 본대에 위치하고 선두조와의 연락 수단은 지급받은 워키토키로 정했다. 선두조에는 야간 투시경을 지급했다. 배치를 끝내고 나니 자정이 다 되어 있었다. 새벽 두 시쯤 되었을 때 전방에서 차량 불빛 여러 개가 나타나서 다가오는 것이 보였다. 지휘관 차량이 아니어서 지나가는 것을 지켜보았다. 예상했던 대로 매복 지점을 지나간 후에 먼 거리에서 차량이 멈추었다. 불빛도 사라졌다. 새벽 3시쯤에 마이 마나시 방향에서 폭발음과 함께 총소리가 요란하게 들렸다. 탈레반이 시내로 공격해 들어가다가 정부군과 교전이 벌어진 것 같았다. 모히브 팀은 참을성 있게 기다렸다. 새벽 5시쯤 되어 먼동이 터 올 때쯤 전방 멀리서 차량 불빛이 보였다. 모히브의 워키토키에서 키를 잡는 소리가 여러 번 울렸다. 타격조와 저격조에 적 지휘관 차량이 다가오고 있다고 경고했다. 잠시 후 험비 차량을 선두로 한 대열이 나타났다. 지휘관이 탑승한 것으로 보이는 SUV와 그 뒤에 험비 차량 2대가 다가오고 있었다. 사거리 내로 다가오자 타격조가 로켓탄을 발사하여 선두 험비와 SUV를 거의 동시에 명중시켰다. 폭발음과 함께 차량들이 옆으로 넘어졌다. 뒤에서 따라오던 험비 차량들이 급정거했다. 다시 로켓탄 2발이 발사되었고, 뒤따르던 험비 차량 2대에 명중했다. 험비 차량에서 살아남은 인원들이 비틀거리며 차 밖으로 나오려고 애쓰는 모습이 보였다. 저격수의 총에서 불꽃이 튀었다. 쓰러졌다. 모히브를 따라서 팀원들이 도로로 내려가 차량 속을 확인했다. SUV 안에는 4명이 있었는데 모두 사망했다. 뒷좌석에 검정색 터번을 쓴 사람이 죽어 있었다. 생존자가 없는 것을 확인하고 모히브 팀은 자신들의 흔적을 제거한 뒤 마이 마나시로 향했다. 파리얍 대대는 이번 작전으로 적 지휘관 3명을 제거했다.

50

 함자는 섀도 작전을 성공적으로 수행한 부대들을 격려했다. 이번 작전을 통해 새롭게 기간 편성한 지역 부대도 임무를 수행할 수 있다는 자신감이 생겼다.

 미국을 비롯한 주변국과 국제 사회의 중재 압박으로 정부와 탈레반 간 고위급 회담이 외국에서 개최되었다. 이때를 맞추어 탈레반이 공세를 멈출 것을 다양한 단체들이 요구했다. 아프가니스탄 이슬람 종교학자 위원회도 카불에 모여 탈레반의 무력 도발을 비난하고 파키스탄 종교 관계자와 정치인들의 아프가니스탄 내전 개입을 비판했다. 또한 탈레반과 정부 간 협상을 막고 있는 정치 체제와 관련하여 공화국이나 이슬람국이 아닌 쿠란의 가르침을 따르는 것이 중요하다며 양측을 비판하기도 했다. 쿤두즈시에서는 탈레반의 공격으로 팔과 다리가 잘린 주민 수백 명이 모여 내전으로 인한 피해를 호소했다. 카불에 주재하고 있는 외국 대사관도 성명을 내고 탈레반이 공격을 멈출 것을 요구했다.

 탈레반 지도자도 성명을 내고 무력보다 정치적인 타결을 촉구하면서 정부가 평화 협상의 기회를 놓치고 있다며 책임을 정부에게로 돌렸다. 대통령은 지방을 순회하면서 탈레반이 공세를 멈출 것을 주장하며 정부는 탈레반의 무력에 의한 압박에 굴하지 않겠다고 천명했다.

 청년운동당도 주민들과 함께 정부와 탈레반 간 휴전을 지지하는 거리

행진을 전국적으로 추진했다. 34개주 수도에서 작게는 수백 명에서 많게는 수천 명에 달하는 규모의 시가행진을 주도했다. 현수막과 피켓을 들고 '평화를 달라.', '휴전, 평화' 등의 구호를 외치며 시내를 행진했다. 낮에는 평화를 요구하는 시위가 개최되고, 밤에는 탈레반의 공격으로 정부군과 교전하는 웃지 못할 상황이 벌어졌다.

정부와 탈레반 간의 고위급 협상이 있었지만 기대했던 휴전은 없었다. 예상했던 대로 공화국과 이슬람국, 포로 석방 등 서로의 의견 차이만 확인했다. 미국 특사는 카타르 도하에서 기대했던 성과가 없게 되자 이슬라마바드로 날아가서 총리와 정보부 대표자를 만나 탈레반이 무력 공세를 중단하고 평화 협상에 나서도록 노력해 줄 것을 요구했다. 파키스탄 내부 여론도 탈레반의 아프가니스탄 점령을 지지하는 쪽과 우려하는 쪽으로 나뉘어졌다. 이러한 파키스탄의 분위기는 아프가니스탄 정부 입장에서는 수용하기 어려운 일이었다.

파키스탄 정부에서 이슬라마바드의 평화 콘퍼런스에 아프가니스탄 정부 및 정치권 인사들을 대거 초청했다. 청년운동당 지도부는 상의 끝에 함자와 카불 당 위원장 사다르, 당 비서실장 모니르를 참석시키기로 결정했다. 함자는 바함의 무장 조직 참모들과 협의하여 경호와 작전을 위해 특임 여단에서 1개 팀 8명을 선발하여 지상으로 먼저 출발하도록 준비했다. 이들도 모두 당원으로 행세했다.

초청 일정은 3일이었다. 첫날, 이슬라마바드에 도착하면 숙소인 이슬라마바드 인터내셔널 호텔에 여장을 푼 뒤 저녁에 파키스탄 총리 초청

만찬이 같은 호텔에서 예정되어 있으며, 둘째 날은 호텔에 인접한 컨벤션 센터에서 총리 연설을 시작으로 평화 콘퍼런스가 개최되고, 3일차는 귀국하는 일정이었다. 비서실장인 모니르가 호텔의 디럭스룸 4개를 예약했다. 경호팀장인 하이르가 선발대를 인솔해서 차량으로 현지로 떠났다. 무장은 가지고 갈 수 없어서 현지에서 지원을 받기로 했다.

정부 측 대표는 화해 위원장이 하기로 했고 정당별로 3명씩 함께 출발하기로 했다. 출발 당일 카불 공항에 집결했고 오후 12시 40분 파키스탄 항공편으로 출발하여 오후 2시 10분경에 이슬라마바드 국제공항에 도착했다. 대사가 공항으로 마중을 나왔다. 파키스탄 정부에서 준비한 대형 버스에 탑승하고 경찰의 경호를 받으면서 호텔에 오후 3시 30분경에 도착했다. 저녁 8시 만찬 대상과 장소를 안내받은 후에 헤어졌다. 함자는 하이르의 안내를 받아 엘리베이터로 향했다. 함자의 룸은 호텔 3층의 315호이고 사다르와 모니르가 316호, 하이르와 경호 1조가 314호, 경호 2조가 317호를 사용하기로 했다. 짝수 룸과 홀수 룸이 복도를 사이에 두고 마주보는 형태로 되어 있었다. 함자는 방으로 들어가서 잠시 휴식한 뒤에 비서실장인 모니르를 룸 전화로 호출했다. 잠시 후 모니르가 노크하는 소리가 들려 문을 열어 주었다.

"저녁에 만찬 때 탈레반 쪽에서도 참석합니까?"

모니르가 대답했다.

"현재까지는 참석자 리스트에 없는데, 모니터링해서 말씀드리겠습니다."

"내일 일정을 알려 주세요."

"길 건너편의 공원 옆에 있는 지나 컨벤션 센터에서 내일 오전 10시에 개막식에 이어 파키스탄 총리 연설과 아프가니스탄 화해 위원장 연설을 시작으로 콘퍼런스가 종일 계획되어 있습니다. 주요 인사들은 오전 세션만 참석하고 개별 미팅을 할 것으로 예상됩니다. 오후 3시에 '평화와 청년의 역할' 세션에 대표님 발표가 10분 계획되어 있습니다. 그리고 저녁에 화해 위원장 주관으로 참석 기관 대표와의 만찬을 계획하고 있다고 하던데 아직 확정되지 않았습니다. 파키스탄 주재 미 대사관에서 대표님을 점심에 초대했습니다. 어젠다는 미정입니다. 컨벤션 센터에서 차로 10분 거리에 있습니다."

모니르가 나간 후에 함자는 로사에게 전화를 걸었다. 신호음이 가더니 로사의 목소리가 들렸다.

"누구십니까?"

"사랑스러운 로사의 신랑, 함자입니다."

전화기에서 로사의 웃음소리가 들렸다.

"오빠! 보고 싶어. 나랑 어머니랑 잘 있어요. 어머니 바꿔줄게."

"함자냐? 엄마다! 잘 지내지?"

"예, 어머니 건강은 좋으세요?"

"그래, 난 잘 있어. 언제 얼굴 한번 봤으면 좋겠구나."

"예, 어머니. 그렇게 할게요."

함자는 전화를 끊고 생각했다. '내가 이슬라마바드에 와 있다고 한다면 어떻게 생각하실까?'

저녁 만찬 시간에 맞추어서 일행들과 함께 만찬이 열릴 호텔 1층 그랜드 볼룸으로 내려갔다. 개장을 하지 않아 기다리는 사람들이 입구에 삼삼오오 모여서 대화를 나누고 있었다. 갑자기 사람들이 웅성거리는 소리가 들렸다. 함자가 돌아보니 특유의 복장을 착용한 일단의 탈레반 인사들이 복도에 들어서는 모습이 보였다. '탈레반이 참석하지 않을 것 같더니 참석하는구나.' 함자는 혼자서 중얼거렸다. 입구가 열리자 참석자들이 볼룸 안으로 들어갔다. 지정된 테이블로 이동해서 자리에 앉았다. 조금 떨어진 메인테이블에 앉은 사람들을 바라보았다. 파키스탄 총리, 아프가니스탄 화해 위원장 등이 보이고 탈레반을 대표하는 인사도 앉아 있는 것이 보였다. 함자는 아마드와 하미드도 참석했는지 궁금해졌다. 파키스탄 총리의 환영사가 있은 후에 축배 제의가 있었고, 식사를 하면서 공연이 시작되었다. 뷔페식 만찬이었다. 뷔페 테이블에서 접시에 음식을 담고 있는데 뒤에서 인기척이 났다. 뒤돌아보니 하미드가 접시를 들고 서 있었다. 잠깐 옆으로 나오라고 눈짓을 했다. 함자가 하미드를 따라 사람들이 없는 구석으로 갔다. 하미드가 말했다.

"조심해야겠어. 자네를 노리는 자들이 있네. 내일 콘퍼런스 때 기회가 되면 아마드 보좌관과 탈레반 대표도 잠깐 볼 수 있을 것이네. 이슬라마바드에 온 것을 환영하네."

함자가 뭐라고 입을 떼기도 전에 하미드가 돌아갔다. 함자가 음식을 들고 테이블로 돌아오자 옆에 앉은 모니르가 물었다.

"무슨 일이 있습니까?"

"식사 후에 내 방으로 오게."

식사가 끝나갈 무렵에 디저트와 커피가 제공되었다. 만찬장을 나와서 엘리베이터로 걸어가는데 쳐다보는 시선을 느꼈다. 함자는 모른 체를 하고 앞으로 걸어갔다. 3층에서 내려 315호로 들어가면서 모니르와 하이르를 불렀다. 샤워실로 들어가서 수도꼭지를 틀어놓고 하이르에게 물었다.

"여기 도착한 이후로 이상한 점은 없었어요?"

"저희가 도착했을 때 3층에 전기 보수 공사를 하고 있었습니다. 그 외에 다른 것은 없었습니다."

"우리를 주시하고 있는 자들이 있다는 정보가 있어요. 은밀하게 탐지기를 이용하여 방안과 복도에 CCTV 카메라나 도청 장치가 없는지 확인해 보세요. 그리고 차량도 탑승하기 전에 자석 폭탄이나 추적 장비가 부착되지 않았는지 확인하고요. 방 앞에 주문하지 않은 물품이 놓여 있는 것은 없는지도요. 필요하다면 우리 방들에 접근하는 사람들은 없는지 복도에 CCTV 카메라를 표시나지 않게 설치하여 방 안에서 24시간 감시 체제를 갖추는 것이 좋을 것 같아요. 파키스탄 경호팀이나 대사관, 병원에도 비상시를 대비하여 연락 체제를 갖추어야 되겠죠. 이상 징후가 보이면 그냥 넘기지 말고 반드시 확인하는 것이 중요해요. 여기 있는 동안 안전에 문제가 생기지 않도록 주의하셔야겠어요."

비서실장이 호텔 측과 협조하여 방과 복도를 탐지하였으나 이상이 없었다.

어느덧 시간이 자정을 지나고 있었다. 함자는 내일 일정을 확인한 후 잠자리에 들었다. 로사의 얼굴이 떠올랐다.

새벽에 복도가 시끄러워서 잠이 깼다. 모니르에게 전화했더니 내용인즉 새벽에 호텔 벨 보이가 우리에게 소포가 왔다며 들고 와서 방문 앞에 두고 가는 것을 우리 경호 요원이 발견하고 벨 보이에게 가지고 가라고 했고, 차후에는 그런 경우 전화로 확인 후에 방으로 배달해 달라고 당부했다는 것이다. 함자는 다시 잠을 청했다.

아침 6시에 일어나서 하이르를 불러서 산책을 나섰다. 이슬라마바드는 고도가 1,600미터로 높고 계획도시로 숲도 잘 가꾸어진 아름다운 도시이다. 이른 아침 공기가 차갑게 느껴졌다. 호텔 주변에는 경비 요원들이 배치되어 있었다. 호텔 앞 도로를 건너 맞은편에 있는 샤카르파리안 공원길로 들어섰다. 도로 좌우로 우거진 숲에는 새들이 지저귀는 소리와 함께 아침 연무로 덮여 있었다. 오늘 일정을 생각하는 데 집중하느라 공원 안으로 깊이 들어왔다. 옆에서 따라오던 하이르가 말했다.

"대표님, 호텔로 돌아가셔야 할 것 같습니다."

함자도 고개를 끄떡이고 뒤로 돌아서 왔던 길로 걷기 시작했다. '로사와 어머니를 뵐 수 있는 시간은 오늘밖에 없는데, 언제, 어디서, 어떻게 만나는 것이 좋을까? 나를 노리는 자들이 있다는데 집으로 찾아가면 위치가 노출되어 로사에게 위해가 될 수 있지 않을까? 나를 노리는 자들이 탈레반 강경 세력일까, 아니면 테러 단체일까?' 멀리 앞쪽에 산책하며 다가오는 사람들이 보였다. 두 사람이었다. '저 사람들도 우리처럼 행사에 참석하러 온 사람들인가?' 함자가 생각하는데 옆에 있던 하이르가 코너에서 갑자기 함자를 오른쪽 숲속으로 밀면서 귓속말로 속삭였다.

"잠깐만요. 저 사람들 수상해 보입니다."

얼결에 밀려서 숲속으로 들어갔다. 그리고 몸을 숨겼다. 조금 있자 그 사람들이 지나갔다. 함자가 속으로 '그냥 산책하러 온 사람들 같은데 너무 걱정했나?' 하고 생각하는데 그 사람들이 다시 나타나서 무엇인가 찾는 것 같았다. 얼굴은 두건으로 가려서 잘 보이지 않았다. 두 사람은 몸을 낮추어 숨었다. 하이르가 옷 속에 차고 있던 권총을 빼서 들었다. 글록 17형이다. 잠시 후에 인적이 없어 보이자 하이르가 길 쪽으로 나갔다. 오른쪽 호텔 방향으로 뛰어가더니 곧 돌아왔다. 함자가 숲에서 나와 호텔로 향했다. 3층으로 올라가니 모니르가 룸 앞에서 왔다 갔다 하고 있었다. 함자를 보더니 쫓아왔다. 안도하는 모습이었다.

"산책은 잘 하셨습니까?"

"예, 좋았습니다."

공원에서 생긴 일은 곧 알게 될 것 같아서 언급하지 않았다.

"씻으시고 30분 후에 조식을 하러 가겠습니다."

"그럽시다."

함자는 룸으로 들어가서 샤워를 했다. 공원에서 긴장을 했는지 땀이 나 있었다. 공원에서 봤던 사람들이 떠올랐다. '그 사람들이 누굴까? 해프닝일까? 아니면 어떻게 알고 우리를 쫓아 왔을까?' 식당에 가니 아프가니스탄 쪽에서 함께 온 인사들이 많이 보였다. 아침 인사를 나눈 후에 조식을 함께했다.

콘퍼런스에 가기 위해 파키스탄 정부에서 제공한 버스를 타고 호텔에서 오전 9시 30분에 출발했다. 장내에는 이미 많은 사람들이 와 있었다. 지정된 좌석에 앉아서 기다렸다. 그때 하미드가 오더니 함자를 불러내어 강당 옆에 있는 대기실 중 한 군데로 데리고 갔다. 문을 열고 들어가니 턱수염을 하고 검정색 터번을 쓴 사람이 중앙에 앉아 있고, 몇 사람이 좌우로 나누어 앉아서 대담을 나누는데 아마드도 그중에 앉아 있는 것이 보였다. 하미드가 함자를 중앙에 앉아 있는 사람에게로 안내해서 소개를 했다. 그 사람이 일어나서 함자를 보고 손을 내밀면서 말했다.

"압둘라라고 하오. 그쪽 얘기는 많이 들었소."

"함자입니다. 뵙게 되어 반갑습니다."

"상황이 좋아지면 함께할 수 있을 거요. 그럼 좋은 여행되시길 바랍니다."

"감사합니다."

돌아서서 나가는데 아마드가 쫓아와서 말했다.

"언제 돌아가는 거요?"

"내일 오전 비행기로 돌아갑니다."

"조심히 돌아가시고 카불에서 뵙겠소."

"예, 그렇게 하겠습니다."

함자는 자리로 돌아왔다.

오전 10시에 콘퍼런스가 시작되었다. 사회자의 안내로 파키스탄 총리가 양국 간 우애를 강조하며 아프가니스탄에 평화가 하루빨리 정착되기를 바라고 파키스탄도 적극 돕겠다는 내용의 연설을 했다. 이어서 아프가니스탄 화해 위원장이 탈레반이 무력 공세를 멈추고 대화를 통한 평화적인 협상을 해야 하며 양국 간의 우정을 고려해서라도 파키스탄 정부가 적극적인 역할을 해 주기를 바란다고 하였다. 이어서 양국 친선 위원회의 파키스탄 쪽 위원장이 아프가니스탄의 평화 정착을 위한 파키스탄의 역할과 그 중요성에 대해 발표하였고 같은 맥락에서 두 사람이 더 발표를 하고 정오가 조금 지나서 개막식이 마무리되었다.

함자는 하이르의 안내를 받아 컨벤션 센터 현관에서 기다리고 있던 승용차를 타고 미 대사관으로 향했다. 가는 길에 교통이 정체되기는 했지만 약속 시간인 12시 30분 전에 미 대사관 입구에 도착했다. 직원의 안내를 받아 수속 절차를 거친 다음에 별도의 룸으로 된 식당으로 갔다. 안으로 들어가니 여러 사람들이 있었는데 함자에게 다가와서 개별적으로 자기소개를 하며 명함을 건넸다. 미 국무부 과장과 CIA 지부장 등과 함께 아프가니스탄 특사가 있었다. 다들 자리에 앉아 식사가 나오기를 기다리며 대화를 나누었다. 특사가 말했다.

"오늘 콘퍼런스는 어땠어요?"

"좋았습니다."

CIA 지부장이 말했다.

"콘퍼런스에서 결과를 얻는 것은 아니죠."

국무부 과장이 맞장구를 쳤다.

"그렇죠."

그 말에 공감을 한 듯 다 같이 웃었다. 특사가 말했다.

"탈레반이 협상에 진지하게 임해 주었으면 하는데, 협상을 본격적인 궤도에 올리려면 무엇이 필요할까요?"

"탈레반이 원하는 것을 얻어야 하는데, 현재의 무력 공세가 그것을 얻기 위한 것이 아닐까 생각합니다."

함자의 이 말에 다들 귀를 기울였다.

"무엇을 얘기하는 건가요?"

"땅입니다. 휴전을 하더라도 휴전선이 있어야 하는데, 아직은 휴전선을 그을 땅이 없지 않습니까?"

국무부 과장이 머리를 끄덕였다.

"그렇네요."

CIA 지부장이 말했다.

"그렇다고 땅을 내어줄 수도 없잖아요? 땅을 주고 주민들을 원하는 대로 이주시킨다면 가능할까요?"

특사가 물었다.

"탈레반의 취약점은 무엇이라고 생각합니까?"

"전쟁을 수행할 자금과 병력 충원이라고 생각합니다."

특사가 말했다.

"땅을 내어줄 수 없다면 취약점을 확대해야 하겠네요."

국무부 과장이 말했다.

"이미 시작하고 있습니다."

다들 국무부 과장을 쳐다보았다. 국무부 과장이 그런 사람들이 의아한 듯 말을 꺼냈다.

"북쪽에 인접한 국가들이 병력들을 국경선 쪽으로 투입하고 있잖아요. 파키스탄도 국경선에 철조망을 거의 다 쳤죠."

사람들이 탄성을 뱉어 냈다.

"그렇군요. 그것을 생각하지 못했네요."

"마약과 밀수를 통한 돈줄과 병력 충원이 어렵게 되죠."

"정부군이 어느 정도 버텨주고 주변국이 압박을 가하면 협상으로 나올 가능성이 있죠. 과거처럼 지하에서 테러 조직을 운용한다면 모를까 지금은 다 노출되어 덩치가 커져서 운용하기가 쉽지 않을 겁니다. 물론 협상에 나올 수 있도록 합당한 역할을 줘야 하겠지만 말이죠."

함자가 말했다.

"저희 쪽에서 정치적인 파트너 관계를 강화하고 있습니다."

특사가 말했다.

"그 얘긴 들었습니다. 잘 하시고 있는 일이라고 생각합니다."

음식이 나와서 식사를 했다. 이슬라마바드에서 생활하는 얘기들도 나왔다. 함자는 대화를 나누며 혼자서 생각했다. '아프가니스탄 사람들에게는 생존에 관한 일이지만 미국 사람들에게는 세계를 경영하는 차원에서 생각할 수도 있겠구나.' 커피를 마시며 좀 더 대화를 나눈 다음에 앞으로도 협조를 강화하기로 하고 미팅을 마쳤다. 서로 인사를 나누고 나가는데 누가 가까이 다가왔다. CIA 지부장이었다. 그가 조용하게 말하며 연락처를 건넸다.

"대시가 당신을 노리고 있다는 정보가 있으니 조심하시고, 필요하면 여기로 연락주세요."

호텔에 도착해서 차에서 내리니 모니르가 쫓아 나왔다. 현관 옆 조용한 곳으로 함자를 데리고 가더니 말했다.

"오전 콘퍼런스를 마치고 호텔에 왔더니 우리 경호원이 CCTV 영상을 보여주었는데 수상한 사람 2명이 우리가 묵고 있는 방들을 살피고 가는 장면이 포착되었습니다. 파키스탄 경호팀에 연락을 했고, 조사하고 있다고 합니다. 파키스탄 경호팀에서 경호 요원 2명을 3층 복도에 24시간 배치하였습니다."

"조치를 잘 하셨네요. 안전에 만전을 기하도록 합시다."

엘리베이터를 타고 3층에 내리니 모니르가 얘기한 대로 경호요원 2명이 복도 양쪽 끝에 배치되어 있었다.

"휴식을 좀 하시고 30분 후에 컨벤션 센터로 출발하겠습니다."

함자가 방으로 들어와서 양복 상의를 벗고 양치질을 한 다음에 침대 위에 벌렁 드러누웠다. 두 개의 이벤트를 소화하느라 긴장을 했는지 피로가 느껴졌다. '아침에 공원에서 만난 사람들이 대시에서 보낸 사람들인가? 복도에서 왔다 간 사람들도? 복도에 파키스탄 경호원이 배치되어 공격하기 쉽지 않을 것이고, 내일 오전에 우리는 돌아가는데 그전에 공격을 시도하려고 할 텐데, 언제, 어디가 될까? 호텔 밖으로 나가면 공격하려고 할 테지. 그렇다면 오늘 오후 3시 컨벤션 센터, 저녁 시간은 비워져 있고…'

오후 2시 45분에 모니르와 함께 아래층으로 내려갔다. 파키스탄 경호 요원들이 지시를 받았는지 함자가 내려가자 경호를 강화하는 움직임이 보였다. 현관에 하이르와 경호 요원 2명이 대기하고 있었다. 차를 타고 컨벤션 센터에 도착하니 카불 당 위원장이 현관에 나와 있었다. 세션장은 대강당이 아닌 150명 정도 앉을 수 있는 강당이었다. 세션 주제가 '평화와 청년의 역할'인 만큼 청년들이 많이 보였다. 강단에 있는 발표자 자리에 앉았다. 청중들의 시선이 함자에게로 쏠렸다. 함자가 청중들을 훑어보니 강당 이곳저곳에 경호 요원들이 앉거나 서서 청중들을 감시하는 것이 눈에 띄었다. 사회자가 발표자와 토론자를 소개하고 함자의 발표 순서가 되었다.

"알리쿰 살람, 아프가니스탄 청년운동당 대표 함자입니다. 만나 뵙게 되어 반갑습니다. 이번 세션의 주제를 누가 선정했는지는 모르겠지만 내전 중에 있는 아프가니스탄 청년들에게는 매우 필요한 내용이라고 생각합니다. 파키스탄에 있는 일부 청년들에게도 해당될 수 있을지 모르겠습니다. 아프가니스탄 내전에 참가하고 있기 때문입니다. 전쟁을 수행하는 병력은 청년들로 구성되어 있습니다. 청년들끼리 싸우는 것입니다. 생명을 걸고 싸울 각자의 명분이 있을 것입니다. 영화 중에 보면 결투를 하는 장면이 나옵니다. 목숨을 걸고 해야 하는 만큼 결투를 해야 하는 사람들의 이유가 있죠. 사랑하는 여인을 위해서, 명예를 회복하기 위해서, 복수를 하기 위해서 등등. 마찬가지로 지금 아프가니스탄 내전에 참가한 청년들에게도 명분이 있습니다. 아마 대부분의 명분은 국가와 국민을 위해서일 겁니다. 그렇게 생각하도록 전쟁을 일으킨 사람들이 세뇌 교육을 하기도 합니다. 자발적이 아닌 강요나 협박에 의해 참여하는 경우도 있을 겁니다. 그런 경우 명분은 살기 위해서입니다. 돈을 받고 참가하는 용병은 돈을 벌기 위해서입니다. 내가 살기 위해서 상대방을 죽여야 합니다. 그런데 실제로 전쟁터에서 가장 많이 죽는 것은 누구입니까? 전쟁에 참가하지 않은 민간인, 특히 힘이 약한 여성과 아이들입니다. 전쟁에 참가한 사람의 명분은 국가와 국민을 위한 것인데 실제로는 국가를 피폐하게 만들고 국민을 고통 속으로 이끌게 되죠. 세계의 역사, 아프가니스탄의 역사 속에도 전쟁들이 많습니다. 그 당시에는 목숨을 걸 명분을 가지고 싸웠고 많은 사람들이 죽었습니다. 그런데 역사를 보면 그 다음에 어떻게 되었습니까? 그 전쟁은 역사 속으로 사라지고 살아남은 사람들은 서로 화해하고 평화를 추구하며 살아갑니다. 오늘의 아프가니스탄 내전도 언젠가는 역사의 한 페이지로 끝날 것입니다. 저는 그래서 전쟁의 당사자인 우리 청년들이 평화에 대해 제대로 인식하고 그 역할을 확대해 나가야 한다고 생각합니다. 인간은 평화를 추구합니다. 평화를 위해 국가 안보를 중요시 여깁니다. 왜 전쟁을 해야 하고 전쟁터에서 죄 없는 민간인들이 왜 죽어야 하고 그리고 자신도 왜 죽어야 할까요? 전쟁의 속성을 들여다보겠습니다. 실제로는 폭력으로 약탈하는 것입니다. 남의 것을 빼앗는 것입니다. 평화롭게 살고 있는 사람들을 청년들이 약탈을 하고 있습니다. 저는 청년들이 평화를 위해 앞장서야 한다고 생각합니다. 약탈이 아닌 평화입니다. 생명은 소중합니다. 소중한 생명을 평화를 위해서 써야 합니다. 지금 아프가니스탄에는 2백만 명이 넘는 피난민이 발생했습니다. 하루에 죄 없는 민간인이 수백 명씩 죽고 있습니다. 그 짓을 우리 청년들이 하고 있습니다. 그리고 자신도 희생되어 죽습니다. 전쟁은 정말 명분 없는 짓입니다."

함자의 발표가 끝나자 청중들이 기립 박수를 보냈다. 그때 단상 앞쪽에 앉아 있던 한 청년이 갑자기 칼을 빼들고 함자에게 돌진했다. 시퍼런 칼날이 공중에서 번쩍이며 함자의 목을 향했다. 이제 끝이구나 생각하는 순간 강당 앞에 있던 하이르가 재빨리 글록 17권총을 여러 발 발사했다. 총소리와 함께 칼이 바닥으로 떨어졌고, 청년이 함자의 몸 위로 쓰러졌다. 강당은 비명 소리와 도망가려는 사람들로 아수라장이 되었다. 파키스탄 경호팀이 현장을 정리하는 사이에 함자도 경호를 받으며 호텔로 복귀했다. 세션을 취재하고 있던 PTV가 긴급 뉴스로 보도했다. 함자의 발표하는 모습도 함께 보도되었다. 호텔에 와서 놀란 가슴을 진정시키고 있던 함자의 휴대폰 벨이 울리기 시작했다. 로사였다. 로사가 TV 방송에서 함자를 본 것이 분명했다. 방 안에 사람들도 있었고, 로사에게 변명할 말도 없고 해서 전화를 받지 않았다. 전화벨 소리가 몇 번 더 울리더니 끊어졌다. 정부 대표단에서 직원이 룸으로 찾아왔고, 아프가니스탄 대사관에서도 확인 전화가 있었다.

함자에게 휴식을 하라고 모니르를 비롯해서 모두 방을 나갔다. 함자는 책상에 앉아서 조용히 생각에 잠겼다. 하미드가 전화를 했다.

"괜찮아?"

"괜찮네."

"다행이네. 조심해서 나머지 일정 잘 소화하고 돌아가게. 카불에서 보겠네."

미 CIA 지부장도 전화를 했다.

"다치지 않아서 다행입니다. 파키스탄 정보부와 협조해서 대시를 추적 중입니다. 내일 잘 돌아가세요. 행운을 빕니다."

카불에서도 뉴스로 방송되었다면서 바함 사무소에서도 연락이 있었고, 가비도 전화를 했다. 함자는 자신의 안위를 걱정해주는 사람들에게 고마운 마음이 들었다. 이제 로사에게 전화를 해서 사정을 얘기하고 상황을 이해하도록 설득해야겠다고 생각하고 있는데 방문을 노크하는 소리가 들렸다. 모니르가 황급히 들어왔다.

"대표님, 누가 찾아왔습니다."

모니르의 말이 끝나기도 전에 휠체어를 밀면서 사람들이 방으로 들이닥쳤다. 휠체어를 타고 있는 사람은 분명히 로사였다. 그 뒤에 모친과 장인, 장모가 서 있었다. 함자가 모니르에게 잠시 자리를 비워달라고 말했다. 모니르가 나가고 방문이 닫혔다. 로사가 함자를 보고 다친 데가 없는 것을 확인하자 안도의 한숨을 내쉬더니 조용히 흐느끼기 시작했다. 두 사람이 대화할 수 있도록 장인이 모친과 장모를 데리고 방을 나갔다. 함자가 배가 부른 채로 휠체어에 앉아 울고 있는 로사에게 다가가서 그 앞에 무릎을 꿇고 앉아 로사를 끌어안고 입술과 뺨에 입을 맞추었다.

"미안해 로사, 나를 쫓는 사람들이 많아서 섣불리 찾아갔다가 지난번처럼 화를 입을까 봐 여기 왔다는 얘기도 못했어. 그래도 어떻게든 가기 전에 만나보려고 했는데 오늘 그런 사달이 나는 바람에…. 정말 미안해."

함자의 위로를 받으면서 로사의 마음이 조금씩 안정되어갔다. 로사가 함자의 가슴을 두 손으로 치면서 말했다.

"그래도 오빠, 미워! 여기 오면서 온다는 얘기도 안 하고 그냥 왔다가 우리도 안 보고 가려고 그랬지?"

"로사! 그것은 정말 오해야. 내가 로사를 얼마나 사랑하는지 알아?"

"얼마만큼 사랑하는데?"

함자가 두 팔을 머리 위로 올려 하트 모양을 만들면서 대답했다.

"이만큼."

로사가 함자에게 눈을 흘기며 말했다.

"애걔, 그렇게 작게?"

두 사람은 손을 맞잡고 활짝 웃었다. 두 사람의 감정이 정리되고 나자 함자가 부모님들을 방 안으로 모셨다. 어머니도 함자의 손을 꼭 잡고 눈시울을 붉혔다. 오랜만에 재회를 한 가족들 간에 즐거운 대화가 이어졌다. 함자는 룸서비스로 여러 가지 음식들을 시켜서 대접했다. 밤이 깊어지자 함자의 장인이 가족들에게 돌아가자고 했으나 로사가 같이 있겠다고 해서 로사와 어머니가 남고 장인과 장모만 돌아갔다.

다음 날 아침이 밝아왔다. 함자는 일어나서 침대에서 자고 있는 로사를 내려다보았다. 사랑스러워 보였다. 불룩한 배 속에 있을 태아를 생각하면서 저 아이가 커서 뛰어다닐 때에는 아프가니스탄에 평화가 정착되기를 간절히 기원했다. 로사와 어머니는 오전 8시 30분에 운전기사가 데리러 와서 떠났다.

오전 9시에 대표단 버스를 타고 공항으로 출발했다. 그리고 오전 11시 10분, 파키스탄 국제 항공 249편으로 이슬라마바드 국제공항을 이륙하여 카불 공항에 오전 11시 40분에 도착했다. 마중 나온 차를 타고 사무실로 가면서 함자는 탈레반과의 정치적인 파트너 관계를 발전시키기 위해 노력해야겠다고 다짐했다.

51

계속되는 교전으로 유입되는 피난민이 불어나서 카불 시내 곳곳에서 쉽게 볼 수 있을 정도가 되었다. 카불시의 바함 회원들은 피난민과 고아들을 위한 구호 활동에 전념했다. 정부와 협조하여 외국군이 사용했던 시설을 지원받아 고아원을 설립하고 부속 학교도 운영했다. 많은 인력이 소요되었는데 여성 회원들의 역할이 컸다.

구호 활동을 위한 예산 확보는 청년운동당이 맡았다. 각 정당과 국회의원들을 설득하여 예산을 타냈다. 바함의 모금 및 기부 프로그램도 도움이 되었다. UN과 국제기구에 활동상을 소개하고 지원을 받기도 했다. 함자도 시간이 될 때마다 고아원을 방문하여 봉사자들을 격려했다. 청년들이 나서서 도시 정화 작업에도 앞장섰다. 매일 이른 아침에 구역별로 모여서 길거리에 버려진 쓰레기를 치우고 하수구도 청소했다.

아마드와 하미드가 카불 사무소로 복귀했다. 함자가 사무실로 찾아가서 카불 복귀를 환영했다. 아마드가 말했다.

"좋은 소식을 하나 가지고 왔소. 다음 달부터 카불 사무소에도 대변인을 운영하기로 했어요."

"그렇습니까? 축하합니다."

"그리고 정치 활동을 본격적으로 시작해볼까 합니다. 청년운동당이 도와주었으면 합니다."

"무엇부터 해보시겠습니까? 간판을 내걸어야 하니 당명도 필요한데 생각해 두신 것이 있습니까?"

"아직 거기까지 생각이 미치지 못했는데, 무엇이 좋을까요?"

"'이슬람 에미레이트'는 어떻습니까?"

아마드가 잠시 생각해보더니 대답했다.

"괜찮긴 한데 아무래도 지도부의 의견을 구해 보겠습니다."

"당의 간판을 걸게 되면 공식적인 정치 활동이 시작되는데, 어떤 활동부터 해보시겠습니까? 민심부터 확인해 봐야 하지 않을까요?"

아마드가 답변을 하지 않고 주저하는 모습이 보였다. 아무래도 탈레반의 공격으로 피해를 입고 있는 사람들의 호감을 살 수 있는 활동을 찾기가 쉽지 않을 것이라는 생각이 들었다. 아마드가 많은 지도를 부탁한다며 말을 돌렸다.

정부와 탈레반 간의 협상은 여전히 양측이 상대방의 의도를 탐색하면서 주도권 싸움이 계속되는 모양새이다. 협상 내용면에서 진전은 없었다. 협상장 밖에서는 탈레반의 무력 공세가 계속되면서 정부군이 수세에 처해 있다. 탈레반 지도자는 협상의 진전이 없는 것은 정부가 양보안을 내지 않고 시간을 낭비하고 있기 때문이라고 비난하였고, 대통령은 협상에서 휴전을 이끌어 내지 못하자 탈레반이 평화 협상을 원치 않는다고 비난했다.

협상이 양측의 감정 다툼으로 변질되어 가자, 미국과 유럽국가의 특사들이 성명을 발표하고 유엔 안보리 결의 2513호인 '무력에 의해 세워진 아프가니스탄 정부를 지원하지 않는다.'는 내용을 상기시키며, 협상 타결 내용에 포함되어야 할 사항으로 포용적 정부, 정치 지도자 선거권, 여성과 청소년 및 소수 종족 인권 보호, 대 테러, 국제법 준수를 들었다.

미국도 칸다하르에 몇 차례 공중 폭격을 하고, 탈레반이 무력 공세를 멈추고 협상에 진지하게 임하라고 촉구하면서 아프가니스탄 정부와 군을 지원하겠다고 발표했고, 러시아도 타지키스탄 국경으로 군사 장비를 수송했다.

함자는 이러한 현상들이 평화 협상으로 가는 과정 중의 하나라고 생각했다. 휴전으로 가기 위한 과도 정부 구성안을 마련하는 것도 시급한 과제이고, 협상 당사자 간 신뢰 구축과 정치 로드맵을 준비하는 것도 필요했다. 청년운동당이 정부와 탈레반, 정당들을 이끌어 나가야 한다고 생각했다.

바함의 무장 조직을 활용한 섀도 작전은 계속되었다. 탈레반이 점령한 지역에서 민간인에 대한 보복성 처형이 자행되고 있었다. 친척이 정부나 군경에 근무하거나 협조했다는 이유로, 미군에 통역사로 근무했거나 친정부 종교학자, 지역 원로, 시민 활동가, 여성 언론인, 인권 옹호 활동가 등이 표적이 되었다. 섀도 작전을 통해 이러한 행위를 자행한 탈레반의 과격 세력들을 제거해 나갔다.

아마드가 요청하여 미팅을 가졌다.

"당명을 '이슬람 에미레이트'로 하는 것을 승인을 받았소. 그러나 여건상 단독 활동은 시기상조인 만큼 당분간 청년운동당과 함께 활동할 수 있도록 지원을 부탁하오."

"예, 그렇게 하시죠. 창당 행사를 해야 하지 않을까요?"

"공식 행사는 하지 않고 기자 간담회 정도 생각하고 있어요."

"그것도 괜찮을 것 같아요."

'이슬람 에미레이트당' 창당 기자 간담회가 청년운동당 건물 강당에서 열렸다. 카불에 있는 대부분의 언론 매체 기자들이 참석했다. 아마드가 인사말을 했다.

"오늘 이슬람 에미레이트 창당 행사에 참석해 주신 여러분들을 환영합니다. 저희 당은 코란에 기초하여 아프가니스탄의 발전과 국민들의 복지 증진을 위해 필요한 정책을 제안하고 특히, 소외된 계층의 복지 증진을 통해 모든 국민들이 행복할 수 있는 권리를 가질 수 있도록 하겠습니다. 이제 시작 단계인 만큼 여러 면에서 부족한 부분이 있더라도 너그럽게 이해해 주시고 지켜봐 주시면 감사하겠습니다. 그러면 질의응답을 갖 도록 하겠습니다."

"카불 TV 방송 기자입니다. 탈레반을 대변하는 정당이 맞습니까?"

"저희가 탈레반과 연계성이 없다고 할 수는 없습니다만, 탈레반을 대변하지 않습니다. 우리 당은 아프가니스탄 국가 발전과 국민 복지 증진을 위해 일합니다."

"T 뉴스 기자입니다. 당명이 탈레반이 추구하는 정치 체제와 같은데 무엇을 의미하는 것인지 설명해주시겠습니까?"

"이슬람을 따르는 국가라는 뜻입니다."

"P 방송 기자입니다. 탈레반의 공격으로 많은 민간인 사상자와 피난민들이 속출하고 있습니다. 언제쯤 내전이 멈추고 평화가 올 거라고 생각하십니까?"

"저희가 창당을 한 목적이 평화를 위해서입니다."

"R 통신 기자입니다. 앞으로의 활동 계획을 설명해주세요."

"국민들의 삶을 확인하고 동참할 계획입니다. 그리고 아프가니스탄에 하루라도 빨리 평화가 정착되도록 필요한 노력을 기울이겠습니다."

"C 방송 기자입니다. 이슬람 에미레이트당과 청년운동당은 무슨 관계입니까?"

"청년운동당이 아프가니스탄의 평화 정착을 위해 우리를 초대하지 않았습니까? 앞으로도 아프가니스탄의 평화를 위해 협력해 나갈 생각입니다."

청년운동당과 이슬람 에미레이트당이 공동으로 카불에 있는 피난민 거주지 중의 하나인 풀리 쉬나를 방문했다. 카불 시내 중심에서 동쪽으로 십여 킬로미터 거리에 있는 산 아래에 있었다. 피난민 수천 명이 모여 살고 있었다. 이곳에 피난 온 지 오래된 사람들은 그나마 흙으로 된 집에서 살고 최근에 피난 온 사람들은 텐트에서 거주하고 있었다. 조그마한 텐트 안에 대여섯 명씩, 어떤 곳은 십여 명이 살고 있었다. 탈레반과 교전 중에 있는 쿤두즈에서 피난 온 사람들이 많았다. 아마드는 피난민들의 실상을 보면서 전쟁 속에서 고통 받는 민간인들의 어려움을 체득하는 것 같았다. 준비해 온 생수와 휴지 등 생필품을 양 당원들이 나누어 주었다. 그리고 주거 지역 주변 청소와 소독을 했다. 함자는 문득 아마드가 탈레반이라고 하면 피난민들이 어떤 반응을 보일지가 궁금해졌다. 아마드가 피난민들을 구호하는 모습을 기자들이 쫓아다니며 취재했다.

그날 오후 늦게 인터넷 뉴스와 TV, 라디오 방송에서 〈탈레반, 피난민 구호 활동〉이라는 제목으로 아마드의 구호 활동 모습이 보도되었다. 전쟁의 두려움에 불안해하고 있는 카불과 교전중인 각 주의 수도에 사는 주민들에게는 신선한 충격이었다. 탈레반의 과격한 이미지를 희석하는 데도 도움이 되는 듯했다.

대통령 실에서 연락이 왔다. 오랜만에 뵈니 대통령이 많이 수척해 보였다. 함자가 인사를 했다.

"오랜만에 뵙습니다. 잘 지내셨습니까?"

대통령이 가슴을 앞으로 내보이며 말했다.

"이렇게 건강합니다. 지난번 이슬라마바드에서 많이 놀랐지요?"

함자가 정색을 하며 대답했다.

"각하를 다시 뵙지 못하게 되는 줄 알았습니다."

두 사람은 함께 웃었다.

"아프가니스탄에서 유명 정치인이 되려면 그 정도는 각오해야 할 거요."

대통령이 말을 이었다.

"어제 뉴스에서 탈레반, 아니, 이슬람 에미레이트당이 피난민 구호 활동을 하는 모습을 보았습니다. 국민들이 어떻게 생각했을지 궁금해요."

"탈레반에게 무기를 들고 하는 것 외에도 할 수 있는 일이 있다는 것을 보여 주고, 피난민도 돌봐야 한다는 책임감, 그리고 신뢰 구축에도 도움이 되지 않을까요?"

"그럴까요? 역으로 이용당하지는 않아야 할 터인데…. 그래도 탈레반이 청년운동당은 어느 정도 파트너로 인정하고 있는 거지요?"

함자가 답변을 머뭇거리자, 대통령이 말했다.

"탈레반이 대화를 하려는 대상이 있다는 것은 좋은 일임에는 틀림없어요. 아, 참, 다음 협상 때 옵서버로 청년운동당 대표도 참석할 수 있도록 제안하려고 하는데 어떻습니까?"

함자가 깜짝 놀라서 반박했다.

"제가요? 제가 능력이 될까요?"

"양 진영이 진지하게 협상 내용을 토의해야 하는데 감정이 쌓인 것이 많은지…. 그래서 옵서버를 두면 어떨까 생각했어요. 다 나라를 위하는 일이니 탈레반이 수용한다면 그렇게 해주세요."

함자는 난처했지만 대통령의 간청을 뿌리칠 수도 없는 상황이었다.

정부의 요청을 탈레반이 수용하면서 대신에 이슬람 에미레이트당 대표인 아마드의 옵서버 참여를 요청했다.

52

공중에서 내려다보이는 카타르 도하는 푸른 페르시아 만과 사막 사이에 고층 건물들로 빼곡했다. 여객기 안에서도 사막의 열기가 느껴졌다. 함자는 정부의 고위급 협상 대표단과 함께 하마드 공항에 내렸다. 대사와 카타르 정부 고위 공무원의 안내를 받아 공항을 나서서 차량으로 카타르 정부에서 제공하는 숙소로 이동했다. 차를 타고 도하의 빌딩숲을 지나가면서 카타르의 발전상을 볼 수 있었고, 통합을 이루지 못하고 수십 년째 내전을 겪고 있는 아프가니스탄의 상황이 대비되어 마음이 아파왔다. 숙소를 배정받고 나서 정부 대표단은 내일 있을 미팅 준비로 부산하게 움직였다.

함자는 숙소 바깥에 있는 정원으로 산책을 나섰다. 저녁때가 되어서인지 온도가 조금 내려가기는 했지만 공기가 뜨거운 것을 느낄 수 있었다. 새삼 카불의 소중함을 이곳에 와서 생각하게 된다. 정원의 귀퉁이에 해변으로 연결된 쪽문이 보였다. 문을 밀자 천천히 열렸다. 조금 걸어가자 하얀 모래사장이 나타나고 눈앞에 광활한 페르시아 만이 펼쳐졌다. 모래사장으로 걸어 들어갔다. 멀리 주홍빛 같은 석양이 바다 위에 걸려 있다. 아프가니스탄에서는 본 적이 없는 매혹적인 모습에 함자는 빠져들었다. 그렇게 해변을 거닐고 있는데 누가 부르는 소리가 들려서 돌아보니 경비요원이 쫓아왔다. 혼자서 멀리 가면 안 된다며 숙소로 돌아갈 것을 권유했다. 숙소로 돌아오니 저녁 식사 시간이 되어 식당으로 갔다. 정부 대표단이 식사를 하고 있었다. 식사를 하면서 내일 미팅에 대한 대화를 나누는 것 같았다. 뷔페식이어서 함자도 접시에 음식을 가져다가 떨어진 테이블에서 혼자 식사를 했다. 카불이나 이슬라마바드에서 먹던 음식과는 많은 차이점이 있었다. 난도 훨씬 부드러워 보였고, 향신료도 달랐다. 양고기 요리도 특별했다. 그래도 새로운 음식 문화를 느낄 수 있어서 좋았다.

   식사를 하면서 내일 있을 양측의 협상 내용과 분위기에 대해 궁금했다. 옵서버 역할이라 물어 보기도 어려웠다. 혼자서 상상해 보았다. '정부 대표단은 휴전에 중점을 두고 향후 정치 로드맵을 가시화하려고 할 것이다. 반면에 탈레반은 현재의 무력 공세를 활용하여 정부 측으로부터 더 많은 양보를 받아내고자 할 것이다. 이슬람 에미레이트는 아니어도 이슬람 체제를 요구할 것이고, 정부 측은 선거를 통해 지도자를 선출하는 공화국 체제를 지키려 한다. 그리고 각자 자기주장만을 할 것이고, 감정적으로 되어갈 것이다. 그러면 우리 옵서버의 역할은? 그냥 보고만 있고, 나중에 증인이 되는 것인가?'

다음 날 오전에 협상이 시작되었다. 양측이 마주 보고 앉고, 가운데 카타르 중재자 좌우에 아마드와 함자가 앉았다. 아마드와 함자가 눈으로 인사를 나누었다. 협상장의 분위기는 싸늘했다. 총이 없을 뿐이지 전쟁터 같았다.

정부 쪽에서 정치 일정안을 제시했다. 양측은 신의 성실의 원칙에 근거하여 무력 사용을 최대한 자제하며, 향후 1개월 내 헌법 개정 위원회 구성 및 개정안 합의, 개정안 합의 후 2개월 내 과도 정부 수립, 과도 정부 수립과 동시에 휴전, 과도 정부 수립 후 6개월 이내 UN 선거 관리 위원회 감시 하에 총선, 총선 후 6개월 이내 UN 선거 관리 위원회 감시 하에 대선, 신정부 수립과 동시에 무장 단체 해체 및 무기 반납 순으로 진행하는 내용이었다.

정부 쪽의 발표가 끝나고 잠시 휴식 시간이 되었다. 휴식 시간 중에도 양쪽은 별도로 주어진 소회의실에 모여 대응 방안을 토의했다. 아마드는 탈레반 측 토의에 참석했다. 함자는 누가 불러주는 사람이 없어서 회의실에 우두커니 앉아서 휴식 시간이 끝나기를 기다렸다.

회의가 속개되었다. 탈레반 쪽에서 정부안에 문제 제기를 했다. 과도 정부의 조직을 어떻게 구성하고, 그 수반의 선정 과정이 누락되어 구체화된 내용이 필요하다는 주장이었다. 이에 대해 정부 쪽에서는 헌법 개정 시 과도 정부 수립에 대한 내용을 포함하면 된다고 답했다. 양측이 옥신각신했다. 그러자 중재자가 임시 휴회를 선언했다.

휴식 후에 정부 쪽에서 과도 정부 수립에 대한 일정을 구체화하여 제시했다. 헌법 개정안 합의 후 1개월 내 과도 정부 수립 위원회 구성 및 수립안 합의, 수립안 합의 후 1개월 내 과도 정부 수립으로 하는 내용을 포함시켰다. 탈레반 쪽에서도 어느 정도 수용하는 듯했다. 함자는 휴전까지 가는데 최소한 3개월, 합의가 지연된다면 몇 개월이 더 걸릴 수도 있다는 생각이 들었다. 그 기간 동안에 정부군이 탈레반의 공세를 막아내야 했다. 또 민간인들이 겪어야 할 고통이 느껴졌다.

점심시간을 포함한 긴 휴식이 주어졌다. 점심까지 시간이 남아서 숙소로 와서 휴식을 했다. 카불 청년 조직 본부에서 지역 담당부장인 하지가 함자에게 전화를 했다. 카피사주 니지랍 행정 구역 센터가 탈레반에게 점령되면서 미처 피신하지 못한 바함 회원 사오 명이 며칠 전에 실종되었는데, 가족들의 주장으로는 탈레반으로 보이는 무장 괴한들에게 끌려갔다는 내용이었다. 함자는 바함 무장 조직의 참모장인 살레에게 지시하여 현재 상황을 파악하고 대응 방안을 보고하라고 했다. 며칠 전에 실종되었다면 살아있을 가능성은 낮을 것이라는 생각이 들었다. 하루아침에 가장을 잃고 신음하고 있을 부인과 아이들을 생각하니 마음이 무거워졌다.

오후 회의가 속개되었다. 오후 세션의 주제는 교전 중 발생하는 민간인 피해 최소화와 구호 활동에 대한 내용이었다. 정부 측 참석자가 유엔 아프가니스탄 지원단 보고서를 인용하여 민간인 피해 현황을 제시했다.

"올해 현재까지 민간인 피해는 사망 1,659명, 부상 3,254명으로 작년 동기간 대비 47%가 증가했습니다. UN 집계에 따르면 민간인 사상자

발생 원인으로 탈레반이 39%, 정부군 23%, 대시 9%, 미확인 반정부 세력 16%, 미확인 친정부 세력 2%로 나타났고, 나머지 11%는 교전 지역에 갇혀 피해가 발생한 것으로 나타났습니다. 데이터를 분석해 볼 때, 탈레반과 정부군에 의한 민간인 사상자가 많다는 것은 현장에서 일선 지휘관이나 병사들에 의해 감정이나 보복성 살인 등이 일어나고 있다는 것을 잘 보여주고 있습니다. 또한 탈레반과 정부군의 교전으로 치안이 악화된 점을 이용하여 대시나 지역 무장 세력들이 자신들의 목적을 위해 민간인들을 살해하고 있는 것인데 전체 피해의 1/4에 해당합니다. 양측이 교전을 자제해야 하는 이유이기도 합니다."

탈레반 참석자가 정부 쪽을 밀어붙였다.

"정부 쪽에서 전향적인 협상안을 내놓으면 해결할 수 있는데 계속 고집을 부리니 이런 피해가 발생하는 것이 아닌가요?"

정부 쪽 참석자가 반박했다.

"탈레반이 계속 공격을 하니 정부군이 대응하는 것 아닙니까? 탈레반이 공격을 멈추고 평화 협상에 임하면 모든 것이 해결될 수 있다고 생각합니다."

양측 간에 다시 시비가 붙었다.

오후 4시에 회의가 종료되었다. 저녁에 카타르 고위 인사가 양측 대표들을 초청하여 만찬이 있었다. 양측 협상 대표자들을 격려하고 무거운 협상에 대한 얘기들을 떠나서 협상 대표들 간 대화나 유대 관계를 형성하여 좋은 협상 결과가 나올 수 있도록 자리를 마련했으나, 서로간의 대화나 의사소통은 일어나지 않았다.

숙소로 돌아와 보니 참모장의 부재중 메시지가 있었다. 살레와 통화가 되었다. 실종된 바함 회원 5명이 타갑 행정 구역 센터 부근의 민가에 붙잡혀 있는 것을 봤다는 현지 주민의 정보가 있어서 특임 여단이나 카피사 대대, 판지시르 대대 중 한 개 부대를 활용하여 구출 작전을 준비하고 있다고 했다. 전화를 끊고 나서 함자는 여러 가지 의문 사항들이 떠올랐다. 현지 주민의 정보에도 의문점이 있었고, 타갑 지역은 현재 탈레반이 점령하고 있을 뿐만 아니라 과거부터 탈레반의 영향력이 컸던 지역이고, 바함 회원만 모아서 납치를 했다는 것도 의문 사항이었다. 만약 자기를 노리고 있던 대시가 바함의 무장 조직을 유인하려고 했을 수도 있다는 생각이 들었다. 그렇다고 납치된 바함 회원이 죽도록 내버려 둘 수도 없는 일이다. 함자는 참모장에게 추가 지시 사항을 하달했다.

2일 차 협상이 진행되었다. 어제 논의되었던 큰 틀에서의 정치 일정은 양측이 잠정적으로 수용하는 것으로 일단락되었고, 위원회 구성 등 세부 사항은 양측에서 각각 구체화시킨 후 도하에 상주하고 있는 실무 협상 팀을 통해 서로 주고받기로 하였다. 민간인 피해 최소화 부분은 양측이 병력 통제를 강화하고 민간인 보호를 위해 노력한다는 원론적인 입장만 확인하였다. 함자는 탈레반이 투 트랙으로 상황을 이끌어가고 있다는 것을 느꼈다. 대외적으로는 협상 창구를 열어 이미지 쇄신을 추진하면서 동시에 자신들의 강점인 무력 공세를 최대한 활용하여 점령 지역을 확대하고, 정부를 압박함으로써 정부의 양보를 끌어내어 자신들에게 유리한 정치 체제를 수립하려고 하고 있다. 물론 무력을 통해 과거처럼 아프가니스탄을 통일할 수 있다면 더 이상 바랄 것이 없겠지만 말이다.

오전에 협상이 종료되었다. 양측은 다소 어색하지만 서로 악수를 나누는 것으로 다음 미팅을 기약하며 헤어졌다. 점심 후에 공항으로 출발하기 전에 숙소에서 휴식을 취했다. 참모장이 전화를 했다. 판지시르 대대에서 작전 팀을 편성하여 구출 작전을 계획대로 시행하겠다고 했다. 오후에 대표단과 함께 공항으로 이동했다. 대표단의 얼굴들이 밝지는 않았다. 함자도 침묵했다. 여객기가 하마드 공항을 이륙했다. 다시 내려다보이는 카타르 도하의 역동적인 모습을 보면서 미래 아프가니스탄의 발전상을 그려 보았다.

53

가비는 판지시르 대대에서 선발한 4개 팀의 준비 상태를 직접 점검했다. 야간 투시경 작동 상태, 소총과 권총에 소음기 장착 상태, 폭발물 처리 세트, 탄약, RPG-7, 소형 무전기, 전파 방해기 작동 상태 등을 확인했다.

저녁 6시에 팀별로 미니 버스 등 일반 차량을 이용하여 바그람 공군기지로 출발했다. 그리고 저녁 7시에 정부군의 Mi-17 헬기 2대에 나누어 타고 이륙하여 카피사주와 파르완주의 경계선인 산악 지역을 따라 비행한 후 저녁 7시 20분에 타갑에서 서쪽으로 2킬로미터 떨어진 산악 너머 안부에 패스트 로프를 이용하여 지상으로 하강하였다. 주변은 곧 어두워졌다. 집결지를 출발하기 전에 4명의 팀장이 모여서 임무를 재확인했다. 1팀이 구출 작전을 위해 목표 지점으로 진입하면 2팀이 엄호하고 3, 4팀은 적의 증원에 대비한다. 특히 적이 폭발물을 매설 또는 설치해 놓았을 경우에 대비하여 목표 지점 일대에 전파 방해기를 작동시키는 것과 인질들에게 폭발물을 설치했을 경우 해체하는 작업이 중요하다. 작전 개시 시간은 새벽 4시, 퇴출은 목표 지점에서 서쪽으로 1킬로미터 지점의 공터에서 새벽 5시에 헬기를 타고 복귀한다. 시간을 놓치면 작전이 실패로 돌아가게 된다.

　1팀장 할레드는 팀을 이끌고 출발했다. 산세가 험하고 길이 없어서 타갑 계곡을 둘러싼 산맥의 능선 위로 올라가는 데 시간도 걸리고 애를 먹었다. 겨우 능선 위로 올라가자 멀리 타갑 시내의 불빛이 보였다. 밤 10시다. 타갑이 큰 도시는 아니고 카피사주의 행정 구역 센터 중 하나이다. 여기서부터는 산의 가파른 경사면을 따라 내려가야 한다. 잠시 휴식을 하고 출발했다. 나무나 풀도 없는 메마른 지형이다 보니 손으로 잡을 곳이 없어서 균형이 흐트러지면 바닥에 그대로 엉덩방아를 찧으며 아래로 몇 미터씩 미끄러졌다. 할레드도 팀원들도 몇 번씩 미끄러지면서 썰매를 탔다. 산 밑에 남북으로 난 도로를 따라 가끔씩 차들이 헤드라이트를 켜고 이동하는 것이 보였다. 산 아래쪽에 거의 다 내려와 도로 가까운 곳에서 팀원과 장비들을 확인한 다음 도로를 건널 지점을 물색했다. 도로 맞은편에는 왼쪽으로 멀리 보이는 타갑 시내로부터 도로를 연해 민가가 늘어서 있었다. 좌우로 정찰 요원을 보내 도로를 은밀히 건널 수 있는 곳을 탐색했다. 남쪽으로 100미터쯤 거리에 민가와 민가 사이에 공터가 있는 곳이 적당해 보였고, 그곳으로 이동하고 나니 자정이 다 되었다. 3개조로 나누어 상호 엄호를 하면서 자세를 낮추어서 도로를 건넌 후에 민가 사이의 공터를 통과했다. 앞에 조그만 개울이 나왔다. 물이 깊지 않아서 그냥 건넜다. 이어서 농경지가 펼쳐졌다. 목표 지점이 1킬로미터 정도 남았다. 여기서부터는 적에게 발각되지 않도록 더욱 조심해야 한다. 야간 투시경을 착용했다. 나머지 팀원들을 농경지 가운데 은폐된 곳에 남겨두고 할레드는 팀원 2명과 함께 목표 정찰에 나섰다.

농경지를 가로질러 이동하는 것이 마땅하지 않아서 개울과 농경지 사이의 둑 밑을 따라 이동했다. 적의 함정일 수도 있다는 정보 판단이 있어서 구간 전진을 하면서 이동하다 보니 힘도 들고 시간이 많이 걸렸다. 500미터쯤 나아갔을 때 전방에서 오토바이들이 지나가는 소리가 나고 불빛이 보였다. 그리고 조용해졌다. 멀리 북쪽에서 희미하게 총소리와 폭발음이 들렸다. 지금쯤 타갑 북쪽의 니지랍에서 정부군이 타갑 쪽으로 탈레반을 공격하고 있을 것이다. 탈레반의 시선을 끌기 위한 일종의 기만 작전이다. 나머지 팀원에게 이쪽으로 이동하라고 했다. 새벽 1시이다. 할레드는 팀원 2명과 함께 개울가를 따라 계속 앞으로 나아갔다. 목표를 200미터 정도 남겨두었을 때 차량 불빛이 보이더니 목표 가까이에서 멈췄다. 할레드는 긴장했다. '혹시 인질들을 다른 곳으로 옮기는 차량이 아닐까? 그렇게 되면 이번 작전은 실패하게 되는데….' 야간 투시경을 착용해도 수풀에 가려져서 확인하기 어려웠다.

목표를 100미터 앞두고 있을 때, 조금 전에 왔던 차량이 떠나는 모습이 보였다. 타갑 시내로 향했다. 50미터쯤 다가서니 목표 지점이 비교적 선명하게 보였다. 담벼락으로 둘러싸이고 개울 쪽으로 수풀이 가리고 있어서 자세히 보기는 어려웠다. 건물의 정문은 도로 쪽으로 있는 것 같았다. 할레드는 정찰 요원 1명을 그 자리에서 감시하도록 남겨두고 다른 한 명과 함께 앞으로 이동했다. 도로에 거의 다가갔을 때 오른쪽 언덕 너머에서 갑자기 차량이 나타나면서 헤드라이트 불빛이 두 사람을 스쳐 지나갔다. 순간적으로 두 사람은 둑 밑에 납작 엎드렸다. 차량이 지나간 후에 다시 앞으로 이동했다. 정문 쪽을 보기 위해서는 도로를 건너 맞은 편 숲으로 가야 할 것 같았다. 정문이 가까워서 도로를 횡단하기보다 개울가 다리 밑으로 이동하는 것이 발각될 우려가 적었다. 교각이 낮아서 허리를 숙여서 겨우 통과했다. 조금 더 앞으로 이동 후에 왼쪽으로 개울을 건너 정문 맞은 편 수풀로 들어갔다. 수풀을 이용하여 은밀히 정문이 보이는 곳으로 기어서 갔다. 정문은 흙으로 된 담벼락에 연결되어 철문으로 되어 있는데 닫혀 있었고, 밖에 경비원은 보이지 않았다. 자세히 보니 담벼락 모서리에 CCTV 카메라가 설치되어 있었다. '그렇다면 경비원은 담벼락 안에서 CCTV를 통해 바깥을 경계하고 있단 말인가?' 할레드는 재빨리 머리를 굴렸다. CCTV 카메라의 사각 지대를 찾아서 담을 넘어가든지 아니면 정문으로 들어갈 수밖에 없어 보였다. 할레드는 두 가지 방법을 동시에 시도하기로 했다. 1개 조를 탈레반으로 위장하여 정문으로 가서 안에서 문을 열도록 유도하면서 시선을 끄는 사이에 나머지 2개 조는 CCTV 카메라의 사각 지역인 좌측과 우측 담을 넘어서 침투하는 것이 좋겠다고 판단했다. 팀원들을 불러서 계획을 설명했다. 2, 3, 4팀장에게도 무전기로 작전 계획을 알려 주었다. 2팀장에게 전파 방해기를 작동시켜줄 것을 요청하는 것도 잊지 않았다. 팀원들에게 가급적 적을 조용히 처리할 것을 주문했다.

새벽 4시, 탈레반 복장에 흰색 깃발을 들고 세 사람이 정문 앞에 나타났다. 철문 옆에 있는 벨을 눌렀다. 아무런 반응이 없었다. 또 한 번 눌렀다. 그래도 없다. 서로 얼굴을 쳐다보며 의아해했다. 세 번째 벨을 눌렀을 때, 스피커에 자다가 일어난 것처럼 보이는 목소리가 들렸다.

"누구요?"

"여기서 무슨 일이 있다고 신고를 받고 왔소. 문을 열어 주시오."

"아무 일 없으니 돌아가시오."

정문에서 옥신각신하는 사이에 2, 3조는 2미터 높이의 좌우측 담을 각각 뛰어넘었다. 담장 안에는 작은 정원이 있고 관목과 화초가 보였다. 집 안에서 불이 켜지고 총을 어깨에 멘 사람이 문을 열고 밖으로 나와서 정문 쪽으로 갔다. 할레드와 팀원들은 관목 뒤로 숨었다. 정문 쪽으로 간 사람이 문밖의 팀원들과 실랑이를 하는 사이에 할레드가 앞장서서 문을 열고 집 안으로 들어갔다. 작은 복도가 있고 좌우측에 방이 몇 개 있었다. 그중에 방문이 약간 열려 있는 사이로 불빛이 새어나오는 방이 보였다. 조용히 다가가서 안을 엿보니 CCTV 모니터로 보이는 화면들이 여럿 보이고 그 앞에 의자에 앉아 있는 사람의 등이 보였고, 고개가 숙여져 있었다. 아마도 의자에서 졸고 있는 것 같았다. 할레드의 신호를 받은 팀원이 조용히 방 안으로 들어가 팔로 목을 꺾은 상태에서 칼을 목에 대었다. 그 사람이 놀라 소리를 지르려 했지만 팀원이 얼른 손으로 입을 틀어막고 '쉬' 하면서 목에 댄 날카로운 칼에 힘을 주자 고분고분해졌다.

"살려주시오. 시키는 대로 하겠소."

팀원이 속삭이는 목소리로 말했다.

"쉬, 죽기 싫으면 조용히 해. 건물 안에 몇 명이 있지?"

"5명이 있어요."

"어디에 있나?"

"복도 건너편 방에 3명, 그 옆방에 2명."

"인질은?"

"인질 5명이 그 옆방에."

"대시?"

의자에 앉은 사람이 고개를 끄덕였다.

"여기서 증원을 어떻게 요청하나?"

대시 인원이 손으로 책상 위에 있는 인터폰을 가리켰다.

"증원은 몇 명 정도 오게 되나?"

"스무 명 정도."

"언제, 어디서 오나?"

"10분 후, 타갑 시내."

할레드는 대시 인원을 시켜서 증원을 요청하게끔 하고 싶은 충동을 느꼈다. '20명 정도는 우리가 처리할 수 있는 규모이다.' 시간만 충분하다면 민간인들을 괴롭히고 있는 이들을 일망타진하고 싶었다. 팀원 한 명이 포박 줄로 그 사람을 의자에 묶고 입에 재갈을 물려서 방구석으로 끌고 가서 바닥에 쓰러뜨렸다. 그리고 발도 묶어서 움직이지 못하게 만들었다. 할레드의 지시로 3조가 앞방의 문을 열고 들어가는 순간 잠자고 있던 3명이 재빨리 일어나서 주먹과 발길질로 공격해왔고, 뒤에 있던 조원들이 권총으로 사살했다. 할레드의 2조가 그 옆방에서 쉬고 있는 다른 2명을 제압하고 포박했다. 정문에 있던 1조가 문을 열어준 사람을 끌고 집 안으로 들어왔다. 인질들이 있는 방으로 데려가서 문을 열게 했다. 방안에 다섯 사람의 청년들이 밧줄로 묶인 채 바닥에 쓰러져 있었다. 몸에 폭발물은 없었다. 포박을 풀고 움직일 수 있는지 확인했다. 대시 인원 4명을 밧줄로 연결하여 묶은 후 밖으로 끌어냈다. 할레드는 상황실로 가서 CCTV 영상 기록물과 책상 서랍 안에 있는 서류들을 꺼내어 배낭에 넣었다. 그런 다음에 소총 개머리판으로 CCTV 모니터와 장비들을 망가뜨렸다. 그리고 대시가 사용하던 무기를 모아 팀원이 나누어 휴대했다.

새벽 4시 30분이다. 헬기와 만날 시간이 다가오고 있다. 2, 3, 4팀장에게 연락해서 임무 완수를 알리고 퇴출한다고 연락했다. 신속히 집을 빠져나와 왔던 길을 따라 약속한 장소로 이동했다. 공터에 거의 다가갔을 때 헬기 소리가 들렸다. 헬기 두 대가 착륙했다. 흙먼지를 뚫고 탑승 요원의 안내를 받아 4개 팀과 구출한 청년 5명, 대시 4명을 태우고 헬기는 새벽 공기를 가로지르며 파르완주 방향으로 산맥을 넘어갔다. 공중에서 내려다보니 타갑 시내에서 공터 쪽으로 불빛이 이동하는 것이 보였다. 헬기가 산맥을 넘어가자 불빛들이 사라졌다.

54

오전 8시 40분에 여객기가 사뿐히 카불 공항에 착륙했다. 함자는 하품을 하고 기지개를 켰다. 여객기가 멈추고 엔진이 꺼진 후 자리에서 일어나 가방을 들고 밖으로 향했다. 짐 찾는 곳으로 가니 정부 대표단 몇 사람이 보였다. 다가가서 인사를 나누었다. 세관을 통과한 후 밖으로 나와 마중 나온 비서실장 모니르를 만났다. 차를 타고 사무실로 가면서 함자는 인질 구출 작전 여부가 궁금했다. 당 사무소에 들렀다가 무장 조직 본부로 이동했다. 참모장과 참모들이 함자를 맞았다.

작전 참모가 야간 작전 결과를 브리핑했다.

"작전 결과, 바함 회원 5명 구출, 대시 무장 인원 4명 생포, AK소총 7정, 권총 2정 압수, 기타 서류 등을 획득하였습니다."

이어서 정보 참모가 정보 분석 결과를 보고했다.

"대시 인원들을 신문한 결과 청년 조직 및 당을 겨냥한 것으로 확인되었습니다. 앞으로도 이들의 공격이 계속될 것으로 예상되므로 청년 조직 및 당 활동 간 주의가 요망됩니다. 획득한 서류 분석 결과는 보안 관계상 별도로 보고하겠습니다."

회의 후에 정보 참모 타린이 함자의 사무실로 와서 정보 분석 보고서를 건네며 설명했다.

"대시 인원 신문과 작전 팀이 가지고 온 영상물과 서류들을 분석한 결과입니다. 대시가 치안이 부재한 틈을 이용하여 세력을 확장시키고 있습니다. 타갑과 같은 1개 행정 구역에 30명이 있다고 보면, 아프가니스탄 전체에 5천에서 1만 명 규모의 세력을 갖추고 있다고 유추해 볼 수 있습니다. UN 발표를 보더라도 올해 민간인 사망자 1천 6백여 명 중에 대시 소행이 9%라고 했는데 약 150명을 살해했습니다. 카불 여자고등학교 폭탄 테러, 대통령 궁 박격포 탄 공격 등 눈에 띄는 테러 행위들을 자행해 왔습니다. 이번에 청년 5명 구출 작전을 성공했지만 청년 조직과 당에 대한 더 큰 테러를 행할 가능성이 있습니다."

"어떤 형태의 테러를 할 것 같소?"

"많은 인원들을 살상할 수 있는 테러 행위를 우선적으로 대비해야 할 것 같습니다. 테러 효과 극대화를 위해 카불 조직과 당 사무소에 대한 차량 폭탄 테러나, 지난번 이슬라마바드에서처럼 대표님을 노릴 가능성도 생각해 볼 수 있습니다. 차량 폭탄 테러의 경우 대형 트럭에 폭발물을 많이 싣고 돌진한다면 현재 설치된 방호벽을 돌파할 수도 있습니다.

자살 폭탄 테러도 예상해 볼 수 있습니다. 대표님의 경우 차량으로 이동할 때가 취약합니다. 교통이 정체될 때, 오토바이 등으로 접근하여 대표님의 차량에 자석 폭발물을 부착시켜 폭발시킬 수 있습니다. 당의 경우 대외 행사나 활동 시 소총 공격이나 폭탄 테러 등이 가능합니다. 지역 청년 조직에 대한 공격이나 이번과 같은 납치 행위 등을 계속해서 시도할 수도 있습니다."

"우리를 공격 대상으로 하고 있으므로 가만히 당하고만 있어서는 안 될 것 같소. 카불 시내에서 활동하는 대시 조직을 추적하여 사전에 공격하는 것은 어떻소?"

"예, 그것도 좋은 방법입니다. 대시에 대한 정보를 수집하여 테러 행위가 예견될 때 선제공격을 통해 테러를 예방하는 방법을 한번 시도해볼 만합니다. 참모장과 작전 참모와 논의해서 대시에 대한 향후 대응 방안을 수립하여 보고하겠습니다."

로사가 전화를 했다. 진통이 있어서 병원으로 가는 중이라고 하며 그 와중에도 함자보고 걱정하지 말라고 했다. 함자도 로사에게 사랑한다고 말하면서 힘내라고 했다.

아마드와 하미드가 카불로 복귀했다. 아마드가 함자의 사무실로 찾아왔다. 두 사람은 양측의 협상 과정을 지켜보면서 현실의 장벽이 얼마나 큰지를 실감할 수 있었다. 그린티를 마시다가 아마드가 말을 꺼냈다.

"양측의 협상이 앞으로 어떻게 진행될 것 같소?"

함자가 대답했다.

"예견하기 쉽지 않습니다. 시간이 더 걸릴 것 같은 생각이 듭니다."

"그렇지요. 미국을 비롯한 이해관계가 있는 국가들과 주변국들이 개입하기 시작했습니다. 양측의 신뢰 관계가 없는 상황에서 간격이 더 벌어지면 협상은 더 어려워질 수밖에 없습니다."

"주변 국가만 개입하는 것이 아니고 다른 무장 세력들도 개입하고 있습니다. 지난번 협상 후에 대시가 대통령 궁으로 박격포 탄을 쏘는 바람에 협상의 분위기를 일시에 냉랭하게 만들지 않았습니까?"

"우리가 한 짓이 아니라고 해도 믿지를 않아요."

"양측이 공히 상대방의 주장을 곧이곧대로 받아들이지 않고 있죠. 외세의 개입을 막고, 극적인 타결이 나오려면 양측 지도자가 합의해야 할 텐데, 두 사람의 간격이 크니 그것을 기대하기도 어렵고…."

"우리 쪽이나 공화국 지도자도 단독으로 무엇을 결정하기는 어렵지요. 공감대가 형성되어야 하는데, 아직은 시기상조입니다."

함자가 말했다.

"그렇다고 이런 상태로 계속 가면 민간인들이 겪는 고통은 이루 말할 수 없을 정도로 커지게 될 것이고, 정부보다는 공세를 취하고 있는 탈레반에게 화살이 가지 않을까요?"

"무력 공세를 빼면 우리 쪽에 강점이 있을까요?"

"미약하지만 우리 두 당이 뭔가 역할을 할 만한 것을 찾아봐야 한다는 생각이 듭니다."

아마드가 되물었다.

"어떤 역할을 생각하고 있습니까?"

"국민들의 공감대를 형성할 수 있고, 모두가 참여하는 미래의 정치 체제안을 제시하고 공개 토론에 부친다든지 등의 방법으로 국민들의 목소리를 높이는 활동입니다."

"양당이 함께 한다면 양측 협상 당사자들을 대변할 수도 있고 정치인, 교수, 국민들의 의견을 수렴할 수도 있을 것 같습니다. 좋습니다. 한번 추진해 봅시다."

"그러면 우리 쪽에서 안을 만들어 보겠습니다."

함자는 모니르를 비롯한 당 간부들과 「평화 협상을 위한 정치 로드맵」이라는 주제로 콘퍼런스를 개최하는 방안을 토의하고 정치 로드맵에 포함될 내용을 도출했다.

- 헌법 개정 위원회 구성 및 개정안 합의
  : 정치/사법 체제, 종교, 여성 인권, 군 통수권
- 과도 정부 수립 위원회 구성 및 수립안 합의
  : 과도 정부 구성, 수반 선출, 군경 편성 및 운용
- 과도 정부 수립 및 휴전
- 총선
- 대선
- 신정부 수립 및 무장 단체 해체/무기 반납

정치 체제는 이슬람국과 이슬람 공화국의 성격을 적절히 반영하는 것으로 구상해 보았다. 대통령 또는 아미르를 형식적인 국가수반으로 하여 국가 원로 위원회와 이슬람 종교 위원회를 운영하도록 하고 그 밑에 실권을 가진 총리 중심의 내각을 구성하며 군 및 경찰 통수권은 총리가 행사하는 방안이다. 대통령과 총리는 동반 출마하며 국민 투표를 통해 선출한다.

과도 정부 구성도 정치 체제안을 준용하여 대통령과 총리 체제로 하면서 대통령이 국가 원로 위원회, 이슬람종교위원회를 운영하고, 총리가 내각을 운영하며 별도의 선거 관리 위원회를 두어 선거를 시행하고, 군경, 탈레반은 휴전을 한 상태이다. 이때 대통령과 총리는 양측이 수용 가능한 인사를 대상으로 합의하에 나누어 갖되, 상호 의사소통이 가능한 중립적인 인사로 한다.

정치 로드맵의 일정도 매우 중요하다. 양측이 정치 로드맵에 합의하면 양측이 동수로 참여하는 헌법 개정 위원회를 구성한다. 위원장은 양측이 동의하는 중립적 인사로 임명하고 개정안 마련 및 합의 과정을 거치는 데 1~2개월이 걸릴 것이다. 헌법 개정안 합의 후 양측이 동수로 참여하는 과도 정부 수립 위원회를 구성한다. 마찬가지로 위원장은 양측이 동의하는 중립적 인사로 하고 대통령과 총리의 선출을 포함한 수립안 마련 및 합의 과정을 거치는 데는 1~2개월이 걸릴 것이다.

이어서 과도 정부가 수립되면 양측은 휴전한다. 과도 정부 수립 후 6개월 이내에 총선을 시행하여 국회를 구성한다. 총선 후 6개월 이내에 대선을 시행하여 대통령과 총리를 선출한다. 과도 정부는 신정부 수립 시

군경의 설치에 대한 절차를 준비한다.

신정부 수립과 동시에 양측은 무장 단체를 해체하고 무기를 자진 반납한다. 군경을 재편한다.

청년운동당이 준비한 정치 로드맵 초안을 아마드에게 보내 주었고, 준비된 내용을 콘퍼런스에서 발표하고 참석자들의 의견을 수렴하는 것이 좋겠다는 의견을 받았다. 함자가 모니르에게 카불대학 측과 콘퍼런스 개최 장소와 일정을 조율해 보라고 했더니 카불대학 측도 적극 환영한다는 입장을 알려왔다. 콘퍼런스를 방해하려는 세력들에 대한 대비도 행사 준비에 포함하도록 했고, 행사장 안전을 위해 경찰의 지원이 필요한 사항은 정부에 요청하기로 했다.

정부와 탈레반 지도부에도 콘퍼런스 계획을 사전에 알리고 조언을 받기로 했다.

로사의 아버지로부터 좋은 소식이 왔다. 로사가 사내아이를 순산했고, 로사는 피곤해서 자고 있다고 했다. 사내아이의 이름을 무엇으로 할 것인지를 물어왔다. 함자는 청년 조직의 명칭인 '바함'이 좋겠다고 생각했다. 그러나 로사가 건강을 회복하면 상의해서 정하기로 했다. 로사의 아버지에게 감사하다는 인사도 잊지 않았다.

55

 카불대학교에서 '평화를 위한 정치 로드맵' 콘퍼런스가 청년운동당과 이슬람 에미레이트당 공동 주관으로 개최되었다. 정치인, 학자, 대학생, 시민 단체, 여성 인권 단체, 일반 시민 등 다양한 분야에 종사하는 사람들로 대강당이 가득 찼다. 정부 인사들은 참석하지 않았다. 행사를 주관하는 양당의 대표인 함자와 아마드가 청중석의 맨 앞줄 중앙에 자리를 잡았다.
 사회자는 청년운동당 사무국장 아레프가 맡았다. 사회자의 안내로 이슬람 에미레이트당의 아마드가 먼저 환영사를 했다.
 "알리꿈 살람, 이슬람 에미레이트당 대표인 아마드입니다. 여러분을 뵙게 되어 반갑습니다. 협상이 빨리 체결되어 아프가니스탄에 평화가 정착되기를 바라는 입장에서 오늘 청년운동당과 공동으로 정치 로드맵 콘퍼런스를 개최하게 되었습니다. 참석한 여러분들의 소중한 의견을 반영하여 평화 정착을 앞당기고자 합니다."
 이어서 함자가 환영사를 했다.
 "전쟁 없는 아프가니스탄! 우리 청년들의 미래입니다. 평화협정이 체결되도록 우리 모두가 힘을 모아야 할 때입니다. 평화 협정으로 가기 위한 정치 로드맵 콘퍼런스에 여러분들의 아낌없는 의견을 개진하여 주시기 바랍니다."

첫 번째 세션의 주제는 협상을 위한 일정이었다. 청년운동당 정책 위원장 살림의 발표 후에 토론자로 나선 카불대학교 사회과학부 교수인 잠시드가 의견을 개진했다.

"계획된 일정보다 시간이 지연될 가능성이 높기 때문에 휴전 일정을 앞당기는 것이 필요합니다. 헌법 개정안에 합의하게 되면 휴전이 가능하리라 생각됩니다."

두 번째 토론자로 나선 이슬람 사회당의 케인 국장은 과도 정부가 수립되면 무장 단체를 해체하고 무기를 반납해야 한다고 언급했다. 세 번째 토론자인 종교학자 사부르는 이슬람 국가를 주장하는 탈레반이 과연 선거를 수용할 것인가를 고민할 필요가 있다면서 선거를 수용하지 못할 경우의 대안은 무엇인지를 되물었다. 청중석에서 카불 주민 유수프는 "탈레반과 정부군의 교전으로 인해 많은 민간인 사상자와 피난민이 발생하고 있다면서 싸움을 중지하고 협상을 통해 정치 로드맵을 결정하도록 해야 한다."고 의견을 피력했다.

두 번째 세션의 주제는 정치 체제였다. 청년운동당 정책 연구소장 사비트가 발표하고 이어서 토론이 진행되었다. 첫 번째 토론자인 아프가니스탄 대학의 할리미 교수는 "내각제에서 대통령의 명칭을 '통치자'라는 의미를 가진 아미르로 호칭하는 것은 부적절하다."라고 지적했다. 두 번째 토론자인 이슬람 통일당 정책위원회 간사인 카심은 "새로운 정치 체제에서는 다수 종족과 무관하게 실력 있는 정치인을 선발할 수 있도록 해야 한다."면서 다수 종족이 반드시 대통령이나 총리가 되어야 한다고 생각하는 현재의 정치 분위기를 에둘러 비판했고, 세 번째 토론자인 여성 인권 발전 위원회의 에사 위원은 "이슬람 원리에 너무 충실하려고 하면 여성 인권이 박탈될 수밖에 없다. 남녀평등의 시대적 흐름이 반영되어야 한다."고 의견을 개진했다. 청중으로 참석한 카불 주민 와도우드는 "권력이 행정부에 집중되면 과거처럼 공포 정치가 될 수 있다."면서 입법, 사법, 행정의 삼권 분립이 반영되어야 한다고 말했다.

세 번째 세션의 주제는 과도 정부 구성이었다. 청년운동당의 정책 연구소 카심 연구원이 발표를 했다. 첫 번째 토론자인 가르지스탄 대학의 카데리 교수는 "과도 정부 역할이 중요한데 제대로 된 중립적인 인사가 선출될 수 있도록 해야 한다."며 인사 검증 체제의 반영을 주장했다. 두 번째 토론자로 나선 이슬람당의 정책 위원 조야는 "선거 관리 위원회가 독립적이고 공정한 선거 관리를 할 수 있도록 적절한 인사의 선발과 권한 부여가 되어야 한다."면서 과거처럼 부정 선거로 인해 선출된 정권의 정당성이 훼손되어서는 안 된다고 말했다. 세 번째 토론자인 정치 분석가인 콰데리는 "과도 정부 수반과 내각과의 관계가 구체화되지 않았다. 대통령과 총리로 구분할 것인지, 단일 수반은 곤란할 것이라 생각한다."며 과도 정부 구성안이 구체화되어야 한다는 의견을 냈다.

오늘 콘퍼런스의 마지막인 네 번째 세션의 주제는 헌법 개정에 포함되어야 할 내용이었다. 청년운동당의 정책 연구소 마자리 연구원이 발표를 시작했다. 이때 밖에서 '쾅' 하는 폭발음이 들렸다. 상당히 떨어진 거리에서 폭발한 듯했다. 청중석에서 일부 동요하는 움직임이 있었으나 가라앉았다. 발표가 계속되었다. 다시 '꽝' 하는 폭발음이 들렸다. 로켓탄이나 박격포 탄이 떨어져 폭발하는 소리였다. 거리도 가까워졌다. 청중석에서 일부 인원들이 일어서더니 밖으로 대피했다. 청중석이 어수선해졌으나 불안한 분위기 속에서도 다수 인원들은 그대로 자리를 지켰다.

함자와 아마드는 서로 마주 보았다. 눈빛으로 계속 진행하기로 했다. 함자가 사회자에게 그대로 진행하라는 신호를 보냈다. 발표가 진행되는 중에도 몇 번 더 폭발음이 있었지만 동요하지 않고 그대로 진행했다.

발표가 끝나고 토론이 이어졌다. 첫 번째 토론자로 나선 카르단 대학의 사디크 교수는 "정부군과 경찰, 탈레반 무장 세력을 새로운 정부가 통제하는 군과 경찰로 어떻게 재편할 것인지를 헌법 개정안에 포함해야 한다."고 의견을 개진했다. 두 번째 토론자인 이슬람 운동당의 정책 위원 암룰라는 "이슬람 원리주의를 헌법에 어느 정도 반영할 것인지 신중하게 검토해야 한다."면서 과도한 반영을 경계하는 의견을 내놓았다. 세 번째 토론자인 헌법 개정 학회의 위원인 마수드는 "헌법 개정을 협상 당사자들이 밀실 야합하는 일이 없도록 사전에 공개해야 한다."면서 섣부른 헌법 개정을 우려하는 의견을 개진했다.

폐회사는 아마드가 했다. "오늘 평화를 위한 정치 로드맵 콘퍼런스에 끝까지 함께해 주신 참석자 여러분들께 심심한 사의를 표합니다. 제시해 주신 좋은 의견들을 반영하여 협상 당사자들에게 제안하도록 하겠습니다. 그럼 이상으로 오늘 콘퍼런스를 마치도록 하겠습니다. 감사합니다."

함자는 폐회사를 마친 아마드와 악수를 하며 행사를 잘 마무리하게 된 것을 함께 자축했다. 취재한 언론들이 콘퍼런스 내용을 요약하여 보도를 했다.

함자는 행사장에서 곧바로 무장 조직 본부로 향했다. 참모장과 참모들이 긴장한 표정으로 기다리고 있었다. 정보 참모가 요약해서 보고했다.

"오늘 콘퍼런스 도중, 총 5발의 박격포 공격이 카불대학과 인근 지역에 있었습니다. 사망자는 없으나 민간인 부상자가 5명 발생하여 병원에서 치료 중에 있습니다. 박격포 사격 지점은 카불주 북쪽의 샤카르 다라 행정 구역으로 판단하고 있습니다. 현재까지 자신들의 소행이라고 나서는 무장 세력은 없습니다."

함자가 물었다.

"짐작이 가는 세력은 없습니까?"

"그동안 우리를 공격해 오던 세력으로 예상해 볼 수 있지만, 정보를 수집하고 있습니다."

"공격 세력이 확인되면 어떻게 조치할 거죠?"

작전 참모가 단호하게 대답했다.

"상응하는 조치를 취할 예정입니다."

"또 다른 공격에 대비하는 것도 중요합니다."

56

　청년운동당과 이슬람 에미레이트당은 콘퍼런스에서 제기되었던 의견들을 검토하고 내용을 보완하여 정치 로드맵 초안을 발전시켜 나갔다. 그리고 발전시킨 안을 양측 협상 팀에 전달했다.

　로사와도 통화를 했다. 로사의 건강도 많이 회복되어 조만간 퇴원할 예정이라고 했다. 함자는 로사가 힘들 때 함께 있어 주지 못한 것을 미안하다는 말로 대신했다. 로사는 자신의 건강에 대한 것보다 카불에서 혼자 지내는 함자의 안전과 건강을 걱정했다. 아이의 이름에 대한 얘기도 자연스레 나왔고, 함자는 로사가 생각한 것이 있는지를 먼저 물었다. 로사가 함자의 의견을 구했고, 함자는 못 이기는 체 '바함'이라는 이름을 제시했다. 로사는 선뜻 동의했다.

　정보 참모가 참모장과 작전 참모가 배석한 가운데 함자에게 보고했다. 청년 조직을 공격한 세력의 카불 은거지 정보를 입수하여 동향을 살피고 있다는 내용이었다.

　"지난번 획득한 정보를 기초로 카불 시내 연락책으로 의심되는 몇 명을 은밀히 추적하는 가운데 의심이 가는 장소를 하나 발견했습니다. 대표님도 들으시면 알고 계실 장소입니다."

　함자가 궁금해서 재촉했다.

　"어딘데요?"

"확실한 것은 아니지만, 심증이 가는 장소입니다. 카불 인터내셔널 호텔입니다."

함자가 놀라서 외쳤다.

"카불 인터내셔널 호텔? 그럴 리가 없을 텐데요."

"의심되는 몇 명의 행선지를 추적하는 가운데 그 사람들의 행선지에 모두 포함된 곳은 그곳뿐입니다."

"외국인들이 많이 묵는 호텔인데, 경비도 삼엄하고, 호텔 룸에서 어떻게 은거를 할 수 있을까요?"

"숙박 기록이 되는 호텔 룸은 아닌 것 같고, 건물 지하나 다른 부속 건물로 추정됩니다. 그동안 국가 안보국이 비밀리에 추적했습니다만 찾지를 못했습니다. 누가 그 호텔에서 은거하고 있다고 상상할 수 있겠습니까?"

"그곳이 맞다면 어떻게 처리하실 거죠?"

정보 참모가 자신 있게 설명했다.

"호텔 측이나 정부에 의뢰할 수도 있으나 정보가 새어나갈 우려가 있어서 호텔의 정원 청소부로 우리 요원 한 명을 들여보낼 생각입니다. 그래서 의심되는 사람들이 호텔로 들어가면 우리 요원에게 알려줘서 활동을 추적할 수 있도록 하겠습니다."

"그것 좋은 생각이요."

함자가 흡족한 듯 손으로 무릎을 탁 쳤다. 작전참모가 이어서 브리핑했다.

"특임 여단에서 1~2개 팀을 차출하여 작전에 대비한 준비와 예행연습을 하면서 장소와 예상되는 인원이 확인되면 거기에 맞추어 작전을 하겠습니다. 은밀한 작전을 위해 울타리를 넘어서 호텔로 진입하고, 적들을 생포하도록 하겠습니다만, 저항을 하면 바로 처치하고, 정보를 수집하겠습니다."

카불 인터내셔널 호텔은 카불 시내 중심부에 위치하고 있는 5성급 호텔이다. 대통령 궁에 가깝고 비교적 안전해서 외국인들이 주로 투숙한다. 호텔 입구부터 무장 경비원들이 배치되어 있고 울타리는 다중으로 되어 있는데 가장 바깥에 차량 폭탄 테러에 대비하여 흙으로 채운 방벽이 설치되어 있고 콘크리트로 된 높은 담이 있으며, 취약한 곳에는 윤형 철조망이 상부에 설치되어 있다. 경비는 카불 최고의 민간 경비 회사인 아단에 위탁되어 운영된다. 과거 무장 세력이 내부로 침입하여 경비원과 직원 및 투숙객들을 살해한 적이 있다. 그 이후로 경비가 더욱 강화되었고, 호텔 내 곳곳에 무장 경비원이 지키고 서 있다. 그래도 박격포 탄 공격은 가끔씩 발생하고 있다.

특임 여단에서 선발된 라비가 호텔의 정원 청소부로 채용되었다. 호텔 주임에게서 청소부 복장을 받아 입고 나서 해야 할 일들을 부여받았다. 호텔 건물 밖에 있는 정원과 수영장 주변 청소와 잡초 제거, 비품 관리 등이다. 아침에 일찍 출근해서 청소와 지시된 일들을 하고 저녁에 퇴근한다.

라비는 호텔의 시설들을 파악하기 위해 시간이 있을 때마다 둘러보러 다녔다. 호텔 입구로 들어오면 좌측에 프런트가 있고 우측에 스파와 헬스장 입구가 있다. 프런트를 지나 왼쪽 앞으로 가면 긴 복도가 있고 복도 왼쪽으로 커피숍과 레스토랑이 있다. 복도 오른쪽에 정원으로 나가는 입구가 있다. 스파와 헬스장 입구로 들어가면 카운터를 지나 피트니스 룸이 두 개 있고, 스파에는 한증막과 사우나가 있다. 그리고 야외 수영장이 연결되어 있다. 수영장은 25미터 레인이 5개 있고, 그늘 막과 풀바, 탈의실, 샤워실, 화장실이 있다. 호텔은 3층 건물이다.

라비의 전화벨이 울렸다. 용의자 한 명이 호텔로 들어가고 있다고 하면서 인상착의를 알려주었다. 라비는 정원에 있다가 로비로 가서 쓰레기통을 정리하는 척을 하면서 들어오는 사람들을 살펴보았다. 용의자가 호텔로 들어오는 것이 보였다. 프런트로 가지 않고 로비에 있는 소파에 앉아서 전화로 누군가와 얘기를 나누는 모습이 보였다. 가까이 가서 들어보고 싶었으나 청소부 복장이라 쉽지 않았다. 호텔 주임이 다가오더니 정원에 있는 분수 청소를 하라고 했다. 정원으로 나가면서도 뒤를 돌아보니 용의자는 여전히 앉아서 통화를 하고 있었다.

분수 청소를 적당히 해치우고 다시 로비로 갔을 땐 용의자가 보이지 않았다. 커피숍, 레스토랑, 라운지에도 보이지 않았다. 마음이 다급해졌다. 호텔 주임이 라비에게 다가왔다.

"왜 이리저리 불안하게 왔다 갔다 하지?"

"깜박하고 놔두고 온 것이 있어서요."

"찾았어?"

"예."

"그럼, 수영장에 가서 주변 정리를 하게."

수영장으로 가면서도 용의자에 대한 생각뿐이었다. '어디로 갔을까?' 수영장에 도착하니 외국인 여성 2명과 남성 3명이 파라솔 아래에 있는 선베드에 누워 있었다. 라비가 주변 정리를 시작하려고 할 때 수영장 입구에서 가운을 입은 용의자가 들어오고 있는 것이 아닌가? 라비는 너무 반가워서 목구멍으로 감탄사가 올라오는 것을 겨우 참았다. 용의자는 탈의실로 들어가더니 수영복으로 갈아입고 타월을 가지고 나와서 외국인들과 떨어진 파라솔 아래 선베드에 자리를 잡았다. 라비의 전화벨이 울렸다. 다른 용의자 두 명도 호텔로 들어가고 있다는 연락이 왔다. 라비가 프런트로 갔더니 용의자 두 명이 막 입구로 들어오고 있었다. 이번에는 두 명이 바로 스파 쪽 입구로 들어갔다. 라비는 다시 수영장으로 돌아왔다. 그런데 선베드에 있던 용의자가 없어졌다. 라비의 머릿속이 혼란스러웠다. 혹시나 해서 탈의실 쪽으로 가 보았지만 어디에도 없었다. '어디로 갔단 말인가?' 다른 통로가 있는지도 둘러보았으나 보이지 않았다. 그때 스파 쪽에서 수영장으로 다른 두 명의 용의자가 들어오더니 라비 옆을 스치며 탈의실 안으로 들어갔다. 라비가 수영장으로 돌아와 주변 정리를 하면서 두 명의 용의자가 나오기를 기다렸다. 시간이 좀 지났는데도 나타나지 않았다. 라비의 머릿속에 순간적으로 번뜩이는 생각이 떠올랐다. 라비는 남자 탈의실로 쫓아 들어갔다. 아무도 없었다. 탈의실 안은 탈의실과 샤워장, 화장실로 되어 있었다. 탈의실로 들어가 보았다. 옷장들이 쭉 늘어서 있었다. 조금 안쪽으로 들어가 보았다. 옷장이 끝나는 곳에 조그마한 쪽문이 있는 것이 보였다. 가까이 가서 문을 당겨보니 열렸다. 안에서 찬 기운이 쏟아져 나왔다. 수영장 배수 시설을 관리하는 곳인지 염소 냄새도 났다. 희미한 불빛 사이로 지하로 내려가는 철제 계단이 보였다. 라비는 문을 닫고 철제 계단에서 소리가 나지 않도록 조심스레 아래로 내려가기 시작했다.

지하실 바닥에 거의 내려왔을 때 어디선가 철문을 닫았는지 '쿵' 하는 소리가 났다. 지하실 공간에는 굵은 배관들이 설치되어 있었다. 라비가 보니 수영장 급수 및 배수관뿐만 아니라 호텔의 냉수 및 온수관도 지나가는 것 같았다. 출입구에서 반대편에 철문이 보였다. 철문으로 가까이 다가갔다. 철문 안쪽에서 사람들이 얘기하는 소리가 들렸으나 소리가 울려서 알아들을 수가 없었다.

시간이 오후 5시가 다 되어간다. 생각 같으면 지하에 숨어 있다가 나오는 용의자들을 확인하고 싶지만 퇴근 시간에 호텔 주임이 자신을 찾을 것 같아서 나가기로 했다. 돌아서서 문 쪽으로 가려고 하는데 갑자기 철문이 열리더니 사람들이 밖으로 나오기 시작했다. 라비는 재빨리 구석진 곳에 숨어서 지켜보았다. 전부 5명이었는데, 용의자 3명을 빼면 2명이 더 있었다. 지하실의 불빛이 밝지 않아서 얼굴을 식별하기는 어려웠다. 5명이 나간 다음에 철문으로 가서 열어 보았으나 잠겨 있었다. 라비는 밖으로 나와서 본부에 오늘 있었던 일을 보고했다.

본부에서는 함자와 참모장, 정보, 작전 참모가 모여서 작전 계획을 토의했다. 정보참모 타린이 보고했다.

"호텔에서 라비의 보고에 따르면 용의자 3명이 확인되지 않은 다른 인원 2명과 함께 야외 수영장 지하 시설에 있는 별도 공간에서 오후에 1시간 정도를 만나고 나오는 것을 목격했다고 합니다. 용의자들이 나간 후에 철문은 잠겨 있었다고 합니다."

이어서 작전 참모 마다니가 의견을 개진했다.

"철문 안에 무엇이 있는지 모르겠지만 단순한 회합 장소라면 용의자들이 회합 장소에 있을 때 소탕을 하는 것이 좋을 것으로 판단됩니다. 야간에 침투할 필요 없이 주간에 방문객으로 들어가서 작전을 할 수도 있는데 무기를 휴대하기는 어려운 점이 있습니다."

타린이 말했다.

"현지에서 대용품을 구하는 방법을 찾아야 하겠습니다. 예를 들면 호텔 레스토랑에서 스테이크를 먹은 후 나이프를 가지고 나오는 겁니다."

작전 참모 마다니가 말했다.

"좋은 방법입니다. 현장에서 소탕한 다음 필요한 정보를 수집하고 용의자들은 포박하여 지하실에 가둔 후에 국가 안보국에 연락해서 처리하도록 하는 방법이 있습니다."

참모장 살레가 문제를 제기했다.

"만약 용의자들이 총을 가지고 있다면, 나이프로만 대응이 가능할까요? 우리 쪽 사상자가 발생할 수도 있지 않나요?"

정보 참모가 말했다.

"호텔에 무장 경비원들이 많아서 야간에 침투 시 교전으로 인한 피해가 발생할 수 있습니다."

함자가 우려 사항을 언급했다.

"용의자들과 접선한 2명의 신원이 파악되지 않았는데 혹시 경비원들과 관계가 있다면 어렵게 되지 않을까요? 그 사람들이 총을 사용할 수 있다면요?"

참모장이 말했다.

"아단 경비 업체가 그런 경우는 없었습니다."

며칠 후 라비에게 연락이 왔다. 용의자가 호텔로 들어간다는 내용과 함께 우리 측 작전 요원들도 호텔로 온다는 내용이었다. 특임 여단의 팀장 파르항은 팀원 5명과 함께 민간 복장을 착용하고 호텔로 향했다. 수영복은 개인별로 휴대했다. 출발하기 전에 호텔 1층에 있는 카페 노이카에 전화로 예약을 했다. 호텔 입구에 도착하여 차에서 내려 검색대를 통과하여 호텔 안으로 들어갔다. 라비에게 전화했더니 용의자 1명은 수영장에 있다고 했다. 팀원 5명을 식당으로 보낸 후에 파르항은 로비의 오른쪽에 있는 스파 카운터로 가서 당일용 티켓 6매를 구매한 후 식당으로 합류했다. 먼저 간 팀원들이 양고기 꼬치구이인 시시케밥을 주문해 놓았다. 식탁에는 개인별로 접시와 포크와 나이프가 놓였다. 나이프 손잡이는 나무로 되어 있었고 칼날이 날카로워 보였다. 케밥이 난과 함께 나왔다. 식사를 한 후 스파로 이동하여 탈의실에서 수영복으로 갈아입고 가운을 겉에 입은 후에 수영장으로 갔다. 수영장에는 대여섯 명이 수영을 하거나 선베드에 누워 있었고 용의자 1명도 그중에 있었다. 건너편 구석에 라비가 보였다. 다른 사람들의 주목을 받지 않기 위해 서로 떨어져서 선베드에 누웠다. 잠시 후 라비가 탈의실 쪽으로 가자 한두 명씩 자연스럽게 탈의실로 이동했다. 파르항이 수영장 탈의실로 들어가니 라비가 안쪽에서 손짓을 했다. 파르항이 탈의실 천장과 모서리를 둘러보니 CCTV 카메라는 보이지 않았다. 팀원들이 모두 도착하자 라비는 지하실로 안내했다. 파르항이 확인해 보니 라비의 말대로 철문이 잠겨 있었다. 라비는 수영장으로 돌아갔다.

　파르항이 팀원들과 철문 옆 어두컴컴한 구석에 숨어 있을 때, 한 사람이 지하실로 들어왔다. 호텔 근무 복장 차림이었다. 곧장 철문으로 가더니 열쇠 꾸러미를 꺼내 열고 안으로 들어갔다. 파르항이 열린 문틈으로 안을 들여다보니 보일러를 통제하는 기계실로 보였다. 보일러공은 여느 때처럼 보일러실을 열고 비밀 회합을 준비하고 있는데 뒤쪽에서 인기척이 났다. 동료들이 도착한 것으로 생각하고 돌아서는 순간 그는 얼굴에 강한 충격을 받고 실신해 쓰러졌다. 팀원들이 달려들어 쓰러진 보일러공을 구석으로 끌고 가서 손, 발을 묶고 입에 재갈을 물렸다.

　잠시 후에 겉에 가운을 걸친 용의자 한 명이 지하실로 내려와 보일러실로 들어갔다. 용의자가 보니 먼저 와 있어야 할 보일러공이 보이지 않았다. 곧 오겠지 하고 테이블 의자에 앉는데 머리 뒤쪽에 강한 충격을 받고 테이블 위에 쓰러졌다. 그리고 지하실 구석으로 끌려갔다. 잠시 후 가운을 착용한 용의자 두 명이 보일러실로 들어와 자리에 앉았다가 똑같이 쓰러졌다. 마지막으로 민간 복장을 착용한 나이가 지긋한 사람이 보일러실로 들어와서 아무도 보이지 않자 이상한 듯 주위를 둘러보았다.

그리고는 쓰러졌다. 파르항이 라비에게 전화로 물어보니 더 이상 탈의실로 오는 사람이 없다고 했다. 라비에게 지하실로 들어오는 사람이 있으면 연락하라고 했다.

파르항과 팀원들은 용의자들을 모두 보일러실로 옮겨놓고 철문을 닫았다. 잠시 후 용의자들이 깨어나기 시작했다. 먼저 깨어난 사람은 보일러공이었다. 눈을 떠보니 얼굴에 통증이 심한데 자신은 묶인 채 땅바닥에 누워 있었고 위에서는 험상궂은 사람들이 내려다보고 있었다. 놀라서 말을 하려고 해도 할 수가 없었다. 그때 한 사람이 칼을 목에 대고 조용히 하라면서 재갈을 풀어 주었다. 그 사람이 목에 댄 칼에 힘을 주면서 물었다.

"다 알고 왔어, 사실대로 얘기하면 살려주고 안 그러면 죽어."

보일러공이 얼굴이 새파래져서 얼른 대답했다.

"살려만 주시면 다 말하겠습니다."

나이 지긋한 사람을 가리키며 물었다.

"저 사람은 누구야?"

"이맘입니다."

"어디 이맘?"

"호텔 안에 작은 모스크가 있습니다."

"그럼, 저 사람이 여기 대장인가?"

"예."

"저 사람들이랑 무슨 짓을 꾸미고 있는지 말해 봐."

보일러공이 떠듬거리며 말을 잇지 못하자, 목에 댄 칼에 힘이 더 들어간다. 보일러공의 목에 핏자국이 생기기 시작했다. 보일러공은 체념한 듯이 말했다.

"국방 장관 숙소요."

"어떻게?"

"차량 폭탄, 무장 공격…."

"여기 5명이서?"

"아니요, 밖에 더 있어요."

"어디 있나?"

"저는 몰라요."

그러면서 가운을 입은 사람들을 쳐다보았다.

"너 대시지?"

고개를 좌우로 돌리며 완강히 부인했다.

"아니요. 물라가 그런 걸로 알고 있어요."

"지금까지 몇 번 했어? 사실대로 말하지 않으면 알지?"

목에 댄 칼에 다시 한번 힘을 주자 핏방울이 맺힌다.

"3번."

"얘기해 봐."

보일러공은 몇 번 더 머뭇거리다가 칼에 힘이 더 들어가자 다급하게 말했다.

"예, 말할게요. 칼을 목에서 떼어 주시면 말할게요. 카불 뉴스 여기자가 탄 차량에 자석 폭발물을 설치해서 폭발시켰고…."

"또?"

"집에 휴가 나온 공군 조종사를 죽였고…. 여자 고등학교에 차량 폭탄을 폭발…."

"하자라족 여학생들이 많이 다니는 학교?"

보일러공이 고개를 끄덕였다.

"이런 죽일 놈들, 어디 공격할 데가 없어서 학생들을 그렇게 죽여? 네가 인간이냐? 너는 딸이 없어?"

신문을 하던 팀원이 열을 받았는지 보일러공의 얼굴을 사정없이 때리고 발로 차기 시작했다. 그때마다 보일러공의 머리가 바닥에 부딪히는 소리가 둔탁하게 났다. 보일러공이 비명을 질렀다. 머리에서 나온 피가 바닥을 적셨다. 파르항이 팀원을 제지했다. 소란한 소리에 나머지 용의자들이 모두 깨어났다.

팀원들이 나머지 용의자들을 신문하는 동안 파르항은 본부에 현재 상황을 보고했다. 본부에서는 국가 안보국의 협조를 구했고, 40분쯤 지나서 국가 안보국의 수사팀이 현장에 도착했다. 파르항과 팀원들은 용의자 5명을 인계하고 호텔을 떠났다.

57

 탈레반과 정부 간 치열한 주도권 다툼이 계속 이어지고 있다. 무력으로 아프가니스탄의 많은 지역을 점령한 탈레반은 휴전에 앞서 몇 개 주의 수도를 점령하기 위해 헤라트, 칸다하르, 라시카르가 등 대도시 공격에 주력하고 있다. 휴전을 하더라도 작지만 자기들의 이슬람 아미르국을 건설할 수 있기 때문이다. 아프가니스탄의 많은 지역을 점령하고 있다고 해도 여기저기 분산되어서는 곤란하다. 헤라트 - 파라 - 님로즈 - 헬만드 - 칸다하르주까지 완전히 장악한다면 파키스탄의 퀘타와 유기적인 연결도 가능하다. 뺏으려는 측과 뺏기지 않으려는 측의 치열한 교전이 벌어지고 그사이에 끼인 민간인 사상자는 계속 늘어나고 있다. 피난민들의 숫자도 증가하고 있다. 주변국으로 떠났던 피난민들 중 일부는 터키를 경유하여 유럽으로 향했다.
 아프가니스탄의 북서쪽에 위치한 헤라트 주의 대부분을 장악한 탈레반은 그 여세를 몰아 헤라트시를 포위하여 공격하고 있다. 헤라트시까지 점령해야만 북서부 지역을 완전히 장악하게 된다. 시 남쪽으로 공격하여 공항과 연결되는 도로와 교량을 차단하자 항공기 이착륙이 전면 중단되었다. 정부군이 수세에 몰리고 시의 외곽이 탈레반에게 점령되자 시민군 자원자들이 나서서 정부군을 도왔다. 탈레반 점령 시 생명에 위협을 받게 될 모든 세력들이 결집하기 시작했다. 과거 이 지역 군벌로 명성을 떨쳤던 이스마일 칸이 75세의 나이로 총을 들고 시민군들을 이끌고 정부군과 협력했다. 정부에서 증원군을 보내고 항공 지원을 하면서 탈레반의 공격을 격퇴했다. 함자는 2사단장 와히디에게 헤라트시에 위치한 바함의 2사단 사령부와 5연대 본부, 헤라트 대대도 유사시 투입할 준비를 하라고 지시했다. 바함 대표인 라힘은 청년 회원들과 함께 피해를 입은 시민들을 구호하는 데 앞장섰다.

    탈레반을 패퇴시킨 날 저녁에 정부군과 시민군을 지지하는 시민들의 시가행진이 있었다. "알라후 아크바르"를 목청껏 외치는 시가행진 대열이 지나갈 때 시민들이 창문을 열거나 집 밖으로 나와 함께 외쳤다.

    멀리 떨어진 카불에서 헤라트시의 위기를 마음 졸이며 지켜보던 시민들도 헤라트 시민들을 격려하기 위해 똑같이 "알라후 아크바르"를 외치며 시가행진을 했고, 다른 주의 수도에서도 "알라후 아크바르"를 외쳤다. 탈레반의 무력에 결단코 굴복하지 않겠다는 시민들의 결연한 의지의 표현이었다. 탈레반도 이러한 상황을 예의 주시하는 듯했다. '알라후 아크바르'는 자신들의 슬로건이라며 함부로 남용하는 것을 용납하지 않겠다는 반응이 있었고, 시민들의 행진이 있던 밤에 아프가니스탄 정부 고위 관리와 국회의원들의 주거 지역인 카불 시내 시르푸르 구역에 차량 폭탄 테러와 무장 공격을 감행하여 8명이 숨지고 20명이 다쳤다.

    함자는 사무실 책상 앞에 앉아서 밖에서 들려오는 시민들의 구호 소리를 들었다. '얼마 만에 들어보는 정부군에 대한 시민들의 지지인가? 과거에 소련군에 저항할 때 무자헤딘을 한마음으로 지지했던 시민들의 목소리가 아직 작지만 지금 정부군을 지지하는 목소리가 되어가고 있다. 탈레반의 일방적인 공세를 저지시킬 수 있는 계기가 되었으면 좋겠다.' 라고 함자는 생각했다. 그러면서 다음 협상 때 탈레반이 좀 더 전향적인 대답을 가지고 올지 궁금해졌다.

헬만드주의 주도인 라쉬카르가에서도 치열한 교전이 펼쳐졌다. 함자는 7연대장 테자니에게 지시하여 헬만드 대대를 유사시 투입할 준비를 시켰다. 탈레반이 시를 거의 장악한 상태에서 정부군의 특수 부대가 투입되고 항공 지원을 받아 야간에 반격 작전이 개시되었다.

탈레반의 저항도 만만치 않았다. 민가에 들어가서 민간인들을 볼모로 삼아 정부군의 반격에 대응했다. 밤새도록 시내 전체가 교전에 휩싸이고 간간이 근접 항공 지원에 의한 폭발음이 울려 퍼졌다. 탈레반은 정부군의 공세에 밀려 라쉬카르가를 점령할 수 없었다. 또다시 점령할 기회를 찾아봐야 할 것이다.

미국을 비롯한 국제 사회의 압박도 거세졌다. 미국 내 국제 안보 싱크 탱크들은 탈레반과의 협상이 잘못되었다며 정부를 공격했다. 아프가니스탄 북쪽 국경선 지역에는 러시아군과 우즈베키스탄, 타지키스탄 군이 군사 훈련을 실시했다. UN 등 국제 인권 단체에서는 탈레반의 잔인성에 대해 전범 재판에 회부해야 한다고 목소리를 높였다.

58

마침내 탈레반과 정부 간 휴전이 타결되었다. 양측은 헌법 개정 위원회를 동수로 구성하여 헌법 개정안을 논의하기로 하였다. 카불을 비롯한 아프가니스탄 전국에서 사람들이 거리로 쏟아져 나와 오랜만에 총소리가 멈춘 평화를 만끽했다.

그러나 카불에 설치된 헌법 개정 위원회는 정치 체제를 두고 난항을 거듭했다. 탈레반은 '이슬람 에미레이트'에 가까운 안을 주장하고 정부는 '이슬람 공화국'을 요구했다. 탈레반은 선거를 통한 선출에도 부정적이었다. 그래도 휴전은 지켜졌고 사람들은 평화를 즐겼다.

탈레반이 협상에 전향적인 태도를 보였다. 정치 체제를 '이슬람 에미레이트 공화국'으로 하고 대통령격인 이슬람 아미르를 국회에서 5년마다 선출하되 권한을 제한하고 실권은 5년 임기의 총리를 직접 선거를 통해 선출하기로 양측이 합의했다. 여성들은 히잡을 쓰는 조건으로 외출이나 학교, 직장에 가는 것이 가능해졌다.

군 통수권은 이슬람 아미르가 갖되, 임면권은 총리가 가지는 것으로 권한을 나누었다. 과도 정부가 구성되면 탈레반은 무기를 반납하고 희망자는 군에 통합하기로 했다.

과도 정부가 구성되었다. 수반은 함자와 아마드가 공동으로 맡았다.

새로운 내각이 구성되자 탈레반은 무기를 반납하고 희망자는 군에 통합되었고 경력을 고려하여 계급과 직책이 부여되었다. 이러한 모든 일들을 한꺼번에 진행하다 보니 군 내부도 혼란스러웠다.

선거 관리 위원회가 양쪽 인원 동수로 구성되었고 총선 일정이 공고되었다. UN에서 선거 감시단이 구성되어 카불에 사무소를 설치했다. 국회의원에 출마하려는 후보들의 선거 등록이 시작되었고 지역별로 선거 유세도 뜨거웠다. 청년운동당 소속의 후보들도 대거 출마했다. 물론 여성 후보들도 다수 후보 등록을 마쳤다.

이렇게 모두 평화 무드에 젖어 있고 혼란스러울 때, 탈레반 내 강경 세력은 비밀리에 쿠데타를 모의했다. 무기를 반납하지 않은 탈레반 무장 세력과 군에 합류한 일부 인원들로 대통령 궁과 국방 및 내무 장관, 육군 총장 등 정부 주요 인사를 체포하고 카불 시내에 계엄령을 선포한 후 각 주의 수도에 있는 주지사와 경찰청장, 군 부대장, 국가 안보국 지부장을 체포하는 계획을 준비했다.

이러한 정보를 아마드가 함자에게 귀띔했다. 함자는 재편성을 하고 있는 군에 지시할 경우, 기밀이 누설될 우려가 있어 바람의 무장 조직을 활용하기로 했다.

어스름한 새벽에 대통령 궁 담벼락 밖의 어두운 곳에서 검은 복면을 착용한 무장 괴한들이 은밀하게 이동하고 있었다. 그중 몇 명이 주위를 살피더니 담을 민첩하게 오르기 시작했다. 그리고 담장 너머로 사라졌다. 나머지 사람들도 앞서 간 사람들을 따라서 담을 넘었다. 정원의 수풀을 이용하여 은밀히 이동한 괴한들은 한 건물 앞에서 멈췄다. 경비원들이 순찰을 돌고 있다. 경비원이 지나간 다음에 재빨리 건물 현관 앞으로 다가간 후 문을 열고 건물 내부로 들어갔다. 다행히 건물 내부에는 경비원이 없었다. 신속하게 2층으로 올라간 괴한들은 복도를 따라 앞으로 이동한 후에 목표로 들어가는 문 앞에서 멈췄다. 그리고 그중 한 명이 도구를 이용하여 문을 열고 안으로 들어갔다. 그리고 몇 개의 방을 지나 침실로 진입했다. 누가 침대에서 이불을 머리 위로 덮어쓰고 자고 있었다. 한 명이 침대로 가서 이불을 벗긴 다음에 외마디 탄성을 질렀다.

"없다. 속았다."

괴한들이 서로 얼굴을 쳐다보며 어쩔 줄 몰라 할 때 갑자기 불이 켜지더니 소총 소리가 울려 퍼졌다. 괴한들은 모두 그 자리에서 쓰러졌다.

아침 6시 이십여 대의 장갑차와 험비 차량이 대통령 궁 정문을 향해 질주했다. 정문에 거의 도착했을 때 선두 장갑차에 탑승한 지휘자는 경비병도 보이지 않고 아무런 제지가 없는 것을 이상하게 생각했지만 먼저 침투한 요원들이 제거한 것으로 생각하고 그대로 대통령 궁 안으로 질주해 들어갔다. 그때 폭발음이 크게 울려 퍼졌고, 지휘자는 정신을 잃었다. 나머지 장갑차들도 대전차 로켓탄에 명중되어 파괴되었고 차에서 내리는 인원들은 손을 들고 항복하거나 사살되었다.

주요 인사들을 체포하러 갔던 인원들도 사전에 배치된 청년 무장 요원들에게 체포되거나 사살되었다. 각 주의 주지사 공관과 경찰서장 및 군부대장을 체포하러 갔던 세력들도 모두 일망타진되었다.

아침이 되자 과도 정부의 대변인이 밤사이에 쿠데타 시도가 있었고, 모두 일망타진되었음을 알렸다. 언론들은 과도 정부의 수반인 함자의 주도면밀한 조치로 아프가니스탄의 평화를 지켜냈다며 치켜세웠다.

과도 정부는 이번 사건을 계기로 군부대를 새롭게 재편성하고 탈레반과 지역 무장 세력들의 무기들을 회수하는 데 총력을 기울였다. 바함의 무장 조직도 해체하여 군부대 재편과정에 참여하였다. 가비는 육군 총장에 임명되었다.

총선도 일부 부정 시비가 있었으나 UN의 감시하에 비교적 순조롭게 진행되었다. 총선 결과 청년운동당 후보들이 많이 당선되어 다수당이 되었다. 파트너당인 이슬람 에미레이트당의 후보들도 일부 당선되었다. 여성 후보들도 많이 당선되었다.

59

대선 일정이 조율 중에 있을 때 아마드가 함자를 찾아와 제안했다.
"함자, 이번 대선 때 나와 함께 출마하지 않겠소?"
함자가 웃으며 말했다.
"그렇게 해야지요."
"탈레반 지도자가 나를 아미르 후보로 추천하던데 괜찮을까요?"

"지도자께서 아직도 아미르에 미련이 많은가 봅니다."

아마드가 웃으면서 맞받았다.

"그러게 말이오. 지긋지긋합니다."

"죽는 사람 소원도 들어준다는데 하물며 지도자께서 원하시는데 들어드려야죠."

아마드가 함자의 두 손을 꽉 잡으면서 말했다.

"함자, 고맙소."

청년운동당과 이슬람 에미레이트당은 공동으로 아미르와 총리 후보를 내었다. 두 후보가 내건 공약 중에 여성의 부르카 착용을 히잡으로 대치한다는 내용이 여성 유권자들의 주목을 받았다.

함자와 아마드가 유권자들의 표심을 장악하기 위해 함께 전국 유세 길에 올랐다. 그들이 가는 곳마다 아프가니스탄의 평화와 번영을 이끌어갈 두 후보를 연호하며 사람들이 구름같이 모여들었다. 사람들을 보면서 함자와 아마드는 두 손을 맞잡고 서로 마주 보며 마음속으로 다짐했다. 다시는 저 사람들을 전쟁과 내전, 테러, 가난과 굶주림, 여성 차별, 인권 유린, 소수 종족 박해로부터 고통받지 않도록 하겠다는 것을….

오늘은 대선 투표가 있는 날이다. 함자는 아침 일찍 투표를 마치고 오랜만에 카불의 사무실로 돌아와서 조용히 생각에 잠겼다. 어머니와 로사와 아들 바함이 떠올랐다. '대선이 끝나는 대로 카불에 함께 살 집을 마련해야지.'

그리고 갖은 고난 속에서도 목숨을 걸고 자신을 믿고 따라주었던 아프가니스탄의 젊은이들을 생각했다. 앞으로 우리 아프가니스탄에 어떠한 고난과 역경이 닥치더라도 젊은이들이 힘을 합쳐 반드시 슬기롭게 헤쳐 나갈 것을 확신하면서….